BLOOD LOVERS

Du même auteur, aux éditions
de La Martinière Jeunesse :

Blood Magic,
Le sang ne ment jamais
2011

Toutes les notes sont de la traductrice.

Édition originale publiée par Random House
sous le titre *The Blood Keepers (The Blood Journal)*

www.lamartinieregroupe.com
www.lamartinierejeunesse.fr

ISBN : 978-2-7324-4926-5

Conforme à la loi n° 49-956 du 16 juillet 1949
sur les publications destinées à la jeunesse.

Tessa Gratton

BLOOD LOVERS

Traduit de l'anglais (États-Unis)
par Anne-Judith Descombey

La Martinière j.
FICTION

À Sean et Travis,
les frères avec lesquels j'ai grandi,
et à Adam, celui que j'ai trouvé

CHAPITRE PREMIER

Ceci est une lettre d'amour, ainsi qu'une confession.

CHAPITRE 2

Mab

Les dernières paroles que le Diacre m'avait adressées avant que son corps ne se transforme en mille fleurs pourpres avaient été : « Détruis ces roses. »

Debout devant elles, à l'aube, tandis que le soleil se levant derrière moi transformait leurs pétales en feu, je brandissais mon couteau.

Il y avait maintenant cinq semaines que j'essayais de les détruire. Je m'étais attaquée à leurs racines avec une bêche, puis avec une lourde pelle. Elles s'étaient débattues avec frénésie, entaillant ma chair et arrosant le sol de gouttes de mon sang.

J'y avais mis le feu d'un geste du poignet, mais leurs tiges tordues refusaient de brûler. Mes flammes bleu et orange dansaient sur leurs feuilles et leurs épines tandis que le vent bruissait autour d'elles et chassait le feu vers la forêt. J'avais dû l'éteindre de crainte que toute la colline ne s'embrase.

Alors je m'étais allongée à côté d'elles sous la pleine lune et j'avais écouté leurs chuchotements. Toute la nuit, les étoiles avaient viré au-dessus de ma tête et j'avais senti la terre craquer et tourner sous moi.

Mab.

Mab, avaient chuchoté les roses. Délivre-nous.

J'avais roulé sur moi-même et pressé ma joue contre la terre. Et, au bout d'un moment, j'avais saisi l'une des tiges et je l'avais serrée entre mes doigts jusqu'à ce que ses épines s'y enfoncent. La douleur et la magie s'étaient répandues de ma paume jusque dans leurs racines et la voix d'Arthur avait résonné dans ma mémoire : *Tout le sang t'appartient désormais, Mab, toute la beauté du monde*.

Je m'étais relevée précipitamment et j'avais reculé vers l'extrémité du jardin, jusqu'à ce que mes talons heurtent la caisse en bois où poussaient de jeunes tomates.

Le lendemain, j'avais demandé à Donna ce qu'elle savait sur ces roses, mais elle n'avait fait que parler taille, maladies cryptogamiques et engrais. J'avais téléphoné à Faith, qui habitait en ville. Elle m'avait expliqué qu'elle avait préféré quitter la terre du sang avec sa famille, parce que Hannah se réveillait la nuit en pleurant et racontait que ces roses lui donnaient des cauchemars. Quant à Granny Lyn, à laquelle ce jardin avait appartenu jusqu'à sa mort, à l'automne dernier, elle n'avait jamais permis à aucun d'entre nous d'y travailler en son absence.

Un secret était donc resté enfoui toute ma vie sous la fenêtre de ma chambre.

Je savais que j'aurais dû créer un sort pour brûler cette malédiction, transformer les roses en cendres pour les disperser dans le vent au-dessus de la rivière. C'était ce qu'Arthur m'avait ordonné de faire, mais ce ne fut pas ce que je décidai.

Maintenant, à l'aube, mon couteau brandi au-dessus de l'étoile à sept pointes qui protégeait mon poignet, je me tenais face au jardin. À côté de moi gisait une poupée aussi grande qu'un homme, composée de boue et d'os, par l'intermédiaire de laquelle je pourrais poser une question aux roses.

Je me retournai en entendant un grattement contre l'appui de la fenêtre derrière moi ; un grand corbeau y était perché.

— Bonjour, chuchotai-je. Donna dort encore ?

Il fit bouffer ses plumes en haussant les épaules, ce qui signifiait que oui.

— Où sont tes frères ?

Il rejeta la tête en arrière et croassa. Onze autres corbeaux surgirent de la forêt qui bordait notre cour. Leurs ailes battaient au même rythme tandis qu'ils tournoyaient très bas au-dessus de ma tête, me baignant dans l'air moite du printemps. Je sentais mes cheveux se lover contre ma nuque dans l'humidité qu'ils dégageaient.

Ils vinrent se poser autour de moi en demi-cercle, à distance respectueuse des roses, leurs têtes toutes inclinées au même angle. L'un d'eux s'approcha en sautillant pour venir tapoter du bec le bocal que j'avais posé sur l'herbe.

Ce bocal contenait le cœur et le foie d'un daim, qui devaient insuffler la vie à ma poupée.

Neuf jours plus tôt, j'avais fabriqué un piège délimité par des runes sur un passage de daims et, la veille, j'avais enfin trouvé un jeune daim dans le piège. Il était prisonnier du réseau de fils magiques tissé entre les branches d'arbres et ses sabots délicats martelaient le sol. J'étais appuyée à un chêne, l'épaule pressée si fort contre l'écorce qu'elle me meurtrissait à travers ma chemise. Les cornes du daim étaient toutes neuves, minuscules excroissances d'os velouté. Il me fixait de ses yeux noirs, renâclait et ruait comme pour me défier avec le souvenir de sa ramure de l'année passée.

— Merci de ton don, lui dis-je.

J'avais piqué mon doigt, puis frappé dans mes mains pour vider de leur oxygène les poumons de l'animal – ç'avait été la partie la moins rebutante de ma tâche. Avec le vieux couteau de chasse d'Arthur, j'avais ouvert le ventre du daim pour en ôter les boyaux sanglants, qui s'étaient répandus sur l'herbe, glissant comme des poissons. Son sang avait fait son lit dans les plis de mes paumes ; je les avais essuyées contre son cou encore chaud.

J'avais pris le cœur et le foie pour les déposer doucement dans un vieux bocal en verre. J'avais revissé le bouchon et peint sur le dessus une rune en forme d'étoile avec le sang de l'animal. Enfin, après lui avoir fermé les yeux, j'avais passé les doigts sur ses courts cils noirs.

— Puisses-tu trouver la grâce, avais-je chuchoté.

Et je l'avais abandonné aux vautours et aux coyotes.

Depuis, le sang avait coulé des viscères, formant une masse visqueuse sur le pourtour du bocal. Le corbeau qui le tapotait du bec avait probablement faim. D'un claquement de langue, je lui promis des baies congelées dès que j'aurais terminé mon travail.

Alors qu'il rejoignait ses frères en battant des ailes, je piquai mon poignet de la pointe de mon couteau et laissai trois gouttes de sang tomber à terre.

— Terre, je te nourris afin que le cercle de ma magie se referme, prononçai-je.

Je plantai le couteau dans le sol et m'accroupis à côté de ma poupée.

Elle avait l'apparence d'un homme, c'était un assemblage de branches pour les os, de terre et de feuilles en décomposition pour le torse, et de cire pour les mains et les traits du visage. Des pétales de rose lui dessinaient une bouche rose afin de prêter une voix aux fleurs. Si ma poupée pouvait se lever, elle serait plus grande que moi, avec de larges épaules et, à l'intérieur de ses côtes en bois, assez de place pour le courage, la passion et le rire.

Mais ce n'était encore qu'une masse informe d'ombre et de terre à côté du massif de rosiers, une marionnette sans ficelles pour la faire tenir.

Contenant le violent battement de mon cœur, je m'agenouillai à côté d'elle. L'air était imprégné d'une odeur de plumes mouillées et de boue. Un ver de terre émergeait de la cage thoracique, au fond de laquelle une minuscule flaque s'était formée pendant la nuit. Je le saisis entre deux doigts et le jetai par-dessus mon épaule.

L'un des corbeaux l'attrapa au vol avec un claquement de bec, puis, le cou hérissé, se posa à terre.

Ma jupe était détrempée au niveau de mes genoux. Je repoussai un cheveu collé à mon visage et plongeai les mains dans le thorax du mannequin.

J'écartai les côtes pour en extraire aussi délicatement que possible quelques poignées de boue. Je dévissai le couvercle du bocal en verre et y pris le cœur ; il pesait lourd dans ma main. Du sang froid et poisseux se répandit entre mes doigts. Je déposai doucement le viscère au milieu de la poitrine de ma poupée. Il exhalait une odeur douceâtre et entêtante.

— Pour la passion, dis-je.

Vint le tour du foie, que je plaçai sous le cœur.

— Pour le courage.

Je les enfouis sous des mottes de terre noire et refermai la cage thoracique. Je fis une pause, les mains levées au-dessus de la poupée. C'était ma dernière chance de tout arrêter, de respecter les dernières volontés d'Arthur en détruisant les roses. J'aurais dû l'interroger, insister pour en savoir plus, mais j'étais si bouleversée à l'idée de le perdre que j'avais à peine écouté sa recommandation. Ma loyauté luttait contre ma curiosité, mon sentiment de culpabilité contre la certitude que, si je devais devenir Diacre à mon tour au lieu d'en porter seulement le nom, il me fallait absolument comprendre cette énigme qu'Arthur m'avait léguée au lieu de me contenter d'une obéissance aveugle. Il m'avait appris à m'interroger, à réfléchir par moi-même et à faire ce qui me paraissait juste. Je ne pouvais donc prendre une telle décision avant d'avoir exploré la magie liée aux roses.

Les corbeaux battirent des ailes, faisant pleuvoir des gouttes sur moi et sur la poupée.

Ils m'approuvaient.

Sous la gouttière de la Maison rose était posé un seau rempli d'eau de pluie. J'en puisai un peu pour me rincer les mains. Trois corbeaux s'envolèrent et vinrent se percher au bord du toit, où ils se dandinèrent d'une patte sur l'autre dans un raclement de griffes, les plumes hérissées.

Sortant de mon sac une boîte de sel, j'en versai le contenu en un mince cercle autour de moi, de la poupée et des buissons de rosiers. Les cristaux se répandirent sur l'herbe clairsemée, d'un violet scintillant dans la lueur de l'aube.

Je m'accroupis à côté de la tête du mannequin, tirai de mon sac un vieux tuyau de plume poli par des années d'usage et en taillai la pointe pour lui donner la finesse d'une aiguille. Je la posai contre mon poignet, là où, un instant auparavant, je l'avais entaillé avec mon couteau. Mon tatouage représentait une spirale et une étoile à sept branches – une rune de création. J'enfonçai la pointe en son centre, dans la plaie ouverte, avec une facilité née de l'habitude. L'élancement douloureux disparut dans la brûlure de la magie, tandis qu'une lourde goutte de sang surgissait de mon poignet. Je le tendis au-dessus du sel et chuchotai trois fois :

— Par mon sang, bénis ce cercle.

La goutte tomba sur les cristaux et le cercle d'énergie se referma comme un emballage sous vide.

Mes oreilles se débouchèrent.

Les corbeaux crièrent en chœur. Tout en espérant que nous ne réveillerions pas Donna, je sortis de mon sac les autres ingrédients.

J'ouvris d'abord la fiole de poussière d'os, en répandis un peu dans la paume de ma main gauche et crachai dedans. Je mélangeai le tout de l'index, penchée au-dessus du visage de la poupée, puis traçai une ligne grise descendant le long de son front.

— Par l'os, je t'invoque, dis-je.

J'élevai l'un de mes cheveux blonds, béni trois jours auparavant dans la lumière du soleil et la fumée de sauge, et le déposai à la perpendiculaire de la ligne grise sur le front.

— Cheveu de la sorcière vivante, je t'invoque.

Inspirant profondément, je piquai de la pointe de la plume chaque bout de mes dix doigts et brandis mes mains brûlantes d'énergie vers le corbeau perché sur la gouttière. Le sang coula en minces filets, se rassembla un instant au creux de mes paumes, puis ruissela le long de mes avant-bras. Le corbeau inclina la tête de côté et me dévisagea de l'un de ses yeux sombres.

— Viens, maintenant, mon ami, lui dis-je.

Cela faisait presque cinq ans que les corbeaux m'assistaient dans la magie, m'enseignaient à canaliser et à modeler mon pouvoir à l'aide du leur.

Le corbeau déploya ses ailes. Ses longues rémiges, captant la lumière du soleil levant, brillèrent d'un éclat violet et bleu.

— Reese, je te remercie pour ce sacrifice, dis-je.

Il se laissa tomber de la branche et je l'attrapai au vol. Ses ailes battirent, mues par l'instinct de se libérer et de fuir. Ses plumes caressaient mon visage comme des baisers.

Je le retins entre mes mains. Je sentais son cœur battre follement dans son étroit poitrail et la brûlure de la magie se transmettre de mes doigts sanglants à ses plumes. Il s'apaisa peu à peu. Je le serrai contre moi et plongeai les yeux dans son œil le plus proche. Une spirale de minuscules plumes teintées de brun l'encerclait. Elles paraissaient si douces que j'avais envie d'en caresser les extrémités du doigt.

Son bec s'entrouvrit et il poussa un soupir qui ne ressemblait nullement à celui d'un corbeau.

— Par mon sang et par ce sacrifice, je t'invoque, dis-je à voix haute.

D'un geste vif, je le plaquai contre la poitrine de la poupée, brandis mon tuyau de plume et le plongeai dans le corps de l'oiseau, l'épinglant sur la boue qui formait la créature.

Un souffle jaillit en colonne vers le ciel. Les rosiers se tordirent, cinglant l'air de leurs tiges, et les onze corbeaux qui restaient de Reese poussèrent en chœur le même cri.

Je me laissai tomber à quatre pattes au-dessus de l'oiseau mort, plongeai le doigt dans le sang ruisselant de son corps, m'en teignis les lèvres de deux traits, puis me penchai sur la tête de la poupée.

— Vis ! soufflai-je tout près de ses lèvres en pétales de rose. Vis ! répétai-je, les mains en coupe autour de sa tête. Vis !

Je l'embrassai pour lui communiquer mon souffle.

La terre trembla sous moi. La bouche de la poupée frémit sous la mienne, aspirant mon haleine comme un courant.

Je me dégageai, me relevai et restai immobile au-dessus d'elle. Les corbeaux volaient en cercle au-dessus de ma tête, si près que les battements de leurs ailes emmêlaient mes cheveux.

À mes pieds, le corbeau cloué sur la poupée étendit les ailes vers ses épaules. Je levai les mains. Des racines et des feuilles de rose surgirent du sol, ondulant comme des serpents, et s'entrelacèrent sur le corps de la poupée pour former une peau épaisse et sombre. Ses doigts tressaillirent. Une expression de souffrance déforma son visage de cire.

Ses lourdes paupières s'ouvrirent, révélant les morceaux de turquoise que j'avais enfoncés dans ses orbites en guise d'yeux.

— Bonjour, lui dis-je, je m'appelle Mab Prowd. Accepte le don que je te fais et dis-moi ton nom.

La poupée s'assit. Le corbeau était rivé à sa poitrine par le tuyau de plume blanc. Ses ailes s'affaissèrent et son sang ruissela dans le giron de la créature.

Elle me tendit sa main de cire. Je la laissai toucher le bord de ma jupe, encore essoufflée par le courant magique qui se ruait dans mes veines et palpitait au bout de mes doigts. Une sensation d'euphorie me chatouilla le creux de l'estomac à l'idée de ce que j'avais accompli.

Ma poupée plia les genoux, puis se leva lentement. Sa peau durcissait de seconde en seconde, devenait lisse et claire. Elle me dévisagea de ses yeux de turquoise en battant des paupières. Elle fléchit les doigts. Des muscles ondulaient sous sa peau. Ses lèvres et sa langue étaient maintenant rouges. Des cheveux poussèrent sur son crâne comme une herbe noire et ses oreilles s'épanouirent. Ses narines prirent leur forme définitive, ainsi que ses tétons. Son corps entier se développait, tout à fait semblable à celui d'un être humain.

C'était un homme vivant qui se tenait devant moi, avec le corps de mon ami le corbeau épinglé sur le cœur.

— Dis-moi ton nom, ordonnai-je.

La poupée entrouvrit les lèvres et un murmure rauque s'en échappa.

Les corbeaux crièrent de nouveau, puis se laissèrent tomber sur elle, raclant son crâne de leurs griffes. Elle balaya l'air de ses bras encore inachevés et repoussa plusieurs d'entre eux. La volée d'oiseaux croassa furieusement et battit des ailes dans une tempête de plumes.

Je m'écartai d'eux en titubant.

La poupée me tendit de nouveau la main et avança avec raideur, en traînant les pieds, pas à pas. Tandis qu'elle s'approchait de moi, sa poitrine et ses épaules se soulevaient au rythme de ma respiration. Elle ouvrit la bouche ; son souffle saccadé et rauque fit frémir les ailes soyeuses du corbeau mort.

— Mab, prononça-t-elle.

Je souris et lui pris le poignet pour lui souhaiter la bienvenue, mais elle bondit sur moi à une vitesse stupéfiante. Son bras heurta ma poitrine de plein fouet, je basculai en arrière, ahurie, et glissai sur le cercle de sel, rompant son pouvoir de rétention.

Le sol ondula sous moi et, hébétée, je vis le ciel bleu du matin scintiller au-dessus de ma tête.

La créature fuyait vers le nord, ses pieds martelant la terre.

CHAPITRE 3

Will

Il y a cinq semaines, j'ai sauvé la vie de Holly George quand un tremblement de terre inattendu l'a fait tomber d'un arbre dans un lac.

Ce lac-là.

Avec la radio poussée à plein volume et la portière du camion grande ouverte, j'avais juste assez de bruit pour ne pas me sentir oppressé par l'immensité du ciel au-dessus de moi. C'était environ deux heures après l'aube. Des nuages couleur de sorbet à la mandarine étaient éparpillés dans les hauteurs. L'air était déjà lourd et humide. Il régnait un silence anormal.

Mes chiennes bergers allemands Havoc et Walkyrie bondissaient dans les hautes herbes au bord du rivage boueux, couinant et folâtrant comme les chiots d'un an qu'elles étaient. La chaleur qui me faisait déjà transpirer ne paraissait pas les gêner. J'enlevai mon T-shirt et m'en essuyai la figure avant de le jeter à terre. Mes tennis et mes chaussettes le rejoignirent et je me retrouvai en pantalon, seul devant le lac.

Le vent se leva soudain, rida la surface de l'eau et ébouriffa mes cheveux courts. Havoc tomba en arrêt et Wal se mit à courir en cercle comme une folle, la langue pendante. J'éclatai de rire et me frappai la cuisse.

— Ici, les filles !

Elles accoururent. Wal faillit me culbuter en donnant de l'épaule contre ma jambe, et Havoc vint nicher son nez au creux de ma main. Je la grattai derrière les oreilles. Le vent soufflait, faisant onduler les hautes herbes en direction de l'ouest. Les yeux fermés, je m'imaginai observant les collines moutonnantes à vol d'oiseau. Je repérai ma position, puis regardai au loin, vers la route Inter-États qui se trouvait exactement au sud de l'endroit où je me tenais. Là-bas, les banlieues étendaient leurs ramifications hors de la ville, le fleuve Kansas serpentait librement et les arbres verdoyaient sous le soleil d'été.

C'était un truc dont je me servais toujours pour m'orienter.

Wal se jeta dans le lac, interrompant mes méditations par des gerbes d'eau fraîche. Je sentis l'odeur de vase, d'herbe chauffée au soleil, et, l'espace d'un instant, je me retrouvai transporté en arrière dans le temps. C'était juste après le tremblement de terre, je plongeais et replongeais dans l'eau bourbeuse, tâtonnant sur le fond visqueux, les poumons prêts à exploser, recherchant désespérément Holly.

J'en rêvais la nuit. Je revivais le terrible instant où j'avais compris qu'elle ne referait pas surface. Le soulagement violent que j'avais éprouvé en saisissant enfin – enfin ! – sa cheville. Ces longs et horribles moments passés à trembler sur la rive, les mains couvertes de boue et du sang dilué de sa blessure à la tête, pendant que Shanti essayait de la ranimer et que nos amis rassemblés autour de nous chuchotaient en se touchant la main ou l'épaule. Le bruit de leur respiration pénétrait ma peau nue et me clouait au sol.

Je me réveillai alors en suffoquant.

Flanqué de Havoc, j'entrai dans ce lac cauchemardesque, dans l'espoir d'enfouir l'angoisse sous la boue d'où elle avait surgi.

C'était ridicule, je le savais, mais j'étais incapable d'en parler à ma mère et à mon père. Maman se serait sentie responsable et papa aurait interprété ma réaction comme une faiblesse. Et ce n'était certainement pas quelque chose dont j'avais envie de discuter avec Matt ou Dylan au vestiaire avant l'entraînement. J'avais donc consulté Internet et trouvé diverses théories sur la meilleure manière de surmonter ses hantises. La plupart préconisaient une confrontation directe.

Voilà pourquoi je pataugeais à présent dans ce lac. L'eau imprégnait mon pantalon. J'en resserrai la ceinture en tirant sur la cordelette et allai de l'avant. Mon pied glissa dans la vase, qui gicla entre mes orteils. Le soleil me brûlait les épaules ; je les roulai pour me détendre. Je continuai et arrivai en eau profonde. Havoc resta en arrière, là où elle avait encore pied. Une fois au milieu du lac, je m'étendis sur le dos et fermai les yeux.

Des vagues minuscules me léchaient les tempes et le soleil était d'un rouge flamboyant à travers mes paupières fermées. Je flottais, les doigts écartés, les genoux dansant à la surface. Relevant le menton, j'imaginais plusieurs kilomètres d'eau noire au-dessous de moi au lieu d'une dizaine de mètres seulement. Il y avait des crapets dans le lac, peut-être aussi d'autres petits poissons. Ici, dans quelques semaines, je serais assailli par les moustiques.

Les oreilles submergées, j'entendais l'écho assourdi du sang circulant dans mon corps et le clapotis des vagues sous mes mains. Ma respiration était un rugissement monotone.

À en croire ce que j'avais lu sur Internet, j'étais censé tout me remémorer avec la plus grande précision possible afin de revivre l'instant de mon « traumatisme ». C'était facile. Cet après-midi-là – c'était le premier samedi assez chaud pour se mettre en maillot de bain – nous étions allés au lac, qui était sur les terres de l'oncle de Matt. Les gars faisaient presque tous partie de l'équipe de foot, et certains étaient venus avec leur petite amie. Vers le crépuscule, j'étais sur l'embarcadère avec Holly et Shanti, la petite amie de Matt, en train de bricoler un canoë gonflable, quand Austin, qui était le roi des abrutis, avait volé le bloc-notes de Shanti dans son sac pour voir s'il contenait des billets doux pour Matt. Ça l'avait mise dans une telle colère qu'elle lui était tombée dessus, armée d'une des bananes en mousse. Alors il avait lancé le plus loin possible le carnet, qui avait atterri dans les branches d'un grand arbre.

Holly m'avait jeté un regard en faisant la grimace. J'avais ri et je lui avais proposé de l'aider à monter dans l'arbre pour récupérer le carnet. Je revoyais sa mince robe de plage voletant dans la brise. Les éclairs de cuisse que j'entrevoyais m'incitaient à garder les yeux fixés sur ses mains tandis qu'elle progressait de branche en branche. J'étais impressionné par sa force.

— Arrête de secouer l'arbre, Will ! me lança-t-elle soudain.

Je la regardai, ahuri : je ne le secouais pas. Je m'appuyai au tronc, la main posée sur l'écorce, et sentis de minuscules vibrations. Au même instant, le sol se déroba comme si quelqu'un avait brusquement retiré une serviette étalée sous mes pieds. Le cri de frayeur de Holly fut noyé sous les hurlements et les rires nerveux qui s'élevaient de l'embarcadère et de la rive. Je trébuchai et tombai contre le tronc, car le tremblement devenait plus violent.

— Holly !

Elle venait de glisser. Sa tête heurta une branche juste avant qu'elle ne tombe à l'eau.

La trépidation cessa. On n'entendait plus que le vent et les cris des oiseaux.

— Merde ! Ça va, Will ? lança Matt.

Tout s'était passé très vite. Mon équipe de foot commentait bruyamment ce formidable tremblement de terre, et même Shanti riait, trempée de la tête aux pieds après son plongeon avec Austin. Rachel lui lança une serviette. Je me retournai vers le lac.

— Holly ?

Pas de réponse.

Je fixai les cercles concentriques qui marquaient l'endroit de sa chute. L'eau étant peu profonde, elle devait avoir pied. Sans réfléchir plus longtemps, je plongeai.

Le séisme avait remué la vase du fond. Quand je rouvris les yeux, je ne vis rien. Je plongeai de nouveau, tâtonnant dans la boue glissante et les pierres, rampant dans une obscurité terreuse. Au cinquième plongeon, je saisis sa cheville ; le soulagement me fit expirer dans une explosion de bulles. Les poumons en feu, j'empoignai Holly et m'arc-boutai pour me relever en la tenant dans mes bras. Nous émergeâmes, moi toussant, elle inerte. Shanti, qui hurlait, accourut pour m'aider à la porter, puis à l'allonger sur l'herbe.

— Appelez une ambulance ! vociféra quelqu'un. Shanti, les joues ruisselantes de larmes, plongea les doigts dans la bouche de Holly et se mit à pratiquer les gestes de réanimation qu'elle avait appris pour le babysitting. Je restai prostré, à quatre pattes, tremblant de tout mon corps. De la tête de Holly coulait du sang qui détrempait ses cheveux et la terre humide du rivage. Il était dilué et rose sur mes mains. J'enfonçai mes doigts dans la boue et…

Soudain, l'aboiement de mes deux chiennes résonna au-dessus de l'eau paisible.

Je me redressai dans une gerbe d'eau et fis du surplace au milieu du lac pour voir ce qu'elles fabriquaient. Elles me tournaient le dos, le poil hérissé et les oreilles plaquées en arrière, regardant fixement la forêt.

Je regagnai la rive à la nage.

— Hé, les filles, qu'est-ce qui cloche ?

Walkyrie me jeta un coup d'œil, mais Havoc gronda soudain, un grondement bas, de ceux dont on sent les vibrations avant de les entendre.

À l'instant où mes orteils touchaient le fond, la créature surgit entre deux arbres. Cette vision me laissa sans voix.

Un homme – ou un être d'apparence humaine – avançait lentement vers moi, couvert de feuilles et de branches, dégouttant de boue. Son visage ressemblait à de la cire fondue, sauf deux pierres bleu vif à l'emplacement des yeux. C'était complètement irréel.

Je sortis de l'eau et me précipitai vers mes animaux, haletant.

— Bonjour, dis-je en me répétant que ce ne pouvait être qu'un homme, quelqu'un qui s'était déguisé ou quelque chose de ce genre.

Sa tête pivota brusquement vers moi et ses yeux en pierre bleue me dévisagèrent.

Havoc le chargea, Walkyrie à sa suite.

La créature se pencha en avant et envoya valser Havoc comme une piñata[1].

— Non ! hurlai-je en me ruant vers elle.

---

1. Une *piñata* est un récipient en terre cuite orné de papier crépon et rempli de friandises qu'on s'amuse à balancer pendant les fêtes de Pâques et de Noël, en Espagne et en Amérique latine. Cette tradition a été importée en Amérique du Nord par les immigrants latino-américains.

La chose poussa un cri gargouillant et me fixa de ses yeux de pierre. Puis elle leva le moignon de son pied pour écraser Wal.

Je plongeai vers elle, la plaquant au sol. L'impact fut si violent qu'il me coupa le souffle. Elle atterrit sur moi et je sentis quelque chose de dur me frapper au sternum. Je hurlai de douleur. La boue envahit mes narines et des mottes de terre m'emplirent la bouche. Je les recrachai, puis tentai de repousser la créature, mais elle pesait plus lourd qu'une douzaine de solides footballeurs. Elle dégageait une odeur de pourriture, de cuivre corrodé et de chien mouillé. Nous roulâmes sur le sol, moi suffoquant et me débattant de toutes mes forces, elle glissante et insaisissable. Elle enfonça les doigts dans ma bouche et tira sur ma mâchoire. Je la mordis en recrachant de la boue. Elle sursauta. Le coude pressé contre son cou, je me tordis pour me retourner. Soudain, je me retrouvai au-dessus. Je pesai sur elle de tout mon poids. Elle se débattit, mais resta rivée au sol. Je la regardai fixement, hors d'haleine. Mes chiennes aboyaient et grondaient.

Son corps avait la consistance d'un corps humain, mais en plus mou, avec un visage de cire et une bouche béante. Sa poitrine était couverte de plumes noires. Un tuyau de plume blanc émergeait à l'emplacement de son cœur. L'un de ses bras tressautait, détaché de son corps.

Elle respirait, d'une respiration saccadée, obstruée par la boue. Un pétale de rose s'éleva en voletant de l'entaille de sa bouche.

Je me penchai sur elle en crachant de la salive mêlée de terre. Un autre pétale tomba de mes lèvres.

Mes doigts étaient gluants de fange et la sueur coulait dans mes yeux. Je me sentais oppressé, la poitrine douloureuse à l'endroit où le tuyau de plume l'avait heurtée.

Walkyrie gémit, Havoc gronda. Le soulagement me donna le vertige. Ma chienne était saine et sauve.

Mais le monstre s'arc-bouta soudain, manquant me renverser. Je me jetai sur lui et l'immobilisai, les mains sur ses épaules, comme si cela pouvait suffire à le maintenir à terre. Mes doigts s'enfoncèrent de plusieurs centimètres dans son corps mou. J'en eus le cœur soulevé.

Je refoulai ma nausée. C'était irréel. C'était… C'était…

C'était quoi ?

Trop fort, voilà ce que c'était, pensai-je tandis que le corps se convulsait de nouveau sous moi. J'empoignai le tuyau de plume fiché dans son cœur. Le monstre poussa un rugissement. Je me rejetai en arrière en tirant sur le tuyau, qui s'arracha avec un bruit de succion. La créature tressaillit.

Je jetai le tuyau de plume.

Le monstre s'immobilisa. Ce n'était plus qu'un tas de boue à forme humaine qui s'enfonçait lentement dans le sol, comme si nous étions sur des sables mouvants – sauf que moi, je ne m'enlisais pas.

Je restai un long moment agenouillé, les yeux baissés, me demandant si j'étais fou ou si je rêvais seulement. Ma respiration saccadée soulevait mes côtes endolories et mon corps tremblait sous l'effet de l'adrénaline. J'aurais voulu m'enfuir. Soudain, j'eus une envie folle d'oranges. C'était ce que nous mangions à la mi-temps des matchs de foot quand j'avais dix ans.

Walkyrie renifla le résidu de cire resté sur le sol et Havoc fourra la tête dans le creux de ma main.

Le vent souffla sur mon dos nu, et, derrière moi, une voix de fille déclara :

— Tu l'as tué.

CHAPITRE 4

Will

Mes deux chiennes se levèrent d'un bond et se précipitèrent en aboyant vers l'arbre dont Holly était tombée le mois dernier. Leurs aboiements étaient joyeux et excités. Je me relevai en chancelant. Mes omoplates me démangèrent désagréablement quand je tournai le dos aux restes du monstre.

La fille qui avait prononcé ces paroles était à cheval sur la branche la plus basse de l'arbre. Elle se fondait dans le feuillage grâce à son pantalon de treillis et à son débardeur vert qui dénudait des bras couverts de marques vertes et brunes, peut-être des tatouages, ou des peintures tracées à la main. Des bottes noires d'allure militaire se balançaient de part et d'autre de la branche. Elle tenait dans une main un petit sac en patchwork, dans l'autre un couteau de chasse. D'inélégantes lunettes de protection lui mangeaient la moitié du visage.

Je ravalai un fou rire. Le mélange de frayeur, de surexcitation et de stupeur que je ressentais ne faisait qu'accroître l'absurdité de la situation. Un monstre de boue et une fille en tenue de camouflage et lunettes de protection perchée dans un arbre : ça tombait sous le sens.

Havoc et Wal se remirent à aboyer de plus belle.

La fille planta la lame du couteau dans la branche, remonta les lunettes sur son front et repoussa de son visage ses cheveux jaunes emmêlés.

— Ça va ? demanda-t-elle.

La main sur l'estomac, je me redressai avec un large sourire. J'avais l'impression d'être Dorothy en chemin vers la demeure du magicien d'Oz, et, comme elle, je me demandais où j'en étais.

— Ça va, je crois, répondis-je. Je m'appelle Will.

La fille plissa les yeux. Un coup de vent rabattit ses mèches ondoyantes sur son cou et tout l'arbre dansa autour d'elle comme si elle en faisait partie, comme si elle avait poussé sur cette branche tel un champignon coloré.

À la contempler, je commençai à ressentir une admiration mêlée de respect.

— Je m'appelle Mab Prowd, dit-elle enfin.

Ses lèvres étaient enduites d'une mixture qui ressemblait à du jus de raisin noir et plusieurs petits bâtons se hérissaient sur sa tête. Avant que j'aie eu le temps de lui demander de quoi il retournait, un corbeau vint se percher sur la branche juste au-dessus de la sienne, suivi d'un autre, et ils déployèrent leurs ailes.

Elle les regarda et hocha la tête. Trois autres oiseaux noirs piquèrent sur nous en m'éventant de leurs ailes pour venir se poser sur une branche tombée à terre.

Je me sentis mal à l'aise comme si le sol allait de nouveau trembler, avec Mab Prowd à l'épicentre et à l'origine de ce séisme. Et j'aurais été incapable de dire si c'était une bonne chose ou non. Je me demandais si j'allais m'évanouir. Papa adorerait ça. Walkyrie se rassit en agitant la queue, la langue pendante. Havoc pressa son épaule contre ma jambe. J'enfouis les doigts dans les poils de son cou. Mes chiennes n'avaient rien contre Mab et c'était pour moi le meilleur des présages.

— Ils te font confiance, dit-elle, comme si elle y voyait un signe, elle aussi.

— Ouais.

Nous nous dévisageâmes en silence.

Je crachai de nouveau pour ôter de ma bouche le goût de sang et de boue.

— Est-ce que… commençai-je, la tête à demi tournée vers le monstre. Est-ce que tu sais ce que c'est ?

Elle passa une jambe par-dessus la branche et lâcha son sac, qui tomba dans un buisson. Elle se pencha avec précaution, lança le couteau de chasse à terre et sauta. Elle atterrit accroupie, puis ôta ses lunettes et les rangea avec le couteau dans le sac.

Je m'attendais à ce qu'elle nie tout en bloc.

— C'était un rêve de roses, répondit-elle comme si cela pouvait tout expliquer, et j'en restai bouche bée.

Elle passa devant moi pour aller s'accroupir devant les restes du monstre. Ses lèvres étaient barbouillées non de jus de raisin, mais de sang. Le grondement dans mes oreilles atteignit son paroxysme.

Je pivotai sur moi-même, car je préférais ne pas lui tourner le dos. Elle examinait le monstre d'un air féroce. J'étais heureux qu'elle ne me regarde pas ainsi.

Plusieurs corbeaux s'envolèrent de l'arbre et se posèrent autour de Mab. Ils la rejoignirent en sautillant, les ailes déployées, et je vis que c'était un corbeau mort qui avait été cloué sur la poitrine du monstre avec le tuyau de plume que j'en avais arraché.

Wal et Havoc s'approchèrent de Mab avec précaution. Havoc essaya de happer l'un des corbeaux, qui riposta, les ailes battantes, en faisant claquer son bec. Resté en arrière, j'observais la scène comme si c'était celle d'un film – d'un film d'horreur.

Mab plongea les mains dans la cage thoracique de la créature. Des branches cédèrent et elle en ressortit d'énormes poignées de boue. Les mottes qui glissaient le long de ses bras y laissaient une traînée rouge vif.

Soudain, elle sortit de l'ouverture un gros morceau de viande luisant. Un cœur. Un cœur !

J'ouvris les yeux tout grands, sans savoir si c'était la terre qui tremblait ou seulement moi-même.

Elle chuchota quelque chose, se leva et emporta le cœur vers le sac qu'elle avait laissé tomber de l'arbre. Sans se soucier de la saleté de ses mains, elle y prit une boîte de sel dont elle vida le contenu sur le viscère. De minuscules cristaux blancs restèrent collés à la chair et s'y incorporèrent tandis que d'autres pleuvaient sur le sol.

La peur m'oppressait. Je reculai d'un pas, puis d'un autre, vers le lac. Mon pied glissa dans la vase. Il fallait que je récupère mes chaussures et ma chemise et que je me précipite dans la voiture. Cette situation était complètement absurde et invraisemblable. En fait, au lieu d'être venu ici pour lutter contre mes rêves, j'étais prisonnier d'un cauchemar. C'était la seule explication valable.

Alors…

Alors Mab chuchota quelque chose au-dessus du cœur, qui se plissa, se dessécha et se ratatina dans ses mains, et ce qu'il restait du monstre de boue se ratatina et s'effrita à son tour. Les lèvres de Mab remuaient avec assurance, ses mains tenaient le morceau de chair sans dégoût ni crainte. Il y avait en elle quelque chose qui n'était que trop réel.

— Lié à la terre, dit-elle.

Elle plongea les doigts dans le cœur racorni, qui tomba en poussière à ses pieds.

Je n'avais qu'une idée : détaler. J'ouvris la bouche pour lui souhaiter au revoir et bonne chance, mais au même instant elle ferma les yeux et vacilla. Elle chancelait comme si c'était elle qui allait s'évanouir.

Je la rejoignis d'un bond et la rattrapai juste au moment où ses genoux se dérobaient sous elle.

Mab

La lassitude semblait s'écouler de moi pour imbiber la terre. Mes jambes tremblaient et les lunettes de vision du sang pesaient si lourd que ma tête oscillait comme celle d'un tournesol dans le vent. Je trébuchai, mais le garçon me rattrapa dans une étreinte chaude de soleil.

Will. Il s'était présenté sous ce nom sans même y penser, sans croire que cela aurait la moindre importance pour moi. Mais les noms ont leur importance. Will[1]. La volonté était un élément vital de ma magie, elle comptait même plus que tout.

Je levai les yeux vers lui tout en m'accrochant à ses épaules nues. Son visage était assez proche du mien pour que je puisse voir ses pupilles se dilater comme sous l'effet de la magie tandis que le soleil émergeait d'un nuage.

Sa peau était tachetée de lumière.

Il avait mon âge, des cheveux coupés ras, et l'air décontracté malgré sa perplexité. Un hâle typique de fermier assombrissait ses coudes et ses avant-bras ; pourtant, nous n'étions qu'à la mi-mai.

— Ça va ? demanda-t-il.

J'inspirai longuement, attentive à ma respiration. Mes membres lourds charriaient un sang épaissi, au cours

1. En anglais, *will* signifie « volonté ».

ralenti par la lassitude qui faisait fondre ma chair. Je regardai les restes de la poupée. Sitôt quittée la terre du sang, elle avait entamé le processus de lente détérioration qui, de créature presque humaine, l'avait transformée en épave. Ma vision ternie par la fatigue se fixa sur elle. Comme le cercle avait été brisé, j'avais dépensé beaucoup trop d'énergie sans en regagner. J'avais besoin de manger et de retrouver ma terre pour me rétablir.

— Il faut seulement que je rentre chez moi, dis-je. C'est au sud d'ici.

La main de Will descendit le long de mon dos et pressa ma taille, qui devint brûlante. Il avait – Dieu sait comment – réussi à ôter le tuyau de plume de la poupée, et il savait exactement comment me soutenir.

— Tu es sûre ? insista-t-il. Je peux téléphoner à quelqu'un, ou te raccompagner chez toi en voiture ou à pied…

Il s'interrompit comme s'il hésitait, mais son bras restait passé autour de moi comme un morceau de vent et de lumière, solide et chaud.

— Non, je t'en prie, répondis-je, tout en me demandant s'il faudrait que je le répète encore, si c'était pour lui une formalité nécessaire.

— Comme tu veux, Mab, se contenta-t-il de répondre.

— Merci, fis-je avec un sourire, et je me souvins de la facilité avec laquelle Arthur gagnait la confiance d'autrui, d'un simple geste nonchalant.

— Tu peux tenir debout toute seule ? demanda-t-il, la main toujours posée sur mon dos.

J'inspirai de nouveau, puis me dégageai.

— Je crois que oui, dis-je. Cette matinée a été plutôt éprouvante.

L'une de ses chiennes vint me renifler les doigts et je la grattai derrière les oreilles, où le pelage était fin et doux.

— C'est Walkyrie, dit-il en me lâchant pour désigner l'autre animal. Et celle-ci, c'est Havoc.

— Est-ce qu'il lui a fait mal ? demandai-je.

Je n'étais pas arrivée immédiatement parce que j'avais dû troquer mes vêtements contre une tenue de chasse, puis reprendre du sel. J'avais surgi de la forêt juste à temps pour voir la poupée se ruer sur Will.

Son visage s'assombrit. Il s'accroupit pour passer les mains dans l'épaisse fourrure de la chienne.

— Je crois qu'elle s'en remettra, répondit-il.

— Avec toi, j'en suis sûre.

Une expression étrange passa sur le visage de Will, puis il sourit.

— Je dois m'en aller, maintenant, dis-je.

— Moi aussi.

Il jeta un coup d'œil aux restes de la créature, puis cracha à terre. Je me remémorai l'haleine de la poupée quand, d'un baiser, je lui avais donné la vie.

Il ouvrit de nouveau la bouche pour m'interroger, puis se ravisa et leva les yeux vers le ciel, où les corbeaux tournoyaient comme des vautours. Il secoua la tête et eut un léger rire.

— C'est impossible, fit-il.

Nous étions revenus à la question cruciale : allait-il tout avaler, me croire si je lui laissais entendre que ce n'était rien de grave ? Ou resterait-il prisonnier de ce souvenir et, comme une allumette, celui-ci s'enflammerait-il à répétition dans ses rêves ? Je l'aidai à se relever en le tirant de toute la force qui me restait. Nous nous fîmes face un instant et je touchai son épaule avec la main poisseuse de sang et de boue qui avait laissé des traînées sur sa poitrine nue.

— C'est impossible, approuvai-je doucement, mais fermement.

J'écartai les doigts et laissai une empreinte presque parfaite sur sa peau.

— Et c'est sans importance. Tu n'as pas besoin d'y penser. Ça ne fera de mal ni à toi, ni à personne. C'est fini, disparu comme si ça n'avait jamais existé.

Le soleil était maintenant derrière lui et brillait autour de sa tête, nimbant ses cheveux de brun-rouge tandis que son visage restait dans l'ombre. Le temps d'un éclair, il ressembla à s'y méprendre à celui de la poupée, tout en muscles boueux et sourire de cire modelée, puis il secoua la tête et l'illusion s'évanouit.

— C'est vrai. C'est impossible, dit-il.

Je me dirigeai vers mon sac à magie abandonné sous les branches du saule à quelques pas de nous. En le passant à mon épaule, je regardai de nouveau Will.

— Merci, Will. J'ai une dette envers toi. Souviens-toi : ma maison est à environ quatre kilomètres au sud d'ici, à l'écart de la route du comté.

— Quatre kilomètres, c'est noté.

— Si jamais tu as besoin de quelque chose…

— Entendu.

Il me regardait fixement, suivant des yeux chacun de mes mouvements.

Toutes les formules d'au revoir que je connaissais contenaient les mots « Dieu », « bénédiction » et « bonne chance », or j'ignorais s'il se souviendrait seulement de moi. Les gens chassent généralement de leur esprit tout ce qui n'est pas cohérent : j'étais certaine de n'avoir aucune place dans l'univers de Will.

— Va en paix, Will, dis-je simplement.

Je lui tournai le dos et m'éloignai en veillant à marcher bien droit. Les ombres des corbeaux qui me suivaient à tire-d'aile s'éparpillèrent sur l'herbe.

CHAPITRE 5

La première fois que je t'ai vu, j'avais dix-sept ans. Je venais de descendre du train et tu étais là, sur le quai, appuyé d'une épaule mince au bâtiment en brique de la gare, les mains dans les poches de ton pantalon. Voici ton avenir, Evie, ai-je pensé. Un bel avenir, non ?

Et puis Gabriel a surgi de l'angle du bâtiment et ôté son feutre. La coupe de son complet et ses chaussures miroitantes t'éclipsaient, mais cela ne paraissait pas te gêner. Il est venu à ma rencontre, la main tendue ; je l'ai prise après avoir posé ma valise.

— Bienvenue au Kansas, petite Evie Sonnenschein, a-t-il dit, et il a coincé ma main gantée au creux de son coude.

Il y avait quatre ans que je l'avais rencontré dans le salon de mon père, mais, si on m'avait posé la question, j'aurais répondu que rien en lui n'avait vieilli ni changé. Il avait toujours la même souplesse et le même sourire qui semblaient sortis tout droit d'un studio de la MGM, les mêmes cheveux brillantinés, les mêmes mains douces et le même tatouage mystérieux sur le cou, au-dessus du col amidonné de sa chemise. Il t'a désigné d'un signe de tête.

— Je vous présente mon cousin Arthur, notre bienfaiteur, savez-vous ? Et notre propriétaire.

Gabriel t'a adressé un bref sourire et j'ai été surprise en entendant ton nom. Je croyais qu'Arthur Prowd était un homme âgé, pas quelqu'un d'à peine plus vieux que moi, avec de beaux yeux bleus et une voix calme.

— Miss Sonnenschein, as-tu murmuré en te détachant du bâtiment.

Au lieu de me tendre la main, tu t'es incliné devant moi. Tu ne portais pas de chapeau et tes cheveux blond argenté étaient rejetés derrière tes oreilles. Tu n'avais pas non plus de veste malgré la fraîcheur de l'air et tes manches de chemise étaient roulées sur des avant-bras hâlés. J'aimais tes poignets et je t'imaginais les ployant pour faire surgir des formes de la fumée ou bercer un oiseau au creux de tes mains.

— Merci de m'offrir un toit, monsieur Prowd, dis-je.

Nous nous sommes dirigés vers une Pontiac vieille de dix ans, la seule voiture garée sur un terrain en terre battue. L'avant de son capot était rouillé et le verre de l'un de ses phares ronds fendu. Tu t'es installé au volant. Me laissant galamment le siège avant, Gabriel est monté à l'arrière avec ma valise.

Devant nous, le soleil déclinant projetait des bandes roses et rouge vif dans le ciel tandis que nous roulions à travers les collines désertes de ce qui serait désormais notre pays. Tu conduisais, les bras détendus, regardant droit devant toi. Je me taisais, car je n'avais qu'un désir : regarder défiler derrière la vitre le paysage brun et argenté. Nous étions à la fin de l'automne, la plupart des arbres avaient perdu leurs feuilles, hormis quelques malheureux restes bruns, et les rares fermes groupées à proximité de la ville devant lesquelles nous passions avaient déjà terminé leurs moissons. Des carrés de chaume brillaient comme de l'or dans le couchant et trois daims levèrent la tête en entendant pétarader notre voiture.

Il y avait un quart d'heure que j'étais arrivée et j'aurais voulu ne plus jamais repartir.

Gabriel s'est redressé sur le siège arrière, dont le vieux cuir a craqué, pour me demander comment mon voyage s'était passé et s'il restait des personnes de notre sang à Chicago. J'ai répondu que non, que toute ma famille était morte, et que de tels secrets ne pouvaient être confiés à aucune de mes camarades d'école.

Tu as acquiescé doucement sans me regarder. Je me suis surprise à désirer violemment que tu le fasses.

— Bon sang, il fait un froid de canard ! s'est exclamé Gabriel en frappant le dossier de mon siège avec consternation. Hier, Evie, il faisait assez chaud pour nager. Vous devrez vous habituer au chaos qu'est notre mère Nature dans la Prairie.

— Chicago n'est guère différent d'ici, Mr Desmarais, ai-je répondu, mais je frissonnais dans le vieux manteau en tweed au col de fourrure de maman.

— Je peux vous passer mon pardessus, a proposé Gabriel.

J'ai souri et tiré un minuscule tuyau de plume de ma poche. Puis j'ai ôté mes gants en tirant successivement sur chaque doigt, je me suis concentrée un instant et j'ai inspiré trois fois profondément.

— Je peux me réchauffer toute seule.

Piquant le bout de mon index avec la pointe affûtée du tuyau, j'ai fait jaillir du feu au creux de ma main. La boule de feu est restée suspendue au-dessus de ma paume, réchauffant tout le taxi. Tandis que Gabriel étouffait une exclamation, puis éclatait de rire, j'ai vu que tu me regardais enfin et que le coin de ta bouche se relevait en un sourire.

CHAPITRE 6

Will

J'achetai des beignets sur le chemin du retour.

Mon idée avait été de me rendre au lac pour en finir avec mes cauchemars, puis de rentrer juste à temps pour aller à la messe avant que maman ne vienne me houspiller. Peut-être même de faire une petite sieste avant le retour de Ben.

Résultat, je rentrais couvert de boue et de sang avec quinze minutes de retard et, au lieu d'être débarrassé de mes cauchemars, j'allais probablement rêver de filles étranges et de monstres prêts à dévorer mes chiens.

Complètement dément.

J'appuyai sur l'accélérateur tout en ouvrant l'œil au cas où des flics traîneraient dans le coin.

J'espérais que grâce au retour de Ben, papa serait d'assez bonne humeur pour se laisser amadouer par les beignets. Quant à maman, elle les aimait assez pour ne pas trop s'inquiéter de manquer la messe. Ma camionnette s'emplissait d'une odeur de sucre qui chassait celle de la boue. La station de radio que j'écoutais passa à la pub. Je changeai pour une autre diffusant de la musique classique que je mis à plein volume. J'avais pratiquement laissé derrière moi la prairie et la vallée où coulait le fleuve. Des maisons de construction récente surgissaient dans des impasses identiques des deux côtés de la route.

Notre quartier avait la couleur d'un nid de guêpes et la même uniformité. On y trouvait en tout cinq modèles de maisons dont les différences se limitaient à la peinture des murs et à la forme de la cour. Le tout bien propre. Aseptisé. Pas du tout le genre d'endroit où j'aurais pu imaginer un monstre de boue – ou une fille franchement étrange qui poserait sa main sanglante sur ma poitrine en me disant : « C'est sans importance. »

De fait, plus j'y pensais, moins cela me paraissait important. Comme on dit, loin des yeux, loin du cœur.

Je montai encore le volume d'un cran. Les habitants de notre pâté de maisons avaient l'habitude de m'entendre rouler avec la musique à fond, sauf le dimanche matin. Je ne baissai le son qu'en arrivant dans notre allée. La porte d'entrée s'ouvrit dès que je coupai le moteur, comme si maman s'était embusquée devant la fenêtre.

Elle m'attendait en haut du petit perron, dans un pantalon bien repassé et un chemisier mauve.

Je ne sentais plus que l'odeur de boue et de sucre qui imprégnait mon visage en sueur. J'arborai un large sourire en espérant l'avoir au charme, afin de ne pas être obligé de lui mentir.

— Salut, m'man ! lançai-je en ouvrant la porte, et je fonçai sur elle les bras grands ouverts, comme pour la saisir dans une vigoureuse étreinte de grizzly crotté. Ses yeux s'agrandirent et elle esquissa un geste de défense.

— Ah non ! Stop, William Sanger !

Je me figeai sur place, les mains levées, les doigts crispés en forme de griffes. Puis, lentement, je baissai les bras et le menton pour ne lui laisser voir du haut des marches que mes grands yeux bruns. Elle leva les siens au ciel.

— Oh, Will, qu'est-ce que tu as bien pu fabriquer ?

Son regard tomba sur la camionnette.

— Je suis allé acheter des beignets, répondis-je. Ils sont encore tout chauds.

— Et tu as dû traverser une rivière à gué pour aller les chercher ?

— Oui, pour pénétrer sur les terres du Roi des Beignets, où Wal et Havoc ont vaillamment combattu le… euh, le maléfique seigneur de la Pyramide de Bouffe.

Elle éclata de rire et je me détendis. Je m'estimais gagnant quand elle avait ri cinq fois par jour. Aujourd'hui, j'avais décidé que ce serait dix, une pour chaque mois écoulé depuis la disparition d'Aaron.

— Eh bien, messire William, apprêtez-vous pour aller à la messe, déclara-t-elle.

— Oui, m'dame, dis-je en filant vers la camionnette pour en rapporter la boîte de beignets rose bonbon. Je vais aussi aller rincer les chiennes avec le tuyau d'arrosage.

Je lui tendis la boîte, qu'elle prit en évitant soigneusement les traînées vaseuses que mes mains avaient laissées sur le carton. Ses cils frémirent. Elle baissa les yeux vers le beignet imprimé sur le couvercle, avant de se reprendre avec un sourire.

— Oh, Will… Si tu te dépêches, je suppose que nous aurons le temps de manger ces beignets avant de partir. L'office commence dans quarante minutes.

— Je croyais qu'il avait commencé il y a dix minutes.

— Nous irons au temple aujourd'hui, puisque tu es en retard.

— Pourquoi se fatiguer à aller là-bas ?

Maman posa le poing sur sa hanche.

— Pour remercier Dieu que ton frère soit revenu sain et sauf, répondit-elle.

Je fis traverser le garage aux chiennes pour les nettoyer derrière la maison avant de les enfermer dans le chenil qui occupait un quart de notre arrière-cour. Pendant toute l'opération, j'évitai de penser au retour de Ben. Bien sûr, j'avais envie de le revoir, mais en même temps j'aurais préféré me retrouver le plus loin possible d'ici, très haut dans le ciel, survolant le réel comme un oiseau, en observateur invisible, afin de pouvoir m'enfuir si le téléphone sonnait et que ça se mettait à chauffer.

Wal se rua sur un bout de corde bleu et noir qu'elle laissait dans son bol vide, la saisit dans sa gueule et m'en cingla la main. J'empoignai la corde et, pendant un moment, chacun de nous tira de son côté. La tension raviva la douleur de la blessure qui séchait sur ma poitrine, rappel malheureux de la scène impossible à laquelle j'avais assisté ce matin.

Havoc poussa Wal de côté et elles jouèrent à se mordiller. J'aurais aimé leur demander si elles se souvenaient de la créature, elles aussi, si elles pouvaient confirmer ou nier ce que je croyais avoir vu. Depuis mon retour chez moi, ce souvenir me poursuivait comme si mon cerveau essayait d'en saisir le sens et que la seule manière d'y parvenir soit de feindre que rien de tout cela n'était arrivé.

Je me concentrai de nouveau sur mes chiennes. C'étaient des sœurs qui venaient juste d'avoir un an. Aaron et moi-même les avions choisies dans un élevage à Tonganoxie et dressées pendant plusieurs semaines. Comme ça, tu seras obligé de veiller sur elles quand je serai parti, avait-il dit. Bien sûr, il voulait dire : quand il serait parti faire ses études. Comme maman était horrifiée à l'idée de deux chiens géants faisant des saletés dans sa salle à manger, j'avais dépensé tout l'argent que j'avais gagné cet été-là en bois de construction pour le chenil. Ces travaux m'avaient occupé pendant toute la semaine qui avait suivi l'enterrement. Ça et mes consultations de Google sur les règlements concernant l'importation de chiens en Australie.

Je me laissai tomber sur les genoux et les chiennes s'approchèrent aussitôt de moi. Wal gémit et Havoc me renifla l'oreille. Je passai un bras autour de leur cou et enfouis mon visage dans la fourrure odorante de Havoc. Je revis la créature se jeter sur elle et ressentis de nouveau la terreur qui m'avait étreint quand je m'étais rué vers elle. Je me souvins de l'impact et du goût qui m'avait suffoqué, de cette fille tenant le cœur entre ses mains, des grains de sel qui avaient plu comme des diamants et réduit le monstre en poussière.

Je sentis un goût de sang dans ma bouche et crachai dans l'herbe.

C'était irréel. C'était impossible. J'avais dû rester trop longtemps dans le lac. C'était peut-être une réaction post-traumatique liée à l'accident qui avait presque coûté la vie à Holly là-bas.

Pourtant, comparé à ce qui devait arriver cet après-midi-là, j'aurais presque préféré affronter un monstre.

Mab

Malgré l'ombre, il faisait chaud sous les arbres tandis que je montais le chemin de terre qui serpentait vers le sommet de la colline où s'élevait la Maison rose. Les corbeaux sautillaient de branche en branche ou glissaient silencieusement dans l'air au-dessus de moi. J'avançais d'un pas régulier dans l'une des traces de pneus creusées dans la boue épaisse. Mes bottes faisaient un bruit de succion, et la lenteur de la progression jointe à l'effort pour extraire chaque pied de la boue m'obligeaient à me concentrer. Je n'avais qu'une envie : me déshabiller, entrer dans la baignoire et m'assoupir dans un bain moussant bien chaud.

Je me rappelais le visage anguleux de Will et son expression stupéfaite lorsqu'il avait cloué la poupée au sol. C'était une chance extraordinaire qu'il ait été là pour arrêter la malédiction avant qu'elle ne se répande trop loin, ou ne parvienne trop près du monde civilisé. Je n'aurais jamais imaginé courir un tel risque en libérant cet esprit de sa prison de roses. Cet esprit – ou cette créature – s'était révélé plus fort que je ne le croyais, et l'envie de savoir pourquoi, comment et quand il avait été emprisonné dans les rosiers me tourmentait plus que jamais. Mais ma curiosité resterait insatisfaite : la créature était morte, libérée des roses par la possession de la poupée, à laquelle Will l'avait arrachée en ôtant le tuyau de plume de son cœur.

Une fois reposée, je retournerais là-bas pour recueillir tous les restes de cire et d'ingrédients et les emporter chez moi afin de me livrer à des expériences. Peut-être certains d'eux trouveraient-ils d'autres usages, ne fût-ce que comme lignes de protection pour tenir les lapins à distance.

À quelques mètres du sommet de la colline, je sortis du chemin, m'arrêtai et fermai les yeux.

La forêt résonnait de toute la magie qu'elle recélait : c'était notre œuvre, c'étaient nous, les sorcières du sang, qui vivions et travaillions ici, imprégnions la terre de notre pouvoir pour en extraire la magie naturelle et la répandre dans le monde, en un éternel recyclage d'énergie. Depuis un siècle, le Diacre tirait sa force de ce lieu devenu grâce à lui un havre pour tous ceux qui avaient besoin de notre magie. Et cela transparaissait dans la magie qui habitait les arbres.

Je repartis lentement, les mains tendues. Des taches de soleil orange, une ombre bleue et fraîche palpitaient derrière mes paupières closes, mais, grâce à mes doigts, j'y voyais suffisamment. Je tendis les bras et mes doigts effleurèrent des feuilles. J'étais le Diacre, dont chaque caresse, chaque regard sécrétait de la magie. Ma peau absorbait tout ce que la forêt m'offrait. L'énergie remontait le long de mes poignets et de mes bras pour se lover dans ma poitrine, doux pouvoir de succion, familier et aimé.

Les minuscules écorchures de mes bras et de mes mains se refermèrent sous ce déferlement magique, mes bleus virèrent au jaune, pâlirent et disparurent. Je pressai le pas, les yeux maintenant ouverts, me frayant avec précaution un chemin à travers la forêt.

Je sentis un sourire monter irrésistiblement à mes lèvres. Ma forêt, ma magie... Elles coulaient dans mon sang, et cette joie pure et grisante chassait ma déception. Mon moral remonta en flèche.

Lorsque je débouchai dans la clairière où m'attendaient le jardin et la maison, les corbeaux s'envolèrent vers le perron. Certains se posèrent sur les pignons, les autres descendirent vers le jardin en contournant l'aile ouest. Donna leva la tête des plants de pois de senteur, qui étaient à l'opposé des rosiers. Son chapeau à larges bords retomba sur sa nuque et elle sourit à ma vue, mais ce sourire s'effaça dès que je m'approchai.

— Ça va ? demanda-t-elle en se levant d'une détente et en venant à ma rencontre, les traits tirés par l'anxiété. Elle ne pouvait deviner que sous mon masque de boue et de sang j'étais déjà guérie par mes propres soins.

— Ça va, répondis-je. Je suis juste fatiguée.

Les yeux vert d'eau de Donna parcoururent les runes que j'avais tracées sur toute la longueur de mes bras.

— Je croyais que tu étais partie pour tes sept jours de liaison de sort et qu'un objet brillant t'avait détournée de ton chemin, fit-elle.

— Je... je faisais des expériences, pour trouver un moyen de se débarrasser des roses, expliquai-je.

Je dégageai les épaules pour feindre la désinvolture qui seyait tant à Arthur, mais ça devait m'aller comme des plumes à un chat.

— Tout ne s'est pas déroulé comme prévu, poursuivis-je, mais je vais bien.

Elle passa le pouce sous l'un de mes yeux et m'observa avec un calme indéchiffrable. Ses cheveux étaient coiffés en petites tresses qui pendaient toutes droites sur sa nuque, si bien que les rides minuscules au coin de ses yeux semblaient creusées par le rire et non par l'âge. À son arrivée, sept ans auparavant, j'avais dix ans, et sa tête était rasée. Je me revois assise à côté d'elle sur le banc du jardin, passant les doigts dans ses cheveux fins et soyeux.

— Pourquoi sont-ils si courts ? avais-je chuchoté.

— J'ai dû les couper au rasoir. J'en avais besoin, avait-elle répondu.

Comme elle portait toujours des manches longues, même pendant la canicule du mois d'août, je n'avais vu les cicatrices zébrant ses avant-bras qu'un matin où elle s'était rincé les mains au puits.

J'avais douze ans quand ses cheveux eurent assez repoussé pour qu'elle pût les tirer en arrière. Cette année-là, Arthur, Granny Lyn, elle et moi avions organisé un petit rituel pour enterrer et lier définitivement le rasoir en terre du sang. Ce fut le dernier sort de Donna. Elle portait toujours des manches longues et ne souriait que rarement, mais ses fleurs et ses légumes étaient superbes et savoureux.

— Tu trouveras sûrement un moyen, ma petite reine… On dirait un champ de bataille, reprit-elle, les yeux fixés sur le centre du jardin et sur le fouillis de pétales de roses et de boue dans lequel je m'étais agenouillée ce matin. Si tu allais prendre un bain ? Je vais préparer le petit déjeuner, car je suppose que tu n'as pas encore mangé, et du thé.

— Oui, merci, répondis-je.

Je remontai mon sac sur mon épaule et me dirigeai vers la maison. J'aurais aimé tout lui raconter sur la poupée et sur Will, mais j'aurais été incapable de lui avouer que j'avais capturé et tué un daim, et utilisé de la poussière d'os et mes cheveux pour fabriquer une créature vivante. Donna ne l'aurait pas compris, car, même si elle était sorcière par le sang comme moi, elle refusait de faire usage de son pouvoir. Arthur m'avait enseigné que ce pouvoir était un don qui faisait partie de mon identité. Donna le considérait plutôt comme une malédiction qu'il fallait à tout prix contrôler.

Nous montâmes ensemble les marches du perron et quelques corbeaux filèrent dans la cuisine par la fenêtre ouverte. Donna en chassa un du plan de travail mais ignora les autres, puis tendit la main vers la bouilloire. Je l'observai un instant. Ses gestes étaient toujours précis et doux comme si le monde qui l'entourait était un objet fragile.

— Mab ?

Je cillai, déconcertée.

— Pardon, je pensais à autre chose.

Immobile devant la cuisinière, elle m'adressa un regard scrutateur.

— Pendant quelques secondes, tu as vraiment ressemblé à Arthur, reprit-elle.

Ces paroles me tirèrent de mon hébétude. Mère me répétait qu'Arthur aurait pu gouverner le monde s'il l'avait voulu. Je la croyais, car je l'avais vu prier à mi-voix les arbres d'entrelacer leurs branches pour nous abriter d'une averse, je me souvenais de l'habitude qu'il avait de me porter sur son dos pour sa tournée journalière des sorts de protection, et de ses dons pour retrouver et ressusciter des oiseaux au corps rompu ou pour apaiser maman en posant seulement la main sur son poignet. Quelqu'un qui pouvait transformer les fureurs de maman en quiétude était certainement capable de dompter tout l'univers. Je m'appliquais donc à marcher comme lui, à reproduire ses gestes, à froncer les sourcils quand il fronçait les siens et à garder en mémoire toutes ses paroles. J'étais à l'écoute de mon sang et des secrets qu'il confiait à mon cœur, me promettant d'être un jour aussi à l'unisson que lui avec la nature et de garder notre forteresse avec sa force et sa sérénité.

Mais je n'aurais jamais cru que je devrais faire mes preuves aussi tôt.

Tout en montant à ma chambre, je souriais. Donna avait reconnu Arthur en moi alors que, pour une fois, je n'avais pas essayé de l'imiter.

Will

J'avais beau mâcher tous les chewing-gums que je voulais, le goût me revenait dès que je les avais crachés. Celui du monstre de boue. J'aurais aussi bien pu sucer toute la matinée des pièces de monnaie en cuivre oxydées.

Dès notre retour de l'église, maman se mit à nous régenter comme si c'était elle le sergent instructeur et non papa. Je ne voyais personnellement ni désordre ni saleté chez nous, mais elle me désigna des étagères à épousseter, des escaliers où passer l'aspirateur et des ventilateurs du plafond dont les pales recélaient de minuscules toiles d'araignée. Je répondis que Ben ne remarquerait pas une maison impeccable même si elle lui mordait les fesses.

Papa me flanqua une claque sur les épaules et m'ordonna de m'activer au lieu d'énerver ma mère. Après toute une année passée dans des montagnes arides, déclara-t-il, Ben apprécierait certainement un sol propre, sacré nom. Il se rua dans la cuisine pour en ressortir avec un tablier à fleurs et à ruchés qu'il me lança. Je le passai à mon cou et regardai ses plis imprimés tomber à mes pieds. Maman le noua à ma taille. Une ombre de sourire creusa la fossette de sa joue. Elle lissa le tissu de la main, puis me regarda, les sourcils levés.

Une heure plus tard, nous étions en nage et satisfaits de notre travail. J'avais découvert qu'épousseter le plafond était un merveilleux antidote aux souvenirs bizarroïdes.

Maman restait plantée au milieu de la salle à manger, le front plissé. Je la pris par la main, la fis asseoir dans le coin où nous prenions le petit déjeuner et papa lui confectionna un cocktail mimosa. Lui-même s'abstint, et j'en éprouvai un vague regret. Il y avait plus d'un an qu'il n'avait pas bu d'alcool. Maman m'offrit une gorgée de son verre – pour me calmer, dit-elle ; après un bref coup d'œil à papa, je souris et l'assurai que j'étais très calme.

Le portable de papa sonna juste à cet instant.

Maman et moi, figés, le regardâmes sortir son téléphone de sa poche. Sa bouche crispée se détendit en un sourire.

— Bon après-midi, soldat !

Maman prit ma main. Un an plus tôt exactement, du même endroit, au beau milieu de la cuisine, nous l'avions regardé parler d'Aaron au téléphone avec la police.

Mais maintenant, il riait. L'écho de ce rire fit frissonner maman, qui resserra les doigts sur les miens.

— Je prendrai la voiture dans trois quarts d'heure, fiston. Des spaghettis, ça te dirait ?

Il hocha la tête, toujours avec le sourire, puis se tourna vers nous quand il eut raccroché.

— Ben a l'air en pleine forme. Il est en train d'embarquer pour sa correspondance à Cincinnati et…

Il fit un pas en avant et saisit l'autre main de maman.

— … des spaghettis, ça le botterait.

Nous le savions déjà. Deux mois plus tôt, dans un e-mail envoyé de Kaboul, il nous avait avoué qu'il en mourait d'envie.

— On devrait peut-être tous aller là-bas pour l'accueillir à sa descente d'avion, dit maman.

Je poussai un grognement. Papa me foudroya du regard.

— Non, on se retrouvera à la maison, fit-il.

Il entra dans la salle à manger, où nous l'entendîmes manipuler le lecteur de CD. Un instant plus tard, un air de Sinatra que maman adorait l'escorta à son retour dans la cuisine. Il s'inclina cérémonieusement devant elle, les épaules bien droites et les mains croisées comme s'il était en uniforme de parade. Maman rit, lui tendit les mains et l'entraîna dans une danse au rythme lent.

C'était vraiment bon de les regarder danser.

Je commençai à sortir les ingrédients pour la sauce des spaghettis et à les hacher sur le plan de travail, sans manquer une occasion de me fourrer des petits bouts d'oignon dans la bouche. L'oignon cru emporte peut-être la gueule, mais ça chasse le goût de vase plus efficacement que le chewing-gum.

Quand papa partit pour l'aéroport, la sauce frémissait sur le feu. Maman m'ôta mon tablier et, fredonnant à l'unisson de Sinatra, m'entraîna dans une danse. Elle nous avait plus ou moins appris à danser à tous, si bien que je pus la suivre sans trop de peine. Je la menai en la faisant virevolter. Elle éclata de rire.

— Tu disais que tu n'étais pas nerveux ?

Je la fis tourbillonner, ce qui n'était pas évident dans notre cuisine exiguë. La pièce fleurait la tomate et le fenouil. Maman posa les mains sur mes tempes.

— Will, tu n'as aucune raison de l'être, reprit-elle.

— Je sais : c'est mon frère. Et je ne suis pas nerveux.

Je me dégageai.

— Mais il faut que je remue la sauce.

Son sourire pâlit un peu, assez pour lui donner une expression à la fois triste et fière.

— Mon héros, murmura-t-elle tandis que je m'écartais et me dirigeais vers la cuisinière.

Mab

Je m'endormis dans mon bain et rêvai de la poupée. Elle glissait ses doigts de cire gluants autour de mon cou, puis serrait. Je me mordais la lèvre, mais aucun sang n'en coulait. Je me grattais le bras, mais la peau qui se détachait sous mes ongles était terne, jaune et exsangue. La bouche déchiquetée de la poupée s'étirait dans un sourire.

Je me réveillai en sursaut, projetant des éclaboussures d'eau tiède. Ma peau était ridée et molle après son séjour dans le bain. J'entendis un étrange raclement. Un corbeau s'était perché sur le réservoir des toilettes. Il sauta à terre et s'avança avec raideur sur le carrelage vert pâle. Sa tête oscillait et ses griffes dérapaient sans grâce sur le sol lisse. Arrivé devant la fenêtre, il s'envola et alla se percher sur le rebord. Une bouffée d'air chaud et humide s'engouffra dans la pièce, ébouriffa les plumes de l'oiseau et agita les minces rideaux. Il croassa, l'œil fixé sur moi, baissa la queue et s'envola.

J'entendis le cri qu'il lançait à ses semblables, puis le claquement d'une portière de voiture. Nous avions de la visite et les corbeaux étaient venus m'en avertir.

Je sortis de la baignoire, les cheveux ruisselants. Quand ils étaient mouillés, ils tombaient plus bas que ma taille en une lourde masse emmêlée.

Je m'essuyai et les nouai de mon mieux, puis passai dans ma chambre, où j'enfilai une robe d'été jaune comme le soleil. Granny Lyn l'avait confectionnée l'an dernier avec un vieux drapeau à motif de tournesol.

J'entendis une voix au-dehors et m'approchai de la fenêtre. Sur l'allée de gravier, un 4 x 4 argenté disparaissait sous un essaim de corbeaux ; il était assez brillant pour les attirer même s'ils n'avaient pas connu son propriétaire.

Nick, le fils de Donna, debout côté conducteur, les mains posées sur ses hanches étroites, observait les taches de boue dont tout l'arrière de la voiture était couvert. Quelques-unes, plus téméraires, s'étendaient jusqu'à la poignée de la portière. Il sortit de sa poche un mince téléphone portable et photographia la voiture salie.

— Nick ! appelai-je, penchée à la fenêtre.

Il pivota sur lui-même et, les yeux levés vers moi, m'adressa un large sourire. Il portait comme toujours un T-shirt moulant avec une veste, un jean, et son feutre rond et aplati qu'il souleva pour me saluer.

— Salut, poulette ! Pardon madame, c'est « Diacre » que je devrais vous nommer, rectifia-t-il avec une grimace grotesque.

Je lui souris.

— On ne t'attendait pas ! répondis-je. Je descends tout de suite !

Je le saluai de la main et m'éclipsai sans lui laisser le temps de répondre.

Je m'arrêtai au milieu de ma chambre et inspirai profondément en priant pour que son amie, Silla, ne soit pas venue avec lui. Après nos adieux du mois dernier, je préférais ne pas penser à sa réaction quand elle découvrirait que j'avais sacrifié l'un des corbeaux ce matin.

Un instant plus tard, j'étais en bas de l'escalier, nu-pieds, après avoir sauté par-dessus les marches qui grinçaient. Passé la porte de la cuisine, je me ressaisis : je n'étais plus une enfant. Je ne me précipitais pas pour dire bonjour à quelqu'un qui était presque mon frère. J'étais le Diacre qui accueillait un sorcier du sang de retour chez lui.

Le jour était maintenant brûlant et des nuages diaphanes s'étiraient dans le ciel d'un bleu intense. Je descendis du perron et m'approchai lentement de Nick, arborant un sourire aussi radieux que cette journée.

Il était maintenant planté devant la portière arrière de son 4 x 4 étincelant. Les corbeaux vinrent se poser sur le toit en s'agrippant aux barres métalliques. Je m'approchai de lui.

— Quel bon vent t'amène au Kansas ? demandai-je, car il ne venait jamais pour sa mère.

Le regard qu'il me lança était sombre, et je me figeai sur place. Nick n'était jamais sombre : même quand il vous engueulait, il restait taquin. Il ouvrit la portière arrière et tendit le bras à l'intérieur de la voiture. Un garçon en dégringola avec un grognement de stupeur et atterrit à mes pieds sur l'herbe chaude.

— Je t'ai apporté une malédiction à enfouir, répondit-il, la main posée sur la tête de l'enfant.

Will

Pendant que Ben et papa revenaient de l'aéroport, je décidai que le monstre de boue et le goût de sang qui l'accompagnaient n'existaient que dans mon imagination. Je ne voyais pas d'autre explication. J'étais obsédé par ce monstre parce qu'un fantasme était une diversion bienvenue à ce qui m'attendait : ma famille réunie au complet pour un premier repas sans Aaron.

Maman, papa et moi-même nous y étions habitués ; nous prenions nos repas au bar de la cuisine pour que cette absence nous saute moins aux yeux. Mais avec le retour de Ben, nous serions obligés de dîner à la table de la salle à manger, devant des sets de table, comme si tout allait bien.

Nous avions dressé le couvert avec les assiettes et les plats présidentiels – réservés aux visites du Président, bien sûr – et l'argenterie. Maman avait préparé une salade et moi, un punch au citron et à l'ananas que je serais probablement le seul à boire, mais qui faisait joli dans la carafe en cristal.

Les chiennes se mirent à aboyer dans l'arrière-cour et à griffer le portail en bois. Nous entendîmes le claquement d'une portière de voiture. Maman alla se poster dans l'entrée et je me mis juste derrière elle. Quand ils poussèrent la porte, je me demandai soudain ce qui arriverait si ce n'était pas Ben qui entrait, mais Aaron.

Mais c'était Ben, que je n'avais pas vu pendant l'année la plus longue de mon existence.

Il se précipita vers maman et la souleva afin qu'elle puisse le serrer bien fort dans ses bras. Il avait les yeux clos et pressait si fort le dos et les épaules de maman que ses doigts étaient livides.

Elle l'embrassa, lissa ses cheveux, puis essuya ses propres larmes et lui adressa un sourire si radieux que j'en voyais comme le reflet sur le visage de Ben.

Je restais en retrait. J'avais l'impression d'être un gosse. J'essayais de chasser le souvenir de Ben en uniforme à l'enterrement, l'été dernier. Mieux valait me concentrer sur mon grand frère en jean et en chemise, un sac de marin passé à l'épaule, en train de me regarder.

— Salut, Will, dit-il.

Son teint était différent. Plus sombre, peut-être. Il portait les cheveux coupés ras, comme toujours, ce qui me donnait immanquablement envie de laisser pousser les miens. Il était à la fois plus maigre et plus musclé. C'était à la fois mon frère et un inconnu. Je mis une seconde de trop à réagir. Sa main tendue vers moi le resta un peu trop longtemps.

Papa entra à son tour.

— Tu as faim ? demanda-t-il. Le dîner est prêt ?

— Ça sent rudement bon, maman, fit Ben avec un grand sourire.

— C'est Will qui a préparé la sauce.

Elle me pressa l'épaule et je hochai précipitamment la tête. Nous passâmes dans la salle à manger pour dissiper notre malaise. J'allai chercher la sauce à la cuisine. Papa récita le bénédicité. Maman me remercia pour ce délicieux repas. Je réussis à dire : « Je suis content que tu sois rentré, Ben. » C'était sincère. Ben et moi étions assis face à face, et si je réussissais à ignorer la place vide à côté de la mienne, tout serait presque normal. Je pouvais toujours lancer des petits pois à Ben et il pouvait m'allonger un coup de pied sous la table si ça lui chantait.

Papa lui demanda comment son voyage s'était passé et il répondit : « Sans problème. » J'étais presque sûr qu'ils avaient déjà eu cette conversation en voiture et que c'était une répétition à notre intention.

Pendant le repas, Ben raconta une longue histoire qui était arrivée à un sous-officier de son bataillon à Camp LeJeune. Quelques années auparavant, celui-ci avait graissé la patte à ses camarades pour récupérer leurs douilles vides après les séances de tir afin d'en faire une sculpture pour sa mère. Bien entendu, il s'était fait pincer et on lui avait supprimé ses permissions, entre autres sanctions. Ben omit de préciser ce qu'étaient ces autres sanctions, car il savait que maman n'avait nulle envie de tout savoir en détail.

Cette histoire me fit rire, ce qui me valut un froncement de sourcils de Ben.

— Pourquoi, ce n'était pas censé être amusant ? demandai-je.

— Non, c'est plutôt ironique, répondit-il.

— Mais l'ironie est amusante.

— Ça va, les gars, intervint papa, coupant court à toute querelle.

Je haussai les épaules en guise d'excuse à l'adresse de maman. Elle me sourit en dissimulant sa bouche derrière son verre de mimosa. Papa et Ben racontèrent encore quelques anecdotes, et leurs regards me laissaient entendre que mon tour viendrait, que je saurais bientôt ce que c'était que de cracher sans arrêt sans pouvoir se débarrasser de la poussière logée entre ses dents, et ce qu'on appelait les tirs à l'aveugle[1] et les zones létales. Plus ils parlaient, plus l'atmosphère devenait pesante et plus mon estomac se nouait. Maman remarqua que je ne faisais que remuer mes pâtes dans mon assiette.

— Nous ferions peut-être mieux de parler de choses plus agréables, dit-elle.

Ben et papa échangèrent un regard entendu, puis se turent.

Malgré la voix de Sinatra dans le salon et le tic-tac de la vieille horloge marine derrière papa, qui était assis en

---

1. Tactique de l'armée irakienne qui consistait à faire feu dans toutes les directions en riposte à un tir ennemi.

bout de table, le silence était oppressant. L'argenterie tintait contre les assiettes et je m'entendais mastiquer. Ce bruit était étrangement semblable à celui qu'avait fait le visage du monstre en se décomposant.

— Est-ce que vous croyez au… surnaturel ? demandai-je soudain.

Ben me regarda comme si j'étais fou à lier. Papa se renfrogna. Maman contemplait la place d'Aaron. Je restai stupide en comprenant soudain le sens qu'ils avaient donné à ma question.

Je voulus faire marche arrière, mais Ben articula en silence un : « Ferme-la, Ducon ».

Papa s'éclaircit la gorge.

— Will, nous sommes tous… commença-t-il, mais il se tut, puis s'assombrit de nouveau, une main à plat sur la table.

— Oui, répondit maman en me regardant avec un sourire triste. Oui, moi, j'y crois.

En posant cette question, j'avais seulement en tête un monstre en décomposition et une fille tenant un cœur entre ses mains, mais je feignis d'avoir fait allusion à mon défunt frère pour apaiser tout le monde. Je souris à Ben.

— Ton histoire de cartouches l'aurait bien fait rigoler, dis-je.

— Elle n'avait pourtant rien de drôle, répliqua Ben sèchement, mais avec l'ombre d'un sourire.

L'atmosphère se détendit et nous pûmes finir notre repas sans incident.

Mab

Assis à la table, les jambes étendues, Nick passait continuellement les mains dans ses cheveux, comme pour effacer toute trace de son feutre. Donna servait du thé dans des verres, la main crispée sur la poignée de la verseuse. Quand Nick était là, elle en buvait une telle quantité que je m'attendais toujours à voir le blanc de ses yeux virer au brun. La cuisine se remplissait des minuscules craquements de la glace qui se réchauffait rapidement, et ce bruit me rappelait le claquement des os en bois de la poupée.

Je posai les mains à plat sur la table, mon menton sur mon poignet, et observai par-dessus l'étendue de bois poli l'étrange petit garçon. Il avait ramené ses genoux contre sa poitrine, les tibias pressés contre le bord de la table. Je voyais juste à côté de lui les trous que mon cousin Justin avait creusés dans le bois avec une fourchette. Il baissait les yeux ; ses mains étaient couvertes de minuscules cicatrices de brûlures.

— Je m'appelle Mab, dis-je doucement. Et toi, tu as un nom ?

— Il n'a pas voulu me le dire, intervint Nick.

Je l'ignorai et me concentrai sur le garçon. J'avais demandé à Nick de ne rien me raconter sur lui, car je préférais l'apprendre de lui-même. Il devait avoir dix ou onze ans, avec un teint de la couleur des feuilles de chêne à l'automne, des oreilles encroûtées de terre et des cheveux bouclés qui avaient besoin d'un bon shampoing.

— On m'a donné le nom d'une reine des fées minuscule, repris-je. Ma mère me racontait toujours la même histoire sur cette fée. Elle avait rencontré un certain Peter qui se croyait sorcier parce qu'il savait voler. Mais quand il apprit qu'il n'était pas sorcier, il devint incapable de voler. Il demanda alors à Mab de lui rendre son pouvoir et elle accepta. Je peux t'appeler Peter ?

Le garçon leva vers moi des yeux d'un vert surprenant.

— Je m'appelle Pan.

Mon sourire disparut malgré moi.

— Pan est un nom plus magique, acquiesçai-je. Comme le mien, mais à l'envers et en retournant les lettres.

Pan m'adressa un sourire si bref que je ne l'aurais pas remarqué si je ne l'avais pas deviné.

Donna posa un verre de thé devant lui.

— Si tu préfères, il y a de l'eau, et je peux préparer des œufs, ou un toast, ou même de la soupe, Pan, dit-elle comme si nous lui avions toujours donné ce nom.

— Je crois qu'ici tu es à la bonne adresse, mon pote, déclara Nick d'une voix traînante en passant de nouveau les doigts dans ses cheveux.

— Nous sommes toujours la bonne adresse pour les objets perdus, lui rappelai-je.

Nick regarda les longues manches de sa mère, puis ses yeux se posèrent de nouveau sur moi.

— Je ne te le fais pas dire, approuva-t-il.

— Tu vas rester combien de temps, Nick ? demanda Donna, d'une voix étouffée par le placard devant lequel elle s'était accroupie pour en sortir sa poêle préférée, et probablement aussi afin de ne pas croiser le regard de son fils.

— Jusqu'à demain seulement. Je dois rentrer à Columbia pour aider Silla à préparer ses examens. Dès qu'elle aura fini, nous partirons pour l'Oregon, où elle doit faire des recherches pour sa maîtrise d'études du folklore.

— Et tu vas là-bas avec elle ? demanda Donna en refermant le placard, d'une voix aussi sèche que du parchemin.

— Bien sûr, répondit-il en haussant les épaules comme si cela tombait sous le sens, ce qui était probablement le cas pour tout le monde, sauf pour sa mère.

Donna s'approcha, puis s'arrêta à côté de lui, les sourcils froncés. Son expression me rappelait les fois où j'avais dessiné avec mon sang des runes sur les meubles de la cuisine pour chasser les fourmis. Elle m'avait répété que ça la retournait.

— Tu vas tout lâcher pour partir dans l'Oregon, Nicholas ? demanda-t-elle.

Il tressaillit à l'énoncé de son nom en entier.

— Il n'est pas question que je reste si elle part, répondit-il.

— Mais que vas-tu faire ? Tu n'as toujours pas ton diplôme.

— T'inquiète : Silla m'entretiendra.

— Il n'y a pas de quoi rire. Il y a longtemps que tu ne fais plus rien que voyager.

Nick se pencha en avant avec une moue dédaigneuse qui me fascina.

— Cesse de te conduire comme si tu avais ton mot à dire sur ma vie, Donna, répondit-il en appuyant sur le prénom.

Elle le dévisagea. Je me demandai s'il avait remarqué ses ongles enfoncés dans ses paumes.

— Je veux ton bien, c'est tout, dit-elle.

— Maintenant, oui, riposta-t-il. Quand Mab ira à l'université, enchaîna-t-il sur un ton plus désinvolte, tu pourras la faire bénéficier de cet instinct maternel dont tu as finalement jugé bon d'user.

Je tapotai la table du doigt pour attirer l'attention de Pan. Les yeux ronds, il dévisageait Nick, les coins de la bouche crispés dans une expression de colère.

— Ça te dirait de rencontrer des amis à moi ? lui chuchotai-je.

Il se laissa glisser à bas de sa chaise comme s'il était désossé. Je lui tendis la main, il la prit, et nous sortîmes en emportant un gros pain aux raisins que j'avais cuit la veille.

Dehors, le soleil déclinait. Je m'arrêtai au milieu de la cour de devant pour couper le pain en morceaux. L'herbe chatouillait le dessus de mes pieds nus. Plusieurs corbeaux se rassemblèrent autour de nous et je donnai à Pan la moitié du pain pour qu'il le leur jette. Je lançai de petits morceaux en l'air pour les autres corbeaux. Ils descendirent sur nous en piqué, rompant les cercles languissants qu'ils décrivaient dans le ciel, pour saisir les fragments dans leur bec ou entre leurs griffes. Mes bouts de pain fusaient dans le ciel comme si je jonglais avec eux. Ces gestes m'étaient familiers ; je nourrissais les corbeaux ainsi depuis l'âge de douze ans. Bientôt, tous plongèrent tour à tour vers moi en une chorégraphie compliquée.

— Qu'est-ce que c'est que ces oiseaux ? demanda Pan.

— C'est Reese, expliquai-je en les désignant tous d'un grand geste, heureuse qu'il ait compris que mes corbeaux n'étaient pas des oiseaux ordinaires. Reese était un garçon comme toi, avant qu'une magie incontrôlée ne le transforme en cette bande de corbeaux. Chacun d'eux est un morceau de Reese. Il est mon ami et le protecteur de cette terre et de tous ceux qui y vivent. Maintenant qu'il a fait ta connaissance, il te protégera aussi.

Les corbeaux poussèrent en chœur un grand croassement joyeux.

Pan ne paraissait pas effrayé. Il se sentait même visiblement assez détendu, car il s'assit en tailleur et tendit la main au corbeau le plus proche, qui s'avança vers lui, les ailes déployées.

— B'jour, fit tranquillement Pan.

Je l'observai en silence, me demandant quelle connaissance il avait de notre magie. J'espérais gagner assez sa confiance pour qu'il me raconte son histoire.

— Pas mal, commenta Nick, derrière moi. Je n'avais pas entendu le bruit de ses pas sur le perron, ni le claquement de la porte à moustiquaire.

L'un des corbeaux s'envola, se percha sur son épaule et nicha son bec contre sa joue. Nick le gratta sous l'aile gauche, à l'endroit préféré de l'oiseau.

— Et Donna, ça va ? demandai-je à Nick.

— Ça va. Ça m'exaspère seulement qu'elle me connaisse si bien.

— C'est normal, non ? C'est ta mère.

Nick grommela quelque chose, et le corbeau perché sur son épaule s'envola vers Pan. Le garçon avait ramassé dans l'allée un caillou rose qu'il jetait aux oiseaux pour qu'ils le lui rapportent. Nick et moi-même l'observions. Je priais pour que Nick ne remarque pas l'absence de l'un des oiseaux : je ne voulais pas lui mentir.

— Elle m'en veut toujours ? demandai-je à mi-voix, furieuse de l'humilité avec laquelle j'avais prononcé ces mots.

— Oh non, répondit-il en tiraillant le lobe de son oreille, elle a bien trop à faire pour être en rogne.

— Ce qui signifie qu'elle m'en veut toujours.

— Tu lui as quand même balancé pas mal de vacheries.

À sa manière de froncer les sourcils, je compris qu'il prenait le parti de Silla, comme toujours, du reste. Je relevai le menton.

— Elle aussi, répondis-je. Je ne suis pas ma mère et ce n'est pas ma faute si les corbeaux préfèrent rester ici avec moi. C'est elle qui a toujours voulu le forcer à…

Je m'interrompis, car je ne voulais pas me quereller devant Pan. Il faisait semblant de ne pas écouter, mais l'inclinaison de sa tête le trahissait.

Nous restâmes silencieux et l'observâmes. Trois corbeaux se disputaient avec des battement d'ailes la pierre qu'ils rapportaient à Pan, comme s'ils étaient trois esprits distincts au lieu des éléments d'un tout.

— Te paraît-il moins…

Nick s'interrompit.

— Moins… humain qu'autrefois ?

— Parfois, oui, répondis-je en croisant les doigts.

— Je me souviens seulement qu'il suivait les conversations… Il nous observait, et quand nous parlions, l'un des corbeaux tournait la tête tour à tour vers chaque interlocuteur comme s'il assistait à un match de tennis. Je ne l'ai pas vu faire ça depuis un an.

— Ça ne veut pas dire qu'il n'écoute pas. Peut-être qu'il y arrive mieux maintenant, sans avoir besoin de remuer la tête.

— Silla va sûrement être ravie de l'apprendre, commenta-t-il avec une pointe de sarcasme.

— Il connaît son propre nom, avançai-je doucement.

— Je ne suis pas sûr que ce soit le cas pour celui-là, répondit Nick en baissant la voix, les yeux fixés sur Pan.

Mes yeux se posèrent sur l'enfant. La pierre rose reposait au creux de sa main tendue et il attendait que deux corbeaux décident lequel viendrait la prendre. S'il ignorait qui il était, il était à la bonne adresse. Ici, nous repartions toujours de zéro, comme les corbeaux pouvaient en témoigner.

CHAPITRE 7

Will

Je fuyais le sommeil et les cauchemars en combattant avec le gardien de but de mon équipe de foot des monstres électroniques, mi-hommes mi-lions. La bande-son d'une scène de bataille extraite d'un film d'action rugissait sur mon iPod, la télé retransmettait un match USA-Royaume-Uni que j'avais enregistré pendant la dernière Coupe du monde, et deux ventilateurs vrombissants m'éventaient. Ma canette de Dr Pepper était presque vide et j'avais envie d'en ouvrir une autre. Bizarrement, ce goût sucré éclipsait mieux que n'importe quoi l'arrière-goût de cuivre que j'avais toujours dans la bouche. Il m'avait hanté toute la journée, ainsi que la meurtrissure de ma poitrine. Les meurtrissures, au moins, ne font mal que quand on les touche, mais ce goût me poursuivait comme s'il voulait sans cesse se rappeler à mon souvenir.

La télé s'éteignit soudain. Le vacarme diminua de quelques décibels et je pivotai dans mon fauteuil.

Ben avait refermé la porte de la chambre derrière lui. Après avoir posé la télécommande sur l'écran de l'ordinateur, il s'accota au mur.

— Ça te dirait d'aller taper dans un ballon ? demanda-t-il.

— Il fait nuit.

Il était plus de dix heures du soir, j'avais très chaud et une seule envie : rester assis dans ma chambre au milieu de ce boucan, et me laisser tout doucement fondre.

— Ah bon ? Avant, si on vous laissait faire, vous jouiez dehors jusqu'à minuit passé.

C'était vrai pour Aaron et moi, mais quand Ben était parti pour l'école militaire je savais à peine dribbler. Je soutins son regard en silence, incapable de lui répondre : tu n'es pas Aaron.

La bande-son du film se lança dans un solo de basse tonitruant. Ben fronça les sourcils et éteignit l'appareil, puis braqua sur moi un regard fixe d'officier supérieur.

— Déconnecte-toi, qu'on puisse causer un peu, fit-il.

— De quoi ? demandai-je en me retournant vers l'ordinateur, et je fis la grimace en constatant que mon joueur avait épuisé la moitié de sa vie en quelques secondes depuis que je l'avais quitté des yeux. L'un de ses monstrueux assaillants lui avait presque arraché un bras.

— Will, s'il te plaît. Je ne sais pas combien de temps je vais rester à la maison.

J'acquiesçai en serrant les dents, cliquai sur l'icône de Matt pour le prévenir et mis mon ordinateur en veille. Ben s'était installé sur mon lit, où il feuilletait les manuels scolaires ouverts et les feuilles étalées sur ma couette.

— Papa m'a dit que tu as eu un B en espagnol.

Superbe entrée en matière, Ben, pensai-je. Je haussai les épaules.

— En anglais aussi, fis-je, et j'aurai un C en histoire si je ne me donne pas la peine de retenir dix mille dates pour l'examen final. Et alors ?

— Et ta moyenne ?

Je haussai de nouveau les épaules.

— Moins trois quelque chose. J'ai des A dans toutes les sciences, y compris en maths, OK ?

— Il faut être bien classé pour entrer à l'École militaire.

Pendant un long moment, le seul bruit perceptible dans la pièce fut le vrombissement des ventilateurs. Je refoulai une envie de hurler et revis soudain les doigts de Mab pressés sur le cœur qu'elle tenait.

— Je n'irai pas à l'École militaire.

Ben tendit brusquement le cou.

— Ne fais pas l'imbécile.

— Je ne veux pas entrer à l'Académie navale, Ben. Il y a autre chose dans la vie.

— Tu veux entrer dans une école d'État, puis passer par l'OCS[1] ? Ne me dis quand même pas que c'est ROTC[2] que tu vises !

Il écarta les mains comme s'il allait presser entre elles une balle géante, en imaginant vraisemblablement que c'était ma tête.

Je me renversai dans mon fauteuil, étirai les jambes et affichai un air insouciant. Pourquoi n'étais-je pas sorti jouer au foot avec lui ? L'année écoulée avait réduit à néant tout ce que je croyais désirer, mais cela, il était peu probable que Ben pût le comprendre. Il n'avait jamais rien fait d'imprévu de toute sa vie. Je ne me sentais pas prêt à discuter de mon manque d'ambition et à entendre invoquer quatre générations de Sanger. Je m'éclaircis la gorge.

— J'aimerais voyager, partir en Nouvelle-Zélande, par exemple. Ou ailleurs. Et aller à la fac plus tard. Quand je saurai ce que je veux faire.

---

1. Officers Candidates School : l'école de formation des officiers.
2. Reserve Officers Training Corps : le corps de formation des officiers de réserve, une formation proposée dans les universités et collèges des États-Unis.

Ben blêmissait à vue d'œil.

— Si je décide d'entrer dans l'armée, bien sûr, je pourrai toujours faire l'OCS quand j'aurai mon diplôme.

— Tu dis ça juste pour me foutre en rogne.

— Je ne me présenterai pas à l'école militaire, point final.

Ben croisa les bras sur sa poitrine. Il ne portait qu'un T-shirt et des jeans, mais on aurait cru que le fantôme de son uniforme planait au-dessus de lui.

— C'est à cause d'Aaron, cette petite rébellion ?

Je me levai, ce qui dut le conforter dans son idée.

— Non, c'est seulement que je ne sais pas encore ce que je veux faire. Je suis désolé de ne pas être aussi parfait que toi, mais je n'en ai tout simplement aucune idée.

— Tu as peur, voilà tout.

C'était presque un soulagement de m'entendre traiter de lâche au lieu du qualificatif de héros que m'avait valu le sauvetage de Holly. Nous n'avions pas encore parlé du tremblement de terre. Aujourd'hui, il n'y en avait eu que pour Ben. Rien pour moi et mon manque de prouesses.

Comme je ne répondais pas, Ben secoua la tête et afficha un air stupéfait.

— Mais tu as toujours voulu t'enrôler, dit-il.

— Vraiment ?

À mes yeux, cela relevait plus de la conjecture que de l'intention.

— Je ne sais pas, répondis-je. J'y ai réfléchi un moment, mais en fait, je ne sais pas.

— Ça te ferait du bien. Moi, j'adore ça. Papa aussi… Tu es fait pour cette vie-là, Will.

— Tu en parles comme si j'étais une sorte de prodige, mais c'est juste un boulot comme un autre.

Les bras de Ben se crispèrent ; je crus presque entendre craquer ses muscles.

— Non, fit-il entre ses dents serrées, sûrement pas. Si tu veux te conduire comme un gamin, libre à toi, mais ne dis pas que c'est un boulot comme un autre.

— Et toi, ne fais pas semblant de vouloir jouer au foot avec moi dans la cour et d'avoir autre chose en tête que de me recruter comme Marine.

Au moment où je prononçais ces paroles, je savais qu'elles étaient injustes, mais je m'en moquais. Je me sentais oppressé comme si ma douleur à la poitrine se réveillait.

— Tu ne respectes donc rien ? demanda Ben.

— Ce que je sais, c'est qu'Aaron aurait dû intégrer une école d'ingénieurs de l'aérospatiale pour apprendre à fabriquer des fusées au lieu d'aller réparer des Humvees à l'autre bout du pays.

— C'était son choix.

— Ouais, c'est ce que tu te répètes pour t'en convaincre.

— En somme, tu vas faire le choix contraire du sien quoi qu'il arrive ?

Je voûtai mes épaules.

— Will, écoute... reprit Ben en faisant un pas en avant. Promets-moi de ne pas prendre une mauvaise décision seulement à cause d'Aaron. Il n'y a rien de mal à avoir peur, c'est même tout à fait normal, mais ne te laisse pas bouffer par ce qui est arrivé. Tu es un Sanger...

— Je n'ai pas peur.

Je m'avançai brusquement, attrapai mon ballon de foot posé sur la moquette et sortis en trombe pour aller shooter contre la clôture de l'arrière-cour.

Mab

Le soleil embrasait l'horizon à l'ouest tandis que je dévalais le versant sud de notre colline et longeais le champ de tournesols pour me rendre à mon silo. C'était une grande tour massive de quatre étages en brique orange, flanquée d'une échelle rouillée et surmontée d'un arbre de Judée.

J'escaladai l'échelle dans le crépuscule mauve en évitant les barreaux pourris et les clous rouillés, me félicitant d'avoir troqué ma robe contre un débardeur et un pantalon large. Arrivée au sommet, j'enjambai le bord et entrai dans l'ombre de l'arbre de Judée dont les larges feuilles en cœur formaient comme une toque d'émeraude au-dessus du silo.

Le vent du nord ébouriffait mes cheveux et faisait danser et tintinnabuler les cloches dans mon arbre où pendaient aussi des carillons en roseau, de longs rubans aux couleurs vives flottant dans le vent, de vieux bracelets et des sachets de lavande et de pétales de rose.

Du sac passé à mon épaule, je sortis une minuscule étoile que j'avais sculptée plusieurs mois auparavant dans du bois et enduite de paillettes argentées. Pan l'avait choisie dans ma boîte de talismans.

L'arbre était couvert de ces talismans que, seule ou avec Arthur et Granny, j'avais modelés dans la glaise ou sculptés dans le bois en fonction de la magie que je voulais pratiquer, pour obtenir la chaleur, l'abondance ou la sécurité. J'en avais accroché d'autres par fantaisie ou par malice ; certains représentaient les habitants et les hôtes de la maison. Il y avait un papillon pour Granny, un coyote hurlant fabriqué par Arthur, un essaim de minuscules rossignols indiens pour Faith, un soldat en plastique apporté par Nick, le masque de théâtre bleu de Silla, la lune en étain de Justin, une hache miniature pour Eli, trois fées pour Hannah et une pomme rouge vif pour ma mère.

Je la regardai fixement, avec son reste de paillettes rouges collées à sa peau.

Ma mère s'appelait Josephine Darly, et, quand j'étais plus jeune, je la considérais comme la bonté même. Je ne vivais que pour le sourire qu'elle n'adressait qu'à moi seule après une longue absence, pour ses ongles acérés glissant doucement sur mon crâne quand elle me lavait les cheveux, pour sa voix fraîche qui me chantait des chansons sur les os de mon père se transformant en corail au fond de l'océan. Mon dernier souvenir d'elle était la vision du clair de lune illuminant la fleur blanche brodée sur l'épaule de sa robe, tandis que, telle une lionne de montagne, incarnation de la maîtrise de soi et de la force, elle s'enfuyait loin de moi et de la maison et s'élançait vers la forêt, pour n'être plus qu'un éclair orange entre les arbres noirs.

Un instant plus tard, elle avait disparu.

Je grandis d'un coup le jour où je découvris que, loin d'être la meilleure des créatures, elle était probablement la pire : elle m'avait abandonnée pour aller assassiner deux personnes et transformer leur fils unique en une bande de corbeaux.

Je levai la main et saisis une branche à laquelle je nouai le ruban bleu où pendait le talisman de Pan. Quand je la relâchai, la branche se redressa brusquement et l'étoile dansa en projetant des taches lumineuses.

Silla, la seule survivante de sa famille, avait tué ma mère pour la punir de ses crimes et l'avait liée à la terre à plusieurs centaines de kilomètres de là. Les os de Josephine reposaient désormais pour l'éternité dans une forêt lointaine. Silla était arrivée chez nous avec son frère transformé en corbeaux, son petit ami Nick, une valise et une foule de questions à poser au Diacre. Elle était venue nous apporter son aide en magie, et dans l'espoir qu'Arthur pourrait rendre forme humaine à son frère.

Elle ne s'attendait pas à me trouver là, moi, une fille dont les yeux lui étaient familiers, dotée de la crinière de lionne de sa mère et du même rire impétueux, et avec du sang sous les ongles.

Debout au bord de mon silo, les orteils plantés dans l'herbe clairsemée, j'ouvris les bras pour sentir le vent.

Le silo s'élevait au pied de la colline boisée qui protégeait la Maison rose. Dans toutes les autres directions, on ne voyait onduler que champs de blé mûrissant et prairies en fleurs. Sauf sur la route du comté, à l'est, il n'y avait pas âme qui vive ni la moindre trace de civilisation à près de six kilomètres à la ronde. Rien que moi et la nature. Et, parfois, les corbeaux.

Ils semblaient toujours deviner quand je venais ici. Cette fois encore, ils s'approchaient, et je levai la main pour les saluer avec un sourire.

Au bout du compte, ce n'était pas Josephine qui nous avait séparées, Silla et moi. Elle savait bien que je ne pouvais être tenue pour responsable des crimes de ma mère, et je savais que le destin de ma mère avait été la résultante d'un concours de forces magiques, tel un feu qui dévore et nettoie la prairie en même temps.

Non, le centre autour duquel Silla et moi-même tournions avec la férocité et la fureur de tornades, c'étaient les corbeaux.

Quand j'avais vu pour la première fois la ligne sereine que leur vol traçait dans le ciel, j'avais compris qu'ils étaient uniques. J'avais senti le pouvoir vibrer en eux, et je leur avais offert une boucle de mes cheveux lorsqu'ils avaient atterri dans les arbres autour de moi. Ils évoluaient et s'exprimaient comme s'ils ne faisaient qu'un, et quand la rémige du plus vaillant d'entre eux me balayait le visage, une onde de magie brûlait en moi comme si je m'étais ouvert la poitrine en chantant pour faire surgir le feu.

Ils vivaient avec nous, avec moi, dans cette maison où nous étions en sécurité. Silla n'y venait qu'entre deux semestres à l'université, afin d'assimiler en quelques mois plusieurs années d'apprentissage de la sorcellerie. Concentrée sur son but, déterminée, elle m'égalait presque, surtout dans la magie susceptible de libérer son frère : la possession, la régénération et les métamorphoses. Alors que Silla était hantée par le souvenir de son frère, j'étais tombée sous le charme de la nouvelle apparence qu'il avait prise : ces corbeaux, créatures neuves et parfaites dont le vol incarnait la magie du sang dans toute sa force. D'été en été, Silla et moi-même devenions plus puissantes, mais c'était avec ma magie que les corbeaux se liaient peu à peu ; chacun était désormais l'un des doigts de mon pouvoir, un élément de mon animal familier de sorcière.

Cela, Silla ne l'avait compris que le mois dernier, à la mort d'Arthur.

Nous nous tenions côte à côte devant la mer de fleurs mauves déposées sur sa tombe.

— C'est fini, maintenant, dit-elle soudain. Le Diacre est mort et le nouveau Diacre n'a aucun intérêt à conjurer la malédiction lancée par sa mère.

Je me renfrognai et jetai un coup d'œil aux corbeaux qui faisaient ployer les branches du saule de Granny.

— Les corbeaux n'y voient aucun intérêt, eux non plus, répondis-je.

— Tu n'en sais rien, riposta Silla en s'écartant de moi et en les désignant d'un geste agressif. Mon frère voulait vivre. Il voulait aller à l'université, devenir fermier, reprendre nos terres, vieillir, se marier et avoir au moins une demi-douzaine d'enfants, Mab. Tu ne l'as pas connu. Tu ne peux pas savoir ce qu'il voulait.

— Je sais ce qu'il veut maintenant : pratiquer la magie et voler à travers les airs. Toi, tu ne sais pas vraiment ce qu'il est parce que tu ne l'écoutes jamais.

— Il ne peut pas parler, Mab. Il n'est plus qu'un essaim de corbeaux. Pourquoi refuses-tu de le comprendre ? J'ai déjà dépensé tant d'énergie afin de pouvoir l'entendre à nouveau !

— Pas pour lui. Seulement pour toi.

Je me haussai sur la pointe des pieds afin d'être aussi grande qu'elle.

— Tu ne l'as fait que pour toi, répétai-je. Tu n'es qu'une égoïste ! C'est toi qui veux faire revenir Reese. C'est toi qui veux lui rendre son apparence humaine. Toi, toi, toujours toi ! Tu ne t'es jamais demandé pourquoi Arthur ne lui avait pas offert un nouveau corps d'un simple claquement de doigts ? Il aurait pu, tu sais, il aurait pu le faire en une demi-journée... Mon Dieu, moi-même j'y arriverais en trois jours ! Mais Arthur n'a pas rendu à Reese sa forme humaine, malgré le nombre de fois où tu l'as supplié de le faire, tout simplement parce que Reese ne le lui a jamais demandé.

Je retombai sur la plante de mes pieds, surprise de ma propre véhémence.

Alors le visage de Silla – elle que j'avais toujours admirée pour l'harmonie de ses tenues, barrettes et bottes de cow-boy, pour le poli de ses ongles et la grâce avec laquelle elle dessinait des runes, elle qui me donnait l'impression de n'être qu'une souillon avec mes cheveux en bataille et mes jeans troués – le visage de Silla se fendit comme un masque.

— Josephine m'a tout pris, alors, laissa-t-elle tomber.

S'ensuivit un silence de plomb qui sembla faire surgir de la maison Nick et Donna, venus assister au coup de grâce.

À cet instant-là, je ne pensais qu'à la fierté et à l'audace de ma mère, mais à aucune des atrocités qu'elle avait commises. Je me redressai et le vent repoussa mes cheveux de mon visage et de mes épaules exactement comme il le faisait avec les siens.

— Reese ne t'a pas été pris. C'est toi qui l'as perdu.

Ses yeux étincelants se posèrent derrière moi sur chacun des corbeaux, qui ouvrirent leurs ailes d'un seul mouvement comme pour s'élancer vers le ciel.

— Viens, Reese, rentre avec moi, dit-elle.

Elle se détourna et se dirigea lentement vers le 4 x 4 de Nick.

— Nick ! appela-t-elle d'une voix brève.

Il adressa une grimace à Donna, se précipita vers le siège du conducteur et me jeta un regard mi-contrit, mi-exaspéré tout en mettant le contact et en claquant la portière.

Silla s'apprêta à monter en voiture, puis s'immobilisa, à demi penchée au-dehors, en se retenant d'une main aux barres métalliques du toit.

— Reese ! appela-t-elle.

L'un des corbeaux lui répondit par un cri perçant.

Nous étions tous dans l'expectative. J'observais la scène en silence, sans un geste, le cœur battant si violemment que mon sang me paraissait prêt à jaillir du bout de mes doigts. Les corbeaux vinrent se poser derrière moi et je sentis dans mon dos le fourmillement de leur pouvoir.

— Reese, répéta Silla, d'une voix plus calme, mais toujours ferme.

J'entendais le bruissement du vent dans les arbres et celui, solennel, des ailes des corbeaux qui se posaient sur le sol. Ils restèrent immobiles derrière moi.

C'est ce qui avait brisé le cœur de Silla.

Il n'était guère surprenant qu'elle ne nous ait pas invités à fêter son diplôme, et que Nick se montre désormais distant.

À présent les corbeaux volaient au-dessus de moi en décrivant un cercle semblable à la course du soleil, et leurs silhouettes noires se découpaient sur le ciel. En les regardant, je me sentis soudain légère et heureuse malgré mes pensées lugubres, si légère que j'aurais voulu faire un pas dans le vide pour planer avec eux, décrire des cercles joyeux et rire à gorge déployée.

Tandis que le paysage s'assombrissait dans des tons gris et violets, je m'accroupis et tirai de mon sac mon tuyau de plume affûté. Les corbeaux vinrent se poser dans l'arbre, agitant les cloches et les carillons qui émirent une musique allègre et discordante.

La Diacre avait pour double mission de veiller sur notre famille et de protéger notre terre. Mes talismans, un pour chacune des personnes marquées du sceau de notre magie, avaient pour fonction de me le rappeler. Arthur avait gagné sans peine la confiance et le respect unanimes parce que tout le monde l'aimait. Je devais faire bien plus d'efforts que lui, car je disais souvent le contraire de ce qu'il aurait fallu dire et ma sauvagerie rebutait. J'oubliais d'effacer le sang de ma bouche avant d'aller en bibliothèque et je partais au marché avec des os d'écureuil dans les cheveux. Je lâchais dans la nature une poupée de terre et de roses et laissais une empreinte boueuse et sanglante sur la poitrine du garçon qui l'avait arrêtée.

J'oubliais que la plupart des gens plaçaient la valeur d'une vie humaine au-dessus de celle d'un corbeau.

Mais le plus dur pour moi, en tant que Diacre, était de me souvenir que je faisais partie d'une famille.

Comme toujours, j'appelai la magie à mon secours. Sous les ombres de mon arbre, je piquai mon poignet tatoué : la douleur jaillit, déferla en moi, et j'accueillis avec gratitude la poussée de magie qui fourmillait sous ma peau, envahissait mon corps et couvrait mes bras de chair de poule.

Je marquai de mon sang mon front, mon cœur, mes paumes et les plantes de mes pieds. Puis je m'étendis sur le dos pour former une étoile à cinq pointes – mes quatre membres, et ma tête au sommet.

— Je me lie, dis-je aux premières étoiles scintillant à travers le rideau du ciel violet. Je lie mon cœur à la terre.

Au-dessus de moi, mes talismans oscillaient et dansaient dans la brise. C'était ma famille, ma famille liée à mon arbre, mon arbre profondément enraciné dans la terre.

— Je lie ma tête à la terre.

Je pensai à Arthur enseveli sous un millier de fleurs mauves, désormais mêlé à cette terre, à jamais, et à Granny enterrée sous son saule.

— Je lie mes mains pour le travail de la magie et de la terre.

Je pensai à Donna et à Nick, en regrettant de ne pouvoir lier leurs cœurs afin qu'ils deviennent comme ceux d'une mère et d'un fils. Je pensai à Silla, qui faisait partie de cette famille autant que moi mais qui se croyait toujours seule.

— Je lie mes pieds, afin que chacun de mes pas soit pour la terre du sang et que chacune de mes danses me lie à la terre par un lien vivant.

Je pensai à Pan, qu'il fallait initier aux voies de la magie, et guérir.

— Enfin, je lie mes rêves.

Les corbeaux battirent des ailes, m'éventant d'un air chaud et moite.

Avec le tuyau de plume, je perçai la peau de mon ventre où ma magie prenait sa source. Je trempai un doigt dans le sang et traçai des lignes rayonnant de ce centre, une étoile de sang sur mon ventre.

— Je me lie.

J'étais désormais le centre.

CHAPITRE 8

Tu avais construit la ferme de tes propres mains juste après la Première Guerre mondiale. C'était un bâtiment à deux étages en bois et en brique, avec un grenier et un abri contre les cyclones, au sommet d'une colline restée sauvage. J'avais rapidement emménagé dans la chambre située à l'angle nord-ouest. De ma fenêtre, je pouvais voir toute la cour devant la ferme, une étendue vierge comprise entre le perron et les chênes couronnant la colline. Cela laissait toute la place pour un jardin. Des légumes et des herbes aromatiques, avais-je pensé. Et peut-être aussi des roses.

Le soir de mon arrivée, j'ai insisté pour préparer notre dîner. Tu prenais grand soin de la cuisine et le garde-manger contenait une abondante provision de beurre. J'ai préparé un goulasch avec les derniers poivrons en poudre de ma grand-mère, que j'avais emportés dans l'un de ses mouchoirs, hérité de sa mère. Gabriel et toi avez mangé à en éclater et je me souviens d'avoir pensé que c'était vraiment gentil de votre part de me faire cet honneur, que vous ayez aimé ou non ce que je vous avais servi.

Nous sommes ensuite passés au salon pour déguster de la compote de pommes chaude et de la crème. Je me suis assise sur le fragile canapé tandis que Gabriel et toi vous allongiez sur des tapis près du feu. La chaleur emplissait la pièce et, bien que le chagrin d'avoir perdu ma famille fût toujours lancinant, la douceur de tes yeux et l'énergie débordante de Gabriel l'apaisaient.

— Que comptez-vous faire ici, Evie ? a demandé Gabriel en reposant son bol et en s'appuyant en arrière sur ses mains. À la lueur du feu, ses cheveux lisses luisaient comme de l'huile.

Tu as fugitivement effleuré son poignet et il a haussé une épaule.

— Elle ne se sent pas offensée par ma question, Arthur, a-t-il observé.

— Non, pas du tout, ai-je confirmé.

J'avais remarqué son allure nonchalante et combien, toi aussi, tu semblais plus détendu dans cette pièce, déchaussé et adossé à l'accoudoir du canapé.

— Vous êtes chez vous ici, il est normal que vous sachiez ce que je compte faire, ai-je repris.

Je me suis penchée en avant pour défaire les boutons de mes bottines, je les ai ôtées et j'ai ramené mes pieds sous moi. Tu as suivi ce mouvement des yeux et Gabriel a souri en s'étirant comme un chat.

— Il ne m'a pas raconté ce que vous avez écrit dans votre lettre, as-tu dit au bout d'un instant, alors c'est à toi que je me suis adressée.

— Mon frère aîné est mort en France, et ma mère l'an dernier, d'une défaillance cardiaque, ai-je expliqué. Père a disparu il y a un mois. Les autorités croient qu'il a été volé et assassiné. J'ai utilisé toute ma magie pour le retrouver, sans succès, ai-je conclu avec un soupir. J'ai dû payer ses dettes, heureusement réduites, puis chercher un emploi. Je me suis alors souvenue d'une visite que Gabriel nous avait rendue juste après la guerre. Il nous avait raconté qu'il vivait dans le Kansas, et que, là-bas, il y avait toujours du travail pour un homme courageux, et de la terre en abondance. Peut-être une ville convient-elle mieux à une jeune fille à la recherche d'un emploi, mais il parlait de la Prairie avec un tel…

Mes yeux se posèrent sur Gabriel.

— … un tel amour et une telle fierté que cela a éveillé en moi un désir que je n'avais plus ressenti depuis la disparition de Père.

Le sourire de Gabriel s'est élargi et il s'est penché en avant.

— J'ai toujours été doué pour éveiller les désirs.

Cette insinuation m'a fait ciller et j'ai dû forcer mes mains posées sur mes genoux à rester détendues. Puis j'ai relevé le menton et poursuivi.

— Mes amies et la directrice de mon école m'ont mise en garde parce que j'allais vivre avec deux hommes, même si je leur répétais que nous étions apparentés. Je leur ai affirmé que nous étions bien plus proches parents que nous ne le sommes en réalité. J'ignorais si le pouvoir de notre sang confirmait cette assertion, mais l'argument avait porté avec ceux qui se voulaient mes protecteurs à Chicago.

— Vous avez bien fait, et ce n'était nullement un mensonge, as-tu répondu avec une assurance paisible. Aux yeux de Dieu, il est certain que nous sommes liés par le sang.

J'ai alors été capable de te regarder dans les yeux, et heureuse de t'entendre exprimer ce lien que je ressentais moi-même.

— Je leur ai concédé, ai-je poursuivi d'une voix mal assurée, que s'ils n'avaient pas de mes nouvelles dans un mois, ils pourraient vous envoyer les représentants de la loi en affirmant que vous vous étiez sans nul doute rendus coupables des pires atrocités à mon égard.

Gabriel a ri, puis il s'est levé.

— Vous me plaisez, Evie, a-t-il déclaré. Vous avez le courage d'un rossignol, capable de crier et de chasser des oiseaux quatre fois plus gros que lui pour protéger son nid.

— Et vous n'aurez besoin d'aucune protection contre nous, as-tu ajouté. Ici, vous êtes en sûreté, Miss Sonnenschein.

Je me suis permis de sourire.

— Je n'ai besoin de rien de plus, ai-je répondu. Et tout ce que je veux, c'est une occupation. J'aimerais cultiver un jardin, cuisiner, coudre et apprendre à connaître ce pays. C'est tout pour l'instant.

Pendant mon voyage en train depuis Chicago, j'avais caressé l'espoir que tu m'offrirais un foyer, tout en sachant très bien que ce serait provisoire. Simplement le temps de grandir, d'apprendre et de redevenir heureuse. Quelques années plus tard, je reprendrais le train pour Kansas City afin d'aller à l'université, de me découvrir une vocation pour autre chose que le jardinage, de trouver un bon époux et de fonder une famille.

Mais ces visions volaient déjà en éclats : dès que tu me regardais, un pan de mes vieux rêves s'effondrait.

Tu as refusé de me laisser desservir et faire la vaisselle sous prétexte que c'était ma première soirée ici et tu as entraîné Gabriel à la cuisine. Pendant que vous faisiez tout un vacarme et que Gabriel chantait à tue-tête une vieille chanson française dont je ne comprenais pas les paroles, je suis sortie dans la nuit en emportant le mouchoir qui avait contenu la poudre de poivron.

Un vent froid a balayé les arbres et m'a fait frissonner dans la mince robe bleue que je portais depuis mon départ de Chicago. Jamais je n'avais vu de nuit aussi noire ; les étoiles scintillaient dans le ciel comme du sel renversé. J'ai roulé mes bas sur mes chevilles et je me suis avancée à travers les hautes herbes sauvages vers l'angle sud-ouest de la maison, qui me paraissait le meilleur endroit où installer un jardin. Là-bas, ombre et soleil seraient également répartis, et la pente de la colline était trop forte pour que les arbres poussent trop près de la maison.

Je me suis agenouillée, j'ai enfoui mes doigts dans la terre froide et laissé couler ce riche humus entre eux. J'ai déposé le mouchoir de mon arrière-grand-mère avec ses miettes de poivron, versé dessus trois gouttes de sang, et je l'ai enterré avec une courte prière pour apaiser mon esprit et enraciner mon cœur dans cette terre.

CHAPITRE 9

Will

Je rêvai d'épines de roses acérées et de luttes dans le noir. À mon réveil, la sueur plaquait mes draps sur mon corps, ma bouche était aussi aride que le désert et ma poitrine douloureuse. Je me dirigeai en titubant vers la salle de bains, me rinçai la bouche, me brossai les dents et me gargarisai à la Listérine, et renouvelai l'opération. J'y gagnai un répit de quelques minutes, mais aussitôt que je fus sorti de la douche, l'arrière-goût de sang revint subrepticement, tel le souvenir fugace d'un pétale de rose tombant de mes lèvres sur le visage ravagé d'un monstre de boue.

J'essayai de ne plus y penser. Je me répétai que c'était impossible. Ce n'était qu'un rêve, un prolongement de mes cauchemars liés à Holly. Pourtant je pris à peine le temps de m'essuyer et retroussai les lèvres pour voir si j'avais des coupures à la langue et aux gencives. Avais-je un peu saigné depuis hier matin ? Mais je ne découvris rien et ne ressentis aucune douleur en me palpant.

Peut-être était-ce un traumatisme crânien.

Et si c'était une tumeur ? Je me détournai du miroir et pris une profonde inspiration.

Je retournai dans ma chambre, allumai l'ordinateur, puis m'habillai. Internet n'était peut-être pas idéal pour un diagnostic médical, mais je pourrais quand même y trouver des indications.

Je consultai d'abord l'un de ces sites où l'on obtient une réponse après description des symptômes. Comme mots clés, je saisis « goût métallique » et « langue pâteuse », qui me paraissaient pertinents. Résultat : j'étais peut-être constipé. J'éclatai de rire, car j'étais certain que non. Les autres hypothèses étaient : des effets secondaires de médicaments (je ne plaisante pas), en particulier d'antibiotiques (je n'en prenais pas, à ma connaissance) ou un empoisonnement.

Je me frottai le visage des deux mains. Ce n'était qu'une consultation médicale par Internet : aucune raison de s'affoler, donc. J'ajoutai un autre symptôme : « hallucinations ».

Ça devint encore pire : abus de drogue, trois formes d'épilepsie, et enfin schizophrénie.

Je m'écartai de l'ordinateur en me répétant : ne t'en fais pas. J'allumai la chaîne stéréo. Une bouillie de hard-rock se déversa dans ma chambre à plein volume, me vrillant le crâne et noyant la peur qui m'oppressait.

Je me forçai à fredonner et expédiai le reste de ma routine matinale en ignorant délibérément l'arrière-goût de sang.

Mab

Ma première vision le lendemain matin fut celle de Nick sur le perron distribuant aux corbeaux des morceaux de bacon grillés. Le soleil était levé depuis un bon moment et l'air matinal étonnamment frais sur mes bras nus. Nick nourrissait les oiseaux à la main, un morceau chacun et chacun son tour.

Son sac était posé contre la roue avant du 4 x 4. Il avait donc retardé son départ pour me dire au revoir.

— Salut, Mab, dit-il en me tendant l'assiette de bacon.

Je m'assis sur les marches à côté de lui et nouai mes cheveux sur ma nuque.

— Tu as bien dormi ? demandai-je.

— Comme toujours sur ce canapé.

Quand j'étais montée me coucher, la veille au soir, il était étendu dans le salon, son chapeau sur le visage. Pas étonnant qu'il ait été le premier à se lever, alors que je me souvenais de l'avoir vu dormir jusqu'à midi autrefois.

— Pas de cauchemars ?

— Pas le moindre rêve.

Je regardai l'emplacement où les roses s'étaient repliées sur elles-mêmes en formant des nœuds inextricables. Cela faisait maintenant vingt-quatre heures que j'avais libéré la malédiction dissimulée entre leurs racines et qu'elle s'était enfuie dans le corps de ma poupée. Aujourd'hui, j'étais censée partir à la recherche de ses restes et lier la défunte malédiction comme il se devait. C'était certainement l'intention d'Arthur quand il m'avait ordonné de détruire les roses – non pas les fleurs, mais la malédiction qu'elles renfermaient. Une fois celle-ci conjurée, ce ne seraient plus que des fleurs inoffensives. Je scrutai les alentours de la maison, le jardin qui s'épanouissait dans toute sa splendeur luxuriante. Les boutons multicolores et l'enchevêtrement de feuilles me rappelèrent Granny Lyn à quatre pattes, occupée à creuser le sol de sa bêche bien affûtée, à arracher des feuilles et à en asperger d'autres de gouttes de son sang pour chasser parasites et maladies.

— Donna et le gosse dorment encore ? demanda Nick après avoir jeté dans l'herbe les dernières miettes de bacon.

— Oui, répondis-je.

Nous avions veillé tard après mon retour du silo, à regarder un vieux film de Disney sur une voiture vivante. Pan s'était endormi au milieu d'un fouillis de vieux édredons et Nick l'avait emporté à l'étage dans la chambre d'Arthur. J'y avais jeté un coup d'œil ce matin. Il dormait roulé en boule au pied du lit après avoir rejeté tous les oreillers.

— Tu l'as trouvé où ? demandai-je.

— En Arkansas. Je remontais de La Nouvelle-Orléans… Tu te souviens des Perry ?

J'acquiesçai. Notre famille était disséminée dans tout le pays, par petits groupes et lignées. Les Perry étaient mes cousins.

— J'étais allé chercher des affaires pour Silla, reprit-il. Je déjeunais à cette brocante à côté de l'autoroute, où ils vendent des têtes de daims empaillées et des ratons-laveurs en porcelaine, et tout à coup le talisman que Silla m'a fabriqué contre les malédictions est devenu brûlant dans ma poche.

Il se tut, parut sur le point d'ajouter quelque chose avec un sourire enjoué, mais s'interrompit et soupira, comme déçu.

— Je me suis renseigné et j'ai découvert qu'on racontait des tas d'histoires sur un feu de sorcière[1] dans les bois du voisinage et sur des oiseaux tombant du ciel raides morts, enfin, les trucs habituels. Je suis entré au hasard dans les bois en question et, en gros, je suis allé droit vers le gosse, comme si j'avais su dès le début où je le trouverais. Il était tout seul. Il abritait un feu au creux de ses mains et il m'attendait. Il m'a expliqué que les arbres l'avaient prévenu que je viendrais et que je l'emmènerais chez sa sœur.

Nick me dévisagea.

— Tu sais si ta mère a eu d'autres enfants que toi ?

1. Un feu de sorcier est un sort jeté par un sorcier pour neutraliser un adversaire.

À cette idée, mon estomac se contracta en même temps que mon cœur se dilatait.

— Non, répondis-je, mais un Diacre est la famille de tout le monde. Et lui, il n'avait pas de parents ?

— Quand je le lui ai demandé, il m'a répondu que son père habitait dans une cabane près de la rivière et il m'a supplié de l'emmener. Ça ne me plaisait pas, mais quand j'ai voulu le convaincre de retourner chez son père, il a soulevé sa chemise et...

Nick s'essuya les mains sur son jean, puis descendit du perron. Il s'avança au milieu des corbeaux qui battirent des ailes, glapirent et se réfugièrent sur l'allée de graviers.

— Viens voir, dit-il.

Je le rejoignis, savourant la légère meurtrissure des minuscules pierres lisses sur la plante de mes pieds nus. Nick dessina du doigt un symbole complexe au milieu des graviers.

— Voilà ce qui est gravé au bas de son dos, expliqua-t-il.

— Une rune noire en forme de chandelle, commentai-je.

— Appelle-le comme tu voudras, mais je sais ce que ça signifie.

À son intonation, je devinai qu'il aurait préféré l'ignorer. Deux ans auparavant, Eli, le mari de Faith, avait découvert qu'une de ses amies de Kansas City était victime de harcèlement de la part d'un homme. Arthur et moi avions fabriqué un puissant talisman pour l'écarter d'elle en détournant ses désirs. Nous avions ensuite tracé une rune noire en forme de chandelle sur le tronc d'un vieux noyer afin que le choc en retour du talisman agisse sur l'arbre et non sur nous. Neuf jours plus tard, ses feuilles étaient tombées, noires, desséchées et mortes.

Je suivis du doigt les contours de la rune.

— C'est son père qui l'a gravée ? demandai-je doucement.

— Ouais.

— C'est la première fois que je vois un sorcier traiter une autre personne comme un animal de compagnie.

— Je suis content de l'apprendre : j'avais peur de t'entendre répondre que ce n'était rien de grave.

Je lui lançai un regard, piquée au vif.

— Vraiment ?

Nick fit la grimace.

— Juste un peu, répondit-il. Désolé.

— Tu as eu raison de l'amener ici.

Je me levai et m'éloignai dans la cour. Maintenant, le soleil était assez haut au-dessus des arbres pour m'illuminer et réchauffer mon visage.

— C'est ce que tu fais qui est important, fit-il, et il me suivit en abaissant son chapeau sur ses yeux pour les abriter du soleil.

— Ce que nous faisons, rectifiai-je. Et nous n'allons pas nous arrêter en si bon chemin, même si nous partons pour l'Oregon, pas vrai ?

Nick éclata d'un rire bref et sonore.

— Non, je ne crois pas, répondit-il.

— Très bien.

Je me plantai face à lui et posai une main sur son T-shirt, juste au-dessus de son cœur.

— Notre famille s'étend sur tout le continent, Nick. Donna pense peut-être que la distance y change quelque chose, mais moi, je sais à quoi m'en tenir.

Il baissa les yeux vers moi, les sourcils froncés. Il m'avait dit un jour : « Tu n'es pas du tout comme ta mère », et même si j'étais certaine qu'il se trompait, je l'avais aimé de m'avoir dit cela.

— D'accord, Mab, dit-il.

Il écarta ma main de sa poitrine, mais la garda dans la sienne et m'entraîna vers la maison afin de couper court à toute conversation sur des sujets sensibles.

— On devrait peut-être aller préparer du bacon mangeable pour les humains avant que tout le monde soit réveillé.

Tandis que nous approchions de la maison, je levai les yeux vers la fenêtre au-dessus de la cuisine, celle de la chambre dans laquelle Pan dormait, en priant silencieusement pour que le charme de la chandelle noire fût déjà rompu.

CHAPITRE 10

Pendant les premières journées que j'ai passées avec vous, je vous ai aidés dans vos préparatifs pour l'hiver. Gabriel et toi avez réparé la clôture du pré destiné aux chevaux, même si vous n'en possédiez aucun, et vous vous êtes relayés pour ordonner aux vents de souffler dans l'écurie afin de repérer les brèches à colmater. Il y avait beaucoup de ménage à faire dans la maison. J'ai reprisé plusieurs couvertures et tracé le jardin que je comptais cultiver au printemps. J'ai planté quelques bulbes qui pousseraient pendant l'hiver, et je vous ai aidés à ramoner la cheminée.

Quand vous m'avez emmenée en ville chercher de quoi nourrir les poules, je suis devenue la nièce de Gabriel, qui paraissait presque assez vieux pour être mon oncle. J'ai proposé d'acheter tous les fruits de fin d'automne que nous pourrions trouver ; je pourrais en faire des conserves afin que nous ayons des friandises pour Noël.

— Vous allez vous rendre indispensable, m'a dit Gabriel à l'épicerie, en me pressant l'épaule et en me serrant contre lui.

J'ai dépensé le reste de mon argent dans l'achat d'une robe en laine et de pulls ainsi que d'une paire de solides bottes convenant mieux à la vie sur une ferme que mes jupes plissées et mes souliers de ville. Gabriel a insisté pour m'offrir des boucles d'oreilles en perles de culture, et, devant ma réticence, il a déclaré assez fort pour que tout le monde l'entende :

— Je veux gâter un peu ma pauvre nièce après toutes les épreuves qu'elle a subies.

Prise à ce piège, j'ai dû m'incliner.

C'était toujours toi que je regardais, en quête d'un signe. J'étais attentive aux hommes avec lesquels tu échangeais plus de trois mots et je m'arrangeais pour me présenter à leurs épouses. Tes préférences allaient aux plus simples, aux fermiers, tandis que Gabriel fréquentait ceux qui avaient une montre dans leur gousset et parlaient des films les plus récents.

Parfois, j'avais du mal à comprendre comment lui et toi pouviez vivre ensemble. Tu étais si différent de lui et de son effronterie... Ta voix était calme, ton regard assuré, et tu ne tendais la main que lorsque tu savais ce que tu voulais. Gabriel riait, saluait bruyamment ses connaissances, touchait à tout et papillonnait comme un jeune homme, ou un roi. Vous aviez tous deux fait la conquête de la ville, lui par son charme, toi par ton aplomb.

Un après-midi de la première semaine après mon arrivée en allant à l'écurie demander à l'un de vous de tuer un poulet, car il était temps que j'apprenne à me servir du vieux four en fonte, je vous ai trouvés face à face dans le pré, torse nu malgré le froid et le ciel couleur d'ardoise. Vous étiez entièrement concentrés l'un sur l'autre, les mains tendues, les paumes tournées vers le ciel, mais sans vous toucher.

C'est alors que j'ai vu le tatouage de Gabriel : des motifs magiques compliqués d'étoiles contenant d'autres étoiles, qui s'étendaient de sa nuque à ses reins et s'enroulaient autour de ses bras. Certaines étoiles étaient grises et anciennes, d'autres toutes récentes, d'un rouge et d'un noir bien nets. Elles formaient des strates, comme s'il en avait fait tatouer plusieurs séries au fil d'une très longue existence. Je pressentis pour la première fois que vous étiez tous deux plus âgés que vous ne le paraissiez.

Quant à toi, ta vue m'a saisie. Ta peau était pâle des coudes à la base du cou, et rosie par le froid. Des muscles longs jouaient sous cette peau à chacun de tes mouvements. J'ai porté la main à mes lèvres, parce que j'avais envie de te toucher pour savoir si ta peau était chaude ou froide, lisse ou calleuse. Mon corps est devenu brûlant, et juste à cet instant vous avez dit tous deux en même temps :

— Lie.

La magie a jailli de la terre, traversé l'air et moi-même avec un craquement. L'intensité de son pouvoir m'a fait chanceler et j'ai dû agripper la rampe du perron pour garder l'équilibre.

La colline a tremblé et les arbres ont dansé. La brûlure de la magie nous encerclait et fourmillait sous ma peau.

Et puis tout a cessé aussi soudainement que la grêle. Mes oreilles se sont débouchées d'un seul coup. Gabriel a saisi ta main et levé la tête vers le ciel en riant à gorge déployée.

Tu as fermé les yeux et frissonné si violemment que je pouvais le voir à distance. La terre était liée par votre magie, en sûreté et à l'abri de… de je ne savais quoi : quelque chose de particulier, ou tout ? J'ai touché une branche proche de ma tête. Cette sensation de sécurité absolue m'a fait sourire.

Je me suis rendu compte seulement à cet instant qu'un sort puissant avait été jeté sans qu'aucun de vous deux n'ait répandu de sang. Vous étiez liés par un lien bien plus intime que la magie, et, à vous deux, capables d'éclipser même le soleil.

CHAPITRE 11

Mab

Le matin du troisième jour, Pan se réveilla dans le lit d'Arthur. J'attendais sur le seuil de la chambre. Il avait eu deux jours pour nous observer, pour décider s'il pouvait me faire confiance et pour apprendre le langage de nos arbres. Je ne lui avais pas posé de question sur son passé, sa magie ni son père. Je lui avais laissé le loisir d'être un jeune garçon dans une maison nouvelle pour lui, de manger, boire et dormir, de toucher tous les murs et de reprendre pied. Il n'avait presque pas desserré les dents.

La veille au soir, après l'avoir mis au lit, Donna avait doucement redescendu les escaliers pour venir me parler.

— Ces brûlures qu'il a sur les mains, il se les a faites lui-même, dit-elle.

Elle se tut, les yeux rivés sur le papier du mur à la hauteur de mon épaule.

— Je vais l'emmener avec moi demain matin pour mes sept jours de liaison, répondis-je.

Et c'est ce que je fis.

— Quand tu seras prêt, rejoins-moi dehors, lui dis-je lorsqu'il émergea du tas de couvertures roulées en boule au fond du lit. Je vais te montrer ce que nous faisons ici.

Il sortit avec un sac de myrtilles congelées. Il ne portait qu'un mince T-shirt et un pantalon à taille coulissante dont j'avais cousu l'ourlet le lundi soir. Il regarda mes pieds nus et remua ses orteils dans l'herbe.

— Donna m'a dit que ce sont les baies préférées des corbeaux, fit-il en scrutant le ciel à la recherche des oiseaux.

— Elle a raison.

Je lui tendis ma main et il la prit. Ensemble, nous entrâmes dans la forêt en descendant le versant nord-ouest de la colline en direction du ruisseau de Child Creek. Au-dessus de nous, des nuages gris masquaient le soleil matinal, projetaient des ombres au sol et faisaient peser sur la forêt un silence chargé d'attente.

Nous longeâmes le ruisseau en nous amusant à patauger dedans et à sauter sur ses rochers lisses. J'ouvris le sac de baies congelées et il en sema sur notre passage. Au bout d'un moment, les corbeaux apparurent dans le ciel et plongèrent pour happer les friandises. Ils se disputèrent et rirent bruyamment en battant des ailes, ce qui fit sourire Pan.

Quand ils eurent mangé toutes les baies, nous venions juste de franchir un tournant. La prairie occidentale s'étendait devant nous, toute de rose et de violet. Sous le ciel gris acier, les couleurs étaient plus nettes et plus intenses. C'étaient les journées que je préférais.

— Chaque semaine, expliquai-je à Pan, je fais le tour de nos terres afin de renouer les liens de la magie, de conjurer les malédictions jetées sur elles au cours des décennies et de me présenter de nouveau aux arbres.

Pan ne répondit rien, mais à l'immobilité soudaine de ses mains je compris qu'il m'écoutait.

— Est-ce qu'on t'a déjà parlé du Diacre ?

Il resta un instant silencieux, les yeux fixés sur les phlox, les violettes, les volubilis et les ancolies. Il se pencha en avant, cueillit un brin de verveine rose, puis se tourna vers moi et me le tendit.

— La gardienne du sang, c'est comme ça que papa t'appelait, répondit-il.

Je pris les fleurs avec un sourire, heureuse qu'il accepte de parler avec moi.

— C'est exact, dis-je, et c'est justement ce que je veux te montrer. Tu veux bien ?

— Oui, fit-il avidement.

Nous poursuivîmes notre chemin vers le nord tandis que les corbeaux volaient paisiblement au-dessus de nous, longeant le ruisseau jusqu'au confluent de Mighty Creek, qui forme une pointe de terre. Une rangée de caroubiers refermait ce triangle, en faisant un lieu idéal pour la protection et la magie. Là, un vieux chêne noueux étendait en rayon ses épaisses branches basses. Autour de lui, le sol fourmillait de pouvoir. Les corbeaux se posèrent un à un sur ses plus hautes branches, puis replièrent leurs ailes et s'installèrent plus confortablement sur leur perchoir.

— C'est la terre du sang, Pan, expliquai-je.

Nu-pieds, je m'avançai. L'herbe était rare à cet endroit, et les racines du chêne entrelacées comme les mailles d'un filet pour préserver la terre. J'en choisis une, montai dessus et tendis la main à Pan pour l'inviter à en faire autant.

— C'est ici que nous enterrons les malédictions et la magie du chaos, qui est trop dangereuse pour qu'on la laisse en liberté.

Pan se dégagea brusquement.

— Oh non !

Mon cœur se serra et je dus me retenir de le saisir dans mes bras.

— Non, Pan, tu n'es pas une malédiction, ni un danger, même si j'ignore ce qui t'est arrivé. Ce n'était pas ce que je voulais dire !

Il recula, méfiant, et ne s'arrêta qu'au milieu du ruisseau, dont l'eau courante formait une barrière protectrice.

— Qu'est-ce que tu veux, alors ? demanda-t-il.

— Te montrer ce que je fais afin que tu comprennes que je peux t'aider. Et que tu es en sûreté ici, parce que nous ne faisons rien de mal. Nous sommes en... en harmonie avec la nature. Et avec Dieu.

— Mon père dit que votre magie vient du diable et que Dieu s'en moque éperdument.

J'essayai d'imaginer ce que j'aurais voulu m'entendre dire si j'avais été dans la même situation que lui, sans y parvenir. J'avais toujours été aimée, on m'avait toujours dit que j'étais à part, forte et divine. Je m'avançai sur la racine jusqu'au tronc et posai la main contre les sillons rugueux de l'écorce.

— Pan, Dieu est tout ce qui est beau, dis-je. C'était ce que mon père me disait. Parfois, cette beauté fait mal, parfois elle nous accable, mais elle est toujours magique.

— Est-ce que ton père était gardien du sang avant toi ?

— Oui.

Je fermai un instant les yeux.

— Ce n'était pas mon vrai père, mais il aurait pu l'être.

Et j'avais toujours regretté qu'il n'en fût pas ainsi.

Pan s'approcha de moi tout en restant dans l'eau, qui lui arrivait maintenant aux chevilles. Il était minuscule et doré au milieu de tous ces verts et ces gris. Avec son teint de feuille d'automne et ses cheveux sombres et cuivrés, il donnait l'impression d'avoir poussé dans la forêt. J'étais intimement convaincue qu'il appartenait à cette terre. Je ne dis rien de plus. Il finirait par me croire. Il comprendrait à son tour que sa place était ici. Après m'avoir longuement observée, il reprit la parole.

— Montre-moi, dit-il.

Avec un sourire, je m'éloignai de la rangée d'arbres et posai la main sur un fourré épineux. Certaines épines aussi longues que ma main formaient une barrière hostile devant les troncs d'arbres. Leurs pointes acérées entaillèrent ma peau en cinq endroits. La main en coupe, je décrivis un cercle autour de la terre du sang. Le sang ruisselait dans ma paume. Quand j'eus refermé le cercle, je versai cinq gouttes sur le sol. Par trois fois, je fis le tour du domaine, et par trois fois je laissai goutter mon sang sur la terre. Le pouvoir chatouillait la plante de mes pieds tandis que j'avançais en fredonnant un chant de sécurité et de paix. Quand la dernière goutte fut tombée, à la fin de mon dernier tour, le sol trembla. Je me dirigeai vers le chêne et posai la main sur son tronc.

— Lié pour sept jours et sept nuits, prononçai-je.

Ma main devint soudain brûlante contre l'écorce rugueuse. Je la retirai et essuyai les traînées de sang sur mes cheveux. La peau de ma main était redevenue intacte, bien que rose et tendre. J'entrai dans le ruisseau avec Pan et laissai l'eau froide encercler mes chevilles. Le courant emportait la terre et les herbes prises entre mes orteils. Sa magie naturelle me purifiait de celle du sang.

— Maintenant, parcourons le domaine, dis-je d'une voix basse et vibrante.

En suivant le courant, nous décrivîmes un cercle d'environ deux kilomètres. Je fis halte à six reprises pour délimiter de nouveau les frontières par la magie et créer de nouveaux sorts de protection afin que notre terre pût renouer avec elle-même, pour lui rappeler une fois de plus qui j'étais et ce qu'elle était.

Pan ne m'interrompit pas une seule fois. Il se contenta de m'observer, les yeux brillants, et de saluer de la main les corbeaux qui sautillaient de branche en branche à nos côtés ou tournoyaient dans le ciel pendant que je me livrais à la magie. Les motifs qu'ils dessinaient dans l'air étaient comme un écho de mes runes, et je crois que Pan l'avait remarqué.

Nick le considérait comme un enfant et c'est probablement ce que ses dix ans faisaient de lui, mais je me souvenais aussi de ce que j'étais à cet âge, et en particulier de mon exaltation devant ce sort de liaison en sept jours. J'espérais que Pan s'en éprendrait comme moi, et que tout ce qu'il avait connu auparavant pâlirait en comparaison.

Quand le sort de liaison fut scellé, les extrémités de mes doigts palpitaient comme mon cœur et les nuages dans le ciel, et des grains de poussière dansaient dans les rayons de soleil au rythme de mon sang. Je ris à la vue des corbeaux qui se taquinaient et posai la main sur l'écorce d'un copalme. Ce contact me chatouilla la paume. J'entendis la forêt chuchoter mon nom tandis que le vent soufflait autour de nous.

Pan tendit les mains, les doigts écartés, comme s'il pouvait l'attraper.

— Qu'est-ce que ça t'a fait ? demandai-je.

Il secoua la tête comme si les mots lui manquaient, puis serra brusquement les poings pour saisir les tentacules du vent.

— Ça m'a plu, répondit-il.

J'attendis.

— Ça a plu aux arbres aussi, poursuivit-il en s'accroupissant et en posant la main sur l'écorce argentée d'un bouleau. Ils chuchotent ton nom.

Son sourire disparut et il appuya le front contre le tronc.

— Mais ils n'aiment pas que je les touche.

Je m'approchai doucement de lui et posai les mains sur son dos, juste entre ses omoplates, là où ses ailes auraient poussé s'il en avait eu.

— Nous pouvons changer cela.

— Non. C'est dans mon sang.

— Laisse-moi essayer.

Il frissonna, se retourna et se laissa glisser à terre contre le bouleau, les bras noués autour des genoux.

— Maman m'appelait Lukas, dit-il, si bas que je dus me pencher pour l'entendre.

Je tendis les mains vers lui, les paumes tournées vers le ciel, pour lui montrer l'étoile tatouée sur mon poignet gauche et la spirale vrillée autour du droit.

— Lukas, je te promets de faire en sorte que la seule empreinte magique sur ta peau soit celle que tu voudras, repris-je.

Il hésita seulement un instant avant de tendre les mains à son tour.

Will

En rentrant à la maison mercredi après l'entraînement, je trouvai sur mon oreiller un ballon de foot flambant neuf à motifs de camouflage.

Un cadeau de Ben.

Je l'ignorais depuis vingt-quatre heures – depuis notre engueulade. Le lundi soir, pendant le dîner, j'avais remarqué que papa était aussi calme et réservé que d'habitude. Ben ne lui avait donc sûrement rien dit de notre petite discussion sur l'Académie navale. Une partie de moi lui en était reconnaissante, mais l'autre aurait aimé tout déballer à papa : Ben n'avait aucune obligation de loyauté envers moi lui interdisant de révéler que j'étais un gâcheur et un traître à la tradition familiale.

Je laissai choir mon sac à dos et saisis le ballon. Comme offre de paix, c'était un peu équivoque, mais j'avais adoré jouer avec Ben, jadis, courant comme un dératé, riant à perdre haleine tandis qu'il me poursuivait dans un pré. C'était probablement dans le Maryland, où nous avions vécu quand j'avais cinq ans. Il me rattrapait toujours et m'empoignait par un bras et une jambe pour me faire tournoyer en l'air avec des cris de guerre suraigus, jusqu'à ce que j'en aie la nausée. Ben était tout juste assez fort pour de tels jeux, mais je n'avais jamais peur. Aaron, qui avait six ans à l'époque, était déjà trop lourd pour lui. C'était donc un jeu entre Ben et moi. Il me disait que j'étais un avion furtif et que je devais rester silencieux pendant qu'il me faisait voler, sinon l'ennemi nous repérerait, mais j'étais incapable de me taire.

Je n'avais que dix ans quand il était parti, fidèle au destin des Sanger, ce destin qu'Aaron avait accompli jusqu'à la mort et auquel je ne pouvais me résoudre.

Je poussai un profond soupir et, au lieu d'aller prendre une douche, sortis dans l'arrière-cour avec le ballon de Ben. Je donnai à boire et à manger aux chiennes, mais elles savaient ce qu'était un ballon de foot : elles ignorèrent complètement ce que je leur offrais. En dribblant dans mon coin, je les incitai à me pourchasser dans la cour. Elles se relayaient pour me foncer dessus afin de me renverser ; je devais me démener pour rester debout. Je riais en dansant autour d'elles et Wal poussait ces petits aboiements qui me donnaient toujours l'impression qu'elle riait avec moi. Havoc se glissa entre mes jambes – elle était plus maligne que Wal – et je trébuchai, puis atterris assez brutalement pour sentir ma poitrine se crisper à l'emplacement encore sensible de la meurtrissure. Je restai étendu, bras et jambes écartés, les yeux au ciel et riant aux éclats, tandis que les chiennes se jetaient sur moi et me léchaient le visage.

— Elles feraient du bon boulot en première ligne, dit Ben dont l'ombre s'interposa entre moi et le soleil de cette fin d'après-midi. Je le dévisageai, les yeux plissés, tandis que Wal se levait d'une détente pour aller poser les pattes avant sur son ventre.

Il la repoussa doucement et me tendit la main. Je la saisis et il me remit debout.

— Merci, fis-je en espérant qu'il comprendrait que je parlais aussi du ballon.

— Pas de quoi. Maman m'a donné ça aujourd'hui.

Il tira de la poche de son jean un article de journal plié en quatre. Je poussai un grognement.

C'était le communiqué que le journal local avait publié le mois dernier à la suite du tremblement de terre, illustré par une photo de moi avec l'équipe de foot de l'an dernier et Holly en pom-pom girl.

Le journaliste était venu dîner chez nous. Maman avait préparé des côtes de porc et papa m'avait prêté sa cravate préférée. J'avais dû répondre à des questions du genre : « À quoi avez-vous pensé quand vous avez plongé, William ? », ce qui revenait à me demander à quoi je pensais en versant des céréales dans mon bol pour mon petit déjeuner. « À rien, avais-je répondu. Il fallait le faire, c'est tout. »

Cette réponse avait ravi le reporter, qui m'avait présenté dans son article comme « Will Sanger, le héros du cru », un peu comme si j'avais été une variété potagère locale.

Depuis ce jour, les gars de l'équipe de foot m'appelaient « Héros » quand je passais devant eux dans les couloirs de l'école, et mon casier était bardé de photocopies de l'article de presse. Je ne sais plus qui avait pris l'initiative de faire circuler des autocollants de Superman pour me les coller dans le dos quand je n'étais pas sur mes gardes. Je n'aurais jamais cru qu'un seul de mes amis aurait été assez malin pour avoir l'idée d'apporter en classe une couronne de lauriers en plastique, mais elle m'attendait bel et bien sur mon pupitre en cours d'histoire.

Maman et papa avaient été les seuls à considérer comme une évidence mon soi-disant héroïsme, comme s'ils savaient parfaitement qui j'étais, si bien qu'ils n'avaient pas été surpris de mon exploit. Je dévisageai Ben et rassemblai tout mon courage. Je n'avais aucune idée de la manière dont il allait réagir à ce que j'allais dire.

— Bravo, Will, fit-il.

Je laissai mes mains retomber le long de mes hanches, puis haussai les épaules.

— Ce n'était pas… commençai-je.

J'étais incapable d'expliquer que, même si c'était important à mes yeux, il n'y avait quand même pas de quoi en faire un plat.

— Je comprends, fit-il.

Il rangea l'article dans sa poche, une ombre de sourire sur les lèvres.

— Ça prouve bien que l'héroïsme est dans les gènes.

— Oh, arrête… !

Je reculai et me penchai pour reprendre le ballon.

— Je vois où ça va nous mener, maugréai-je.

J'ordonnai à Havoc et à Wal d'aller enfin manger.

— Je ne rigole pas, reprit Ben en esquivant les chiennes qui le contournaient pour se ruer dans le chenil. Tu peux nier tout ce que tu veux, tes actes parlent pour toi. Regarde la vérité en face.

Je fis rebondir le ballon sur l'un de mes genoux, puis entrepris de le faire sauter alternativement sur les deux sans le laisser retomber, ce qui demandait de garder le rythme, l'équilibre et une certaine concentration. Ben bondit vers moi et l'intercepta.

— Je comprends que tu aies peur après ce qui est arrivé à Aaron, je te le jure, mais tu ne peux pas laisser cette peur influencer tes décisions concernant ton avenir, dit-il.

— Ce n'est pas le cas.

— Qu'est-ce que c'est, alors ?

— Je ne... je ne sais pas.

J'avais du mal à soutenir son regard sceptique.

— Je ne veux pas m'engager dans cette voie.

— Mais avant, tu le voulais.

— Plus maintenant, répondis-je, les yeux rivés sur le ballon coincé sous son bras.

— À cause d'Aaron.

— Je suppose que oui.

Je me remémorai cet instant, l'an dernier, à la cuisine. Le silence absolu dans lequel maman avait répondu : « Oui, c'est Mme Sanger », avant de lâcher le téléphone. Et l'instant où nous avions allumé tous les postes de télévision et de radio pour faire cesser ce silence. Ben n'était pas là alors. Il ne pouvait pas comprendre ce que c'était et je ne pouvais pas le lui expliquer.

Il haussa les épaules avec une feinte désinvolture.

— Pour moi, ça ressemble à de la peur, et tu n'es pas un lâche, fit-il. Pas mon frère.

Je serrai les dents et transformai ma grimace en sourire.

— Tu joues ? demandai-je en lui montrant la clôture. La cage est entre ce poteau et celui-là. Je parie que tu ne peux pas en marquer un seul contre moi.

— Si je réussis, tu me réponds franchement, dit-il.

Je m'accroupis dans la pose du gardien de but.

— Et si tu rates, c'est moi qui pourrai te poser une question, répliquai-je.

— Marché conclu.

J'observai ses épaules et l'inclinaison de sa poitrine pendant qu'il s'approchait de moi en dribblant. Il ne jouait pas très bien et son tir manqua largement le but. J'interceptai le ballon avec un claquement sec et le soulevai au-dessus de ma tête. Ben admit sa défaite d'un bref hochement de tête.

— OK, Ben, fis-je, le ballon coincé sous mon bras. Tu es à fond dans les Marines et persuadé que je vais adorer ça. Pourquoi ?

Son visage se creusa pendant un bref instant.

— Parce que, là-bas, je fais partie de quelque chose de plus grand que moi.

— Foutaises. On dirait un spot publicitaire.

Je fis un pas vers lui.

— On s'est engagés à répondre franchement, tu te souviens ? Alors, qu'y a-t-il de si merveilleux à être dans l'armée ? Pourquoi est-ce préférable à n'importe quel autre métier que je pourrais choisir ?

Ben poussa un soupir, puis détourna les yeux. Tout en lui se figea soudain. Je me demandai où il était en cet instant, à quoi il pensait. Quand il me regarda de nouveau, je lus sur son visage quelque chose que je n'avais jamais vu auparavant, et je me sentis lâche, comme il venait de le dire.

— À cause de la confiance, Will, répondit-il enfin. Je ne pourrais même pas t'expliquer ce que tu ressens quand tu te trouves dans un endroit complètement inconnu, où tu ne peux compter que sur toi-même et sur le gars qui te couvre. Tu n'y penses même pas parce que ce n'est pas nécessaire. C'est comme ça, c'est tout. C'est si fort qu'on ne peut pas l'exprimer par des mots.

Le visage de mon frère était serein et intense. Je secouai la tête, parce que je ne comprenais pas ce qu'il voulait dire, mais je le croyais.

— Et c'est tout ce que j'ai à dire là-dessus, conclut-il sèchement en s'écartant de moi.

Il se dirigea vers la porte à grands pas. J'aurais voulu lui dire que je le croyais, même si je ne le comprenais pas. Pourquoi ne pouvait-il pas en faire autant pour moi ?

Mais j'étais incapable d'articuler quoi que ce fût, et la porte claqua derrière lui.

CHAPITRE 12

J'étais rarement seule avec toi. Le jour, nous avions trop à faire, et le soir, Gabriel était là.

Sa présence ne me gênait pas. Je le trouvais divertissant, utile et gentil. J'étais certaine qu'il m'aurait protégée du moindre mal. C'était généralement lui qui venait me voir. Il me demandait comment je me faisais à ma nouvelle vie dans la Prairie.

— Bien, répondais-je invariablement. J'adore ça : c'est toujours haut en couleur.

C'était vrai, et son rire était approbateur, mais ce que je préférais, c'étaient les moments où tu te décidais à sourire. Avant d'apparaître sur tes lèvres, ton sourire pétillait dans tes yeux, dont les coins se plissaient, et, lentement, la gaieté gagnait tes joues, puis le bout de ton nez, pour atteindre tes lèvres. Quand tu rentrais fatigué après une longue journée de travail à l'écurie, ou couvert de boue et de poussière, je faisais chauffer de l'eau pour ton bain et préparais du thé, que Gabriel buvait souvent avant que tu aies fini ta toilette. Tous les soins dont je t'entourais, il les croyait destinés à lui-même. Mais comment aurais-je pu le deviner alors ? Je ne voyais que toi.

Un soir que je préparais un rôti avec du bœuf acheté à un fermier, j'allumai la radio pour écouter en sourdine un air de jazz exquis. Tu faisais ta toilette à l'étage ; je n'avais pas revu Gabriel depuis le début de l'après-midi, quand il avait annoncé qu'il descendait en ville parce qu'il allait sûrement neiger cette nuit.

La cuisine fleurait le clou de girofle et l'oignon. J'avais bien chaud et je me sentais heureuse, seule dans un carré de lumière tandis qu'au-dehors la nuit et les dangers nous guettaient. J'ai monté le volume en entendant le début de l'un de mes airs préférés : Our Love is Here to Stay.

Je me suis mise à danser seule autour de la cuisine, les yeux fermés, une main à la taille, l'autre posée sur l'épaule d'un partenaire invisible. Je fredonnais la mélodie, m'emplissant la tête de ses douces vibrations, chantant les mots que je connaissais par cœur.

Soudain, j'ai senti une chaleur dans mon dos et une main a glissé le long de mon estomac pour venir se poser sur la mienne. Tu dansais avec moi, derrière moi, doux et agile. Ton haleine contre ma tempe sentait la laine et le savon à la lavande. Ma voix a chancelé et je suis devenue incapable ne fût-ce que de fredonner. Je ne pouvais plus qu'esquisser des pas sur le rythme que ton corps m'imprimait, hanche contre hanche, ta poitrine contre mon dos, ta main en l'air sur la mienne, m'effleurant, m'attirant et me repoussant.

Soudain, les applaudissements de Gabriel posté dans l'encadrement de la porte nous ont arrachés à la musique – c'était un autre air, le premier s'était terminé sans que je m'en sois aperçue.

— Bravo, mes chéris !

Il a esquissé nonchalamment de nouveaux applaudissements. Il venait de rentrer, ramenant le froid du dehors. Il a laissé choir son sac sur le sol de la cuisine.

— Ne vous arrêtez surtout pas pour moi, a-t-il ajouté.

Il est allé se laver les mains à l'évier ; nous restions plantés comme des statues à côté de la table, ta main sur mon estomac, mes doigts serrant les tiens.

Il s'est mis à chanter en nous regardant par-dessus son épaule d'un air taquin, les sourcils levés, comme pour nous encourager. Il avait presque une attitude de défi, et, pendant un instant, je me suis demandé s'il était jaloux.

Tu t'es écarté de moi et j'ai lissé ma robe.

— Le rôti est bientôt prêt, ai-je murmuré en me dirigeant vers le four.

J'avais très chaud devant le feu, mais j'étais heureuse d'avoir cet alibi pour la rougeur de mes joues.

Tu as demandé à Gabriel si son trajet jusqu'à Topeka s'était bien passé et s'il avait trouvé la pièce qu'il fallait pour la pompe. Il t'a répondu lentement, avec hésitation. Et tandis que je vous observais du coin de l'œil en dressant la table, j'avais l'impression que vous parliez un autre langage sous ces banalités. Vous aviez une conversation toute différente, dont j'étais exclue et qui m'a semblé durer éternellement.

Tout le monde te donnait dix-neuf ou vingt ans, et peut-être vingt-cinq à Gabriel. Mais tes regards scrutateurs, ses allusions, votre ton et sa manière de toucher ton épaule révélaient une maturité bien plus grande, le poids non seulement des ans, mais de l'expérience, et la profondeur des émotions.

L'idée que vous étiez amants m'a traversée et je l'ai repoussée, non en faisant appel à ma raison, mais par égoïsme et par frayeur. Il y avait sûrement une autre explication, me répétais-je, et j'ai fouillé dans ma mémoire à la recherche d'histoires que ma grand-mère me racontait sur les hommes de notre sang, qui, comme les anges, faisaient usage de la magie afin de ne jamais vieillir.

Je m'accrochais à cette idée, à l'espoir que tu n'étais pas l'amant de Gabriel, mais que tu le connaissais simplement depuis toujours. Et je me disais que je m'étais attendue à un Arthur Prowd âgé parce que tu étais vieux, sans le paraître pour autant.

C'était plus facile à accepter pour moi.

Oh, Arthur, j'étais si jeune ! C'est ce qui explique que j'aie vu juste tout en me trompant complètement…

CHAPITRE 13

Mab

Purifier Lukas de la malédiction que son père lui avait jetée demandait du temps. Comme il était très jeune et que je n'avais moi-même encore jamais opéré sur un être humain, nous préférions tous deux avancer doucement.

Je lui expliquais tout au fur et à mesure, lui parlais d'autres malédictions dont j'avais été témoin, malédictions enfermées dans des dents de mammouth fossilisées ou dans les fondations d'une maison. Arthur avait décelé la plupart d'entre elles, et il m'avait minutieusement enseigné les méthodes pour les lier ou les détruire. Aucune de ces solutions ne nous convenait et, naturellement, nous ne pouvions pas arracher de son dos la rune noire en forme de chandelle.

Ce jeudi-là, je me contentai de l'examiner. Lukas resta allongé au soleil sur le ventre, torse nu, à l'intérieur d'un cercle de sel. La rune s'étendait sur tout le bas de son dos comme une araignée aux pattes déployées, toute en courbes complexes et en angles nets. Son père avait dû le lier avec des cordes ou l'assommer pour pouvoir exécuter ce dessin. Je ne posai pas de questions à Lukas et il ne me révéla presque rien sur son père. Il m'assura néanmoins que ces marques ne descendaient pas plus bas que ses hanches, et je fus soulagée d'apprendre que son père, bien que diabolique, n'était probablement pas pervers.

Donna ne quittait pas la maison. Je me demandais si la vue d'un petit garçon victime de la magie lui rappelait des souvenirs d'elle-même et de Nick qu'elle préférait oublier.

Je fis une copie exacte de la rune et notai tout ce que Lukas me racontait de ses sensations quand on la touchait ou quand je traçais autour de nous le cercle de sel protecteur, ce qui le faisait grimacer. Pour le soulager, je piquais son doigt et nous enfouissions son sang dans la terre avant la séance.

Ce soir-là, alors que nous n'avions pratiquement rien fait de la journée, il était épuisé. Vendredi, nous avons donc délaissé nos travaux pour une tâche moins absorbante, mais plus immédiatement gratifiante : cuisiner.

Lukas se révéla un excellent assistant, très doué pour rouler la pâte et très attentif à la chaleur du four. Il aida Donna à préparer des tartes, de petites tourtes à la viande pour les corbeaux et deux plateaux de gâteaux roulés à la cannelle. Elle en fut attendrie et prit un plaisir visible à lui parler de la magie naturelle de la cuisine.

— Là, les métamorphoses opèrent sans l'intermédiaire du sang et des incantations, lui confia-t-elle en m'adressant un sourire.

Je ne lui donnais raison qu'à contrecœur. J'utilisais du sang pour mes préparations culinaires, mais c'était pour l'élaboration de sorts, non pour des aliments. Je confectionnais des petits gâteaux de blé assaisonnés de lavande et de rue qui procuraient des rêves agréables et chassaient les allergies, et des pastilles contre la toux à base de laiteron bouilli mélangé à du miel. Je faisais sécher des racines d'échinacée sauvage pour le thé et préparais des macérations d'huile contre les douleurs et les fièvres. Dans toutes ces préparations, je versais des gouttes de sang pour accélérer leurs effets. Mes recettes étaient infaillibles. Je n'avais pas à surveiller le temps : le parfum suave du laiteron bouilli à point, le crépitement des feuilles de chêne séchées comme il convenait et un soupçon de miel sur ma langue m'avertissaient que tout était prêt.

J'avais aidé Arthur et Granny à confectionner des charmes le plus clair de mon existence. Dès que je sentais l'odeur de la farine et du sang mêlé d'herbes, j'allumais la vieille radio de Granny, réglée sur une station jouant du jazz de son époque. Je ne chantais pas à l'unisson, mais la musique m'aidait à chasser la nostalgie que j'avais d'eux.

Lukas mordit dans l'une des tartelettes aux framboises dont la confiture coula sur son menton, et soudain un souvenir me revint : ma mère caressait mon menton du doigt pour essuyer une coulée de miel poisseuse, mettait son doigt dans sa bouche et le suçait avec un sourire.

— Allons-nous-en d'ici, mon chaton, disait-elle, et, balayant de la main les protestations de Granny, elle m'entraînait dans ma chambre à l'étage. Sa valise était ouverte au pied du lit, car elle dormait toujours avec moi pendant ses séjours ici, lovée autour de moi comme une carapace de tortue.

Elle avait fermé les volets et tiré les rideaux pour chasser de la pièce le moindre rayon de lumière, plongeant la chambre dans la pénombre ; les foulards colorés tendus au plafond n'étaient plus que des ombres évanescentes. Elle alluma la grosse bougie sur la table de chevet, puis se laissa glisser sur le tapis, les jambes repliées sous elle.

— Viens près de moi, Mab, dit-elle en tapotant le sol de la main, j'ai une surprise pour toi.

Je la rejoignis, brûlant de curiosité, car elle me faisait rarement des cadeaux. Elle tira de sous le lit un étroit coffret. Il était taillé dans un bois sombre, de forme simple et élégante et scellé à la cire. Je restai bouche bée. Cette boîte n'était pas sous mon lit trois nuits auparavant, quand j'y avais fourré une brassée d'orties pour me protéger des fantômes.

Ma mère en caressa le couvercle, raclant des ongles le bois poli.

— Je l'ai fabriqué pour toi, et ceci doit rester notre secret, expliqua-t-elle.

Elle tendit la main vers moi pour repousser une mèche de mes cheveux derrière mon oreille. Avec de l'huile et de la laque, elle faisait tout ce qu'elle voulait de ses propres boucles blondes coupées juste au-dessous de son menton.

— Un secret ? répétai-je.

Je n'en avais jamais eu pour Arthur.

Elle eut un sourire entendu.

— Arthur n'aurait rien contre ce que je vais te révéler, mais sa femme…

Une expression incompréhensible pour moi passa dans son regard.

— Elle serait horrifiée, Mab, elle voudrait s'en débarrasser et elle m'accuserait de te corrompre, fit-elle avec un rire. Or maintenant tu es assez grande pour avoir certains ennuis. Pas ici, avec Arthur, bien sûr, mais il existe au-delà de ces terres des monstres à visage humain, et ces monstres te convoiteront… Tu es ma fille, et les femmes comme nous les attirent.

Son regard me traversa sans me voir et se perdit dans le lointain d'un passé ou d'un souvenir qui m'étaient inaccessibles.

— Le pouvoir qui est dans nos veines et la volonté d'en faire usage… poursuivit-elle. Ils nous pourchasseront toujours pour essayer d'en tirer avantage.

Je lui touchai la joue et elle revint au présent.

— Voici donc, conclut-elle, de quoi t'armer contre eux.

De l'ongle du pouce, elle brisa le cachet de cire. En s'ouvrant, le couvercle libéra une bouffée de cannelle et je me penchai au-dessus de la boîte avec un frisson. De minuscules fioles aux couleurs d'arc-en-ciel en occupaient la moitié, ainsi que des rubans tressés et une dague miniature en argent.

Ma mère m'expliqua ce que les fioles contenaient. J'avais l'impression de ne contempler rien de plus que des accessoires pour débutants, des ingrédients de base comme le sel ou le quartz pilé, or il y avait là de la poudre de vestale purifiante, des cristaux d'if vénéneux et du sable qui rend aveugle. Il y avait également un flacon de belladone et du carmot couleur de rouille, cette potion concoctée avec des os de sorcières du sang, qui rend immortel et dont Arthur m'avait parlé, mais que je n'avais encore jamais vue. Mère avait entrelacé aux rubans certains de ses cheveux pour les rendre aussi solides que l'acier. Elle y ajouta des miens, tranchés à l'aide de la dague en argent. Elle piqua mon médius et m'ordonna de faire tomber une goutte de mon sang sur chaque bouchon en liège afin de le diffuser dans les potions et les poudres.

Accroupies sur le sol de ma chambre, nous liâmes à mon pouvoir et à mon esprit tous les sorts dangereux que contenait cette boîte, afin qu'ils ne puissent jamais être utilisés contre moi et servent uniquement à me protéger. Je sentais encore l'haleine de ma mère contre ma joue, chaude et douce, et le parfum de sa magie lorsqu'elle embrassa mon doigt pour le guérir. Dans la pénombre, à la lueur vacillante d'une chandelle, ma chambre était devenue cet après-midi-là un univers secret chargé d'une magie sombre et exquise.

L'exact opposé de la cuisine brillamment éclairée où Donna, Lukas et moi préparions du pain et des talismans, où Granny Lyn avait dansé, où Arthur m'avait un jour soulevée dans ses bras et posée sur la table afin que j'accroche au plafond des guirlandes de Noël.

Ma mère n'était plus ; à présent, je comprenais mieux pourquoi elle avait été l'un de ces monstres.

Certes, elle ne s'était jamais servie de moi comme le père de Lukas l'avait fait avec son fils. Et elle n'aurait pas réfléchi aux moyens de rompre la malédiction de la rune noire, ni pris le temps de l'examiner. Elle serait allée tout droit au père de Lukas et lui aurait arraché le cœur.

Je regrettais presque de ne pas pouvoir en faire autant.

Will

Vendredi après-midi, à la fin des cours, je me précipitai vers le terrain de foot.

J'étais en train de m'échauffer sur la piste lorsque quelque chose de léger et doux me frappa le crâne et tomba derrière moi. C'était un maillot rouge.

— Alors, le héros, prêt pour la bagarre ? demanda Matt qui m'avait rattrapé et courait à côté de moi.

Je ralentis, tout en le foudroyant du regard. Mes pieds martelaient avec régularité le revêtement de sol en caoutchouc.

— Ouais, ouais.

Matt renversa la tête pour repousser de ses yeux son épaisse frange brune. Il faisait sans arrêt ce geste, qui rappelait celui d'un cheval ombrageux. Nous lui répétions de faire couper ses cheveux, mais il aimait les sentir flotter quand il courait, affirmait-il. Il prétendait aussi que ça plaisait aux filles.

— Tu es sûr ? répliqua-t-il. Tu as l'air vanné.

— Non, ça va.

Cela n'était pas tout à fait un mensonge, car l'arrière-goût de sang s'était estompé depuis quelques jours et la migraine qui m'avait taraudé tout le mercredi était revenue à la normale, pénible mais supportable. J'avais plutôt mal dormi à cause de tous les monstres de boue qui rôdaient dans mes rêves, mais ça n'avait rien de nouveau et je n'avais aucune envie d'en parler à Matt. J'allais donc assez bien, et, pour le prouver, je rebroussai chemin pour aller ramasser le maillot. J'ôtai mon T-shirt et passai le jersey sans manches. Matt en portait un bleu, auquel je jetai un coup d'œil.

— Alors comme ça, tu crois que ton équipe va nous mettre une branlée ? demandai-je.

Il hocha la tête, ce qui l'obligea à rejeter ses cheveux en arrière.

— C'est l'idée, ouais, répondit-il.

Nous quittâmes la piste pour nous diriger vers l'extrémité du terrain. La pelouse avait besoin d'être tondue et le sol piétiné était par endroits détrempé dans les cages de buts.

Une dizaine de types attendaient en tapant dans des ballons et en aboyant les uns sur les autres. Ce n'était pas une saison pour le foot, mais la plupart des joueurs ne pratiquaient pas d'autre sport. Nous nous entraînions donc toute l'année, et pas toujours officiellement. Le foot était un sport d'automne. D'ici un mois, nous aurions Bryson – notre entraîneur – sur le dos tous les jours pendant plusieurs heures d'affilée. J'aurais du mal à trouver un petit boulot d'été que je pourrais quitter à trois heures de l'après-midi. J'espérais que ce job d'aménagement paysager que l'un de nos buteurs devait me décrocher par l'intermédiaire de son voisin marcherait.

Matt et moi-même choisîmes notre équipe en vitesse, puis nous nous répartîmes tous aux extrémités du terrain. Mes coéquipiers m'accueillirent avec des claques sur les épaules en me demandant quelle stratégie je voulais tenter. Je décidai que nous nous passerions de gardien de but pour mener un jeu purement offensif. Matt étant le gardien de l'équipe adverse, il nous faudrait attaquer en force et nous concentrer pour envoyer la balle dans ses filets. Je resterais en arrière pour ratisser le terrain et faire évoluer les autres joueurs. C'était risqué, mais avec Matt comme capitaine l'équipe adverse allait sûrement mettre le paquet sur la défense.

Seulement habillé pour courir sur la piste, je n'étais pas équipé de crampons. Ce n'était qu'un entraînement, me disais-je, je ne serais donc pas vraiment désavantagé. Le soleil tapait et la sueur plaquait mon maillot sur mon corps. Je riais et criais, concentré sur le mouvement d'ensemble des joueurs et pas seulement sur le ballon, puisque c'était à moi de décider s'il fallait attaquer ou rester en arrière, et quand je devais moi-même provisoirement abandonner ma position centrale.

Une victoire nous vaudrait la gloire et nous dispenserait de rapporter les maillots sales chez nous pour les laver, mais dans l'immédiat j'étais surtout satisfait de voir que nous faisions le poids face à nos adversaires. Nous ferions une équipe formidable l'an prochain. Au bout de vingt minutes, nous n'avions marqué qu'un but. Cependant mes joueurs n'avaient pas laissé les autres s'approcher d'assez près pour marquer. Je remarquai que quelques pom-pom girls, dirigées par Shanti, la petite amie de Matt, se rapprochaient pour nous observer. Bien entendu, Matt se livra au même instant à un plongeon spectaculaire pour arrêter un but et atterrit sans douceur sur l'épaule gauche. Il se releva d'un bond et envoya la balle à Dylan, son ailier, qui était resté plus loin sur la droite et qui réussit une belle percée en remontant sur le côté. Je fonçai vers lui pour intercepter le ballon. Il pivota sur lui-même et me heurta violemment de l'épaule. Je fus arrêté en plein élan, un pied sur le ballon, puis nous perdîmes l'équilibre et tombâmes empêtrés l'un dans l'autre.

Je ne m'étais pas attendu à cette chute, et l'impact me coupa la respiration. Mes oreilles tintèrent et j'étendis les bras comme si cela pouvait empêcher la terre de tourner sous moi. Dylan, lui, riait aux éclats. Il roula sur le flanc, se releva et me tendit la main pour m'aider à me remettre debout. Je secouai la tête. C'était une erreur.

Toute l'équipe fut aussitôt rassemblée autour de moi.

— Ça va, pantelai-je. Je vais bien. Juste un peu sonné.

— Merde, Sanger ! fit Matt, qui avait joué des coudes pour me rejoindre. Qu'est-ce qui s'est passé ? Tes lèvres sont, euh, toutes bleues...

— Ouais, désolé, mon vieux, fit Dylan, accroupi à côté de moi.

— Non, non, c'est rien, répondis-je, et je m'assis en ravalant de la bile qui me brûla. Sûrement la chaleur.

C'était de la foutaise : j'avais vécu à Okinawa, une île tropicale. En comparaison, le soleil d'ici était faiblard.

Matt me prit le bras pour m'aider à me relever. Je chancelais.

— Les gars, si vous faisiez des exercices pendant que je l'emmène ? dit-il.

Quelques mains me tapotèrent l'épaule et je m'éloignai avec Matt. Un mince filet chaud coula de mon nez avant que je puisse le retenir. Je toussai et sentis des gouttes tomber sur ma poitrine.

— Tu saignes, mec, chuchota Matt.

Je plaquai le dos de ma main contre mon nez.

— Sans blague ?

Quand j'enlevai la main de mon nez, mes phalanges étaient en effet barbouillées de sang. Je renversai la tête en arrière et me pinçai le nez. Pas étonnant que le goût de sang soit revenu.

— Je devrais peut-être téléphoner à quelqu'un ? demanda Matt.

— Non, je vais juste… prendre une douche et rentrer chez moi pour me reposer. Ça ira.

— T'es sûr ?

Il paraissait sceptique. Il repoussa ses cheveux de son front. Son visage était écarlate. Tout le monde avait chaud, mais tout le monde ne tombait pas dans les pommes.

— Oui, répondis-je avec le genre de sourire dont j'avais le secret.

Matt hocha la tête, puis repartit au trot vers le terrain. Je me retournai et vis Holly qui m'attendait. Pas la Holly livide et sanguinolente de ce jour-là au bord du lac, mais la Holly normale, en uniforme bleu de pom-pom girl. Mon sourire disparut.

— Salut, réussis-je à articuler.

— Tout va bien, Will ?

Les sourcils levés, elle soutint mon regard avec calme et assurance. Son visage ne trahissait aucune gêne semblable à celle qui me paralysait.

À environ trente mètres derrière elle, les autres pom pom-girls s'étaient regroupées. Je n'avais pas remarqué auparavant la présence de Holly parmi elles, probablement parce qu'elle n'avait pas participé aux entraînements depuis le tremblement de terre. J'avais oublié de prendre de ses nouvelles. À l'expression de Shanti, je devinai qu'on avait envoyé Holly prendre des miennes.

Holly serra les lèvres, puis regarda les autres par-dessus son épaule. Je me secouai.

— Ouais, ça va, répondis-je.

— Je peux t'apporter de l'eau ou quelque chose d'autre ?

Je la dévisageai, puis, inexplicablement, l'image de la fille aux lunettes me revint à l'esprit. Mab. Holly était tellement différente. Son uniforme de pom-pom girl, par exemple, aux couleurs de notre lycée, noir et bleu. Elle avait maintenant les cheveux courts, parce qu'on les avait coupés pour faire les points de suture, et soigneusement coiffés pour dissimuler les dégâts.

— Je vais bien, répétai-je.

Holly hésita un instant. L'une de ses mains lissait sur son estomac le tissu impeccablement repassé de sa tenue. Ses doigts frémissaient.

Je levai soudain les yeux vers son visage.

— Et toi ? demandai-je en m'approchant d'elle. J'avais l'impression de la dominer de toute ma stature alors que je ne suis pas si grand que ça – je n'ai jamais pu jouer au football américain. Et elle-même n'est pas minuscule. Bref, ce n'était pas une impression d'ordre physique.

— Je voulais seulement savoir si…

Elle se tut, et de nouveau je fus frappé par le calme de son expression. C'était sa main qui la trahissait. Un filet de sang chaud coula sur ma lèvre supérieure ; je l'arrêtai en grimaçant avec mes phalanges repliées.

— Désolé, marmonnai-je derrière ma main.

Les coins de sa bouche se relevèrent et elle eut un bref hochement de tête.

— Tu devrais te soigner. Je viendrai te voir plus tard, pour parler. À bientôt.

Je tournai autour d'elle, mû par une soudaine curiosité, une envie de savoir ce qu'elle voulait.

— Holly ?

Elle haussa de nouveau les sourcils.

— C'est bien ton équipe qui tient le stand de sport demain matin au marché fermier ? repris-je.

— Ouais.

J'inclinai la tête, puis esquissai un sourire malgré l'état pitoyable de mon nez.

— Je passerai te voir là-bas.

— D'accord, répondit-elle avec une moue devant ma mine pitoyable. Elle se couvrit la bouche, mais je lus un sourire dans ses yeux.

CHAPITRE 14

C'est à Gabriel que j'ai posé la question. Toi, tu m'appelais encore Miss Sonnenschein deux mois après mon arrivée, pendant la saison la plus longue et la plus sombre de l'année qui nous confinait tous trois à la maison comme des prisonniers.

Je l'ai suivi dans la neige éblouissante d'un après-midi de janvier où l'éclat du soleil sur le blanc étincelant du paysage faisait couler des larmes sur mes joues.

— Gabriel ! ai-je appelé pour le faire ralentir, tandis que l'air glacé me piquait la gorge comme une multitude d'aiguilles. Mes bottes me protégeaient du froid, mais ses foulées étaient bien plus longues que les miennes et dans quinze centimètres de neige, j'avais du mal à le suivre.

Il s'est arrêté et m'a tendu l'une de ses mains gantées. Les miennes étaient revêtues de mitaines que j'avais tricotées. Le vent froid rougissait son visage et il avait enfoncé son chapeau sur ses yeux noirs pour les abriter. J'ai pris sa main et je me suis dirigée avec lui vers l'écurie.

— Quel âge avez-vous ? ai-je demandé.

Il a ri.

— Vous en avez bien une idée, non ?

« Vous êtes vieux » a été tout ce que je pouvais répondre, et je l'ai tiré par le bras afin qu'il me laisse le dévisager. Il a esquissé un sourire, puis haussé une épaule.

— Oui, ma chère Evie. Très vieux, même.

— Arthur aussi.

— Un peu moins que moi.

— Racontez-moi.

J'ai tendu ma main libre et je l'ai posée sur sa joue froide.

— Racontez-moi tout, Gabriel.

Gabriel a incliné la tête et embrassé la paume rugueuse de mon gant. J'ai senti à travers la laine son haleine brûlante et j'ai frissonné.

— Non, pas tout, mon chou, a-t-il répliqué.

Nous sommes repartis au milieu des arbres pour nous réchauffer en marchant. La neige chuchotait entre les doigts nus de la forêt et déposait des baisers froids sur mes joues. Gabriel m'a révélé que vous aviez tous deux plus de trois cents ans. Il t'avait rencontré alors que tu avais mon âge, dans la vallée de Mohawk, aujourd'hui l'État de New York. Vous aviez par la suite voyagé de concert pendant plusieurs décennies en vous enseignant mutuellement la magie. Vous aviez recherché d'autres hommes doués de pouvoirs équivalant aux vôtres, échangé votre savoir contre le leur, et découvert l'alchimie et la vie éternelle. Tu lui avais appris à transformer les feuilles en argent et à extraire des rubis des montagnes. Il t'avait montré comment posséder des êtres vivants et faire pousser des fruits sur un arbre stérile.

Vous restiez parfois séparés pendant plusieurs années, m'a dit Gabriel, mais vous vous retrouviez toujours comme les oies sauvages qui migrent vers le sud en novembre. Il m'a raconté plusieurs de ses aventures sans toi, pendant les guerres Indiennes[1] *et la ruée vers l'or en Alaska et en Floride, sur la frontière du Mexique et à Las Vegas, qui à l'époque n'était encore qu'un fort dans le désert. Il m'a également raconté tes apprentissages au cours du siècle dernier, et tes rencontres, notamment celle du docteur Philip, de Laura*

1. On désigne sous ce nom les guerres qui ont opposé les Indiens d'Amérique aux colons européens. Dans l'ouest des États-Unis, elles se sont déroulées entre 1811 et 1923.

Harleigh, qui s'était métamorphosée en cygne, des frère et sœur Jessica et Dietrich qui avaient voyagé dans le Sud avec toi, ainsi que leur guérison pendant la guerre de Sécession.

Et il m'a parlé de ta femme, morte en 1908 juste avant ton arrivée dans le Kansas. Elle s'appelait Anne, m'a-t-il révélé sur le ton de la confidence, comme s'il avait été témoin de tout ce qui était arrivé. Comme s'il me faisait part d'un secret.

Nous avons marché pendant presque une heure sur le passage des daims menant à l'écurie, et chacune de ses paroles, chaque fragment de ses récits m'accablait. Les flocons tombés du ciel me paraissaient aussi lourds que du plomb. Mes épaules étaient douloureuses, mon nez sec et glacé et mes yeux crispés par les efforts que je faisais pour refouler mes larmes.

Quel espoir avais-je de retenir ne fût-ce qu'une parcelle de ton attention, sans parler de gagner ton affection ? Je n'étais qu'une petite fille stupide, sans rien pour susciter l'amour de quelqu'un comme toi, qui avais vécu si longtemps.

Ce soir-là, quand je t'ai apporté une tasse de cidre chaud au miel, tes doigts ont effleuré les miens et j'ai failli tout renverser sur ta chemise. Tu as souri d'un air absent et tu m'as remerciée. Je me suis dirigée vers le canapé où je suis restée blottie sous une couverture tandis que Gabriel nous lisait un article sur Cyd Charisse dans Parade. *Ton carnet de croquis sur les genoux, tu dessinais des danseuses. J'avais du mal à me concentrer sur la voix de Gabriel ou sur les reflets dansants du feu sur l'aiguille que je tenais à la main pour repriser l'une de tes chemises. Je ne pouvais penser qu'à une chose : les visages de tes danseuses devaient être ceux de femmes que tu avais connues et aimées plusieurs décennies avant ma naissance.*

Même si j'avais su la vérité, je ne l'aurais jamais crue.

CHAPITRE 15

Mab

Un soleil brûlant plombait les toits du quartier de Faith et Eli ce samedi matin lorsque nous nous engageâmes dans leur allée. Il nous restait une petite heure avant l'ouverture du marché dans le centre-ville, mais la longue table que nous devions utiliser comme éventaire se trouvait dans leur remise, avec les outils d'Eli. J'avais passé tout le trajet à organiser ma matinée. Quand j'aurais aidé Donna à tout installer et que les magasins du centre seraient ouverts, j'aurais une série de courses à faire. Je devrais en particulier passer à la Community Mercantile prendre les pieds de chèvre que j'avais commandés, chez le marchand de thé et chez un bijoutier qui vendait des rubis bruts.

— Tout ça paraît tellement banal, commenta Lukas.

Donna rit doucement.

— Rien ne nous oblige à être bizarres.

J'étais déjà au milieu de la pelouse trop soigneusement tondue quand la porte de la maison s'ouvrit. Eli surgit, la petite Hannah cramponnée à sa main et Caleb sur les épaules.

Eli s'arrêta en haut des étroites marches en ciment du perron. Il voulut dire quelque chose, mais la petite main sale de Caleb s'agitait trop près de sa bouche. Il leva le bras pour saisir le garçon, et tous deux poussèrent un rugissement quand il le fit basculer par-dessus son épaule et choir à terre. Hannah lâcha la main de son père pour agiter la sienne en guise de bonjour.

Les deux enfants se précipitèrent vers moi et je m'agenouillai pour les prendre dans mes bras. J'enfouis mon visage entre leurs têtes. Je connaissais peu Caleb, qui venait juste de naître quand ses parents avaient déménagé, mais j'étreignis très fort Hannah, car il m'était arrivé de changer ses couches et c'était moi qu'elle venait voir au milieu de la nuit quand elle rêvait que les roses voulaient l'enlever.

Bien entendu, c'étaient ces rêves qui avaient incité Faith à emmener ses enfants loin de la terre du sang.

— 'jour, Mab, fit Hannah. Caleb avait déjà un poing empêtré dans mes cheveux.

Eli s'accroupit. Sa barbe avait besoin d'un coup de peigne et il était impossible de distinguer le mouvement de ses lèvres dans cette broussaille.

— À mon tour, petits crétins, dit-il en les écartant. Hannah resta à côté de nous et attendit paisiblement, comme à son habitude, tandis que Caleb fonçait sur Donna.

Je fermai les yeux quand Eli m'embrassa sur la joue. Il avait le double de mon âge et l'odeur caractéristique d'un sorcier du sang, cuivre et sauge épicée. C'était exactement celle d'Arthur, et ce souvenir m'emplit d'une telle nostalgie que je serrai Eli très fort dans mes bras. Son parfum s'insinua dans mon nez et se logea dans mon cœur comme s'il y était chez lui.

— Bonjour, me dit-il en se relevant, avec un sourire venu du fond du cœur.

— Nous avons quelqu'un à vous présenter, annonçai-je en tendant la main à Hannah. Votre maman est levée ?

— Oui. On a fait des crêpes.

Elle n'avait que cinq ans, mais elle était déjà aussi gracieuse que Faith.

— Je vous présente Lukas, fit Donna derrière moi. C'est un nouveau venu à la ferme.

— Ravi de faire ta connaissance, dit Eli à Lukas. Je m'appelle Eli, et voici ma maison et mes enfants Caleb et Hannah. Si tu es un ami de Mab et de Donna, tu es le bienvenu ici.

Lukas écouta ce discours étrangement cérémonieux en se léchant les lèvres. Son regard allait d'Eli à Caleb blotti dans les bras de Donna. Je lui avais expliqué que Faith et Eli avaient la magie dans le sang, mais, comme Donna, n'aimaient guère en faire usage. Pas pour les mêmes raisons qu'elle, mais parce qu'Eli préférait se servir de ses mains et d'outils fabriqués par l'homme ; quant à Faith, elle estimait que la magie pour la magie était superflue. Elle n'y recourait que par nécessité. Cependant, tous deux voulaient que leurs enfants y soient initiés car elle faisait partie de leur héritage. Lukas avait décidé dans la voiture que cette famille valait mieux que son père. Il tendit la main à Eli.

— Bonjour, dit-il.

Ils se serrèrent la main comme deux adultes.

— Reste avec Mab, Lukas, intervint Donna. Je vais charger la table dans la camionnette et puis nous pourrons nous asseoir tous ensemble quelques minutes avant de partir.

— Je vais t'aider, fit Eli.

Donna me passa Caleb et ils se dirigèrent vers la remise.

Je hissai Caleb sur ma hanche, ôtai une mèche de cheveux de sa bouche et demandai à Hannah de nous emmener à l'intérieur.

Leur petite maison de style ranch, à un étage, était propre comme un sou neuf. La cuisine était juste au bout de l'entrée. La seule exigence de Faith avait été un foyer au centre, ainsi que l'air conditionné. Elle venait du Michigan, d'une branche éloignée de la famille, et n'avait pas l'habitude de nos étés dans le Kansas. Elle était partie de chez elle à dix-huit ans à la recherche de Dieu, et elle avait rencontré Arthur. Il lui avait appris tout ce qu'il savait, l'avait aidée à changer de nom pour celui de Faith et l'avait présentée à Eli.

Quand j'eus déposé Caleb dans une chaise de bébé, elle m'accueillit d'une vigoureuse étreinte. Je sentis contre mon corps les boutons de son bleu de travail, froids et durs au creux de ma gorge.

— Bonjour, Mab.

Son sourire s'effaça à demi et elle plongea ses petits yeux bruns dans les miens.

— Comment va le Diacre ? s'enquit-elle.

— Bien, répondis-je en recouvrant mentalement le souvenir de ma poupée brisée d'une couche de boue et de feuilles imaginaire. Aussi bien qu'on peut l'espérer.

— J'en suis ravie. J'y comptais bien : pas de nouvelles, bonnes nouvelles.

J'acquiesçai en jetant un coup d'œil au comptoir, sur lequel plus de sirop était répandu qu'il n'en restait dans le bocal. Hannah, grimpée sur l'un des hauts tabourets à côté de Caleb, avait aidé son frère à remplir sa tasse.

— Et à qui ai-je l'honneur ? demanda Faith en souriant à Lukas. Nous lui avions prêté une chemise propre, mais trop grande pour lui. Nous devions lui acheter aujourd'hui des vêtements à sa taille.

— Je m'appelle Lukas, répondit-il, et il rattrapa au vol la tasse de Caleb qui venait de tomber de la chaise.

— Il est de la famille, ajoutai-je en sachant que Faith se contenterait de cette explication. J'espérais que Lukas se ferait lui aussi à cette idée. Nous étions en famille et nous l'aiderions dès qu'il en aurait besoin.

— Une crêpe, ça vous dit ? proposa-t-elle.

— Oui, une crêpe ! cria Caleb par-dessus la tasse que Lukas lui avait rendue.

— Comment résister ? demandai-je, et je m'assis sur un tabouret à côté de Lukas, tandis que Faith se dirigeait vers le four pour en retirer une pile de crêpes qu'elle avait gardées au chaud.

Pendant que nous mangions, j'appris à Faith que Nick était passé chez nous et que Silla et lui allaient partir pour l'Oregon. Eli arriva avec Donna, qui prit du jus de pomme et une crêpe. Caleb battit des mains pour que son père le prenne dans ses bras ; il fut traîné vers l'évier d'abord, pour nettoyer ses bras et sa figure gluants de sirop, ce qui suscita de sa part des protestations véhémentes. Je cessai de mastiquer pour mieux m'imprégner de la familiarité des lieux. Lukas avait à peine touché à sa crêpe et observait tout de ses yeux vifs. Je me demandai combien de temps il avait passé seul avec son père.

Hannah toucha ma main, puis me contourna pour aller tapoter le poignet de Lukas.

— Écoute, dit-elle en levant son petit index, emmailloté dans un sparadrap bleu orné de personnages de dessins animés que je ne connaissais pas.

— Tu as suivi des cours de magie ? chuchotai-je en me rapprochant d'elle.

Hannah hocha solennellement la tête, mais un léger sourire fit frémir les coins de sa bouche.

— Quel genre de magie ? demanda Lukas à voix basse, penché vers elle avec un air de conspirateur.

— Nous avons réveillé une fleur, répondit Faith en revenant au comptoir pendant qu'Eli essuyait la figure de Caleb avec une serviette.

— De la résurrection ? demandai-je à Hannah.

— Ça fait juste un petit peu mal, avoua la fillette.

J'embrassai ses doigts.

— Il faut que ça fasse un peu mal, sinon le sang n'agirait pas, expliquai-je.

Donna reposa son assiette.

— Tout ce qui est beau fait un peu mal, affirma-t-elle.

C'était ce que disait toujours Arthur.

— Est-ce que tu pourrais me montrer encore le feu ? demanda Hannah en ouvrant de grands yeux.

— Le feu, c'est dangereux, fit doucement Lukas.

Je remarquai que ses mains reposaient à plat sur ses genoux, de telle sorte que personne ne pouvait voir ses cicatrices.

— Parfois, oui, approuvai-je, et je me penchai vers Lukas et Hannah. Mais regardez l'eau : elle étanche notre soif, et elle peut aussi nous inonder, ou nous pouvons nous noyer dedans. Nous en avons besoin, pourtant elle est dangereuse. Est-ce Dieu qui nous a donné l'eau, et le diable l'inondation et la noyade ? Je ne crois pas. Le danger ne vient pas de l'eau, mais de nous-mêmes. Tout dépend comment nous nous servons de l'eau, et comment nous la laissons se servir de nous.

Lukas pressa ses petits poings contre ses cuisses. J'adressai à Hannah l'ombre d'un sourire.

— Je dois aller au marché ce matin, mais quand je rapporterai la table, nous sortirons un moment et je te montrerai, dis-je. Tu choisiras la couleur que tu voudras.

— Bleu, répondit-elle aussitôt.

— Le feu bleu, c'est le meilleur.

— Nous devrions partir maintenant pour tout installer avant l'ouverture du marché, intervint Donna. Elle déposa son assiette dans le lave-vaisselle pendant que Faith se démenait pour ôter à Caleb sa chemise sale et qu'Eli lavait la poêle.

Eli nous accompagna jusqu'à la voiture. Une fois Lukas attaché sur le siège arrière, il me retint par le coude.

— Donna m'a dit qu'une malédiction avait été jetée sur lui, murmura-t-il.

Je serrai les lèvres et regardai Lukas par la vitre. Les mains à plat sur le verre, il observait les corbeaux qui glanaient des déchets dans la rue derrière moi.

— C'est possible, répondis-je.

— On peut l'aider ?

— Pas pour l'instant. Restez simplement vous-mêmes.

Eli posa la main sur mon épaule, un geste réconfortant qui m'ancra solidement à la terre.

— Tu découvriras la vérité, dit-il. Je te connais assez pour en être sûr.

— Nous la découvrirons, répondis-je, et j'ouvris la portière du passager.

Il nous salua de la main tandis que la voiture s'éloignait.

— Nous sommes à dix minutes du centre, annonça Donna à Lukas. Comment ça va ?

Elle avait craint que la maison des Waller ne fût trop bruyante pour lui.

Il ne répondit pas. Lorsque je me tournai vers lui, je vis qu'il contemplait quelque chose, le visage pressé contre la vitre : les onze corbeaux volaient à tire-d'aile pour nous rattraper, formant deux V, ce que ne font jamais les corbeaux. Silla avait déclaré ces oiseaux maudits, comme Eli l'avait dit de Lukas, mais je n'y croyais pas. Reese se survivait, libre et ailé, et peut-être la magie que son père avait insufflée à Lukas était-elle tout aussi ouverte à l'interprétation. C'était du moins ce que j'espérais.

Un soir, j'avais entendu Eli, Arthur et Granny Lyn assis sur le perron débattre de la nature de la vérité pendant que je m'exerçais à tracer des runes sur des bouts de papier. C'est la connaissance qui mène à la vérité, avait affirmé Eli. Arthur croyait que c'était l'écoute, et Granny Lyn, l'amour.

Je me demandai ce que, pour ma part, je croyais.

Will

Je n'eus aucun mal à découvrir les pom-pom girls au marché fermier. À huit heures du matin, c'étaient les seules personnes de moins de trente ans. Sinon il n'y avait que des hippies entre deux âges, de robustes fermiers, des adultes en tenue de jogging et une bonne cinquantaine de chiens de races différentes tenus en laisse. Les légumes étaient vraiment superbes. Un stand qui exposait du miel de sept couleurs différentes me fascina, moi qui avais toujours cru que le miel était toujours de la même couleur. Mais comme je portais un plateau chargé de gobelets de café, je poursuivis mon chemin vers le stand où les pom pom-girls vendaient des T-shirts représentant notre emblème, l'étoile, et des cookies également en forme d'étoile.

Chaque équipe venait ici plusieurs samedis chaque été vendre les T-shirts et tout ce que nous pouvions faire cuire. Le produit de la vente allait à une fondation accordant des bourses d'études créée par les parents de deux joueurs de foot morts l'an dernier dans un accident de voiture.

Les pom-pom girls portaient toutes de ces T-shirts, toujours trop petits d'une bonne taille, sur des minishorts blancs, ce qui attirait le chaland. Elles étaient probablement là tous les samedis.

Kate fut la première à m'apercevoir. Elle poussa du coude Shanti, qui fit le tour du stand pour venir à ma rencontre, tout sourire.

— Salut, Will ! dit-elle. Matt est avec toi ?

— Non, répondis-je en lui tendant un gobelet. Je vous ai apporté du café comme remontant.

— Ah bon ? demanda-t-elle, les yeux plissés comme chaque fois qu'elle soupçonnait Matt de lui cacher quelque chose. Ses lèvres étaient couvertes d'un gloss à paillettes dorées qui, selon Matt, la rendait aussi sexy qu'une princesse de Bollywood, mais elle en semait partout.

— Eh bien, merci, conclut-elle.

Je regardai derrière elle Holly, qui rendait la monnaie à une femme promenant un caniche à poils longs. Elles n'étaient que quatre ce matin, et je n'avais pas élaboré d'autre stratégie que de leur apporter du café.

— Vous avez besoin d'un coup de main ? demandai-je.

Shanti me regarda avec commisération.

— Bien sûr, il faut certainement plus de quatre pom-pom girls compétentes pour vendre quelques cookies, répondit-elle, après quoi elle me prit le plateau des mains et le déposa sur un coin de table.

— En faut-il plus de trois ? demandai-je avec mon sourire le plus enjôleur.

Holly remercia la cliente et, sans laisser à Shanti le temps de répondre, se glissa vers moi.

— Salut, Will, et merci pour le café, dit-elle.

— Trois, ça suffira parfaitement, répondit Shanti.

— Super, fis-je, dans l'expectative.

Holly lança un coup d'œil à Shanti, avec l'un de ces silences complices entre filles. Shanti haussa imperceptiblement une épaule et Holly me prit par la main.

— Allons-y, dit-elle.

Je mis une seconde à régler mon pas sur le sien. Sa main était chaude, pas du tout comme la cheville froide que j'avais saisie dans l'eau noire du lac. Elle ne resta pas longtemps dans la mienne, car Holly s'arrêta pour fouiller dans un éventaire d'écharpes. Je restai immobile à l'observer en me demandant ce que je faisais là. Elle m'avait dit qu'elle voulait me parler. J'avais le sentiment de devoir lui accorder au moins quelques secondes, même si c'était moi qui l'avais secourue. La plupart des gens auraient estimé que c'était elle qui me le devait, mais je n'étais pas de cet avis.

Le jour de son retour au lycée, je me souvenais d'être resté toute la matinée sur le qui-vive comme si un sniper me visait entre les omoplates, dans l'attente du coup de feu. Au déjeuner, elle était avec ses amis, avec nos amis, et j'étais assis à côté de Matt pendant qu'elle faisait semblant de manger les chips de son déjeuner. Shanti la taquinait sur la dose élevée de fructose dans le sirop de maïs qu'elles contenaient.

— Elle n'a pas besoin de s'en faire : Will est là, avait rétorqué Matt en m'allongeant une bourrade.

Holly leva les yeux des écharpes et je vis qu'ils étaient du même brun que l'eau du lac. Le souvenir de son sang sur mes mains me revint, et de l'eau rosie par ce sang.

— Excuse-moi.

Nous l'avions dit tous les deux en même temps.

Nous nous approchâmes des stands qui vendaient des petits déjeuners chauds. Histoire de faire quelque chose, j'achetai un morceau de pain frit. Il y avait à côté du stand des tables et des chaises de jardin en plastique où nous nous assîmes. Les arbres voisins nous donnaient un peu d'ombre, mais il faisait très chaud. Des badauds déambulaient en bavardant comme de vieux amis. De là, je voyais le stand des pom-pom girls ; elles vendaient plus de biscuits que de T-shirts. Elles étaient peut-être trop sexy avec le leur : les acheteurs potentiels devaient se dire qu'ils n'auraient jamais aussi belle allure.

— Je ne m'excusais pas d'être en vie, reprit soudain Holly, qui n'avait pas ouvert la bouche depuis nos excuses mutuelles quelques minutes auparavant, sauf pour refuser un morceau de mon pain frit.

— Tant mieux, répondis-je les yeux plissés ; un rayon de soleil filtrant des arbres faisait étinceler ses boucles d'oreilles en or.

— Je suis désolée que tu doives supporter toutes ces idioties au lycée, reprit-elle.

Les mains sur les genoux, elle observait les passants avec son calme habituel.

— Ça ne fait rien.

— Si, parce que c'est à cause de moi.

— Moi, ça m'est égal, affirmai-je en coupant un morceau de pain frit, d'un brun doré.

Holly poussa un soupir excédé.

— Eh bien pas moi. Pas vis-à-vis de toi, mais parce qu'on en fait toute une histoire. Hier matin, ma mère a reçu un coup de téléphone du responsable d'une émission de débat télévisé. Il voulait que nous venions parler chez lui de NDE[1] et des tremblements de terre au Kansas, dit-elle d'un trait. C'était ce que je voulais te dire hier. Ma mère pense que je devrais y aller, mais moi, j'en ai assez de tout ça, alors j'ai refusé.

---

1. *Near Death Experience* : ensemble des sensations et des perceptions de personnes qui ont frôlé la mort.

Heureusement que je n'avais pas mordu dans mon pain : c'était déjà assez difficile de dissimuler une grimace sans avoir à mâcher en plus.

— Toi aussi, on t'a demandé ce genre de trucs ? demanda-t-elle en touchant mon poignet, mais elle retira aussitôt sa main.

— Non, pas que je sache. Mais si jamais ça arrive, ça sera non pour moi aussi.

Elle sourit aussitôt.

— Oh, très bien, fit-elle. Je ne voulais pas te laisser seul face à ça.

— Merci. Et, euh… moi aussi, je suis désolé pour toi de ce qui arrive.

Son sourire pâlissait à vue d'œil. Je m'empressai de poursuivre.

— Je sais que tout le monde te traite différemment depuis le tremblement de terre. Comme si tu étais encore… fragile.

— Oui.

Elle regardait fixement la table, puis se mit à gratter de l'ongle son revêtement en plastique.

— Parfois, je me sens fragile.

Je regardais ses jolies lèvres et ses yeux gris-brun, de la même couleur que le lac.

— Je ne crois pas que tu sois fragile, dis-je. Tu as survécu à un traumatisme crânien et à la noyade.

— Grâce à toi et à Shanti.

— D'accord, c'était un exploit collectif. On assure tous comme des bêtes, déclarai-je avec un sourire pour qu'elle se sente mieux, moins fragile. Mon commentaire lui arracha un petit rire.

— C'est vrai, on assure, approuva-t-elle.

Nous restâmes un moment silencieux, observant la foule. Je me demandais si tout un chacun se croyait plus faible qu'il ne l'était. Sauf Ben, bien entendu. Je faillis lever les yeux au ciel en y pensant, quand un éclair jaune retint mon attention.

À environ cinq stands de là, juste en face des pom pom-girls, se tenait Mab.

Je fermai désespérément les yeux en me demandant si elle serait encore là quand je les rouvrirais. À part l'arrière-goût qui me hantait encore et les cauchemars que j'avais faits toute la semaine (dans lesquels je me voyais étouffé dans les roses ou enlisé dans une boue épaisse), j'avais assez bien réussi à chasser le dimanche matin précédent de ma mémoire.

Quand je rouvris les yeux, elle était devant moi.

Ses cheveux tressés au niveau de ses oreilles lui tombaient dans le dos et miroitaient au soleil. La table de son stand était couverte de bocaux et de fioles en verre, de piles de savons et de petits sacs en tissu noués de rubans multicolores. Une femme en T-shirt à manches longues coiffée d'un chapeau de paille était assise sur une chaise pliante. À côté d'elle, un jeune métis d'environ neuf ans coupait un savon en deux avec un canif minuscule. Mab se pencha vers lui et des mèches de cheveux balayèrent son visage tandis qu'elle lui montrait le savon du doigt. Ce qu'elle lui désignait parut le fasciner.

— Tu vois ce stand là-bas à l'enseigne des talismans des Prowd ? demandai-je à Holly.

On aurait cru que l'inscription du stand avait été peinte par un enfant en bas âge.

— Oui, répondit Holly en tapotant la table du bout des ongles. Bon sang, ce sont bien les Prowd. La fille, Mab, est venue à l'essai dans notre équipe de softball il y a déjà un bout de temps. J'ai cru qu'elle allait tomber sur Kate avec la batte, et elle ne supportait pas les règles du jeu. Je sais bien que c'est assez bête, comme jeu, mais elle n'a même pas essayé d'y jouer sérieusement, fit-elle avec un rire. Pourquoi me demandes-tu ça ?

— Oh, comme ça, répondis-je avec un haussement d'épaules.

Je me fourrai un bout de pain frit dans la bouche pour combattre un relent de boue. Le pain était gras et chaud.

— Juste pour savoir, ajoutai-je après avoir avalé.

— Ils habitent à la campagne, sur les terres de l'oncle de Matt, en fait, expliqua-t-elle à mi-voix comme si elle monologuait. Je crois qu'ils sont adeptes d'un culte ancien. Ils font eux-mêmes l'école à leurs enfants.

— Un culte ? répétai-je.

Je revis Mab, avec ses lunettes de protection dissimulant le haut de son visage et son couteau, occupée à extraire le cœur du monstre. En cet instant, cela ne me parut que trop réel.

— Tu devrais plutôt t'informer auprès de Kate. Sa grand-mère prenait de temps en temps le thé avec celle de Mab, quand elles étaient petites, je crois. La grand-mère de Kate lui a dit que la famille vivait sur leurs terres depuis le lendemain de la guerre de Sécession. En fait, depuis la fondation de la ville. Tu sais qu'il y a une rue, Prowd Street, par là-bas, de l'autre côté de l'autoroute 24 ? Eh bien, c'est la même famille.

— Ah bon, fis-je en observant Mab en train de dire à deux hommes en jeans froissés quelque chose qui n'était visiblement pas de son goût. Les bras croisés, elle arborait sans grand succès un semblant de sourire accueillant. Je me rendis compte que je souriais moi-même jusqu'aux oreilles.

— Je crois que je devrais retourner à notre stand, dit Holly.

Je rangeai le pain frit.

— Oui, bien sûr, répondis-je.

Au moment où Holly et moi passions devant le stand des Prowd, je jetai un coup d'œil à Mab et vis qu'elle me regardait fixement.

Mab

C'était plutôt amusant de dévoiler à Lukas les ingrédients que j'employais pour la fabrication des talismans et de lui expliquer en quoi certains vous purifiaient, tandis que d'autres accéléraient la cicatrisation des blessures. Il posait calmement des questions, et parfois Donna intervenait pour lui répondre. Le soleil brûlant commençait à liquéfier le bitume du parking. Je remarquai que Lukas semblait plus attirer l'attention des badauds que Donna et moi-même l'avions jamais fait. C'était probablement dû à son sérieux quand il rendait la monnaie, ou à son ravissement dès que l'un des innombrables chiens en laisse se glissait sous notre table pour venir lui lécher les doigts. Tout cela me rendait la corvée du marché bien plus agréable.

Je venais d'expliquer la différence entre notre thé froid et notre infusion contre les fièvres à une femme très douce poussant des jumeaux dans une voiture d'enfant quand je vis Will Sanger se diriger vers notre stand, en compagnie de l'une des filles du stand de son lycée. Son T-shirt la moulait tellement que je voyais nettement les contours de son soutien-gorge dans son dos, et son short aurait aussi bien pu être une petite culotte.

Soudain, il se tourna vers moi, me sourit, et je lui rendis son sourire.

— Qu'est-ce que tu regardes ? demanda Lukas.

— Je crois que c'est la fille qui est tombée dans le lac pendant le tremblement de terre, fit Donna.

— Quoi ?

Je me détournai de Will pour dévisager Donna, les sourcils froncés. Elle mit sa main en visière sur son front.

— Oui, c'est bien elle, reprit-elle. Et c'est ce gars qui l'a sauvée. Will Sanger.

— Quoi ? répétai-je, puis je regardai de nouveau Will, mais il s'éloignait en nous tournant le dos. La fille et lui arrivèrent devant le stand du lycée et Will dit quelque chose qui fit rire toutes les filles.

— Je crois qu'elle s'appelle Holly, ajouta Donna. Ce garçon a plongé dans le lac pour la repêcher. D'après le journal, il lui a sauvé la vie.

Tout mon corps se mit à trembler et la chair de poule se répandit de ma colonne vertébrale à mes bras comme un essaim de minuscules insectes.

— Ça s'est passé pendant le tremblement de terre pour Arthur ? demandai-je à voix basse.

Donna me fit signe que oui.

Même sous ce soleil brûlant de mai, sans un souffle de vent pour sécher notre sueur, j'eus soudain très froid. Je me souvenais de Will près du petit lac qui était juste derrière nos bois, plaquant l'homuncule au sol et lui arrachant le tuyau de plume du cœur. Le petit lac…

— Tu veux dire… le lac qui est sur les terres de Mr Riber ?

— Oui. Mab, ça va ?

Donna posa la main sur mon épaule et Lukas saisit mon coude. Leur peau était bien plus chaude que la mienne.

Je fermai les yeux et inspirai longuement tout en maudissant le goudron noir qui me séparait de la terre et me privait de l'énergie de la planète. Je détestais être en ville, je détestais la ville et son réseau de routes semblable à une toile d'araignée géante emprisonnant l'univers. Je me concentrai sur la chaleur du soleil, les voix autour de nous, le bourdonnement lointain de la circulation sur l'autoroute, les rires, les chants d'oiseaux et le contact des mains des membres de ma famille.

— Oui, répondis-je en rouvrant les yeux, je vais très bien.

Au milieu des vagues de la foule, je repérai le visage de Will, telle la dernière goutte de sang scellant un sort. Je contemplai son sourire, le jeu de la lumière sur sa peau, et sentis le déclic de la magie qui se refermait sur elle-même.

Will

Tout en faisant l'éloge des cookies en étoile qu'avait confectionnés Lacey, j'expliquai, la bouche à moitié pleine, que j'avais rendez-vous avec mon frère pour un petit déjeuner tardif.

— Oui, repris-je pour répondre au regard appuyé de Shanti sur le sac de cookies vide que je tenais à la main. Et je ne vais pas m'arrêter là.

Elle s'apprêta à riposter, mais resta bouche bée. Elle, Holly, Kate et Lacey regardaient fixement quelque chose derrière moi avec des expressions diverses. Kate et Lacey se rapprochèrent même l'une de l'autre comme pour resserrer les rangs face à une attaque, probablement celle du carlin costumé en princesse que j'avais vu déambuler ici et là.

Mais quand je regardai par-dessus mon épaule, il n'y avait que Mab. Elle était immobile, une main levée derrière l'oreille pour rajuster l'une de ses tresses.

— Salut, Mab, dis-je, surpris, et je souris. Tu connais…

Je me tournai vers les pom pom-girls : maintenant, c'était moi qu'elles regardaient fixement. Mon sourire vacilla. Holly me dévisageait, les yeux plissés.

— Mab et moi, nous nous sommes rencontrés, euh… un jour où je faisais une balade dans la Prairie au nord de la ville, expliquai-je comme si c'était nécessaire – et ça l'était, puisque dix minutes auparavant j'avais laissé croire à Holly que je ne savais même pas qui était Mab.

L'expression désappointée de Holly céda la place à un sourire poli à l'intention de Mab.

— Salut, tu voulais des cookies ? demanda-t-elle.

Toutes les autres filles sourirent aussi, comme en réponse à un signal.

— La recette va à la fondation Mars & Kemp, ajouta Shanti.

Mab grimaça comme si elle ne comprenait pas l'anglais.

— Non, merci, je voulais seulement…

Elle me regarda de nouveau.

— Je voulais juste demander quelque chose à Will.

— Bien sûr, acquiesçai-je, mais Mab releva le menton.

— Seul à seul, précisa-t-elle.

Chassant toute incertitude de son expression, elle attendit.

Tout le monde attendit. J'étais au beau milieu d'une petite confrontation entre filles.

Je hochai lentement la tête.

— D'accord. Je dois aller retrouver mon frère, alors est-ce que tu pourrais… faire un bout de chemin avec moi ?

— Merci pour le café, dit Shanti sur un ton un peu trop suave, mais Holly croisa mon regard et me salua de la main. Je n'avais pas l'impression qu'elle m'en voulait, pourtant c'était comme si je venais de faire un choix.

— Est-ce que tu dois prévenir ta mère ? demandai-je à Mab alors que nous nous éloignions du marché.

— Ce n'est pas ma mère, fut toute sa réponse.

Contrairement à Holly, elle avançait droit à travers la foule sans se laisser distraire par les stands. Je dus contourner un vieux couple en T-shirts assortis des Kansas City Chiefs pour marcher à son rythme. Ses cheveux volaient, à peine retenus par les petites tresses fixées derrière ses oreilles, et sa robe d'été tombait comme une tunique de ses épaules jusque sous ses genoux. Ses pieds étaient nus. À leur vue, je faillis marcher sur un teckel. Sur ce trottoir, leur plante devait être brûlante et crasseuse.

Elle entra dans une rue, n'accordant de regard qu'à un musicien de rue qui jouait du violon. Elle lui sourit.

— On va où ? me demanda-t-elle.

— Euh… répondis-je en regardant la rue dans un sens, puis dans l'autre. À gauche.

Nous la traversâmes et nous dirigeâmes vers une ruelle assez large ornée de peintures murales dont les couleurs vives tranchaient sur le gris environnant. De chaque côté s'alignaient des boutiques et des restaurants, de vieux réverbères et de petits arbres. Les bâtiments, pour la plupart en brique, étaient hauts et étroits. On aurait dit la version moderne d'une ville du Far West. Je me souvins alors de notre arrivée ici, et d'Aaron en extase parce que toute la ville avait brûlé en 1860 et quelque pendant la guerre de Sécession.

Mab se dirigea vers l'une des clôtures en béton qui protégeaient les arbres et l'escalada pour aller se percher sur les minces racines. Ses épaules se détendirent soudain. Je n'avais même pas remarqué qu'elle était crispée.

— Tu n'aimes pas la ville, observai-je, et je m'assis sur le béton.

— C'est atroce. Ici, au moins, on laisse pousser des arbres.

Elle tendit la main et ses doigts effleurèrent le dessous des petites feuilles ovales.

— Il vaudrait mieux bâtir avec du bois.

Elle s'assit à côté de moi, les mains plongées dans les racines et dans la terre. Des voitures passaient, à l'affût de places de stationnement. Un corbeau croassa. Je levai les yeux et en vis un perché sur un faux balcon juste au-dessus de nous. Il était seul. Je regardai autour de moi, à la recherche des autres amis de Mab.

Elle prit une inspiration soudaine, comme si elle armait un revolver.

— Will, pourquoi étais-tu au lac dimanche dernier ? demanda-t-elle.

— Euh…

Je souris à une famille de quatre personnes qui passait devant nous sur le trottoir. Le petit garçon me dévisagea et me salua de sa main sale. Quand ils furent passés, je dis à Mab ce que je n'avais encore révélé à personne.

— Ce lac me donnait des cauchemars, répondis-je.

— Ah bon ?

— Tu te souviens du tremblement de terre d'il y a quelques semaines ? demandai-je en baissant la voix comme si je lui confiais un secret – un secret qui s'était étalé dans le journal local.

Mab acquiesça en silence. Ses yeux étaient de ce bleu intense qu'on ne voit que dans les images virtuelles.

— J'étais au lac ce jour-là, et Holly, que tu as vue avec moi devant ton stand, est tombée dedans. J'ai plongé pour la repêcher.

Je me frottais lentement les mains, attentif seulement à leur bruissement.

— Et depuis, je rêve de ça. Je rêve que je plonge dans de l'eau bourbeuse et que je ne la retrouve pas, ce genre de trucs. Alors je me suis dit que si j'allais là-bas pour en quelque sorte me purger de ce souvenir, je recommencerais peut-être à dormir normalement.

Je me passai les mains dans les cheveux en frictionnant rudement mon crâne.

— Ça doit te paraître complètement ridicule.

Pourtant, quand je regardai Mab, son visage était détendu et son expression joyeuse.

— Non, Will, ce n'est pas du tout mon avis, répondit-elle. Je crois que tu as eu tout à fait raison.

— Vraiment ?

— Il fallait que tu retournes là-bas. Ce sont tes rêves qui t'y ont poussé. Et c'est ainsi que nous nous sommes rencontrés, dit-elle sur le ton du simple constat, sans envolées lyriques sur le destin ni trémolos dans le style New Age. Nos chemins se sont croisés.

Je la regardai. Son front était barbouillé de terre et ses cheveux brillaient d'un tel éclat qu'on aurait toujours pu la retrouver au fond du lac le plus fangeux. Je la revis sautant de l'arbre avec ses lunettes de protection sur les yeux, revis le cœur se désagrégeant entre ses mains, et, le temps d'un éclair, mes cauchemars resurgirent. Des cauchemars de boue, de roses et de profondes entailles dans mes paumes. Je tressaillis.

— Will ?

— Non, rien, je... ça va, répondis-je, et je me forçai à sourire pour l'en persuader. Ce n'était rien, vraiment.

Mab toucha ma poitrine exactement à l'endroit où le tuyau de plume l'avait heurtée, y laissant pendant six jours une meurtrissure blême. Ses doigts étaient frais à travers mon T-shirt, comme la fois où elle avait appuyé sa main sanglante contre moi en m'affirmant que ce qui était arrivé était impossible.

Je lui saisis la main.

— C'est vraiment arrivé. Ça n'avait rien d'impossible, déclarai-je.

— C'était un homuncule, répondit Mab.

Je restai interdit.

— Un quoi ?

— Un corps d'homme que j'ai créé avec de la terre et auquel j'ai donné vie.

Je la dévisageai en silence. Elle attendit un instant, puis balaya une mèche de cheveux de son épaule.

— Tu parles sérieusement ? demandai-je.

— Qu'est-ce que tu crois que c'était ?

Elle inclina la tête et le corbeau perché sur le balcon croassa. Il s'envola, descendit vers nous ; une femme qui faisait du jogging avec un walkman sur les oreilles fit un grand détour pour nous éviter. Le corbeau se posa sur un arbre à côté de Mab et inclina la tête exactement comme elle. Je contemplai l'oiseau, ses plumes noires et luisantes. Son œil brun foncé soutint mon regard sans ciller.

— Will ?

— Euh, oui, répondis-je, les yeux sur le béton fissuré.

Ce monstre de boue… qu'est-ce que je croyais que c'était ? Comment une chose faite de boue, de branches, de pierres et de plumes et dotée d'un cœur sanglant pouvait-être réelle ? Mais de quoi d'autre pouvait-il s'agir ? D'un extraterrestre ? D'un complot fomenté par le gouvernement ? Il n'existait pas d'explication plus crédible que celle qu'elle m'avait donnée. Je levai lentement les yeux pour rencontrer les siens.

— Oui, je crois que c'était un homuncule, répondis-je enfin.

À la vue de son sourire, je fus soulagé que nous ayons quitté les pom-pom girls. Je lui souris à mon tour et nous restâmes tous deux immobiles comme si nous n'avions rien de mieux à faire. Soudain, le claquement d'une portière de voiture me fit sursauter.

— Il faut que je retrouve Ben, dis-je. Euh... merci de m'avoir dit tout ça, Mab.

Elle retourna ma main et dessina un cercle invisible sur ma paume.

— Il fallait que tu le saches, répondit-elle.

CHAPITRE 16

Pendant tout l'hiver, j'ai lutté contre cet engouement, je me suis exhortée à travailler et à savourer la beauté âpre de notre hiver dans la Prairie. Des corbeaux nichaient dans les arbres autour de la maison, ainsi que des cardinaux rouges et leurs maussades compagnes, des rouges-gorges, des moineaux et des geais bleus que je nourrissais de grains prélevés sur les rations des poules. Ces oiseaux jetaient des taches de couleur sur l'argent, le blanc et, parfois, le bleu liquide du ciel. Leurs chants rappelaient le tintement de cloches dans le vent.

Gabriel passait souvent plusieurs jours de suite en ville, où il trouvait des réjouissances et de la société, disait-il, ainsi que de l'alcool en abondance pour se réchauffer. Il avait essayé une fois de m'emmener avec lui, mais je lui avais déclaré qu'il était ridicule de sa part de croire que la présence de sa nièce ne gâcherait pas ses réjouissances. Il avait insisté, s'était montré enjôleur, mais j'étais incapable de te laisser seul. Te voir seul dans la nature sauvage, ne faisant plus qu'un avec elle, m'enchantait bien trop.

Quand tu sortais, tu te fondais dans le paysage hivernal, tout de gris, de blanc et de bleu, et tu disparaissais toute la journée pour vaquer à je ne savais quelles occupations. Certains jours, tu restais dans ta chambre, où tu semblais dormir ou t'occuper dans un tel calme que je ne t'entendais jamais. Par une journée si paisible que je percevais le craquement de la glace, j'ai jeté un coup d'œil dans ta chambre et je t'ai trouvé allongé sur ton lit, plongé dans un sommeil si profond que tu paraissais à peine respirer.

Je cuisinais, faisais la lessive et reprisais nos rares vêtements chauds. Pendant de nombreux après-midi, j'ai puisé dans ta bibliothèque étonnamment fournie qui occupait tout un mur du salon. Elle contenait toute une série de magazines et de vieux périodiques, de nombreux ouvrages d'auteurs modernes et anciens, mais peu de poésie, ce que je regrettais, car j'en avais lu à l'école.

J'étais seule sans jamais me sentir essseulée, grâce à la radio, aux oiseaux et à l'espoir que tu allais à tout moment descendre me rejoindre, ou que tu rentrerais après plusieurs heures dans le froid et me laisserais prendre soin de toi.

Un soir, je t'ai entendu fredonner Our Love is Here to Stay *en déboutonnant ton manteau dans l'entrée, et je me suis souvenue du contact de ta main sur ma taille.*

Tout en me répétant que c'était sans espoir, je me suis approchée et j'ai commencé à fredonner avec toi. Je t'ai tendu les mains et tu les as prises. Nous avons valsé dans toute la maison et j'ai essayé d'oublier tes années, de ne plus penser à ta femme et aux enfants que tu avais certainement eus.

J'ai fermé les yeux, savouré la chaleur de tes mains et feint que nous n'étions qu'un jeune homme et une jeune fille tout simples, absolument normaux et libres.

CHAPITRE 17

Mab

Ma rencontre avec Will m'avait laissé une sensation d'émerveillement qui me protégeait de la dureté du béton et de l'asphalte citadins. Elle enrobait ma langue et m'incitait à sourire aux marchands plus joyeusement que d'habitude. Mr Meldon, qui m'avait vendu des rubis bruts, affirma que j'étais ravissante, et Pamela Ann, du magasin de thé, me demanda si j'avais un nouvel amoureux. Je fis de mon mieux pour lui donner une réponse énigmatique. En rentrant chez Faith et Eli, j'appris à Lukas une chanson toute simple que nous chantâmes à trois voix avec Donna, encore et encore, jusqu'à ce que Donna pose doucement la main sur mon épaule avec un sourire approbateur.

Nous fîmes griller l'un de leurs poulets élevés en liberté dans l'arrière-cour et je tins la promesse faite à Hannah de lui montrer un feu bleu. Les flammes dansèrent au-dessus de mes doigts devant son regard admiratif. Lukas avait ramené ses genoux contre sa poitrine, mais sans reculer, ce que je trouvais courageux de sa part. Après le dîner, Faith dut me rappeler trois fois d'aller chercher d'autres serviettes, tellement j'étais perdue dans mes pensées. À mon retour, je les surpris par un tour de magie extravagant qui consistait à faire souffler le vent en rafale autour de la cour pour plaquer les rangs de pétunias contre la clôture et allumer l'encens suspendu dans les arbres contre les moustiques.

— Quelqu'un de ma connaissance est d'humeur charmante ce soir, déclara Faith en tapotant ses cheveux que le vent avait dénoués.

— Elle s'est fait un nouvel ami aujourd'hui, intervint Donna, qui m'observait.

Avec un sourire hautain, je rejoignis les adultes à la table de pique-nique tandis qu'Hannah présentait à Lukas les dinosaures en plastique du bac à sable.

— Ça fait déjà un moment que nous nous sommes rencontrés, alors ce n'est pas vraiment une nouvelle, répondis-je.

— Oh, c'est un jeune homme, n'est-ce pas ? demanda Eli, et il feignit de froncer les sourcils, mais le gauche se relevait d'un air coquin.

— Ce n'est rien de spécial ! lançai-je. Je me ravisai un peu tard en pensant aux épaules nues de Will, à la rapidité avec laquelle il avait expédié ma poupée et à son sourire à l'instant où il avait décidé de me croire.

— Et l'expression de ton visage, elle n'a rien de spécial non plus ? me taquina Faith.

Je haussai les épaules et pris Caleb sur mes genoux comme pour me protéger. Les adultes eurent pitié de moi et me laissèrent tranquille tandis que je plongeais le nez dans ses boucles poisseuses. Il sentait la sauce de barbecue et il allait probablement en barbouiller toute ma robe. Je le laissai empoigner mes cheveux de ses petites mains et me chuchoter des secrets dont je ne saisissais que la moitié. Et je songeai au tour qu'avait pris ce dernier mois de mon existence. Depuis que la mort d'Arthur avait provoqué un tremblement de terre, ce qui avait fait tomber d'un arbre une inconnue. Depuis que

Will l'avait sauvée et souffert par la suite de cauchemars qui l'avaient ramené au lac le jour même où j'avais décidé de libérer les roses de leur malédiction. Il s'était trouvé là juste au bon moment, comme si la boucle était bouclée, pour retarder la poupée, ce qui m'avait permis de la rejoindre. Enfin, sans avoir reçu la moindre consigne, il avait deviné qu'il fallait ôter le tuyau de plume de son cœur.

Puis nous nous étions de nouveau rencontrés, et cela avait été plus qu'une simple rencontre : Will m'avait sondée et avait décidé de voir la magie telle qu'elle était.

Plus qu'une boucle bouclée, c'était un motif inachevé dont je ne saisissais pas encore le sens. Mais c'était justement l'instant que je préférais, celui où tout était encore neuf et riche de possibilités. Voici les éléments d'un sort grandiose, ma petite reine, aurait dit Arthur. Comment vas-tu les assembler ?

Je n'en avais pas la moindre idée. Je savais seulement que, quoi qu'il pût arriver par la suite, Will y jouerait un rôle, et que ce serait passionnant.

Will

Assis face à Ben, papa et maman, j'avais la cervelle farcie d'idées délirantes. Ils étaient finalement venus tous les trois au lieu de Ben seulement comme c'était d'abord prévu, et nous avions mangé à un stand qui servait des petits déjeuners avec exposition d'art local et café en self-service. La conversation avait suivi son cours sans difficulté, mais sans moi. Ensuite, maman nous avait emmenés faire des courses, autrement dit nous l'avions suivie de boutique d'objets d'art en magasin de jouets anciens en passant par la boulangerie. Je marchais en silence, sans cesser de penser à Mab.

Tandis que papa et maman se dirigeaient vers un nouveau magasin, Ben m'arrêta.

— Ce n'est pas ce bon vieux parc d'attractions que je vois là-bas, juste au bout du pâté de maisons ? demanda-t-il.

— Ouais.

— Et si on se garait par là ? suggéra-t-il en m'entraînant dans cette direction.

Une fois arrivé au petit parking où l'on pouvait stationner deux heures d'affilée, il ouvrit le coffre de notre voiture et en sortit deux sacs en plastique. Il m'en lança un avec un sourire de défi. Je le bloquai contre ma poitrine et plongeai la main dedans. Il contenait des pistolets à marshmallows. Je souris. Ce n'étaient que des tubes en PVC en forme de L avec lesquels on pouvait lancer des marshmallows comme des fléchettes. Ça ressemblait à ce qu'Aaron et moi aurions pu bricoler avec des rebuts dans notre garage.

— Direction le parc, dit-il en secouant un deuxième sac bourré de marshmallows. Je te jure que je vais te mettre la pâtée.

— J'ai une meilleure idée, répondis-je. On passe à la maison prendre les filles et on va au lac Clinton pour se faire une vraie guerre.

— Je ne crois pas que tu sois encore mûr pour ça, bébé.

— Tu rêves ! Tu es foutu : je connais le parc bien mieux que toi.

— Je ferai équipe avec Havoc.

— Elle ne voudra jamais.

— J'ai les moyens de la faire parler, riposta-t-il avec un effroyable accent russe.

Il ne nous fallut qu'un quart d'heure pour embarquer les chiennes et repartir au parc. Comme Ben avait bourré ses poches de bouts de bacon, Walkyrie n'éprouva aucun scrupule à me trahir.

Avec leurs balles biodégradables et leurs silencieux, ces pistolets étaient parfaits pour les embuscades et les poursuites en forêt. Les marshmallows faisaient également office de récompense pour Havoc et Wal, même si ce n'était certainement pas très diététique.

Ce fut seulement au bout d'une heure d'embuscades, d'escalade dans les arbres et de détours pour éviter les randonneurs, cyclistes et autres pique-niqueurs de ce samedi après-midi que je pensai de nouveau à Mab, à Holly et au monstre de boue. Ou au bon temps que je prenais avec Ben : pour une fois, nous ne nous étions pas disputés et le fantôme d'Aaron n'était pas embusqué derrière le buisson le plus proche.

Curieusement, les pistolets étaient difficiles à charger, surtout pendant les cavalcades, et pour obtenir un tir plus précis il valait mieux n'y insérer qu'un seul marshmallow à la fois. Je bourrais néanmoins mon chargeur avec cinq ou six marshmallows car je préférais la dispersion à la précision, mais Ben se révéla être un vrai sniper interstellaire Son seul point faible était Wal, qui, incapable de se taire, trahissait toujours sa position.

Nous mourûmes enfin de nos innombrables blessures de marshmallows, affalés à côté de nos chiennes au bord d'une aire de gravier qui devait servir de parking aux caravanes. Allongé bras et jambes écartés, hors d'haleine, le diaphragme endolori d'avoir ri et tiré en rafale, sous le ciel bleu vif semé de nuages blancs, je m'imaginais dedans comme un oiseau ballotté par le vent, contemplant de là-haut le parc municipal qui s'étendait à la lisière du lac aux multiples presqu'îles, la digue et l'autoroute ramenant à la ville. Je me voyais étendu à côté de mon frère, tous deux transpirants et hilares, aux côtés de Havoc et Walkyrie pantelantes, les pattes déployées dans l'herbe.

Ma respiration devint plus régulière, puis je fermai les yeux. Je pensais à Mab et à la tension qu'elle éprouvait en ville. Ce que je percevais autour de moi lui ressemblait davantage : le vent dans les feuilles, la surface ondoyante du lac au-delà de la forêt, le bourdonnement des insectes, la respiration de Ben, le halètement des chiennes et le battement de la queue de Wal qui frappait le sol. En prêtant l'oreille, je découvrais que le monde était rempli de bruits.

Et, apparemment, d'une foule d'autres choses auxquelles je ne comprenais rien.

— Qu'est-ce qui te tracasse ? demanda soudain Ben.

Je ne rouvris pas les yeux. Le soleil n'était plus qu'un rougeoiement à travers mes paupières. Il réchauffait mon visage et séchait la transpiration sur le col de mon T-shirt.

— Tu n'as pas prononcé un mot de la journée, reprit-il. Tu peux me dire ce que tu as en tête, tu sais.

— Oh, juste des trucs bizarres, répondis-je. Il s'est passé pas mal de choses ces derniers temps et je ne sais pas trop quoi en penser.

— Quel genre de trucs ?

Je haussai les épaules, puis les frottai contre le sol dur, où l'herbe était moins dense qu'ailleurs.

— Juste des trucs. Je ne sais pas trop comment l'expliquer.

— Je vois. Et tu n'as pas besoin de conseils non plus.

— Non.

J'entrouvris un œil pour regarder Ben.

— Tu penses à une fille, c'est ça ?

Mon éclat de rire fit sursauter Havoc, qui se leva et vint s'allonger plus près de moi. Je posai la main sur son flanc, puis le tapotai.

— Oui, je suppose que oui, répondis-je.

— Parle-moi d'elle.

J'ouvris la bouche, mais rien n'en sortit.

— Je connais une femme, dit Ben. Elle s'appelle Lauren et c'est une correspondante de guerre. On n'est pas sortis ensemble ni rien, et je ne sais pas comment, mais je suis certain que tôt ou tard il se passera quelque chose entre nous.

— Dit de cette manière, ça paraît dingue.

— Je sais, fit-il en riant. Et ça l'est. Mais chaque fois que je la regarde, j'éprouve une sensation de… comme de paix et de chaos en même temps.

Je me redressai sur le côté pour l'observer. Il faisait de son mieux, se conduisait comme si nous savions vraiment tout l'un sur l'autre, ou comme si nous étions censés le savoir.

— Mab n'est pas… je ne sais pas si c'est pareil avec elle.

Je n'avais jamais pensé à elle ainsi. Il y avait trop d'autres éléments en jeu. L'homuncule. Les rêves. Ces étranges corbeaux. Le fait qu'elle était si différente de tout ce que j'avais connu jusqu'ici : comme un chatoiement de folie furieuse.

Mais peut-être en allait-il comme le disait Ben.

— Je ne sais pas trop quoi faire, repris-je.

— Fie-toi à ton instinct.

Je roulai de nouveau sur le dos. Comme si c'était aussi simple… Très haut dans le ciel, un avion minuscule laissait dans son sillage une ligne blanche très pure à travers un fouillis de nuages.

CHAPITRE 18

Le printemps est venu, avec son cortège de minuscules bourgeons verdoyants et un air moite. J'ai bêché la terre de mon jardin pour y semer des pois, des carottes, des tomates et des tournesols. J'ai cultivé dans de petites boîtes les herbes destinées à la cuisine et à la magie.

La Prairie s'éveillait lentement de son sommeil hivernal, et j'avais moi aussi l'impression de me réveiller. Je faisais des promenades solitaires pendant que tu restais enfermé dans ton écurie pour travailler à tes projets de vieillard de deux cents ans d'âge. Gabriel, lui, s'était lancé dans une campagne électorale à Lawrence. Il rapportait des prospectus à la maison et m'a demandé de tricoter de minuscules fleurs en laine qu'il voulait distribuer pendant ses meetings. Je me suis exécutée jusqu'au moment où j'ai découvert qu'il leur jetait des sorts avec une goutte de sang afin qu'elles deviennent plus que de jolis trophées. C'est la première fois que nous nous sommes sérieusement querellés, lui et moi. C'était franchement désagréable et je n'avais encore jamais senti mon cœur battre aussi violemment. Quant à lui, il est resté absent de la maison pendant tout un mois, t'en souviens-tu ? Il était tellement furieux qu'il avait loué une chambre dans une pension au bord de la Kaw.

Un matin, j'étais occupée à briser la glace du puits afin d'arroser mon jardin tout neuf – avec la crainte que cette soudaine gelée ne tue les semences avant même qu'elles aient pu germer – lorsque soudain tu es apparu devant moi. Tu as empoigné le seau et tu m'as dit : « Les fleurs préféreront l'eau de la rivière. » Ensemble, nous avons longé Child Creek et tu as rempli le seau dans le courant glacé. Tu l'as porté jusqu'au jardin, en haut de la colline,et nous l'avons arrosé, avant de refaire trois autres voyages jusqu'au ruisseau. Quand nous eûmes fini, tu t'es redressé sur ces mots :

— C'est vivifiant.

Je t'ai montré les différentes planches ainsi que mes semis d'herbes et je t'ai expliqué lesquelles serviraient à la cuisine et lesquelles à la magie. Alors tu m'as pour la première fois posé une question :

— Je te vois rarement recourir à la magie. Pourquoi ?

À quelqu'un qui la pratique comme il respire, ma réticence devait paraître surprenante.

— Ce n'est guère qu'un moyen, n'est-ce pas ? ai-je répondu en espérant que cette réponse ne t'offenserait pas. Quand j'ai froid et que je ne peux pas me réchauffer devant un poêle, je fais surgir du feu. Quand je cherche quelque chose en vain, j'utilise du sang et un miroir. Quand j'ai besoin de me protéger contre ce qui est plus fort que moi, je fabrique une amulette. Mais quand je n'ai pas besoin de magie, je ne m'en sers pas.

Tu as contemplé mon visage pendant un instant avant de reprendre la parole.

— C'est très sage de votre part, Miss Sonnenschein, mais je crois qu'ainsi vous passez à côté de presque tout ce qui fait la beauté de cette magie. Même si vous n'éprouvez pas le besoin vital d'un coucher de soleil ou de musique, grâce à eux la vie ne se réduit pas à manger et à dormir. Nous pouvons également survivre sans danser ni aimer, as-tu poursuivi, les sourcils levés, mais qui désirerait cela ?

Ta remarque m'avait laissée interdite. Mes doigts tremblaient. Je les ai enfouis dans la terre au milieu d'une planche de petits pois, puis j'ai lentement hoché la tête.

— Vous avez raison, ai-je répondu sans te regarder.

— La magie est dans votre sang, elle fait partie intégrante de vous et il n'y a rien de mal à en explorer les beautés au-delà d'un usage pratique.

Il y avait dans ton intonation quelque chose de nouveau qui m'a fait lever les yeux vers toi. C'était le rire qui dansait à la commissure de tes lèvres.

J'aurais plus que tout désiré les embrasser pour saisir ton amusement avec les miennes, mais, de peur de te choquer, de gâcher ce moment, je me suis contentée de sourire.

— Me montrerez-vous cette beauté, et ce que vous préférez en elle ? ai-je demandé.

Tes yeux se sont agrandis comme si j'avais enfin réussi à te surprendre et tu m'as promis que tu le ferais dès que tu le pourrais.

CHAPITRE 19

Will

Une semaine jour pour jour avait passé depuis ma confrontation avec le monstre de boue. Planté dans notre allée, j'attendais ma mère en compagnie de Ben. Le soleil me brûlait les épaules à travers ma chemise bien repassée. J'aurais aimé desserrer la cravate qui m'étranglait. Accoudé à mon épaule, mon frère tournait involontairement les yeux vers le filet de basket-ball surplombant d'un mètre cinquante le toit de la camionnette, mais nous avions renoncé à jouer après une brève discussion sur les risques de transpiration et leurs conséquences avant d'aller à l'église.

Mieux valait s'ennuyer jusqu'à ce que maman sorte enfin de la maison.

Et puis je n'étais pas si sûr d'être en état de me dépenser physiquement.

Je fis rouler ma tête pour détendre les muscles de ma nuque. J'avais rêvé que des roses envahissaient ma gorge et que je suffoquais. Depuis mon réveil, j'avais une sensation de vertige, probablement liée au manque de sommeil.

— Ça va ? demanda Ben en ôtant le coude de mon épaule.

— Pas de problème, répondis-je avec un haussement d'épaules, puis je fermai les yeux pour me protéger de la lumière aveuglante.

Ben ne répondit pas. J'entrouvris un œil et vis qu'il m'examinait d'un air renfrogné.

Je refermai les yeux. Il poussa mon épaule du doigt et je faillis tomber à la renverse. J'eus soudain la nausée.

— Tu es cramoisi, dit-il en me saisissant le bras. Je crois que nous ferions mieux de rentrer.

Le soleil était accablant.

— Will ?

J'avais l'impression que Ben s'était éloigné d'une distance équivalente à la moitié d'un terrain de foot.

— Will !

Je secouai la tête. Mon sang rugissait dans mes oreilles.

Ben me toucha, puis passa la main dans mon dos.

— Tu es brûlant, dit-il, et il m'entraîna vers la maison.

J'avais comme l'impression que ce serait encore ma faute si on manquait la messe une fois de plus.

Les roses me rivaient au sol. Ma mère écarta mes cheveux de mon visage, murmura quelque chose où figurait le mot « fièvre », puis les roses resserrèrent leur prise. Leurs tiges épineuses encerclaient mon cou. Je me débattis. On empila des couvertures sur moi. J'avais très chaud. Trop chaud.

À certains moments, je me rendais compte que je rêvais. À d'autres, je ne savais plus si c'était Aaron ou Ben qui était assis sur mon lit. Il y avait une autre femme dans ma chambre, les bras arrondis comme pour valser. Elle se penchait sur moi, souriante, et voulait m'entraîner dans la danse. « C'est mon air préféré », chuchotait-elle.

Des roses grouillaient sur les murs de ma chambre et s'accrochaient au plafond en y plongeant leurs racines. Les fleurs rouges me regardaient en hochant toutes la tête au même rythme : celui de mon cœur. Des tiges serpentaient sur mon corps et ma bouche était remplie de pétales qui, lorsque je toussais, s'élevaient en voletant. Je roulai vers le côté du lit ; maman était là. Elle me retint par les épaules en murmurant mon nom.

Les fleurs m'étouffaient. Je vomis dans un bol que me tendit maman. Elle me frictionna le dos et m'aida à me rallonger. Je me rendormis.

Il faisait nuit quand je m'éveillai en sursaut d'un autre cauchemar. Je me noyais de nouveau, mais, cette fois, dans une boue fluide et froide.

Un cercle douloureux m'enserrait les côtes, qui ne pouvaient plus se dilater assez pour me permettre de respirer normalement. Je fixai le plafond à motif de pop-corn. Il était nu. Pas de roses en vue. Seulement ma chambre. Les chiffres lumineux du réveil m'informaient qu'il était 1 h 43.

Je me contraignis à me détendre et fis le bilan de mon état physique.

La fièvre était tombée. Je ne transpirais plus. La sensation de brûlure intérieure avait cessé. J'avais un mal de crâne diffus, et très soif. Mes muscles étaient endoloris, mais pas trop. Dans l'ensemble, je me sentais plutôt bien. J'étais complètement réveillé et je sentais l'aigre.

Comme mon vertige avait également disparu, je me dirigeai sans bruit vers la salle de bains plongée dans l'obscurité et pris une douche, laissant l'eau tiède goutter de mon nez. Lorsque j'eus allumé pour me brosser les dents, je m'examinai dans le miroir.

J'avais les yeux cernés et l'affaissement de mes épaules trahissait ma fatigue.

La meurtrissure que le tuyau de plume avait laissée sur ma poitrine était plus sombre.

Je fermai les yeux, éteignis, puis rallumai pour la regarder de nouveau.

Ce n'était pas seulement une ombre portée ou un effet de mon épuisement. Je touchai la ligne brunâtre. Elle n'était pas douloureuse, pourtant je la sentais de l'intérieur, comme une pression. Et sa marge, qui avait jauni les jours précédents, virait de nouveau au violet ; on aurait dit une ecchymose tout récente. Était-ce le signe d'une rechute ? D'une infection ?

Je me penchai pour examiner ma poitrine de plus près. J'y promenai les doigts, à la recherche de quelque écorchure. Je ne pouvais quand même pas avoir attrapé une infection à staphylocoques à cause d'une simple meurtrissure, que je sache !

Peut-être était-il temps de reprendre mes recherches sur Internet. Ou de tout dire à maman, mais cela me paraissait une très mauvaise idée. Elle serait aux cent coups et m'emmènerait à l'hôpital aussi sec.

Non, tout ce que je voulais, c'était appeler Mab, ce qui était plutôt stupide : que pouvait-elle faire ? Guérir cette meurtrissure avec un baiser ?

Malgré moi, c'était exactement ce que j'imaginais.

Mab se penchant pour embrasser ma poitrine nue et meurtrie.

Je refermai les yeux et sortis de la salle de bains.

Mab

Dans mon rêve, il pleuvait depuis trois jours, mais une éclaircie survenait enfin, et les corbeaux et moi nous précipitions dehors pour en profiter. Je gambadais devant la maison, les bras ouverts, riant avec eux. L'eau éclaboussait mes mollets et le soleil faisait briller les millions de gouttelettes suspendues aux herbes, aux feuilles, aux pétales de fleurs, et même au toit. Les gouttes scintillaient et envoyaient des signaux lumineux. J'en saisissais avec mes doigts et les posais sur ma langue pour en goûter la magie. Les corbeaux fonçaient en piqué au milieu des arbres, les ailes déployées, en faisant jaillir d'autres gouttes qui étincelaient comme des diamants noirs.

Mais dix corbeaux seulement filaient dans le ciel. En soustrayant celui que j'avais sacrifié pour la poupée, il aurait dû en rester onze. Je décrivis un cercle à la recherche de celui qui manquait.

— Où es-tu, appelai-je, où t'es-tu envolé ?

Comme en réponse à cette question, toute la bande s'envola et s'enfuit vers le portail d'entrée. Je courus derrière eux.

La terre se levait autour de moi et allongeait ses doigts de magie pour caresser mon visage et mes mains tendues. Je fermai les yeux et me laissai guider par les arbres, détendue et confiante dans leur étreinte, certaine qu'ils me soutiendraient toujours.

Mab.

J'étais entourée de ce chuchotement.

J'étais trempée jusqu'aux os, ma robe était plaquée sur mon corps et mes jambes couvertes de boue et d'herbes mouillées. Les arbres s'inclinaient autour de moi, mes pieds ne touchaient plus terre. Je volais comme les corbeaux. Des ailes de fleurs et de feuilles se déployaient à mes épaules.

Mab.

C'était la forêt qui murmurait mon nom par la voix des roses.

J'étais sauvage et splendide, et, quand la poupée surgit entre deux ormes, je lui ouvris les bras. Elle me serra contre elle et m'embrassa. Je me cramponnai à elle, bouche ouverte pour l'accueillir. Des pampres et des roses s'enroulèrent autour de moi et nous lièrent tandis que la poupée me couchait sur la terre chaude et humide. Je ris et l'embrassai, enlaçant son corps robuste.

Alors qu'elle m'embrassait dans le cou, je lui chuchotais des mots magiques et purificateurs, et ce n'était plus la poupée que j'étreignais, mais Will. Will intact, vigoureux et nu comme s'il venait de renaître.

Là-dessus, je me réveillai seule dans mon lit, avec une douleur aiguë à l'épaule dans laquelle un corbeau enfonçait les griffes.

Je m'assis, pantelante, les mains posées à plat sur le matelas, prise de vertige. Les autres corbeaux, réunis en cercle autour de moi, me regardaient fixement, perchés sur mes étagères, sur le rebord de la fenêtre et au pied de mon lit. J'avais encore le goût de la forêt sur la langue et des ailes dans le cœur. Le clair de lune miroitait sur les plumes sèches et noires des oiseaux. Je les comptai rapidement : ils n'étaient plus que dix. Cette partie de mon rêve était donc véridique.

Rejetant le drap, je sortis de ma chambre en courant et faillis marcher sur le corps rompu du onzième corbeau. Son bec était grand ouvert et ses pattes mutilées. Je hurlai et tombai lentement à genoux comme si j'étais encore dans mon rêve. Je voyais à travers mes larmes le sillage de plumes qu'il avait laissé sur le parquet.

J'aperçus soudain le corps de Lukas, étendu sur le seuil de la chambre d'Arthur, le visage crispé de douleur. Le dos de son T-shirt blanc était taché de sang.

Je m'approchai de lui à quatre pattes, trébuchai et m'effondrai à son côté.

— Lukas !

Je touchai son visage. Sa joue était très chaude et une odeur de chair calcinée m'assaillit. Ses mains étaient brûlantes.

J'appelai Donna à grands cris.

Les minces langues orange dansant sur les doigts de Lukas et leur flamboiement m'étaient familiers. L'image que je voyais sur la paume de sa main était la reproduction fidèle du contour de la rune noire en forme de chandelle. Je compris soudain pourquoi ses mains étaient couvertes de brûlures. Lukas avait tenté de combattre la magie du sort par la sienne propre. La malédiction jetée par son père s'était alors décuplée et Lukas avait essayé de la brûler en se servant de son propre corps.

Donna monta l'escalier en courant.

— Mab ?

— Apporte vite de l'eau bénite et un couteau.

Elle passa en trombe devant moi et le cercle de corbeaux silencieux et attentifs pour entrer dans la salle de bains. Je crachai dans la paume de Lukas et frottai la salive en spirale.

— Sois frais comme la pluie, murmurai-je.

Je serrai les dents quand la salive se mua en vapeur et que le bout de mes doigts devint incandescent.

Je saisis son autre main ; ma sueur ruissela le long de mon épine dorsale. Je devais éteindre ce feu avant de me consacrer à la rune imprimée sur son dos. Donna se mit à genoux de l'autre côté de Lukas et le bol d'eau bénite qu'elle tenait déborda quand elle le posa à terre.

Sans me laisser le temps de saisir le couteau, elle entailla le dessus de son poignet et laissa le sang goutter dans l'eau bénite pour en accroître le pouvoir. Stupéfaite de son geste, je déroulai les bandages étroits qu'elle avait apportés et les posai sur le sol.

Si nous avions pu retourner Lukas, tout aurait été plus facile, mais son T-shirt était collé au bas de son dos et sa respiration saccadée. Il fallait agir rapidement.

Donna le comprit en même temps que moi.

— Je peux faire cette partie du travail, dit-elle.

Je me ruai dans ma chambre, tirai de sous mon lit la boîte magique que maman m'avait donnée et, chargée du lourd coffret, retournai auprès de Lukas en hurlant aux corbeaux de s'écarter de mon chemin.

Je pris le couteau de Donna et brisai le cachet de cire. Le couvercle s'ouvrit en exhalant une bouffée de cannelle. Je saisis la fiole de poudre de vestale[1], un ruban noir et rouge tressé avec une longue mèche de mes cheveux et un scalpel aiguisé. Je chuchotai une incantation pour retenir la magie dans cette boîte, que je laissai se refermer aussitôt.

Je coupai le bas du T-shirt de Lukas et le soulevai pour exposer la rune noire sanglante. Il gémit et Donna entonna une berceuse tout en enveloppant ses mains de chiffons imbibés d'eau bénite. Je laissai son sang couler librement avant de graver au scalpel une rune de liaison au-dessus de la chandelle qui s'étalait sur son dos comme une toile d'araignée. Je versai de la poudre dans le creux de ma main, puis incisai mon poignet tatoué. Je savais combien la plaie m'élancerait plus tard, même si le scalpel était trop tranchant pour que je puisse sentir la douleur sur le moment. Je mélangeai mon sang avec la fine poudre blanche et versai le tout sur la rune sanglante que j'avais tracée. Lukas se débattit ; je le maintins au sol et Donna lui tint les poignets pendant que je nouais avec un triple nœud la tresse de ruban et de cheveux autour de son ventre. Je me fis ensuite une nouvelle entaille, assez profonde pour qu'il en coule un flot de sang, m'en barbouillai les paumes et

1. Poudre purificatrice utilisée en magie, en hommage à Vesta, déesse antique du foyer, du feu sacré et de la maternité.

les plaquai sur le corps de Lukas, laissant l'empreinte de mes mains comme une ombre rouge au-dessus de la rune noire à la chandelle.

— Je te lie par le sang, par la terre, par les nœuds. Je te lie de mes mains, je te lie, chuchotai-je.

Lukas inspira profondément, puis s'immobilisa.

Le couloir était sombre et silencieux. On n'entendait que le bruissement d'ailes des corbeaux et le fredonnement de Donna. Je me redressai, puis m'adossai au mur, les entrailles nouées, la brûlure du sort sur la langue.

CHAPITRE 20

La terre se réchauffait peu à peu. Je me montrais plus attentive qu'auparavant à ta magie et à celle de Gabriel. Je me suis rendu compte que vous vous en serviez constamment. Vous ne vous contentiez pas de respirer l'air matinal, vous touchiez les arbres, dont les branches s'inclinaient comme si elles désiraient partager ce moment avec vous. Gabriel les écoutait, les yeux fermés, à longueur de journée. Jusqu'ici, j'avais toujours cru en le voyant ainsi qu'il méditait ou qu'il riait sous cape, mais non, c'étaient les voix des arbres qu'il écoutait. Un jour, il m'a surprise à l'observer.

— Ils en savent plus sur les rêves que vous ou moi, a-t-il dit.

Par un tiède après-midi, alors que je regardais par la fenêtre de la cuisine la pelouse devant notre maison, d'un vert tendre que les pissenlits émaillaient de jaune, une tache rouge a attiré mon attention. J'ai reconnu Gabriel, étendu au milieu d'un carré de trèfle. J'ai lâché la pâte que j'étais en train de pétrir et je suis sortie en courant pour me laisser tomber à genoux à côté de lui.

— Gabriel ?

J'ai touché son épaule, puis son front. Son visage était aussi paisible que celui d'un trépassé, ou de quelqu'un qui a passé toute la journée dans sa chambre. Pourtant son inconscience n'était ni celle du sommeil, ni celle de la mort. Je me suis penchée sur lui et j'ai posé la joue contre sa poitrine. Son cœur battait, quoique lentement, et il respirait une fois sur douze de mes respirations.

Saisie de frayeur, je me suis redressée et j'ai ramené les genoux contre ma poitrine. Le soleil me brûlait les épaules et la sueur perlait sous mon lourd chignon, mais je n'ai pas fait un geste. Je n'avais aucune idée de l'endroit où tu te trouvais en esprit, et j'étais partagée entre l'envie de partir à ta recherche et la répugnance à abandonner Gabriel.

— Gabriel ? ai-je chuchoté.

Les chênes couronnant la colline ont tremblé et leurs feuilles vert vif m'ont répondu par un murmure.

Au-dessus de nous, le ciel bleu était rempli d'épais nuages blancs qui pesaient sur la terre. Ce charmant après-midi prenait une allure menaçante, comme s'il me guettait, à l'affût de chacune de mes respirations.

J'ai touché le front de Gabriel. Il était frais. Son visage était détendu, juvénile et assez beau avec son sourire malin et méfiant.

Ses cils ont battu et il a tourné la tête, la joue nichée contre ma paume.

— Evie.

Sa main a saisi mon poignet.

— Vous pleurez ?

Je n'en avais pas eu conscience. J'ai levé la main pour arrêter les gouttes qui roulaient sur ma joue.

— J'ai eu peur, ai-je répondu. Vous sentez-vous bien ? Que s'est-il passé, Gabriel ?

Je me suis penchée sur lui et je l'ai soutenu pour l'aider à s'asseoir. Il a eu un petit rire.

— Je vais très bien, Evie ! J'étais seulement sorti de mon corps.

Soudain, tu as surgi de la forêt et tu es venu t'asseoir à côté de moi. Tu as posé la main sur mon dos et, entre vous deux, je me suis sentie à la fois en sécurité et au cœur d'un maëlstrom, dans un lieu où il n'y avait pas de place pour moi.

Vous avez décidé de m'apprendre à quitter mon corps pour m'élancer dans les nuages et voler comme un faucon, ou à poursuivre en esprit le daim qui avait coutume de paître dans nos prés à l'ouest.

Tu as doucement déboutonné le col de ma robe. Je retenais ma respiration, oppressée par la présence de Gabriel derrière nous et par la tienne. Tu prenais bien garde de ne pas toucher ma peau et je ne regardais que tes yeux, qui restaient baissés sur mon col. La courbe de tes cils pâles me fascinait. Oh, Arthur, comme je regrettais de ne pas être seule avec toi en cet instant, et que tu ne puisses lever les yeux pour me regarder ou te pencher pour m'embrasser dans le cou !

— N'oubliez pas de respirer, Evie, a fait Gabriel en réprimant un gloussement, et il a eu l'audace de poser la main sur la partie dénudée de mon épaule.

J'ai expiré tandis que tu repoussais le haut de ma robe en disant :

— Il n'y a aucune raison d'avoir peur.

Tu t'es entaillé le doigt et, avec ton sang, tu as tracé une spirale au-dessus de mon cœur.

C'était brûlant et excitant à la fois, comme une longe reliant mon esprit à mon corps, un chemin que l'on pouvait monter et descendre. J'y suis parvenue, j'ai réussi à lâcher prise pour m'élever et danser dans le ciel avec toi et Gabriel, tous trois métamorphosés en corbeaux folâtrant entre les nuages à basse altitude. Tu nous as fait passer d'un corps à un autre, puis, au bout d'un moment, guidés par Gabriel, nous sommes descendus dans les arbres. Vue d'en haut, la terre paraissait plus paisible et plus insolite, sans individualité propre, mais remplie de sensations plus vastes et parcourue de lignes de pouvoir entrelacées.

Je nous ai fait réintégrer nos corps doucement et sans encombre. Tu as ri à en perdre haleine pendant que Gabriel nous tenait par la main et que je restais étendue, prise de nausée. Tu as dit que cela disparaîtrait avec l'habitude, quand mon corps se serait adapté.

— Non, ai-je répondu, je ne crois pas que je recommencerai.

Gabriel s'est accoudé au sol et tu t'es assis en tailleur comme un enfant, les sourcils froncés et l'air triste.

— Pourquoi ? a demandé Gabriel.

J'ai levé les yeux vers le ciel bleu, et à cet instant l'ivresse du vol et la sérénité des arbres me sont revenues en mémoire.

— Parce que je peux ressentir tout cela ici, sur la terre.

J'ai frotté ma paume contre ta spirale de sang, maintenant sèche, qui s'écaillait sur ma peau, avant de poser ma main sur le sol. La magie s'est concentrée dans ma paume et diffusée dans la terre. L'herbe a frémi et pris une teinte dorée autour de moi, un souffle de vent a balayé mes cheveux et j'ai entendu la planète tourner, craquer, se fissurer et se transformer comme elle le fait chaque jour et à chaque instant.

— J'appartiens à mon corps, je suis née ainsi, ai-je repris. Je fais partie de la nature telle que je suis.

Je vous ai regardés tous deux et Gabriel a esquissé son demi-sourire condescendant, puis lissé des deux mains ses cheveux en arrière. Tu m'observais sans plus froncer les sourcils, mais j'étais incapable de deviner tes pensées. Tu étais devenu un véritable mystère pour moi. Peut-être te remémorais-tu notre conversation précédente, quand je t'avais dit que pour moi la magie n'était qu'un instrument, et que tu m'avais répondu qu'en l'envisageant ainsi je me privais de sa beauté.

J'ai touché ton genou, et c'est à toi que je me suis adressée.

— Je n'ai pas besoin d'être un nuage dans le ciel pour voir toutes les couleurs d'un lever de soleil. Mes yeux, mon cœur, mon esprit savent goûter une foule de choses qui ne signifient rien pour un corbeau.

CHAPITRE 21

Mab

Je dormis toute la matinée, épuisée par le sort de liaison que j'avais pratiqué sur Lukas. À mon réveil, l'après-midi touchait à sa fin et j'étais affamée. Donna m'avait préparé une infusion bien chaude. Je m'affalai sur ma chaise dans la cuisine et inhalai avec plaisir ses senteurs de saule, de ginseng et de basilic. L'énergie douce qu'elles communiqueraient à mon corps m'aiderait à reprendre des forces et à me remettre de cette longue nuit. Peut-être pourrais-je alors soigner les coupures douloureuses de mon poignet, qui me piquaient dès que je remuais la main.

Donna posa devant moi du poulet froid, du fromage et des biscuits de farine d'avoine que je dévorai. Elle s'assit à côté de moi.

— Tu as une idée de ce qui s'est passé cette nuit ? demanda-t-elle.

— Je sais seulement que le père de Lukas s'est servi de la malédiction qu'il lui avait jetée, répondis-je, la bouche pleine, mais je ne comprends pas pourquoi le corbeau…

Mes yeux se tournèrent vers le coffret de cèdre posé sur le comptoir à côté de la cafetière.

— Il faut que je le découvre. Tu as vu les autres ?

Elle désigna le plafond du doigt.

— Ils montent la garde sur le toit, la plupart juste au-dessus de la chambre d'Arthur.

— Bien.

Je me sentais mille fois mieux maintenant, réchauffée par la nourriture et par le thé.

— J'ai jeté un coup d'œil à Lukas en me levant, repris-je. Je crois qu'il va bien pour le moment. Il dort. Le sort de liaison a tenu bon, mais une liaison, c'est toujours provisoire.

— Pas forcément, dit-elle en me dévisageant avec une expression maternelle dans le regard.

— Si. Cette nuit, j'ai également lié la magie de Lukas. Même s'il ne veut pas se servir de cette magie pour le moment, ce dont nous ne pouvons pas être certaines, peut-être changera-t-il d'avis. Il y a sûrement une meilleure solution.

— Une foule de gens s'en tirent chaque jour sans l'aide du sang, Mab.

Je sirotai mon thé en l'observant par-dessus le bord de ma tasse, mais ne répondis pas. Donna soupira, secoua la tête et se leva pour aller jeter le reste de sa tasse dans l'évier.

— Je vais acheter de l'aspirine en ville pour Lukas, dit-elle. Il a de la fièvre, et nous n'en avons plus.

Je me renfrognai et cherchai un argument contre cette décision, sans en trouver. La magie dont nous nous servions pour combattre la malédiction de la rune noire était complexe. Nous ne pouvions pas nous permettre de perturber le sang de Lukas avec nos remèdes habituels.

— Il faut éviter tout ce qui dilue le sang, déclarai-je.

— Ce ne serait peut-être pas un mal, fit-elle en fouillant dans le frigo et dans le garde-manger. Je vais aussi acheter du bœuf pour préparer un bon ragoût, en quantité suffisante pour ne pas devoir refaire des courses avant quelques jours.

Je me levai, m'approchai d'elle et tirai sur l'une de ses manches longues.

— Merci, dis-je.

Elle se redressa, une boîte de céréales presque vide à la main.

— Merci pour quoi ?

— Pour la nuit dernière. Pour ta magie.

Elle expira et ses épaules se détendirent.

— Il faut bien se servir de ses pieds pour traverser la rue, pas vrai ? dit-elle.

Je ris, mais repris aussitôt mon sérieux.

— Tu vas chercher le meilleur moyen de tirer ce gamin d'affaire et je t'aiderai comme je pourrai, reprit-elle en posant une main réconfortante sur mon épaule.

Elle sortit de la cuisine. Je l'entendis décrocher les clés de la voiture dans l'entrée, puis quitter la maison.

Tout en mastiquant un morceau de blanc de poulet, je sortis à mon tour de la cuisine pour aller poser la main sur la boîte contenant le corbeau mort. Le bois était chaud et parcouru d'un reste de pouvoir.

Deux corbeaux étaient morts en à peine plus d'une semaine – davantage que dans toute l'année qui avait précédé. Je dessinai un cercle sur le bois. Il en mourait un de temps en temps, de s'être battu avec des geais bleus, ou, pendant un orage, de s'être brisé les ailes en essayant d'entrer dans la maison. Nous avions brûlé ces pauvres corps rompus et j'avais dispersé leurs cendres du haut de mon silo. Jusqu'ici, pourtant, Reese avait toujours pu repeupler sa bande.

Prise d'une angoisse insidieuse, je posai mon morceau de poulet et saisis la boîte.

Cette fois, une partie de moi se demandait s'il leur pousserait de nouveau des ailes.

Will

Je passai le plus clair du lundi assis sur le canapé avec Ben, les pieds sur la table basse, à regarder toute une série de films. Il avait choisi l'un de ses préférés, *Cauchemar à Elm Street*, mais celui-là me donna la chair de poule au souvenir de ce qui m'était arrivé tout récemment et j'arrêtai la cassette à la moitié du film. Ben n'avait pas envie de regarder un film d'action. Il ne l'aurait certainement jamais admis, mais j'étais sûr qu'il ne supportait pas le bruit des coups de feu. Nous réussîmes à nous mettre d'accord sur *South Park* et, au bout de cinq épisodes, maman fut enfin convaincue que j'allais survivre. Je n'avais pas eu de fièvre de toute la journée, ni vomi depuis dimanche après-midi. Pour lui prouver que je n'avais plus le vertige, je tournai sur moi-même devant elle comme une toupie. Je ne lui dis cependant rien de la meurtrissure de ma poitrine, ni de la migraine persistante derrière mes yeux.

Rassurée, elle déclara qu'elle allait faire des courses et promit d'être de retour avant que papa ne soit rentré de son travail. Ben lui proposa de l'accompagner s'ils pouvaient passer à un magasin de vidéos pour louer un film digne de ce nom. Je l'informai qu'au vingt et unième siècle on téléchargeait des films sur Internet. Il répondit qu'il l'avait fait en Afghanistan, mais qu'il n'aurait jamais cru que le Kansas était aussi en retard.

Maman l'entraîna vers la sortie avant que la discussion ne dégénère et je me retrouvai seul.

Je restai un instant immobile au milieu du salon. Le silence pesait sur la maison. Le moteur de la voiture de maman se réveilla et je tendis l'oreille pendant qu'ils descendaient l'allée, mais je n'entendis rien.

Avant que ce silence ne finisse par m'angoisser, j'avais le choix entre allumer la télé, la radio ou mon i-Pod, appeler Matt ou sortir me défouler avec les chiennes. Je choisis la dernière option. Je passai en vitesse un jogging et un T-shirt, puis traversai la cour au trot pour me rendre au chenil.

— Ohé, les filles !

Wal me répondit par un aboiement suraigu et joyeux. Il ne me fallut qu'une seconde pour pousser le verrou et ouvrir la porte du chenil. La queue de Wal s'agitait et sa gueule grande ouverte me souriait. Quand je tendis la main vers elle pour la cajoler, les muscles de ma cage thoracique m'élancèrent.

Un grondement m'arrêta net.

La queue de Wal retomba. Elle et moi regardâmes de concert vers la droite du chenil où Havoc se tenait, les pattes écartées, les oreilles plaquées en arrière et les lèvres retroussées sur ses dents. Celle-ci gronda de nouveau. À mon approche. Je l'appelai :

— Havoc !

Ce n'était pas une réaction très ferme, mais j'avais la gorge trop serrée pour parler normalement.

— Hé, Havoc !

Elle gronda encore et son poil se hérissa. Walkyrie geignit.

— Havoc ! fis-je sèchement en baissant la voix et en me redressant. Assise, ajoutai-je en fendant l'air de la main.

Elle ne fit que gronder plus fort. En la regardant, le souvenir me revint du jour où Aaron et moi étions allés chercher les chiots. Tout en oreilles et en langues, ceux-ci batifolaient dans un parc pour enfants, en une masse confuse de brun, de beige et de noir. Ils étaient cinq en tout, rien que des femelles. Ils émettaient de minuscules aboiements et l'un d'eux poussait d'attendrissants grognements dans le registre aigu qui rappelaient le vrombissement d'un bourdon. Leur mère somnolait sur l'herbe près du parc, épuisée mais ravie. Aaron m'avait donné un coup de coude.

— Plonge les mains dans la masse pour voir lequel mord, dit-il.

Je m'étais agenouillé et j'avais passé la main par-dessus les barreaux pour saisir le chiot qui grondait. Je l'avais soulevé en le tenant par les flancs et posé sur ma poitrine, et j'avais plongé les yeux dans ses yeux noirs. Ses grondements me chatouillaient les paumes.

— Celle-là n'aime personne, avait déclaré l'éleveur. Elle ne fait que grogner, même si, bizarrement, elle ne montre pas d'autres signes de…

Mais la petite chienne avait soudain arrêté de gronder, ses oreilles s'étaient dressées et elle avait tendu le cou pour flairer ma bouche. J'avais ri et soufflé doucement sur elle. Elle avait tremblé de tout son corps, puis elle s'était lovée et endormie entre mes mains. Je ne l'avais pas reposée avant notre retour à la maison, plus d'une heure plus tard.

Maintenant, elle était adulte et c'était une bête de taille impressionnante qui, jusqu'ici, n'aurait même pas eu l'idée de me désobéir. Pendant les quatre heures qu'avait duré la veillée du corps d'Aaron, elle était restée contre ma cuisse tandis que Wal se blottissait dans un coin.

Je savais que j'aurais dû l'empoigner par la peau du cou et la forcer à s'allonger pour lui rappeler qui commandait, mais j'étais incapable de faire un geste.

Walkyrie s'accroupit, la tête entre les pattes. Son regard allait de Havoc à moi.

— Wal, ici ! ordonnai-je en me frappant la cuisse.

Aucune des deux n'obéit. J'essayai de nouveau, mais je sentais moi-même combien ma voix était mal assurée.

— Havoc ?

La chienne bondit vers moi en aboyant. J'eus l'impression de recevoir un coup de poing dans le ventre, et je reculai. Havoc me suivit ; ses aboiements devenaient de plus en plus agressifs. Je sortis du chenil alors qu'elle essayait de happer ma main et dérapai sur l'herbe en poussant la porte. Je la verrouillai, puis m'y adossai. Les griffes de Havoc raclèrent le bois. Le vantail tremblait, heureusement il était solide. Je fermai les yeux, pantelant. Qu'est-ce qui clochait avec ma chienne ?

Je me retournai et m'appuyai aux planches pour regarder à travers. La chienne aboyait furieusement, les pattes avant à hauteur de ma poitrine.

— Havoc ! hurlai-je.

Sa voix m'assourdissait. Walkyrie se joignit à elle. Je reculai, les mains plaquées sur les oreilles. Maintenant les deux chiennes bondissaient en aboyant dans le chenil. Ce n'étaient plus que des ombres qu'on entrevoyait entre les planches.

Je tournai les talons, rentrai à la maison en courant et claquai la porte derrière moi. Je me précipitai dans la salle de bains du rez-de-chaussée. Une décharge d'adrénaline me traversait comme la foudre. Mon cœur se souleva. Je jetai un coup d'œil aux toilettes, mais je ne me sentais pas mal à ce point. Je tournai le robinet du lavabo pour m'asperger le visage. Le froid me saisit et j'inspirai convulsivement tandis que l'eau ruisselait le long de mon cou et gouttait de mon menton. Je fermai les yeux. Havoc...

Tentant de me ressaisir, je posai les mains à plat des deux côtés du miroir. J'expirai longuement, penché en avant, en faisant porter tout le poids de mon corps sur mes bras comme si j'exécutais des pompes. Quand mon visage fut à quelques centimètres de la glace, j'examinai attentivement mes yeux. En temps normal, leurs iris bruns étaient cerclés de gris.

Je tendis le bras derrière moi pour allumer la lumière. Son éclat me fit grimacer, mais je me rapprochai du miroir.

Mon iris gauche était bordé à gauche d'une mince ligne rouge, comme si mon œil saignait.

— C'est peut-être tout à fait naturel, chuchotai-je à mon reflet.

Mon haleine embua la surface du miroir. Peut-être était-ce dû à un choc ? Un jour, un gars de ma classe de cinquième à la base navale d'Okinawa avait eu un accident de bicyclette assez grave. Quand il était retourné en classe, tout le blanc de son œil était injecté de sang. À vrai dire, la moitié de son visage n'était plus qu'un bleu géant. Mais moi, je n'avais aucune blessure à la tête.

C'en était trop. Ce qui m'arrivait était malsain. Quel virus pouvait dresser contre vous un chien qui vous était tout dévoué ? Je ne savais qu'une chose : comment tout avait commencé.

Je pris juste le temps de foncer dans ma chambre pour prendre mes clés et mon téléphone portable avant de monter dans ma voiture pour mettre le cap vers l'ouest, vers la Prairie.

CHAPITRE 22

Cet été aurait dû suivre un cours lent, sinueux et paisible. Mon jardin florissant suffisait largement à m'occuper. Prenant ta relève, je m'essayais aussi à des préparations de plantes à infusion, de savons et de bougies, car rien ne m'amusait tant que d'allier avec raffinement les parfums, de faire bouillir du suif et d'y tremper des mèches en y ajoutant juste une once de magie. Nous allions vendre ou troquer contre de la viande et du lait nos créations, dont nos voisins raffolaient. J'étais ravie que le produit de mon patient travail pût ainsi faire vivre notre terre et notre foyer.

En juin, alors que les jours devenaient plus chauds, je passais souvent l'après-midi avec du thé et un livre à l'ombre de l'un des chênes. Le seul inconvénient était l'écran de la forêt qui ne laissait filtrer qu'une faible brise pour sécher la sueur de mon front. Je décidai de planter un saule à la lisière de mon jardin. Dans quelques années, il nous donnerait des fleurs parfumées et ombragerait le seul endroit où l'on avait un peu de vent.

Un après-midi, Gabriel a surgi de la maison sans refermer la porte ; la moustiquaire a claqué derrière lui.

— Arthur ! a-t-il hurlé, lançant tel un filet sa voix chargée de magie au-dessus de notre terre.

Je me suis levée d'un bond, stupéfaite, et j'ai trébuché. Mon livre est tombé à terre et je me suis précipitée vers lui en lui demandant ce qui n'allait pas. Ses yeux sombres se tournaient sans cesse vers l'est, et soudain il a ricané, non à mon adresse, mais comme en réaction à une émotion qui l'agitait.

— Nous allons avoir des ennuis. Je la sens venir d'ici, a-t-il déclaré.

Soudain, sans que rien nous l'ait annoncé, nous avons entendu un crissement de pneus et le moteur d'un véhicule montant le chemin. Une voiture aux lignes élancées gravissait la colline. À peine le moteur éteint, la femme qui la conduisait a ouvert la portière et sauté à terre. Elle portait un chapeau rouge vif et une robe blanche sans manches ornée d'un motif de fleurs rouges soulignant le contour de sa hanche gauche. À la vue de ses cheveux mi-longs dorés et bouclés à la perfection, j'ai ressenti un élan de haine. Elle a jeté ses lunettes de soleil sur son siège, puis arboré un sourire radieux.

— Bonjour tout le monde ! a-t-elle lancé.

Je crois que je n'avais encore jamais vu de femme aussi flamboyante et splendide, sauf au cinéma, ni quelqu'un d'aussi déplacé sur notre paisible colline. J'étais stupéfaite. Gabriel restait immobile à côté de moi.

Elle s'est approchée en deux longues foulées qui avaient la vigueur et la grâce de celles d'une lionne.

— C'est toi, chéri ? a-t-elle demandé à Gabriel avec un rictus, et j'ai compris qu'elle ne l'aimait pas plus qu'il l'aimait.

Comment cette femme pouvait-elle être une amie d'Arthur ?

— Soyez assez aimable pour nous présenter l'une à l'autre, Gabriel, ai-je dit en relevant le menton.

— Evie, a dit Gabriel, les doigts crispés sur mon coude, je vous présente Josephine Darly, une sorcière du sang malfaisante et folle. Jo, je te présente Miss Evelyn Sonnenschein.

— Pardon ? a demandé Josephine, dont les yeux bleus s'étaient écarquillés. Pas d'épithètes pour cette jeune fille ?

Elle m'a adressé un clin d'œil.

— Il ne m'aime pas parce qu'Arthur me préfère à lui.

— Dis plutôt qu'il a pitié de toi, a riposté Gabriel, dont tout le corps était crispé.

Je n'ai pas eu le temps d'exprimer l'horreur que m'inspirait leur agressivité réciproque, car tu as surgi de la forêt. Comme tu venais de l'écurie, tu es arrivé derrière Josephine, mais elle a dû sentir ta présence, car elle a pivoté sur ses talons comme une fillette.

— Diacre ! a-t-elle gazouillé, te donnant le nom par lequel les voisins te désignaient, puis elle a filé comme une flèche sur la pelouse après avoir envoyé valser ses chaussures rouges et son chapeau.

Tu as saisi ses mains avec un sourire ravi et j'ai lu sur ton visage une expression que je n'y avais jamais vue auparavant : l'excitation. Tu étais surexcité de la voir devant toi, puis avide quand elle t'a embrassé sur les joues, et tu nous as à peine salués tandis qu'elle t'entraînait en courant et en bondissant à travers le jardin. Passant devant le lieu que j'avais choisi pour planter mon saule, tu lui as fait dévaler la colline jusqu'au verger, où les pommiers attendaient.

Je suis restée muette, plongée dans une sorte de stupeur.

— Gabriel ? ai-je enfin pu chuchoter.

Il a levé les yeux au ciel pour secouer cette torpeur.

— Ils reviendront quand ils auront fini, a-t-il dit.

Puis il est reparti vers la maison en me laissant figée sur place.

— Fini quoi ?

Gabriel s'est retourné sur une marche du perron.

— De dévorer le monde.

CHAPITRE 23

Mab

Pendant que les corbeaux survivants veillaient sur Lukas endormi, j'emportai le cadavre de leur frère à l'atelier, qui ressemblait à une écurie et en avait peut-être été une cent ans auparavant. Tout un bric-à-brac s'y entassait par terre et sur des étagères, prenant la poussière. La coque d'une vieille barque était appuyée à une pile de caisses ; quand j'étais petite, c'était mon poste préféré pour regarder Arthur fabriquer des potions ou dessiner. Tous les ans, lorsque nous repeignions de frais les runes dehors, sur les murs de l'écurie, je dessinais des sortilèges à l'intérieur du bateau avec le reste de peinture. Un jour, Arthur s'était glissé sous la coque avec moi, à quatre pattes pour en épouser la courbe. Il avait apporté une bougie pour s'éclairer, et déclaré que c'était une bonne cachette et un endroit sûr. Ensemble, nous avions enterré autour du bateau un cercle de fil d'argent, puis entonné des chants de bénédiction. Nous y avions confectionné un matelas en feuilles de queue-de-chat macérées dans le lait, le sang et le miel.

— Tu ne pourrais pas être plus en sécurité qu'ici, avait affirmé Arthur.

Je déposai doucement le cadavre du corbeau sur la longue table et lui clouai les ailes sur le bois maculé. J'arrachai les plumes de sa poitrine et les déposai dans la boîte en cèdre, car je voulais les conserver. Avec l'un des couteaux de boucher alignés sur un bloc, je lui fendis le poitrail – heureusement, ses frères étaient restés à la maison. Si jamais Lukas avait besoin de moi, ils viendraient me prévenir, et il était inutile qu'ils me voient ôter avec précaution le long sternum de l'oiseau, puis écarter les côtes.

Le cœur du corbeau n'était plus qu'une enveloppe calcinée.

J'examinai attentivement les petits viscères, les boyaux ratatinés et noircis. Le corbeau était mort de brûlures que j'aurais attribuées à une électrocution, n'eût été le souvenir des mains brûlantes de Lukas et de la chaleur dégagée par la rune noire.

Avec un sourire triste, je caressai l'une des longues rémiges luisantes.

Je saupoudrai le cadavre de sel en entonnant à voix basse un chant de remerciement et de repos, puis prélevai ses plus belles plumes avant de l'envelopper dans un linceul en coton rouge. Il serait brûlé, et peut-être Lukas accepterait-il de m'aider à disperser ses cendres.

Ensuite, je dessinai du doigt des spirales sur la table tout en réfléchissant. Le bois était poli par des années d'usage, et, sauf aux endroits où le sang l'avait noirci, il avait l'éclat et la chaude couleur de l'ambre.

Il devait bien exister un moyen de détruire la rune tracée sur le dos de Lukas sans danger pour lui. Il y avait à la Maison rose des ouvrages sur la théorie de la magie, pour la plupart écrits par Philip Osborn, l'un des premiers élèves d'Arthur. Comme celui-ci avait été principalement guérisseur, je pourrais peut-être trouver des pistes pour mes recherches dans les pages de ses cahiers de notes consacrées aux runes. Je soupirai à cette perspective. Je n'avais jamais aimé étudier, surtout quand je n'avais aucune idée de la direction que je devais prendre, ni personne avec qui discuter des possibilités qui s'offraient à moi. Ce serait un travail fastidieux, mais je devais le faire pour Lukas.

Tout à coup, je me souvins que ces cahiers de notes étaient chez Silla. Elle avait demandé la permission de les emprunter l'an dernier pour la rédaction d'une thèse.

Je me laissai glisser sur le sol en terre battue et m'étendis sur le dos. Au-dessus de moi, les rayons de soleil filtrant par les interstices du toit illuminaient des poussières dansantes et faisaient doucement luire les chevrons. Un trio de colombes mélancoliques y avaient établi leur gîte. Par chance pour elles, je n'avais pas amené les corbeaux, qui les auraient chassées.

Je fermai les yeux et imaginai Arthur dans cette salle, occupé à dessiner sur l'un de ses carnets de croquis. Je restais parfois allongée ici pendant qu'il travaillait. Je lui posais des questions en observant la courbe nonchalante de ses épaules, l'assurance de ses gestes. Le grattement du crayon sur le papier m'endormait et je rêvais de dessins qui s'animaient et voletaient autour de moi telles de minuscules fées.

Que ferait Arthur s'il était encore là ? Je passai mentalement en revue tout ce que je savais sur la rune noire en forme de chandelle et sur son élaboration. Elle forgeait un lien entre un sort ou un sorcier et sa victime. Comment s'en défaire sans nuire à Lukas ? Je pouvais peut-être le lier par un sort, en espérant que la rune s'estomperait avec le temps. Ou modifier cette rune en réinterprétant l'intention dans laquelle elle avait été tracée. En tout cas, il était évident que la brûler n'était pas une solution pour Lukas.

La seule fois où j'avais aidé Arthur à détruire une rune semblable pour protéger l'amie d'Eli, nous étions retournés un an et un jour plus tard auprès du noyer mort.

Le gel craquait sous nos pieds et le ciel ressemblait à une feuille de minces nuages gris. Le bout de mes doigts, qui serraient un paquet de bougies en cire d'abeille et une lancette, était gourd de froid. Arthur se plaça face à la rune noire rageusement griffonnée en travers du tronc. Juste au-dessus d'elle saillait le manche d'un poignard. Nous l'avions planté là la nuit précédente, avant de commencer la purification par un chant et les runes gravées sur la pointe de la lame. Bien que le ciel fût à présent nuageux, la pleine lune avait brillé toute la nuit et le poignard en avait absorbé le pouvoir.

Pendant neuf heures – la durée d'une nuit –, l'arbre avait baigné dans le clair de lune et la magie fragile s'était lovée au cœur du bois. Maintenant nous étions revenus pour finir le travail.

— Je sens son bourdonnement à l'intérieur, dit Arthur.

Nous disposâmes les bougies en cercle autour de l'arbre. Elles étaient neuf en tout, placées à intervalles réguliers, chacune au centre d'une rune complexe, en étoile, que nous avions tracée avec du sel.

Quand le cercle fut refermé, nous restâmes face à face. Levant la main gauche, nous entaillâmes nos poignets tatoués et laissâmes couler le sang. Marchant ensuite au même rythme dans le sens des aiguilles d'une montre, nous en fîmes tomber des gouttes au centre de chaque rune. La brûlure de la magie coula de mes veines et se déversa sur la terre, illuminée par le pouvoir. Lorsque chacun de nous deux eut parcouru la moitié du cercle, faisant demi-tour pour changer de côté, la magie se manifesta. Je souris au vent âpre qui soulevait mes cheveux et agitait les feuilles mortes sur les branches au-dessus de nous.

Arthur entra dans le cercle et empoigna le manche du couteau de sa main sanglante.

— Par mon sang, que cette malédiction soit purifiée, prononça-t-il.

La magie flamboya brusquement au cœur de l'arbre et je sentis son écho dans ma poitrine. Je tendis les mains, les paumes tournées vers la terre. Arthur serrait le manche du poignard. Je regardais ses cheveux pâles soulevés par le vent cingler son visage.

Le feu jaillit de la rune noire en flammes vives et aiguës, puis s'apaisa. L'arbre trembla, ses branches s'inclinèrent. Respirant à de longs intervalles, je regardai la malédiction s'arracher à la rune en noircissant l'arbre tout entier, en réduisant ses feuilles en cendres et en faisant frémir ses racines.

Arthur retira le poignard du tronc et les runes en étoiles brillèrent comme de l'argent. Je me détendis un bref instant, mais soudain je remarquai qu'Arthur se tenait très droit devant le tronc, les doigts tendus et les yeux baissés vers le sol.

Je suivis son regard, et je compris. Le givre fondait en cercle autour de l'arbre comme si l'herbe brunâtre était chauffée par en dessous. Arthur recula, mais le cercle s'élargissait en une spirale à la progression lente et régulière. Le sort issu du poignard avait dû imprégner non seulement l'arbre, mais aussi, par ses racines, la terre autour de lui. Arthur me rejoignit au bord de notre cercle à neuf points, et nous observâmes ensemble ce qui arrivait.

Des nuages de vapeur s'élevèrent.

J'avais présumé que la purification toucherait seulement l'arbre, mais le sort se propageait par les racines et les pierres sous la couche de boue gelée.

Il franchissait notre cercle, noircissant le sol et détruisant – ou plutôt purifiant – tout sur son passage. S'il échappait à notre contrôle, il risquait de contaminer toute la terre du sang et de consumer toute sa magie !

Je poussai un cri de stupéfaction ; Arthur se renfrogna. Je pivotai sur moi-même en me demandant comment élargir notre cercle pour dresser devant le sort une solide barrière.

— Arthur, comment pourrions-nous l'encercler avec notre sang ? demandai-je tout en réfléchissant fébrilement.

Il me regarda avec calme.

— Comment t'y prendrais-tu si je n'étais pas là ?

— Mais nous n'avons pas le temps ! Il faut sauver les arbres ! répondis-je, le bras tendu vers la forêt vivante, à quelques mètres de nous, où des écureuils se blottissaient dans leurs abris d'hiver et une buse à queue rousse nous observait du sommet d'un pin, complètement indifférente à ces préoccupations.

— Réfléchis, dit seulement le Diacre.

Le déferlement de la purification se rapprochait de mes pieds. Je lacérai la paume de ma main avec la lancette et appliquai le sang sur mon cœur.

— Mon animal familier, chuchotai-je. Reese !

Mon sang me brûla la poitrine. De ma main blessée, j'en lançai plusieurs gouttes qui décrivirent un arc de cercle dans l'air.

Il répondit à mon appel : les douze corbeaux surgirent au-dessus de la forêt, si soudainement et dans un tel silence que la buse sursauta, puis s'envola à son tour avec un cri de colère. Mes corbeaux se contentèrent de croasser en réponse, sans ralentir leur course.

Je m'agenouillai pour creuser à la hâte une rune de liaison dans la terre avec la lancette. Arthur recula. Les corbeaux vinrent se poser autour de moi. Haletante, je pressai les bords de la plaie pour verser le sang et le pouvoir sur la rune.

— Viens ! repris-je, et les corbeaux vinrent tremper leur bec et le bout de leurs ailes dans le sang qui remplissait lentement mes mains en coupe.

— Mab, fit doucement Arthur.

Quand je levai les yeux, je vis la noirceur du sol s'étendre et se rapprocher de moi ; le givre fondant sous sa chaleur se muait en vapeur évanescente.

— Lie la terre avec mon sang, ordonnai-je, lie le ciel avec mon sang !

Les corbeaux crièrent en chœur.

— Vole !

Ils s'envolèrent et je sentis le souffle de leurs ailes. Je m'agenouillai devant ma rune, les mains à plat sur le sol, et chuchotai mon incantation sans relâche tandis que les corbeaux volaient très haut avec de grands battements d'ailes, en un cercle de plus en plus large. Tandis que je chantais, ils tournaient inlassablement dans le sens des aiguilles d'une montre. Arthur posa les mains sur mon dos et se joignit à mon incantation. Ses mains étaient poisseuses de sang et brûlantes. Son pouvoir se ruait à l'intérieur de mon corps et ses mots faisaient écho aux miens en un flux incessant, un cercle sans début ni fin.

Le fil de mon pouvoir vibrait entre moi et les corbeaux, palpitait au rythme de mon cœur et de leurs ailes.

Et le cercle de liaison tenait bon.

Le sort de purification se heurta à ma magie et expira.

Je m'étais laissée rouler sur le flanc, épuisée. Arthur m'attira à lui pour poser ma tête sur ses genoux. Il embrassa la paume de ma main, dont la plaie se referma. Il balaya une miette de mon poignet et je me retrouvai intacte.

Les corbeaux, un à un, revinrent se poser autour de nous, éreintés.

— Bien joué, ma petite reine, déclara Arthur en soulevant mon menton du doigt pour que mes yeux rencontrent les siens. Le cercle de terre noire avait été contenu, mais en son centre le noyer s'effondrait doucement, transformé en charbon et en cendres.

La rune noire avait été détruite par le feu, mais elle avait tout emporté sur son passage dans un rayon de plus de six mètres.

Will

Je fis plusieurs allers-retours sur le tronçon de route de campagne qui se trouvait, selon mes estimations, à quatre kilomètres au sud du lac appartenant à l'oncle de Matt, sans pouvoir retrouver la bifurcation qui menait chez Mab.

À mon troisième passage, je tournai brusquement le volant et freinai dans une gerbe de gravier.

J'éteignis mon autoradio. Le silence oppressant se mua lentement en bruits distincts : le vent, le bruissement des feuilles, les gazouillis des nombreux oiseaux et… rien d'autre. Rien en provenance de l'autoroute, pas de radio lointaine, ni de conversation ou de cris d'enfants, pas le moindre son.

Ni de souffle de chien sur ma nuque.

Je sentais comme un vide dans ma poitrine. J'aurais voulu avoir Havoc derrière moi, en train de baver sur mon épaule parce qu'elle tendait le cou pour regarder à travers le pare-brise.

Je fermai les yeux et m'imaginai une fois de plus haut dans le ciel, scrutant à vol d'oiseau le paysage. J'étais, en esprit, exactement où j'étais censé me trouver. Je voyais le lac et les collines en pente douce, les masses compactes des forêts et les brusques échappées des prairies et des champs en friche. Et cette petite route qui déroulait ses méandres vers le sud-est pour rejoindre la route inter-États.

Ce que je cherchais devait être par là.

Je sautai de la voiture et claquai la portière. Ce bruit m'apaisa un instant ; je m'éloignai avant que son écho ne se fût éteint. Le crissement régulier de mes pas sur le gravier était aussi un soulagement.

Les arbres se pressaient dans le chaos le plus complet, sans ordre ni motif discernable. Un bataillon d'arbres aux troncs épais ou minces, et des buissons plus larges que hauts. Du bois mort. Des tas de feuilles sèches de l'année passée. Je ne pouvais pas voir à plus de trois mètres devant moi, tellement le sous-bois était dense et les feuillages laissaient filtrer peu de lumière. En tout cas, il n'y avait certainement pas une seule brèche assez large pour laisser passer une personne, et encore moins une voiture.

Je continuai de marcher sur la route. Mes chiennes, elles, auraient retrouvé ce chemin en un rien de temps.

Environ un quart d'heure plus tard, je fis demi-tour. Au bout de quelques mètres, je m'arrêtai, regardai la forêt et appelai :

— Mab ?

Ma voix résonna comme un coup de feu.

Pas de réponse. Seulement le souffle du vent dans les arbres. Les oiseaux s'étaient tus un instant, mais leurs chants reprirent aussitôt.

— J'ai besoin de ton aide, dis-je, pas assez fort néanmoins pour que quelqu'un pût m'entendre, même s'il s'était tenu sous le couvert des arbres.

Le cri d'un corbeau me fit sursauter. Je me figeai, aux aguets.

Je scrutai la lisière. L'appel retentit de nouveau. C'était un grand corbeau noir perché sur une branche à environ trois mètres du sol, à une douzaine de mètres au nord de ma position.

Juste à côté de l'arbre où il se tenait, la forêt s'ouvrait pour livrer passage à une allée de gravier. Il était invraisemblable que je ne l'aie pas remarquée plus tôt. Je venais juste de passer devant. Et je l'avais dépassée trois fois en voiture.

Le corbeau croassa deux fois de suite. Je levai la main et m'approchai de lui à petites foulées, quittant le gravier de la route pour des herbes qui m'arrivaient au genou.

— Merci, lui dis-je en le saluant de la main. Il battit des ailes, puis s'envola. Je l'appelai, mais il m'ignora pour voler jusqu'à l'arbre le plus proche, s'enfonçant plus profondément dans le sous-bois.

Il m'attirait dans la forêt.

Il me guida ainsi pendant quelques minutes à travers la végétation épaisse. Il n'y avait pas le moindre chemin en vue, je devais enjamber des troncs et me frayer un passage à travers les fourrés en me retenant parfois à des branches. La forêt m'ignorait. Les branches se refermaient après mon passage, les oiseaux chantaient et des écureuils, au-dessus de moi, sautaient d'arbre en arbre. Je commençais à regretter de ne pas porter un T-shirt à manches longues et des bottes. Mes tennis tenaient encore le coup, mais mes avant-bras s'étaient rapidement couverts d'égratignures.

Finalement, le sous-bois devint un peu moins dense. J'étais sur un passage de daims. Au-dessus de moi, le corbeau fut rejoint par un deuxième, puis par un autre encore. Ils filèrent devant moi, m'entraînant en avant.

La coulée était large d'environ soixante centimètres, et à chaque pas que je faisais mon pantalon effleurait des végétaux verdoyants. Tout en marchant, je regardais si ce n'était pas du lierre. À mon retour à la maison, j'aurais intérêt à m'examiner soigneusement pour vérifier que je n'avais pas récolté de tiques.

La sueur coulait de mon front jusque dans mes sourcils ; je m'arrêtai pour l'essuyer avec le bas de mon T-shirt. Quand je relevai la tête, j'entrevis devant moi un éclair coloré.

Je repartis au trot, dépassai les corbeaux et débouchai dans une petite clairière dont l'herbe m'arrivait au genou. De minuscules fleurs roses et blanches poussaient au milieu, où le soleil l'illuminait. Derrière ces fleurs s'élevait une écurie.

Il était difficile de la distinguer derrière les arbres, car elle était peinte en gris, mais une épaisse ligne rouge la traversait horizontalement, et au-dessus de sa porte à double battant était peint un gigantesque motif multicolore qui comportait une sorte d'étoile, un cercle et un triangle. Ils avaient été tracés d'un pinceau vigoureux et paraissaient récents, du moins plus que le reste du bâtiment. Plusieurs couches de peinture se superposaient, comme si on repeignait le tout chaque année ou presque.

L'un des battants était entrebâillé ; deux des corbeaux s'y engouffrèrent à tire-d'aile. Le troisième se posa à terre et m'attendit.

Il s'avança en sautillant vers la porte, puis disparut dans l'ombre de l'écurie. Je saisis le battant et le tirai vers moi de quelques centimètres.

— Ohé ? appelai-je.

Pas de réponse.

— Mab ?

Mais les corbeaux tenaient visiblement à ce que j'entre. J'avançai d'un pas puis m'arrêtai pour laisser mes yeux s'habituer à l'obscurité. Elle n'était pas complète, c'était plutôt une pénombre. Des rayons de soleil s'insinuaient par un trou dans l'angle sud du toit. De petits oiseaux blancs s'égaillèrent quand les corbeaux allèrent se percher sur les poutres. Une ampoule pendait du milieu de la pièce, éclairant la pénombre poussiéreuse d'une faible lueur jaunâtre.

La moitié de l'écurie était remplie de vieilleries mises au rebut, caisses, pièces de tracteur rouillées, bocaux vides, sacs de fourrage et autres. L'autre moitié était un peu plus en ordre. Une longue table en bois en occupait la plus grande partie. Sur plusieurs rangées d'étagères s'alignaient des boîtes, des fioles et des seaux. Il me semblait apercevoir un chaudron en fonte rempli à ras bord de coquillages. La table était presque nue. Une rangée de couteaux de cuisine était disposée à l'une de ses extrémités. Sous cette table se trouvait un coffre gravé d'étranges symboles antiques du genre de ceux qu'on voit dans les films d'épouvante.

Tout m'ahurissait : ce monstre de boue, ces corbeaux trop intelligents et mes rêves délirants. Et Mab. Mab qui tenait un cœur dans ses mains et chuchotait, penchée sur lui.

Comme ce foutu Gandalf. Ou comme une sorcière, mais une sorcière avec des lunettes de protection et un sourire sauvage au lieu de verrues et d'un chapeau pointu.

J'étais comme rivé au sol.

— Mab ? réussis-je à articuler.

Le corbeau perché sur la poutre croassa, puis s'envola et vint se poser sur le bord de la table avec un raclement de serres. Je me ressaisis, contournai la table et faillis trébucher sur Mab. Elle était étendue de tout son long sur le sol en terre battue, les mains croisées sur le ventre et les yeux fermés. Ses cheveux étaient répandus autour d'elle comme ceux d'une princesse de Walt Disney.

Je m'agenouillai à côté d'elle et plaçai une main au-dessus de ses lèvres. Je n'avais pas l'impression qu'elle respirait.

— Mab ? répétai-je.

Alors ses yeux s'ouvrirent.

Mab

Quand j'entendis mon nom, je fus persuadée que j'allais voir Arthur accroupi près de moi. La vue de Will qui me dévisageait me fit réintégrer mon corps si vite que mes dents en claquèrent.

— Mab ?

La sueur perlait sur son front. Je restai immobile.

— Will, que fais-tu ici ? chuchotai-je.

La surprise que j'éprouvais me faisait l'effet de minuscules flocons de neige fondant sur mes bras nus. Il soutint mon regard sans ciller.

— J'ai besoin d'aide, répondit-il très simplement.

Je m'assis et me retrouvai toute proche de lui. Il avait apporté toute la forêt dans l'écurie : son odeur de bois mouillé, d'humus et d'arbres en fleurs. Je sentis également celle de la sueur et le parfum d'un savon composé de produits chimiques et qui me fit froncer le nez.

— Désolé, dit-il en se relevant avec une grimace.

— Il n'y a pas de quoi, ça ne me gêne pas du tout, dis-je en me relevant et en saisissant sa main afin de le lui prouver. Mais certains savons contiennent des produits chimiques qui peuvent rendre stérile, ajoutai-je.

— Pardon ?

Je restai face à lui sans lâcher son poignet. Sa peau était chaude sous la mienne. Il avait les sourcils froncés et sa bouche arrivait au niveau de mes yeux. J'étais incapable de prononcer un mot de plus. Dans mon rêve, il m'avait embrassée et je l'avais enlacé. Ce souvenir réveilla dans mon ventre un minuscule serpent qui se tortilla pour remonter vers ma langue. J'entrouvris les lèvres et poussai un léger soupir pour le laisser s'échapper.

— Mab, j'ai un problème, reprit-il au bout d'un instant, sans se plaindre ni gémir, sur le ton du simple constat. Je ne suis pas sûr de ce que c'est, ni de savoir pourquoi, ni que tu puisses m'aider.

Quand il parlait, tout son visage était en mouvement, aussi animé et changeant que de l'eau. À côté de lui, j'étais comme un rocher surgi du sol. J'aurais vraiment aimé l'aider, et aussi qu'il continue à me regarder.

— Raconte-moi tout, dis-je.

Il ouvrit de nouveau la bouche et j'attendis en m'efforçant de dissimuler le plaisir grandissant que j'éprouvais.

— Je ne sais pas par où commencer, répondit-il.

— Qu'est-ce qui te paraît le plus important ? demandai-je doucement.

— Mes yeux : ils ont quelque chose qui cloche.

Il inclina son visage vers le mien, un œil fermé et l'autre grand ouvert, en tirant même sur la paupière inférieure.

Je posai la main sur sa joue. Avec l'ombre projetée par l'ampoule au-dessus de nous, je n'y voyais rien. Je l'entraînai vers l'autre côté de la table et m'assis sur le bord. Je le dominais de quelques centimètres.

— Fais voir encore, demandai-je.

Il s'approcha, le visage levé vers moi. Je l'attirai contre le bord de la table et sentis la toile rugueuse de son jean quand ses hanches effleurèrent l'intérieur de mes genoux en faisant un peu remonter ma robe. Ma respiration se figea dans ma gorge. Je me concentrai en mobilisant toute ma volonté et pris son visage entre mes mains pour l'orienter vers la lumière.

Il détournait les yeux et ses paupières battaient très vite.

— Will.

Il s'immobilisa.

— Désolé, chuchota-t-il.

J'écartai mes doigts posés sur ses joues en me rappelant que je devais faire mon travail, puis j'examinai son œil gauche.

Il avait la couleur d'un gland de chêne, brun cerclé de gris et semé de taches plus pâles. Et juste au bord de ce brun je vis un mince croissant rouge, comme si son iris était une lune éclipsant un soleil sanglant.

— Ce rouge n'est pas censé être là, fit-il calmement, parfaitement immobile sauf sa respiration saccadée.

— Je ne sais pas ce que c'est, fis-je.

Je laissai glisser mes mains le long de son cou. Il redressa la tête et fit la moue, ce qui abaissa les angles de ses paupières.

Soudain il poussa un soupir excédé et tout son corps se rapprocha du mien, au point de poser les mains sur le bord de la table de part et d'autre de mes hanches. Je restai immobile, les mains autour de son cou.

Je sentais battre son pouls sous le bout de mes doigts.

Le visage de Will était à quelques centimètres du mien et les émotions s'y succédaient plus rapidement que les battements d'ailes d'un moineau.

Je me penchai vers lui et sentis son haleine sur mes lèvres. J'aurais si facilement pu l'embrasser et me laisser aller contre lui…

Il ne bougeait pas.

Et moi, j'étais le Diacre. Il était venu me demander mon aide, non mon amour, pas cet enivrement soudain, ridicule, qui me bouleversait. Je m'écartai de lui, la main sur la bouche comme pour retenir de l'air que j'aurais volé.

— Mab, dit-il.

Les mains à plat sur la table à côté de moi, il m'observait comme si j'étais quelque chose d'étrange et de stupéfiant.

— Will, chuchotai-je.

Cet échange de noms forgeait un lien entre nous. Mais…

Mais la boucle était de nouveau bouclée. Il m'avait retrouvée au cœur de ma terre après en avoir franchi les portes secrètes, et à l'endroit même où je cherchais des réponses, allongée sous l'arbre généalogique du sang gravé dans le mur occidental de l'écurie.

Arthur m'avait dit un jour qu'en pratiquant la magie nous forgions des liens – entre une fleur et un rhumatisme, entre l'eau et la terre, entre le souffle et le tonnerre. Nous établissions des liens et utilisions notre sang pour les renforcer et les compléter. Plutôt que de rendre les carottes du jardin vénéneuses pour les protéger des daims et des lapins, nous transformions les relations de ces animaux avec ces légumes en modifiant le lien entre la plante et l'instinct. L'onguent que nous appliquions sur une brûlure ne la guérissait pas, mais rappelait à la chair ce qu'elle aspirait à redevenir en lui rendant la mémoire de ce qu'elle avait été. Le sang et la volonté devaient alors l'emporter sur la blessure.

Là résidait toute la différence entre la nature et la magie. La nature établissait les liens, tandis que la magie les créait.

« Il existe un lien entre Will et nous autres », me chuchotait la magie, et cette idée fit courir un frisson dans mon sang.

Will

J'avais du mal à me ressaisir.

Elle avait été tout près de m'embrasser, mais j'avais été incapable de faire un geste. À cette idée, tout mon corps avait brûlé et la migraine s'était embrasée derrière mes orbites.

Ses mains étaient froides contre ma poitrine, ses genoux exerçaient une pression constante contre mes hanches. La tête me tournait et j'avais l'impression de décoller. Je fermai les yeux. Soudain, le contact des doigts frais de Mab sur mes paupières apaisa la douleur.

— Dis-moi tout ce qui ne va pas, demanda-t-elle.

— Bon sang, je n'en sais rien… J'ai la migraine : ça me lance et ça me brûle derrière les yeux.

Je la regardai. Ses doigts se retirèrent de mes paupières, mais elle resta tout près de moi. Son visage était si proche du mien que je ne le voyais plus que par fragments.

Elle se renfrogna et ses sourcils minces se rapprochèrent.

— Tu transpires, remarqua-t-elle.

— Ouais.

— Il fait pourtant frais, ici. Et la journée a été plutôt froide pour la saison.

Elle posa le dos de la main sur mon front. Sa peau était glacée. Cela me faisait tellement de bien que je me penchai vers elle.

— Tu as de la fièvre, dit-elle.

— Encore ! m'exclamai-je, et je m'écartai d'elle, mais ses jambes et ses bras autour de moi me manquèrent soudain, comme si elle m'avait protégé de Dieu sait quoi.

— Tu peux me dire quand tout a commencé ? Tu n'avais pas de sang dans les yeux samedi.

— Je viens seulement de m'en rendre compte.

— Et la fièvre ?

— Non, c'est…

Je me souvins tout à coup de lundi dernier, le jour où Internet m'avait informé que je souffrais peut-être de schizophrénie.

Mab sauta de la table, me saisit par le poignet, m'entraîna vers une caisse et me poussa littéralement pour me faire asseoir dessus. La caisse grinça sous mon poids, mais elle était solide. Mab se tenait face à moi, ses cheveux répandus autour d'elle en boucles épaisses. La lumière qui entrait par la porte l'éclairait en contrejour et transformait sa chevelure en or massif.

— Raconte-moi tout, Will, dit-elle. Je veux t'aider.

J'inspirai longuement, puis expirai. J'avais très envie de boire un verre d'eau. Ou de sentir la tête de Havoc se presser contre mon genou, mais c'était impossible. Je ravalai mon envie et racontai à Mab ma migraine et mes saignements de nez, sans être sûr de leur importance. J'avais cependant eu très chaud pendant l'après-midi. Je parlai de ma fièvre de la veille et de la mince bande qui me serrait la poitrine. L'idée m'avait traversé que c'était peut-être de la magie qui avait mal tourné, mais maintenant ça me paraissait complètement délirant. Je ne dis rien de mes cauchemars.

Quand je mentionnai l'arrière-goût que j'avais sur la langue depuis ma rencontre avec le monstre de boue, elle porta un doigt à sa lèvre inférieure, ce qui me déconcentra complètement.

— Tu as avalé de la boue ? demanda-t-elle.

— Euh…

Je réfléchis un instant. Je me revis en train de m'abattre sur le monstre, les doigts enfoncés dans ses épaules, crachant au-dessus de lui de la salive grumeleuse. Puis je me souvins du pétale de rose qui était tombé de ma bouche.

— C'est possible, répondis-je.

— C'est peut-être grave, murmura-t-elle, et elle inclina lentement la tête sur le côté pour m'examiner, exactement comme l'aurait fait l'un des corbeaux. Je remarquai alors qu'ils avaient quitté l'écurie.

— Grave dans quel sens ? demandai-je. Qu'est-ce qui va se passer ?

— Est-ce qu'il y a autre chose ?

J'hésitai. C'était vraiment trop bizarre, mais à qui d'autre pouvais-je en parler ?

— J'ai eu d'autres cauchemars, tous différents... pas ceux à cause de Holly, tu comprends ?

— Je comprends, répondit-elle avec un hochement de tête, comme si elle le pouvait.

— Je rêve que je sombre dans un marécage, ou que je suis étranglé par des roses, ce qui est le cauchemar le plus dingue que j'aie jamais fait. Des roses malfaisantes...

Je me forçai à rire, même si je sentais mon manque de conviction.

Le visage de Mab s'assombrit.

— Des roses. Je vois, fit-elle.

— Ça n'a aucun sens, repris-je avec un accent de désespoir que je percevais moi-même.

— Peut-être que si.

Elle inclina de nouveau la tête et la masse de ses cheveux glissa de ce côté.

— J'ai besoin de tous les détails que tu pourras me donner, reprit-elle.

Elle parlait probablement des rêves, mais ma main remonta machinalement vers ma poitrine.

Mab le remarqua et regarda ma main, puis de nouveau mon visage. La question qu'elle retenait se lisait clairement dans son regard.

Je chassai l'image d'elle embrassant ma poitrine pour me guérir, remontai mon T-shirt jusque sous mes bras et levai les yeux vers les poutres du plafond. Les oiseaux que les corbeaux avaient effarouchés un instant auparavant étaient revenus se percher là-haut. Ils étaient deux, blottis l'un contre l'autre. Je sentis la présence de Mab qui s'était rapprochée de moi, puis le contact de ses doigts qui suivaient le contour de la meurtrissure. Je frissonnai et serrai les dents.

— Will, que s'est-il passé ?

— C'est le… euh, le tuyau de plume. Il m'a frappé là, et fort.

Je déglutis, ce qui était difficile avec le cou tendu.

— Qu'est-ce que tu sens là ? demanda-t-elle en posant sa main.

Le froid de sa peau me pénétra jusqu'au cœur.

Je la regardai. Elle était toute proche, et, comme j'étais assis, plus grande que moi. Elle baissa le menton et posa la main bien à plat sur ma poitrine, les doigts écartés, comme si elle pouvait ainsi contenir la blessure.

— C'est… lourd. Comme un poids, juste à cet endroit.

— Sur ton cœur ?

— Je crois que oui.

Ma voix était basse et rauque. Je me surpris à frissonner parce qu'elle avait posé la main sur mon cœur.

— Will.

Elle avait prononcé mon nom d'une voix forte. Mes yeux se levèrent vers elle.

— Will, est-ce que tu me fais confiance ?

J'en restai bouche bée. Elle attendait ma réponse, les sourcils levés, figée sur place comme si son prochain geste dépendait de ce que j'allais dire.

Je me souvins alors de Ben, étendu à côté de moi près du lac de Clinton. « Fie-toi à ton instinct », avait-il dit. D'ailleurs, je ne pensais plus avoir vraiment le choix. Depuis samedi, une partie de moi-même avait décidé de la croire.

— Oui, répondis-je, et je m'éclaircis la gorge. Oui, je te fais confiance.

Un sourire se dessina sur son visage. Elle pivota sur elle-même, se précipita vers la table et retira un mince couteau du bloc en bois. Revenant vers moi, elle incisa le côté de son index. Je voulus me lever, mais elle me fit rasseoir d'une pression sur l'épaule.

— Tout va bien, dit-elle.

Elle se pencha et posa son doigt sanglant sur mon front. Puis elle se laissa tomber à terre et resta étendue, ses yeux grands ouverts fixés sur moi.

J'ouvris la bouche pour lui demander ce qu'elle faisait, mais…

Mab

J'étais là, étendue de tout mon long sur le sol en terre battue, les cheveux emmêlés, comme toujours, et ma robe bleue remontée sur les cuisses plus haut que la décence ne l'aurait probablement permis.

Je me voyais en même temps d'en haut par les yeux de Will, comme lui prise de vertige, la transpiration picotant mon cuir chevelu et mon échine, avec cette atroce corde magique autour des côtes.

Je fermai les yeux de Will et me relevai dans son corps, dont je repérai les articulations endolories et les muscles rigides. Comme son cœur battait fort ! Tout son équilibre était perturbé par le vertige, mais je parvins pourtant à me lover dans sa poitrine. Son centre de gravité plus haut que le mien me fit tituber en contournant mon propre corps plongé dans l'inconscience.

Quand j'arrivai devant la table, je posai ses mains à plat dessus pour les examiner. Elles étaient plus sombres que les miennes, avec des doigts plus épais, mais des ongles moins sales. J'ôtai son T-shirt, le laissai tomber sur la table et observai la meurtrissure.

Au milieu de sa poitrine, à l'emplacement du cœur, la grande rose jaune d'un hématome s'épanouissait. Ses pétales en volutes s'incurvaient, puis se prolongeaient en rayons rouges et violets dont les ramifications s'étendaient vers ses épaules et son estomac. Quand je respirais, ses côtes se soulevaient et je sentais l'ecchymose palpiter au rythme de son cœur.

Je m'accroupis – plutôt inconfortablement – et tendis la main sous la table pour y prendre une boîte de conserve remplie de lames. Je fouillai dedans, saisis une lancette avec laquelle j'entaillai le tatouage de mon poignet et recueillis un peu de mon sang dans un petit bol en céramique pris sur l'une des étagères. Je posai le bol sur la table et, de la pointe de la lancette, piquai la meurtrissure de Will en son centre, autour duquel je dessinai avec mon sang une rune d'ombres claires. Le sang gouttait lentement de la minuscule blessure de Will en traçant une ligne sur sa peau. Quand il rejoignit la rune, je sentis la vibration de la magie déferler dans son corps.

Elle laissait dans son sillage une sensation de fourmillement qui se déployait autour de son cœur en tentacules semblables à des racines d'arbre. Elle reproduisait le dessin de la meurtrissure dans sa poitrine, mais cela, je ne pouvais le percevoir que de l'intérieur de son corps.

Quelque chose avait contaminé Will et c'était seulement en possédant son corps que je pouvais discerner où cette chose se dissimulait dans son sang.

C'était la malédiction de ma poupée qui, éclose dans le cœur de Will, s'étendait telles des tiges de roses sauvages.

CHAPITRE 24

Trois jours ont passé.

Trois jours ont passé avant ton retour main dans la main avec Josephine.

Je vous ai vus de la fenêtre de ma chambre alors que je tressais mes cheveux pour la nuit. Sa robe blanche était toute froissée comme si elle avait passé des heures à faire Dieu savait quoi, mais le tissu était toujours aussi lumineux sous le clair de lune. Ses cheveux flottaient librement et en désordre autour de son visage. Tes doigts étaient enlacés aux siens, négligemment et intimement. Le cœur brisé, j'ai tiré le rideau comme si je pouvais feindre qu'il ne s'était rien passé.

Le lendemain matin, quand je suis entrée dans la cuisine en nouant mon tablier, elle était là, paresseusement assise devant une tasse de café odorant, une cigarette à la main.

— B'jour, Evelyn, a-t-elle dit.

Et, ce qui était un comble, elle m'a proposé une bouffée de sa cigarette. J'ai froncé les sourcils et secoué la tête. Je voulais faire frire du bacon et peut-être cuire au four tes biscuits préférés. Même après ce que j'avais vu la veille, j'avais encore envie de t'en préparer.

— Un peu de café, peut-être ? a demandé Josephine sur un ton traînant, et j'ai acquiescé en pensant qu'il valait mieux me faire à sa présence.

Elle s'est levée pour m'en verser une tasse. Je n'avais aucune idée du moment où elle avait monté ses bagages, mais elle portait ce matin une nouvelle robe, à carreaux gris et roses, ornée de ruchés aux hanches et aux genoux, avec un corsage qui dégageait ses épaules et son dos. Ses lèvres étaient peintes d'un rouge splendide. Vue de près, elle paraissait à peine dix-huit ans, et je me suis demandé si elle aussi avait vécu plusieurs siècles.

— Comment se passe votre séjour ? ai-je demandé en me concentrant sur le bacon que je coupais en tranches.

— À merveille ! s'est-elle écriée, puis elle m'a tendu ma tasse de café et, soudain, m'a saisi le poignet.

— Ne démarrons pas du mauvais pied, a-t-elle poursuivi. Venez donc vous asseoir à côté de moi. Le Diacre est encore au lit. Vous n'avez pas besoin de trimer comme une esclave pour lui avant un moment.

J'ai fait la moue et failli lui répondre que je préparais le petit déjeuner également pour moi-même, mais je me suis ravisée et assise à côté d'elle, bien droite, devant mon café dont j'ai humé l'arôme pendant qu'elle m'interrogeait sur moi. Il y avait presque un an qu'elle n'était pas revenue ici, m'a-t-elle confié en jetant autour d'elle des regards contrits, et visiblement, il y avait du changement ! Comme je n'avais aucune raison de croire que tu lui avais déjà révélé tous mes secrets, si proche que vous fussiez l'un de l'autre, je lui racontai tranquillement l'histoire de ma famille, mon arrivée ici, ma vie dans ce pays et mon travail dans ce jardin. Accoudée à la table, penchée en avant, elle m'a posé des questions pénétrantes sur ma magie, sur Gabriel et sur toi. J'ai gardé mon sang-froid et feint de mon mieux le détachement, mais, notre tasse de café bue, elle s'est rejetée en arrière avec un sourire triomphant et elle a déclaré :

— Tu es amoureuse de lui.

J'ai serré ma tasse entre mes mains, puis je suis allée me resservir afin d'avoir un prétexte pour lui tourner le dos. Mon corps était brûlant. Je pensais à ta joie quand tu l'avais revue, elle. Pourtant, je me sentais incapable de nier mes sentiments. Je m'y refusais car j'aurais eu l'impression de me renier, même si tu devais toujours les ignorer.

Elle se tenait juste derrière moi. Perchée sur ses talons hauts, elle se penchait par-dessus mon épaule, me dominant de toute sa stature et de son élégance jusque dans le havre tiède de ma petite cuisine. Je sentais son haleine sur ma nuque, et j'ai soudain frissonné, avec la sensation d'un danger.

— Tu devrais le lui dire, mon chou, a-t-elle murmuré.

J'ai secoué la tête.

— Si tu ne le fais pas, tu n'obtiendras jamais ce que tu veux, a-t-elle repris.

— C'est un foyer que je veux, Miss Darly. Je veux continuer à vivre tranquille et en sécurité ici. Je n'ai pas envie de tout gâcher.

Josephine a éclaté de rire.

— Les hommes sont de parfaits imbéciles, surtout les hommes comme Arthur, dit-elle.

Je me suis retournée, le menton levé, pour la foudroyer du regard.

— Arthur n'est pas un imbécile, ai-je riposté.

Son sourire s'est transformé en un rictus.

— Il l'est s'il ne veut pas de ce que tu lui offres. Crois-moi, je sais ce que c'est que d'aimer et de désirer un homme. Notre magie rend tout cela à la fois meilleur et pire, parce que les hommes comme Arthur croient tout savoir et tout ressentir. Ils croient que la magie les rend semblables à nous, mais en réalité ils restent des hommes : ils pensent d'abord à eux-mêmes. Si tu le veux, il faut le prendre.

Je me suis adossée au plan de travail, effrayée par la malveillance que je décelais dans ses paroles et par l'intensité de son expression. Je secouai machinalement la tête pour la contredire.

— Je croyais, ai-je dit, que vous et lui…

Elle en est restée bouchée bée, puis elle a hurlé de rire, si fort que j'étais sûre qu'elle t'avait réveillé.

— Oh non, a-t-elle répondu avec une joie malicieuse, même si je dois avouer que cette idée m'a quelquefois traversé l'esprit.

Je ne savais plus que penser. Je la croyais, mais je me souvenais aussi de l'expression de ton visage. Elle t'apportait quelque chose qu'elle était seule à pouvoir t'offrir, et que je ne pouvais définir. Tout comme Gabriel, elle comblait une partie de toi-même. J'ai de nouveau senti le poids de tes années, de tes amitiés et de tes amours, de tout ce à quoi je ne pourrais jamais me mesurer.

Le grincement du plafond nous a appris que tu étais levé.

— Retourne à ton bacon, mon chou, a repris Josephine, et réfléchis bien à cette idée : il faut te déclarer.

J'ai de nouveau secoué la tête, car je savais que je n'en serais jamais capable, et j'ai senti dans mon dos le picotement de son regard jusqu'au moment où tu nous as rejointes.

CHAPITRE 25

Will

J'eus l'impression de m'éveiller d'un demi-sommeil. Rien n'avait changé, sauf que Mab était en train de s'asseoir et qu'une sensation sourde de brûlure persistait dans ma poitrine.

Mab se mit à genoux et posa ses mains sur les miennes.

— Will ? appela-t-elle, la tête penchée.

J'eus soudain l'impression de me dédoubler, de regarder de l'extérieur mes mains posées à plat sur la table.

— Que s'est-il passé ? demandai-je en frottant ma poitrine endolorie, et je remarquai alors que je ne portais plus mon T-shirt. Que s'est-il passé ? répétai-je, les yeux baissés.

Un symbole était peint avec du sang sur la meurtrissure, au centre de laquelle je découvris un trou minuscule. Avais-je perdu connaissance ?

— J'ai mis ton corps à l'épreuve, répondit Mab mystérieusement. Et je crois que j'ai une mauvaise nouvelle pour toi.

— Attends un peu…

Je me levai, ce qui l'obligea à reculer. Je vis mon T-shirt roulé en boule sur la table et allai le récupérer, malgré le vertige qui me faisait tourner la tête. J'enfilai le T-shirt et le lissai sur la marque sanglante de ma poitrine avant de relever les yeux vers Mab.

— Raconte-moi ce qui vient d'arriver, Mab, repris-je.

J'avais une boule dans la gorge et je ne savais que faire de mes mains.

Elle me regarda droit dans les yeux par-dessus la caisse, à environ trois mètres de distance.

— Je me suis servie d'une rune d'ombres claires pour voir ce qui se passait à l'intérieur de ton corps, sous cette meurtrissure et autour de ton cœur. Et pour comprendre pourquoi tes yeux changent et tes os te font mal, expliqua-t-elle.

Au lieu de me frotter de nouveau la poitrine, je levai les mains et les joignis derrière ma tête.

— Est-ce que j'ai perdu connaissance ? demandai-je. Tu as fait tout ça… enlevé mon T-shirt… toute seule ? Et les runes, qu'est-ce que c'est ? Et ce sang sur moi ? Mab, je me souviens…

Même si je répugnais à l'avouer, en effet, je me souvenais de quelque chose. Je me souvenais d'avoir fait tous ces gestes comme en rêve, de m'être levé, dirigé vers elle et entaillé la poitrine. Et d'avoir senti la meurtrissure s'étendre sourdement comme un feu lent. Je secouai la tête.

— Tu te souviens de quelque chose ?

Mab s'approcha vivement de moi, posa les mains sur ma poitrine et m'observa avec attention.

— Tu te souviens de ce qui est arrivé ? Tu n'as pas eu l'impression que nous étions en train de parler à un moment donné, puis de nouveau l'instant d'après ?

Je serrai les lèvres et fis signe que non.

Elle plissa les yeux, puis secoua la tête, visiblement intriguée.

— C'est vraiment étrange, dit-elle. Tu n'es pas lié à nous par le sang. Tu ne devrais donc pas rester conscient pendant une possession.

— Quoi ?

Le mot avait jailli de mes lèvres tandis que je la dévisageais, suffoqué.

— Hum ! fut toute sa réponse, et elle se massa les tempes d'un air absent.

— Mab…

Je la saisis par les épaules.

— De quoi… repris-je, penché vers elle pour la regarder droit dans les yeux, de quoi veux-tu parler au juste ?

Elle eut un rictus qui découvrit ses dents.

— De magie, répondit-elle.

— De magie ? répétai-je sans la lâcher, car j'étais trop ahuri.

Son rictus se mua en un joli sourire et elle mit ses mains en coupe entre nous.

— De magie, reprit-elle, et une boule de feu jaillit entre ses paumes.

J'eus un mouvement de recul et heurtai la table de la hanche. Mab éteignit le feu en frappant dans ses mains.

— C'est tout ce que je peux faire pour l'instant, conclut-elle.

J'empoignai le bord de la table. Je la croyais.

Main dans la main, nous sommes lentement montés au sommet de la colline, où s'élevait la maison de Mab. Elle disait que nous avions besoin de manger et qu'elle avait un excellent thé pour soigner ma migraine.

En marchant, elle me racontait ce qu'on éprouvait pendant qu'on possédait quelqu'un ou quelque chose. Elle me décrivait la sensation du vol, la lente danse des arbres dans le vent et ce qu'on ressentait quand on marchait à quatre pattes et non plus debout. Je me contentais de l'écouter en lui tenant la main. Je l'entendais à peine, car je pensais : Mab est entrée dans mon corps.

J'aurais difficilement pu exprimer mes émotions. De la déférence, peut-être. De la peur. Et une sensation de nausée.

Et puis cette chaleur qui n'était pas celle de la fièvre. C'était comme si quelque chose se répandait un peu plus profondément en moi chaque fois que je la regardais.

Dingue : c'était le mot juste.

C'était un mot familier à Aaron, un mot qu'il employait pour décrire tout ce qu'il désirait. Je me souvenais de la dernière fois que nous nous étions vus, à la table de pique-nique de notre arrière-cour. Ses cheveux étaient encore assez longs pour qu'il puisse les repousser derrière ses oreilles. Il examinait des cartes routières lestées de canettes de sodas pour que le vent ne les emporte pas. Je les regardais aussi par-dessus son épaule, pendant qu'il marquait au crayon les sites repérés par Internet sur l'itinéraire que ses copains et lui voulaient prendre pour se rendre à l'Académie navale.

— Regarde un peu, Will, avait-il dit en tapotant de la pointe de son crayon un point dans l'Illinois. C'est un gigantesque monument dédié aux hippies du monde entier. C'est un gars qui l'a construit tout seul et il mesure vingt mètres de long.

— Tu veux faire un détour de presque deux cents kilomètres pour aller voir ça ?

Il eut un claquement de langue qui était une parodie de déception.

— Voyons, Will… à quoi bon rouler d'ici jusqu'à l'Atlantique si on ne peut pas s'arrêter devant tous les trucs dingues qu'on croise sur sa route ? C'est là qu'il se passe quelque chose, mon pote !

Je revis ensuite Ben en uniforme ouvrant la porte du funérarium.

— Il n'aurait pas dû traîner sur les routes comme il l'a fait, mais rentrer direct, disait-il.

Ben, lui, ne faisait jamais rien de dingue.

— Je te présente la Maison rose, déclara Mab lorsque nous émergeâmes du couvert des arbres couronnant la colline.

La maison avait deux étages et ressemblait à un gâteau rose géant couvert d'un revêtement en chocolat. Je ne me voyais pas vivre là-dedans. Des fleurs se déversaient de bacs accrochés aux fenêtres et pendaient du toit couronnant le perron. L'herbe qui s'étendait entre moi et la maison avait bien besoin d'un coup de tondeuse, mais elle était si épaisse qu'à mon avis une tronçonneuse aurait sûrement mieux fait l'affaire. Je découvris sur la droite un jardin bariolé qui semblait sorti tout droit d'un catalogue.

— Mince alors ! m'exclamai-je.

Les corbeaux étaient rassemblés sur le toit. Ils me rappelaient de plus en plus des pigeons : comme eux, ils étaient partout et ils vous suivaient parce qu'ils croyaient que vous alliez leur donner à manger.

Mab inclina la tête sur le côté et la lourde masse de ses cheveux oscilla comme un rideau. Pendant que nous marchions dans la forêt, ils se prenaient parfois dans une branche, mais elle poursuivait son chemin comme si c'était sans importance.

— Il ne faudra pas faire de bruit en entrant, dit-elle. Lukas dort.

Je tendis la main pour cueillir une feuille prise dans l'une de ses boucles.

— Qui est Lukas ? demandai-je.

— Un gamin qui est venu passer quelque temps chez nous.

Elle me prit par la main et m'entraîna à l'intérieur de la maison. C'était exactement celui qu'on s'attendait à trouver dans une ferme : du vieux papier peint à fleurs minuscules aux murs, des meubles défraîchis, des portraits de famille et des napperons de dentelle. Et de grandes fenêtres ouvertes pour laisser entrer le soleil d'après-midi.

Toute la maison sentait le pain chaud. Mab me fit asseoir à la table ronde de la cuisine avant d'aller remplir la bouilloire et allumer la cuisinière, qui datait probablement des années soixante. J'examinai les éraflures de la table. Quelqu'un avait gravé à la fourchette ou au couteau des entailles et des lettres sur le bord. On aurait presque dit des traces de griffes, ce qui me rappela Havoc quand elle s'était ruée contre la porte du chenil. Cette vision me coupa le souffle.

Ma poitrine était douloureuse.

Mab vint s'asseoir à la table et noua ses cheveux sans se servir d'élastique, de barrette ou de quoi que ce soit.

Je me renversai dans ma chaise et l'observai. Je l'imaginais se levant et s'approchant de moi, puis assise à califourchon sur moi. Je l'imaginai en train de pénétrer dans mon corps et de me posséder comme un fantôme.

— Mab, dis-je.

— Oui ?

Je posai les mains à plat sur mes cuisses et les frottai l'une contre l'autre comme si elles étaient sales.

— La prochaine fois, demande-moi, repris-je.

— Demander quoi ?

— Avant de posséder quelqu'un, demande-lui s'il veut bien, répondis-je d'une voix rauque, troublé par ce que je venais de dire.

— Mais je te l'ai demandé, répondit-elle, le visage comme éclairé par la surprise.

— Non, tu ne l'as pas fait.

Mab tendit les mains, les paumes tournées vers le ciel.

— Je t'ai demandé si tu me faisais confiance et tu as répondu que oui.

Ses mains semblaient attendre, immobiles, les doigts légèrement recourbés. Ses yeux grands ouverts ne dissimulaient rien.

— Mab, répétai-je.

— Qu'y a-t-il ?

— C'est juste que… c'était tellement… dis-je en chassant tout l'air que contenaient mes poumons… intime…

Sa bouche se détendit.

— Oh ! fit-elle d'une voix presque inaudible.

Ses yeux parcoururent mon visage et ma poitrine, m'embrassant tout entier. Elle s'accouda à la table.

— Moi, j'aimerais te laisser entrer dans mon corps, reprit-elle.

— Mon Dieu ! m'exclamai-je, et j'enfouis mon visage dans mes mains.

— Si tu pouvais le faire, tu verrais comme c'est étrange d'être à l'intérieur de quelqu'un d'autre. On ne peut comparer cela à rien, c'est vraiment déroutant, comme de… de marcher en équilibre sur des pierres instables.

Je l'observais entre mes doigts. J'étais partagé entre l'envie de rester assis et celle de me lever pour arpenter la pièce.

L'expression de Mab était tendre.

— J'apprendrais seulement à connaître ton corps par la possession. Avec un peu d'entraînement, ce ne serait qu'une question de temps, dit-elle.

Un peu d'entraînement. Apprendre à connaître mon corps… Je repoussai ma chaise et me levai.

— Il vaudrait mieux parler d'autre chose, répondis-je.

Juste à ce moment-là, la bouilloire se mit à siffler. Mab la retira prestement de la plaque et lui chuchota de se taire.

J'en profitai pour me contraindre à respirer plus régulièrement. La nonchalance avec laquelle ses longs cheveux tombaient sur ses épaules et dans son dos ne m'y aidait guère, ni sa manière de se hausser sur la pointe des pieds pour prendre des tasses dans un placard, ce qui faisait remonter sa robe légère.

Je regardai obstinément par la fenêtre jusqu'à ce qu'elle eût versé l'eau bouillante dans une théière, qu'elle apporta et posa sur la table avec deux tasses.

— Il faut le laisser infuser, fit-elle.

— Parfait, répondis-je, et je me rassis. Si je comprends bien, tu m'as possédé pour découvrir ce qui n'allait pas chez moi. Et tu l'as découvert. Raconte-moi tout.

Mab croisa les mains.

— Il y avait une malédiction dans cette poupée, je veux dire dans l'homuncule, expliqua-t-elle. J'avais transféré la malédiction des roses, auxquelles elle est liée, dans l'homuncule. Je crois qu'un peu de cette magie t'a contaminé quand tu as détruit la poupée.

— Une malédiction ? Tu plaisantes ?

Elle secoua la tête.

— Que va-t-il se passer ? Qu'est-ce que cette magie est en train de me faire ? demandai-je, le poing pressé contre ma poitrine.

— Je ne sais pas au juste, mais je sais comment t'aider.

— Comment ?

— Par une purification. C'est un rituel qui chassera la malédiction de ton corps.

— Que faut-il faire ? Que puis-je faire ?

Mab attira la théière à elle, souleva son couvercle et huma la vapeur qui s'en élevait avant de le reposer.

— Mab !

— Je ne peux malheureusement rien faire ce soir, répondit-elle avec une moue contrite.

— Pourquoi ?

— Je dois d'abord préparer un onguent et le bénir sous la lune.

— Je n'y comprends rien, déclarai-je.

Je croisai les bras sur la table et y posai le front. La migraine qui persistait derrière mes yeux n'était pas si éprouvante, mais je réfléchissais mieux quand je ne regardais pas Mab. Non qu'il y eût vraiment matière à réflexion. J'avais le choix entre la croire ou quitter les lieux.

Je ne l'entendis pas se lever. Sa main se posa sur mon dos et décrivit des cercles frais contre mon échine.

— Je te promets que tu guériras, dit-elle. J'ai repéré où et comment cette malédiction agit sur toi, autour de ton cœur. Il reste encore un peu de temps avant qu'elle ne t'endommage de manière définitive.

Un faible gloussement m'échappa.

— Will, reprit-elle fermement.

Je me redressai. Elle me saisit les mains et me fit tourner sur ma chaise afin de m'amener en face d'elle. Son menton s'inclina vers moi et ses cheveux se dénouèrent. La peur me ravageait, ce qui m'exaspérait. Je voulais arborer un masque de bravoure, revêtir une tenue de camouflage comme Ben.

Mab prit mon visage entre ses mains.

— Écoute-moi bien, Will Sanger, fit-elle. Je vais t'aider. Je suis là pour ça.

Je ne répondis pas.

— Tu es venu me voir parce que tu pensais que je pouvais t'aider, et que j'étais la seule à pouvoir le faire. Tu as trouvé ce lieu parce que tu étais destiné à le trouver.

Elle passa ses pouces sous mes yeux.

— Ce rouge dans tes yeux est celui des rubis, Will, et il est magnifique, car, si dangereuse ou funeste que puisse être cette magie, elle est également magnifique. Et je sais pourquoi.

Elle inspira profondément, et je me demandai soudain si elle avait peur comme moi.

— Parce qu'elle et moi ne faisons qu'un, conclut-elle.

Mab

Quand le thé fut prêt, je pris un canif à un crochet sur le côté du réfrigérateur, incisai mon pouce et laissai tomber une goutte de sang dans le thé de Will. C'était de l'infusion d'écorce de saule qui devait faire baisser sa fièvre, du moins l'espérais-je. L'écorce provenait d'un panier que j'avais tressé la semaine précédente. Elle était encore fraîche et le sang décuplait son pouvoir. Je murmurai une triple prière au-dessus du thé avant de tendre la tasse à Will.

— Tu as mis du sang dedans, dit-il en la regardant avec méfiance.

— C'est pour accélérer l'effet de la magie.

Will fit la grimace.

— Boire du thé mélangé avec du sang va à l'encontre de tout ce qu'on m'a appris, sur les maladies, le cannibalisme et… la religion, déclara-t-il.

— Mon sang est déjà sur ta poitrine, et c'est le sang qui fait agir ma magie. Si tu recules, je ne vois pas comment je pourrai t'aider.

— Il ne s'agit pas de reculer, mais de se faire à cette idée, c'est tout, répondit-il, les yeux toujours rivés sur la tasse.

Je me tus un instant pour examiner les rides aux coins de ses yeux et ses traits tirés. Tout cela me demandait un effort de compréhension. J'avais été élevée avec ces notions, et j'avais toujours cru au pouvoir de mon sang. Mais peut-être en allait-il tout autrement pour Will, peut-être cela équivalait-il pour moi à recevoir la preuve que la magie n'était qu'une chimère et que toute ma vision de l'existence reposait sur une erreur. J'aurais aimé pouvoir lui transmettre mon savoir en touchant sa tête, et l'aider à en pressentir la vérité.

Je contournai la table et lui tendis la main, mais, cette fois-ci, celle dont j'avais incisé le pouce.

— Le sang est le conducteur de la magie et le foyer du pouvoir, dis-je.

Il prit très doucement ma main, passa le pouce sur ma paume et examina mes doigts un à un. Je frissonnai à son contact, mes paupières battirent, puis s'abaissèrent. Will pressa légèrement la minuscule entaille que j'avais faite avec le canif.

— Ça ne fait vraiment pas mal ? demanda-t-il en gardant ma main nichée dans les siennes, et il leva les yeux vers moi.

— Si, ça fait mal.

Il lâcha ma main.

— Je suis désolé...

Je retirai ma main et frottai mon pouce blessé contre mes autres doigts.

— C'est comme ça, c'est tout, dis-je. C'est nécessaire à la magie. Il faut sacrifier une chose pour en obtenir une autre.

La répugnance et la fascination se mêlaient sur son visage, mais il restait penché vers moi.

— Ça n'a pas l'air d'en valoir vraiment la peine, commenta-t-il.

— Oh si ! Il faut simplement s'y faire. C'est comme de sortir par un après-midi ensoleillé. Ça peut faire mal aux yeux, mais on s'y habitue, et au bout d'un moment on voit toutes les couleurs de l'univers.

— Quand même, ça craint… dit-il avec un haussement d'épaules. Ce serait bien de pouvoir faire la même chose… sans saigner.

— En fait, on peut y arriver avec le temps, quand on est devenu suffisamment fort.

Je jetai un coup d'œil par la fenêtre en pensant à Arthur, qui n'avait jamais eu besoin de verser son sang.

— J'aime mieux ça, déclara Will avec un sourire.

— Mais c'est dangereux. Il faut travailler dur pour en arriver là, et c'est normal. On ne devrait jamais rien recevoir gratuitement. Regarde les armes, par exemple : si ça leur faisait mal de tirer, tu ne crois pas que les gens réfléchiraient un peu plus à l'usage qu'ils font des armes à feu ?

— Oui, ça se tient, approuva-t-il.

Je rapprochai ma chaise de la sienne et, pendant que nous sirotions notre thé, je répondis à toutes ses questions. Je lui parlai des sorciers du sang, de la fonction du Diacre et de mon existence. Je lui expliquai que le sang agissait en association avec des intentions et des symboles, mais que la volonté était primordiale. J'évoquai les motifs récurrents, le rôle de la nature et en particulier l'écoute du murmure des arbres. Quand il voulut savoir comment j'avais appris tout cela, je lui parlai d'Arthur, de ma mère et des livres qu'elle m'avait donnés en insistant pour que je les lise à la place de mes manuels scolaires. Ces livres comprenaient des journaux intimes de sorcières, mais aussi Shakespeare, Milton, Goethe et Malory, des histoires d'alchimie et de sorcellerie.

Je l'interrogeai à mon tour sur lui et les siens. Il me parla de sa vie dans sa famille de militaires, de leurs déménagements continuels et de tous les changements qui en résultaient. De son envie de voyager dans le monde entier, de tout voir, de toucher et de goûter à tout. Son nomadisme éveilla ma sympathie ; il ne semblait pas lui peser : Will n'aspirait pas à la permanence.

Il y avait près d'une heure que ma tasse était vide quand je lui demandai si je pouvais recueillir encore un peu de son sang.

— Pourquoi ? demanda-t-il, et c'était une simple question posée en toute objectivité.

— Pour préparer la purification. Je dois bénir un onguent qui t'est destiné, et pour cela j'ai besoin de ton sang. Juste quelques gouttes.

Il resta un instant silencieux.

— D'accord, répondit-il enfin.

Je repris le canif et le piquai au poignet avec l'une des lames. Son visage se crispa et il grogna, mais plus de surprise que de douleur, me semblait-il. Il contempla son sang coulant dans la tasse sans pouvoir en détacher les yeux.

Je ne pus y tenir : dès que la tasse fut suffisamment remplie, je la posai et guéris immédiatement sa blessure. Une goutte de l'eau bénite que nous gardions au réfrigérateur et un mot chuchoté au-dessus de son poignet y suffirent. Il frissonna quand sa peau se referma et que son sang se tarit. Il ne resta plus de la plaie qu'une minuscule ligne rose. Je lui souris. Nos visages étaient tout proches.

Alors la vue des croissants rouges dans ses yeux me coupa le souffle. Ils n'avaient rien de naturel, mais, l'espace d'un instant, je fus persuadée du contraire.

Il m'observait de ces yeux dont le brun était de la nuance des fruits du chêne, et tout à coup, je fus envahie par un trouble que je n'avais jamais ressenti auparavant.

Ses mains serrant les miennes étaient si chaudes que leur énergie semblait capable de me brûler jusqu'aux coudes. Pendant une seconde, je ne pensai plus qu'à boire son haleine.

Un corbeau croassa au-dehors ; je sursautai en serrant convulsivement le poignet de Will.

— Désolée, fis-je, et je jetai un coup d'œil en direction de l'escalier.

— Quelque chose ne va pas ? demanda Will.

— Il faut que j'aille voir Lukas. Il se fait tard.

— Quelle heure est-il ?

Ses yeux se posèrent sur l'horloge de grand-père et s'agrandirent.

— Sept heures passées ! Il faut que je me sauve.

— Oh !

Je m'immobilisai, à demi tournée vers l'escalier, luttant contre ma déception.

— Très bien. L'onguent devrait être prêt demain, mais s'il arrive quoi que ce soit entre-temps, téléphone-moi.

Il passa la main sur sa nuque, puis dans ses cheveux.

— Je n'ai pas mon téléphone pour noter ton numéro, dit-il.

Je me précipitai vers le tiroir qui servait à ranger un peu de tout, fouillai dedans et trouvai un marqueur bleu foncé que je brandis triomphalement. Will étendit son bras et j'inscrivis cérémonieusement notre numéro de téléphone sur le dos de sa main. Je lui tendis ensuite la mienne, et quand il y eut tracé son numéro les chiffres parallèles ressemblèrent à des codes secrets dans la lumière déclinante.

— Attends, dis-je, et j'allai prendre au garde-manger l'un de nos sachets de thé. C'est de l'infusion de saule, comme celle que tu as prise aujourd'hui. Ça devrait faire baisser ta fièvre, ajoutai-je en le lui tendant.

— Merci, répondit-il avec un sourire.

Je le raccompagnai vers la porte. Je répugnais à lâcher sa main.

— Tu pourras retrouver ton chemin ? demandai-je.

— Si je n'y arrive pas, c'est que je ne le mérite pas, plaisanta-t-il.

Il resta immobile, ma main dans la sienne. Je regardai ses yeux se poser sur les miens avec de minuscules mouvements de va-et-vient. Ses lèvres s'entrouvrirent, et puis j'entendis un crissement de pneus sur le gravier de l'allée.

Donna.

Will se détourna et lâcha ma main.

— Merci, dit-il en brandissant le sachet de thé dans la main sur laquelle j'avais inscrit mon numéro de téléphone.

Je le saluai tandis qu'il traversait la cour. Il s'arrêta un instant et se pencha vers la voiture pour dire bonjour à Donna. Les ombres du crépuscule s'allongeaient entre les chênes, barrant son dos. Il rit, se redressa et pivota sur lui-même pour me rendre mon salut. Il marcha un instant à reculons, puis se retourna, s'éloigna sur la route et disparut.

CHAPITRE 26

Comme Gabriel, parti moins d'une heure après l'arrivée de Josephine, n'était toujours pas rentré, nous avons passé tout l'après-midi ensemble, toi, moi et elle.

À ma grande surprise, vous êtes restés à la maison. Tu as montré à Josephine nos petites marques de sang sur les rebords de fenêtres, qu'un simple mot chuchoté chargeait de pouvoir pour faire circuler la brise dans toute la maison. Elle battit des mains, ravie, et chercha à améliorer le procédé – le rendre permanent par quelque sacrifice supplémentaire, ou autonome en le réglant sur la lumière du soleil ou les courants d'air. Ce n'était qu'une conversation sur l'usage pratique de la magie, mais vous exultiez comme deux enfants.

Je commençais à comprendre de quoi il retournait : Josephine était obsédée par le sang, par le pouvoir qu'il recélait, comme jamais je ne l'avais été ni ne le serais jamais. Pour elle, c'était l'alpha et l'oméga, une fin en soi. Pour moi, cela n'avait jamais été qu'un instrument, même si cet instrument était un catalyseur de beauté. Elle tenta à plusieurs reprises de m'entraîner dans leur conversation, mais je répondis avec un haussement d'épaules qu'un bon ventilateur au plafond remplirait le même office. Je réagissais ainsi par perversité et par désir de me distinguer d'elle, même si c'était contraire à ta volonté.

Vous avez passé toute la journée à discuter, à rire et à tracer des plans gigantesques sur un rouleau de papier que tu avais rapporté de l'écurie. Je vaquais à mes tâches à la maison, au jardin, pétrissais de la pâte et faisais infuser de la lavande. Quand je me suis préparé du thé et vous en ai apporté un pot, j'ai eu la surprise de trouver Josephine accroupie à côté d'un dessin complexe représentant un cercle magique. Des larmes délayaient son maquillage, qui ruisselait sur ses joues, et tu lui parlais doucement.

— Il reviendra quand il aura retrouvé la paix, disais-tu.

— Il a oublié tout le plaisir de l'existence, Arthur, a-t-elle sifflé entre ses dents.

Je suis sortie de la pièce à reculons, mais trop tard : elle m'avait vue. Ses yeux bleus étincelaient. Elle nous a dévisagés tour à tour, puis elle a souri.

Jamais je n'aurais pu deviner ce qu'elle avait en tête.

CHAPITRE 27

Mab

La porte de la chambre d'Arthur était ouverte comme je l'avais laissée et Lukas allongé sur le lit, les yeux fermés. Il avait repoussé du pied toutes les couvertures et il ne dormait plus roulé en boule, mais étendu en travers du lit, un bras pendant par-dessus bord.

Je m'assis avec précaution au bord du lit et repoussai doucement ses cheveux de son visage.

— Lukas ? chuchotai-je.

Ses paupières frémirent et sa main bandée remua. Je la pris, la gardai entre les miennes et dessinai des cercles sur le dos de son poignet jusqu'à ce qu'il ouvre les yeux pour me regarder.

— Salut, comment te sens-tu ?

— Mieux, murmura-t-il, et il fit claquer ses lèvres. J'ai soif.

Sa voix ténue était éraillée et sa bouche sèche.

J'allai à la salle de bains, lui en rapportai un grand verre d'eau puis l'aidai à se redresser pour s'asseoir. Sa peau était chaude, mais de sommeil et non de fièvre. Pendant qu'il buvait, je lui racontai ce que j'avais fait de la rune noire.

— Maintenant il ne peut plus te faire de mal en s'en servant, et je trouverai bien un moyen de rompre son lien, affirmai-je.

Comme il avait du mal à tenir le verre dans ses mains bandées, je le reposai doucement sur la table de chevet.

— Il est quelle heure ? demanda-t-il.

— C'est le soir. Donna va t'apporter à manger et des médicaments. Je crois que tu vas bien. Tu as seulement besoin de dormir pour reprendre des forces, pour reconstituer tes réserves de magie. Je ne peux pas t'en transmettre, ni par moi-même, ni par les arbres, à cause du sort de liaison.

Il hocha la tête. Ses paupières s'alourdissaient. Il toucha le bord de ma jupe ; je me rassis à côté de son oreiller. Des tintements de vaisselle et des bruits lointains de placards ouverts et refermés nous parvenaient par la porte ouverte de la chambre, de la cuisine où Donna préparait le dîner. Lukas étendit un bras en travers de mes genoux, me retenant dans une étreinte sans vigueur. Je posai la main sur sa tête, puis dessinai des cercles sur sa tempe en fredonnant la chanson préférée de maman sur la mer.

Quand il fut rendormi, je me levai sans bruit et allai à la fenêtre. À travers la vitre, je voyais l'enchevêtrement de roses dans le jardin. J'étais Diacre depuis deux mois à peine et j'avais déjà une foule de gens à secourir. C'était à la fois euphorisant et effrayant. J'étais responsable de ce qui était arrivé à Will, puisque, au lieu de raser le massif de rosiers, j'avais décidé d'écouter leur voix. Et d'ouvrir l'univers à leur poison.

En quoi était-ce différent de ce que le père de Lukas lui avait fait subir ? Cela l'était en intention seulement. Dans ma volonté de défaire ce que j'avais fait, de modifier la voie que j'avais tracée.

J'ouvris la fenêtre pour laisser entrer la brise tiède du soir. Il ne devait pas faire trop chaud dans la chambre maintenant que la fièvre allumée par le feu en Lukas était retombée. Je me penchai au-dehors et me tordis le cou pour regarder le toit, où je repérai enfin l'un des corbeaux, perché sur la gouttière.

— Reese ! appelai-je en lui faisant signe de la main.

Le corbeau s'envola, descendit en piqué et se percha sur le bord de la fenêtre.

Il hocha la tête et je m'écartai pour le laisser sauter sur le pied du lit en bois grossièrement sculpté. Il s'y agrippa, le bec incliné vers Lukas.

— Merci, chuchotai-je.

En redescendant, je passai les doigts sur les chiffres bleu foncé du numéro de téléphone que Will avait tracés sur ma main. Lukas et lui étaient désormais sous ma responsabilité. J'allai préparer l'onguent de Will avant de le laisser reposer sous la lune.

CHAPITRE 28

Ce soir-là, je vous ai quittés tôt pour aller me coucher. J'ai lu, dormi, puis rêvé que j'errais à travers la maison, transformée en fantôme, sans le moindre souvenir de ma mort, seulement consciente de ne pas être à ma place.

CHAPITRE 29

Will

Le souvenir du dernier sourire de Mab et le vent qui s'engouffrait par la portière de la voiture suffisaient à remplir le silence qui régnait en moi. J'avais le vertige. Environ cinq cents mètres après que j'eus démarré, mon téléphone sonna brutalement sur le siège du passager. Il contenait une demi-douzaine de SMS et de messages vocaux. Inquiet, je ralentis pour écouter le premier. C'était papa. « William, où es-tu ? Rappelle-nous dès que possible, fiston. Ta mère se fait un sang d'encre. » Le second était aussi de lui. Il disait la même chose, mais à sa voix tendue on devinait qu'il était en colère.

D'après l'horloge de ma radio, il était 19 h 52. J'avais envoyé à maman et à Ben un SMS pour les prévenir que je sortais, et puis j'avais oublié mon téléphone dans la voiture. Pour être honnête, je n'avais même pas pensé à l'heure, ni à prévenir mes parents.

Au lieu de répondre à ces appels, j'accélérai pour rentrer le plus tôt possible. La vitesse balaya ma sérénité. Je remontai la vitre et poussai le volume de la radio.

Quand je me garai devant la maison, il faisait nuit noire, sauf une bande orange et argentée à l'horizon vers l'ouest, et toutes les fenêtres étaient illuminées. Je vis retomber le rideau d'une fenêtre. Une partie de moi s'irritait de ce qu'on me surveille de si près ; rien que d'y penser, je fulminais. J'avais dix-sept ans. J'avais ma propre voiture. Si j'avais eu des ennuis, j'aurais téléphoné. Je claquai la portière, grimpai les marches du perron et entrai dans la maison sans parvenir à arborer mon sourire habituel.

La lumière de l'entrée m'aveugla ; je plissai les yeux en refermant la porte.

— William.

La voix de mon père qui me parvenait du salon était stricte. Je n'essayai même pas de traîner les pieds. L'explication serait brève et sans détours.

J'entrai les yeux baissés, car j'ignorais si leurs demicercles rouges se remarquaient facilement et je ne tenais pas à l'apprendre.

— Bonsoir.

Il se leva de son fauteuil, les mains croisées dans le dos. Son pantalon kaki et sa chemise polo ne faisaient rien pour dissiper l'illusion d'une comparution devant un tribunal militaire.

— Cela fait un certain nombre d'heures que tu es parti. Et hier, tu étais encore très malade. Nous t'attendions pour dîner.

— Certes.

Papa ne remua pas d'un millimètre.

— Je suis sorti faire un tour en voiture, expliquai-je. J'étais resté enfermé toute la journée, alors j'avais besoin d'air.

— Tu n'as pas téléphoné pour nous prévenir.

— Je n'avais pas de réseau.

— Ce n'est pas une excuse.

— Papa…

— Tu n'es pas autorisé à t'absenter pendant plusieurs heures sans prévenir. C'est la procédure habituelle et tu le sais très bien. Tu as délibérément ignoré une règle que tu connais depuis toujours.

Il était impossible de lui révéler seulement une parcelle de la vérité. J'étais coincé.

— Oui.

Il se détendit le temps de reprendre son souffle.

— Will, monte voir ta mère. Tu es privé de sortie pour toute la semaine. Tu devras rentrer tous les jours à quinze heures trente au plus tard.

— Papa !

— William ?

Il avait la mâchoire juste assez crispée pour m'avertir que je passais les bornes.

Je me tus, conscient que ma frustration se lisait sur mon visage, et regrettai de ne pas mieux pouvoir la contrôler, comme le faisaient tous les autres hommes de ma famille.

— Rien, répondis-je.

— Bien.

Après un imperceptible hochement de tête, je tournai les talons et sortis en vitesse. Je grimpai l'escalier quatre à quatre. Maman était probablement en train de lire au lit.

Ben surgit de sa chambre et posa la main sur mon épaule, m'arrêtant dans mon élan.

— Lâche-moi, fis-je, et je me dégageai.

Après ma confrontation avec papa, je ne supportais pas qu'il vienne me casser les pieds.

— Hé, doucement, dit-il en resserrant sa prise.

— Aïe ! criai-je.

Je le frappai à l'épaule. Il me saisit le poing.

— Attends, je veux juste te dire quelque chose.

Le couloir était sombre, à peine éclairé par la lueur de sa chambre, et Ben quasi invisible dans cette pénombre, mais je saisis dans sa voix une intonation qui n'était pas tout à fait celle du blâme.

— Quoi ? demandai-je, un peu calmé.

— Maman avait peur que tu sois mort.

— Hein ?

Ma voix dérapa vers l'aigu ; je m'éclaircis la gorge.

— J'avais seulement quelques heures de retard.

Ben me lâcha et croisa les bras sur sa poitrine. Je voyais le V parfait que dessinaient ses épaules, car il était en tenue de jogging. La vision de ses muscles m'agaçait toujours. « Si tu soulevais des poids au lycée ou si tu m'accompagnais à la salle de gym, tu pourrais devenir aussi fort que ton frère », me répétait mon père. Je répondais toujours que je n'étais pas un cheval de trait. J'étais taillé pour la vitesse. Pour l'envol.

Comme Ben restait silencieux, je me repassai mentalement les cinq minutes écoulées et compris soudain pourquoi papa et lui étaient si remontés contre moi. À cause d'Aaron.

J'étais vraiment le roi des crétins. Je fis la grimace et inspirai entre mes dents.

— Ouais, reprit Ben, va faire tes excuses.

Il me poussa en avant et rentra dans sa chambre.

Je frappai doucement à la porte de maman avec une envie de rentrer sous terre.

— Entre, répondit-elle.

Je poussai la porte. Elle posa sur ses genoux son livre à couverture cartonnée et ôta ses lunettes de lecture rectangulaires. Je remarquai un verre d'eau à moitié vide sur sa table de chevet. Elle gardait des somnifères dans son tiroir, et je me demandai si elle en avait pris.

— Bonsoir, maman, c'est moi, fis-je, puis je m'approchai et m'assis au bord du lit.

— Ça va, Will ? Alors tu es rentré sain et sauf.

— Je suis désolé, dis-je en tripotant la couverture.

Ses mains tressaillirent et elle repoussa le livre.

— Viens plus près de moi et raconte-moi ce que tu as fait, reprit-elle en tapotant le côté du lit où papa dormait.

J'ôtai mes chaussures, les lançai vers la porte et m'assis sur les couvertures. Elle posa la tête contre mon épaule.

— J'ai rencontré une fille, dis-je à mi-voix.

— Parle-moi d'elle.

J'eus un petit rire.

— Elle est vraiment étrange.

— Mais elle te plaît.

— Euh... oui. C'est agréable d'être avec elle, répondis-je sans vraiment savoir si j'enjolivais ou si je disais la vérité. Mab était tellement différente de tous ceux que je connaissais... Comment aurais-je pu raconter à ma mère que lors de notre première rencontre nous nous étions battus contre un monstre de boue et qu'elle-même était crottée et portait d'énormes lunettes de protection, qu'elle avait un atelier de magie et une vie qui paraissait sortie tout droit d'un film ? Maman aurait été scandalisée par les vêtements qu'elle portait, ou plutôt par ceux qu'elle ne portait pas, et par sa tignasse emmêlée.

— Serais-tu par hasard en train de sourire, Will Sanger ? demanda maman, et elle s'écarta de quelques centimètres pour m'observer.

— Oh, maman !

Je me renfrognai et détournai les yeux.

— Arrête.

— Tu devrais l'amener à la maison pour que nous fassions sa connaissance.

— Oh, ce n'est pas le genre ! Et de toute façon, papa m'a privé de sortie.

— Ah...

Je la regardai tandis qu'elle reprenait son livre d'un air dégagé, le visage inexpressif. Les os de ses poignets saillaient tellement sous sa peau qu'on en éprouvait une impression de malaise. Je pensai que je devrais la pousser à réduire de moitié sa consommation de café le matin.

— Qu'est-ce que tu lis ? demandai-je, penché au-dessus de son livre avec un intérêt feint.

Elle m'expliqua que c'était un roman policier qui se déroulait pendant la Première Guerre mondiale. Je m'adossai à la tête du lit pendant qu'elle reprenait sa lecture. Elle en était à la moitié du livre.

Au bout d'un instant, elle me réveilla et m'envoya ronfler dans mon lit.

Je rêvai toute la nuit de monstres et d'arbres hurlants. Et de Mab, qui, prisonnière d'une toile d'araignée rouge et gluante, se débattait pour s'échapper et me rejoindre.

CHAPITRE 30

Le lendemain, agenouillée à côté des plants de sauge, j'arrachais des mauvaises herbes pendant que le jour se levait derrière d'épais nuages quand j'ai entendu la porte s'ouvrir, puis le bruit de tes pas sur le perron. J'ai poursuivi mon travail sans même m'interrompre quand tu es passé derrière moi. Tu t'es arrêté, puis retourné pour m'observer.

— Evelyn ? as-tu dit au bout d'un moment.

Tu m'avais appelée par mon prénom. J'ai levé la tête et posé un chardon acéré sur le tas de ceux que j'avais déjà arrachés.

Tu t'es approché de moi dans le petit matin blême et tu t'es arrêté, les sourcils légèrement froncés. Je me suis levée.

— Arthur ? Qu'est-ce qui ne va pas ?

— Evelyn, as-tu répété.

Tu t'es encore rapproché, tu as incliné la tête pour m'observer comme si tu voulais voir jusqu'au fond de mon cœur et j'ai instinctivement croisé les mains sous mes côtes. Tu t'es alors penché si près de moi qu'il ne restait plus de place pour la lumière entre nous.

— À quoi pensiez-vous quand vous m'avez embrassé hier soir ? as-tu chuchoté.

Je me suis rejetée en arrière, les mains plaquées sur la bouche. Tu as tendu la main vers moi, stupéfait, mais je me suis dégagée.

— Quoi ? Quand j'ai fait quoi ?

J'ai rassemblé à la hâte mes souvenirs de la veille, mais je n'ai rien trouvé… rien. Affolée à l'idée que l'un de nous deux devenait fou, j'ai reculé vers le perron tandis que ton visage se vidait de toute expression. Les doigts frémissants, tu as lentement relevé la tête, et soudain ton regard s'est arrêté sur la maison derrière moi.

Avant que j'aie eu le temps d'ajouter quoi que ce soit (même si je n'ai toujours pas la moindre idée de ce que j'aurais pu dire), tu es passé en trombe à côté de moi et entré dans la maison avec une rapidité et une violence que je ne t'avais encore jamais vues.

Un instant plus tard, j'ai entendu un craquement, puis un cri aigu de Josephine. Rivée au sol, je t'ai vu ressortir en la traînant dans son mince peignoir jusque sur le perron. Tu l'as jetée sur l'herbe. Ses cris rappelaient ceux d'un chat en colère et ses cheveux flottaient autour d'elle. Elle a bondi, puis elle est retombée sur les genoux. Tu lui as montré sa voiture.

— Va-t'en. Va-t'en avant que je n'extirpe la magie de tous tes os.

Ta voix frémissait de rage. J'ai reculé, impressionnée et terrifiée, mais secrètement ravie, car je comprenais que tu prenais parti pour moi en la mettant à la porte pour un méfait dont elle s'était rendue coupable envers moi.

— Oh, je t'en prie, ce n'était pourtant pas grand-chose ! s'est-elle écriée.

— C'était tout, au contraire ! as-tu riposté, et j'ai vu que tes mains tremblaient.

Josephine s'est levée comme une reine malgré son peignoir taché d'herbe et sa quasi-nudité, et elle m'a regardée.

— Un jour, tu me remercieras, a-t-elle lancé, puis elle s'est détournée et dirigée vers sa petite voiture gris métallisé.

— Dix ans, Josephine, as-tu dit. Ne reviens pas avant dix ans.

Elle a sursauté, pivoté sur elle-même et commencé à protester, mais à ta vue elle s'est tue, puis elle a haussé les épaules.

— Je pensais justement aller voir notre famille à La Nouvelle-Orléans, a-t-elle déclaré comme si c'était une évidence. Ni toi

ni moi n'avons fait un geste tandis qu'elle montait en voiture, repoussait ses cheveux de son visage, puis démarrait.

Nous sommes restés immobiles longtemps après que le bruit du moteur se fut éteint. Comme j'avais peur de te regarder, je fixais le tas de chardons arrachés.

Quand tu t'es enfin approché de moi, tes épaules étaient voûtées par la tristesse. Je me suis armée de courage. J'espérais être capable d'extirper ce qui était arrivé comme j'avais arraché les mauvaises herbes de mon jardin.

— Que s'est-il passé, Arthur ? Que s'est-il passé hier soir ? ai-je demandé.

Tu as serré les lèvres et tu t'es arrêté à un mètre de moi environ. Tu étais vêtu de pied en cap, dans ton uniforme de tous les jours, pantalon et chemise aux manches retroussées, alors que la journée s'annonçait très chaude. J'aurais aimé écarter les cheveux que la colère avait collés sur ton visage.

— Vous êtes descendue tard dans la soirée, enveloppée dans un châle et nu-pieds, as-tu répondu d'une traite en regardant ma bouche au lieu de mes yeux. Vous vous êtes agenouillée devant moi. J'étais seul au salon et je contemplais le feu. Vous avez pris ma main, touché ma joue et vous avez dit : « J'ai réfléchi, Arthur… » Et… et vous m'avez embrassé.

J'ai pris une profonde inspiration.

— C'est tout, as-tu conclu. Et puis vous avez souri et vous êtes remontée.

Tes mains se sont croisées sur ta poitrine dans un geste de défense.

— J'aurais dû me douter que ce n'était pas vous, Miss Sonnenschein.

— Pourquoi ? ai-je riposté, soudain furieuse. Parce que vous ne pourriez jamais m'imaginer ainsi ? Parce que vous ne m'embrasseriez pour rien au monde ? Parce que je suis quelqu'un qui ne vaut pas la peine qu'on l'embrasse ?

Les larmes me brûlaient les yeux comme la magie me brûle le sang. J'aurais aimé avoir une crise de rage comme un enfant, me jeter sur toi et marteler ta poitrine de mes poings pour t'enfoncer ma colère et mon désir dans le cœur.

Ta bouche s'est abaissée et tu as tendu les mains vers moi.

— Non, non… parce que… c'est facile de savoir si quelqu'un est possédé !

— En quoi est-ce facile ? ai-je demandé sans me radoucir.

— Ce sont les yeux qui ne vont pas, ils ne sont pas… réels, ils n'ont ni reflet, ni expression.

J'ai levé les mains au ciel.

— Vous n'avez donc pas remarqué que mes yeux manquaient d'expression. Voilà qui est merveilleux !

Tu es resté silencieux, les lèvres serrées. Tu as tendu le bras, touché ma main, puis retiré précipitamment la tienne.

— Je ne l'ai pas remarqué parce que je…

Le silence s'est prolongé entre nous. Les battements de mon cœur résonnaient comme des détonations de feu d'artifice dans mes oreilles.

Tu as enfin répondu, les yeux sur mes lèvres.

— … parce que j'avais bien trop envie que ce soit vous.

CHAPITRE 31

Mab

Une coupelle coincée sous le bras, j'enjambai prudemment le rebord de la fenêtre du grenier et me hissai sur la partie du toit plate et rectangulaire d'où Arthur et moi observions autrefois les étoiles.

Des nuages étaient disséminés dans le ciel obscur en plusieurs strates qui s'étiraient, minces et ondulantes, et se chevauchaient pour former des motifs indéchiffrables, comme si le vent soufflait de sept directions et à sept hauteurs différentes. Un peu de ce vent soufflait dans mes cheveux dénoués et les agitait comme des tentacules. Je levai la tête, à la recherche de pans de ciel dégagé. J'en repérai quelques-uns vers le sud-ouest, d'un noir intense et scintillant, ainsi que les traînées lumineuses argentées de la lune invisible.

Je m'accroupis et déposai la coupelle à l'endroit où son contenu capterait le plus de lumière.

C'était un mélange du sang de Will, de poudre de figue séchée et de rue, avec quelques gouttes de mon sang pour le pouvoir et cinq pierres magiques : obsidienne, améthyste, agate, pierre de lune et citrine. Sous la lueur pâle de la lune, je traçai un cercle à la craie sur le toit, ajoutai une rune pour la concentration et une autre pour la pureté des intentions. Puis je pris les pierres dans la coupelle pour les disposer dans le cercle, tout en fredonnant un air dissonant.

J'avais fini, j'étais prête, mais j'hésitais à prononcer la formule du sort. C'était la première fois que je remontais sur le toit depuis la mort d'Arthur.

Je me souvenais du jour, à la fin de l'été dernier, où j'avais fait irruption dans son atelier, des formules de magie sauvage sur les lèvres. J'étais restée un instant immobile dans l'entrée, hors d'haleine, tandis qu'il traçait une dernière ligne sur une feuille d'épais papier rouge. Quand il leva les yeux vers moi, ses cheveux pâles auréolaient son visage comme s'il s'était électrocuté, ce qui me fit rire.

— Un peu de foudre s'est échappée de sa boîte, expliqua-t-il, et il agita les doigts en direction de ses étagères surchargées qui ployaient. Je me précipitai vers lui, m'accoudai à sa table de travail et lui chuchotai ce que j'avais en tête. À mesure que je parlais, son regard s'éclairait, puis il saisit ma main et, ensemble, nous sortîmes en courant, traversâmes la forêt à grands bonds comme des daims, recueillant au passage la surabondance de magie dont ses feuilles étaient chargées.

Une fois sortis du couvert des arbres, nous nous élançâmes dans la prairie, piétinant l'herbe et les fleurs de cette fin d'été, dispersant leurs graines. Puis nous dansâmes dans le champ de tournesols en nous approchant du centre de ce chaos insensé de jaune et de blanc.

— Ils ont germé ! criai-je en levant les bras au ciel et en tournant sur moi-même.

Arthur cueillit une fleur, dont la rondeur s'insérait à la perfection dans le creux de sa main, cracha sur elle et la lança droit vers le ciel.

— Vole ! ordonna-t-il.

J'ôtai une épingle de mes cheveux et m'en piquai le doigt. Je cueillis ensuite une fleur comme l'avait fait

Arthur, laissai tomber trois gouttes de sang sur son cœur et la projetai très haut en l'air.

— Vole !

Ensemble, nous nous frayâmes un chemin à travers le champ en touchant au passage des têtes de tournesols que nous regardions fuser dans le ciel. L'air était rempli de tournesols vrombissants. Les corbeaux surgirent avec des rires rauques et éclatants, dansantes ombres noires au milieu des fleurs. Les doigts d'Arthur enlacèrent les miens et nous valsâmes en foulant des tiges et des feuilles tordues.

— Tremblez et frémissez ! lançai-je vers le ciel. Dispersez vos graines ! Rendez au jardin ce dont il a besoin !

Arthur se joignit à moi quand je répétai la formule et nous l'entonnâmes inlassablement.

Les pétales descendaient vers nous en voletant, les graines pleuvaient sur nous en une tempête de jaune, de blanc et de brun. Elles se logeaient dans nos cheveux, dans le creux de nos mains, atterrissaient sur notre langue quand nous levions la tête en riant aux éclats.

Les corbeaux se gavaient comme par jeu, le bec grand ouvert. Je me sentais étourdie et euphorique. Arthur et moi tombâmes à la renverse sur le sol dur et rugueux. Le ciel bleu semblait nous épier entre les tiges déflorées. Quelques corbeaux se posèrent près de nous, tandis que les autres se poursuivaient en une course sans fin.

Nos têtes se heurtèrent et je poussai un soupir. Des pétales tombaient doucement sur mon visage.

Ce soir-là, nous rentrâmes exténués à la Maison rose. Donna et Granny Lyn nous attendaient avec du thé glacé sur le perron. Granny secoua la tête et déclara que nous ressemblions à un couple de vagabonds tombés d'un train. Donna ne dit rien, mais regarda avec tristesse ma robe sale. Quand Arthur alla embrasser Granny Lyn, elle le repoussa du pied, écœurée par sa crasse. Il lui envoya des baisers avec toutes sortes de grimaces et je l'imitai, si bien qu'elle se mit à rire, puis frappa doucement dans ses mains. Son sourire plissait son visage en un accordéon de rides. Il était trop vieux et trop sage, lui dit-elle, pour de pareilles bêtises.

— Trop vieux pour être sage, mon amour, corrigea-t-il suavement, mais il m'adressa un clin d'œil comme pour annuler la niaiserie de son intonation et souligner la vérité de cette phrase.

Ce soir-là, après avoir pris un bain, nous grimpâmes sur le toit et je demandai à Arthur ce qu'il avait voulu dire.

La lune était invisible et le ciel fourmillait d'étoiles qui tournaient au-dessus de nous.

— Je veux dire par là que j'ai assez de sagesse pour savoir que, le plus souvent, le meilleur fruit est le fruit le plus frais, dit Arthur.

— Sauf la prune, répondis-je pour le taquiner, et il rit.

Il roula sur le flanc et je l'imitai. Il posa une main sur ma joue et j'observai son visage, si juvénile, lisse et détendu.

— C'est vrai, reprit-il. Ce que je veux dire, en gros, c'est que la sagesse est une habitude et parfois même une drogue. Dans ce cas, on sent et on pense comme un vieillard, et plus rien ne vous paraît neuf.

— Moi, je suis neuve, dis-je. Avec moi, tu pourras de nouveau tout voir à neuf.

Son sourire pâlit.

— J'ai autrefois dit quelque chose de très semblable à Gabriel, fit-il.

— Qui est-ce ? Je ne l'ai jamais rencontré.

— Non, et tu ne le rencontreras jamais.

Il se mit sur le dos et me montra les étoiles.

— Tu vois la Grande Ourse ? Et la Petite ?

J'acquiesçai. Bien entendu, je les voyais. Il me montrait les constellations depuis que j'avais six ans.

— Gabriel disait toujours qu'il était l'ours le plus grand et le plus vieux, et moi, le plus petit. Maintenant, c'est toi et moi qui sommes là, ma petite reine. Seulement, c'est désormais moi le grand et toi la petite.

Je lui pris la main et mêlai mes doigts aux siens ; ils étaient presque aussi longs. Je maintins nos mains en l'air jusqu'à ce que l'étoile Polaire arrive juste au bout de nos majeurs.

— Nous voilà en train de faire le tour du pôle, ensemble et pour toujours ! lançai-je.

Arthur referma ses doigts sur les miens.

— Jusqu'à notre mort, au moins, dit-il.

Moins d'un an plus tard, j'apportais un onguent sur ce toit pour le laisser reposer au clair de lune. Seule.

CHAPITRE 32

Le jour où tu as mis Josephine à la porte, je me suis sauvée et j'ai passé la journée dans la prairie de l'ouest, seule avec les fleurs et le soleil. Gabriel ne rentrait toujours pas, et je t'ai évité pendant près d'une semaine. Je ne pouvais plus te voir sans penser à tout ce que Josephine avait dit et fait, horrifiée à l'idée que mes mains avaient été sous son contrôle, ma voix, mes lèvres. Et si tu en avais fait plus que ce que tu m'avais raconté ? Et si tu me l'avais dissimulé ?

Je me baignais tous les jours dans le ruisseau de Child Creek, faisant sans cesse ruisseler l'eau fraîche sur ma tête, la buvant, accueillant dans tout mon corps son déferlement qui me purifiait de l'influence de Josephine.

C'est là que tu m'as trouvée le cinquième jour, à peine vêtue, trempée jusqu'aux os et transie malgré le soleil brûlant qui faisait étinceler l'eau.

Je m'étais assise, le visage ruisselant, mes cheveux dénoués collés à mon dos, dans ma mince combinaison alourdie par l'eau. J'aurais aussi bien pu être nue. Et toi, soudain, tu étais là, appuyé de l'épaule à un érable.

J'ai sursauté si fort que j'ai suffoqué et j'ai ramené mes genoux contre ma poitrine, si bien que je me suis retrouvée accroupie comme un canard dans le ruisseau. Ma robe était suspendue à une branche de l'érable sous lequel tu te tenais et mes chaussures rangées à côté d'une pierre. J'avais projeté de prendre un bain de soleil dans le champ, mais à présent, j'étais coincée ici.

— Arthur ! ai-je crié. Allez-vous-en !

— Le moment est venu, as-tu déclaré calmement en scrutant mon visage et en prenant garde à ne pas laisser tes yeux s'égarer.

— Venu pour quoi ? ai-je demandé d'une voix suraiguë.

— Venu pour moi de vous montrer ce qu'il y a de plus beau à mes yeux.

— Maintenant ? ai-je fait, haletante.

Tu as acquiescé et tu t'es écarté de l'arbre.

— Venez vite, sinon ce sera trop tard, as-tu ajouté.

J'ai attendu que tu m'aies tourné le dos pour me précipiter vers ma vieille robe bleue, que j'ai passée à la hâte par-dessus ma combinaison trempée et mes cheveux en broussaille. J'ai laissé mes chaussures sur place et je t'ai suivi à quelques pas de distance sans même penser à te toucher, sans rien faire d'autre que regarder où tu posais le pied tandis que tu m'entraînais au sud vers le vieux silo à grain.

Tu m'as menée jusqu'à un berceau de bouleaux à l'écorce grise et blanche et au feuillage argenté. Sous leurs branches, le monde extérieur s'évanouissait et l'air semblait plus obscur et plus lourd. Je me suis demandé si j'avais par hasard traversé un cercle de sel. Tu t'es accroupi au pied de deux arbres jumeaux. Sur leurs racines gisait un coyote assez vieux pour arborer des poils blancs sur le museau. Tu t'es lové autour de lui et tu as caressé sa fourrure blanche et rousse. Il tressaillait à chacune de ses lentes expirations. Je restais en retrait et le contemplais avec tristesse. Où était la beauté ? Cet animal se mourait.

— Je peux ? demandai-je en observant les yeux dorés du coyote.

— Demandez plutôt à ce vieux monsieur, as-tu répondu.

Je me suis accroupie, j'ai posé les doigts sur son museau et il a ouvert la mâchoire dans un craquement. Il avait perdu la plupart de ses dents ; sa langue se déployait entre des canines jaunies et ses narines frémissaient tandis qu'il me flairait. Il a poussé un profond soupir et j'ai passé la paume de ma main sous sa mâchoire pour lui gratter doucement le menton.

Tu t'es incisé un doigt avec le canif que tu as toujours en poche et tu as dessiné un triangle sur son front. Tu as chuchoté quelque chose à son énorme oreille et j'ai, moi aussi, senti la magie se draper autour de moi. Ce que le coyote ressentait, nous le ressentions également. Ses os étaient douloureux, et inspirer exigeait de lui un effort considérable.

— Oh, Arthur, ai-je murmuré et, lorsque j'ai levé les yeux, j'ai vu le chagrin qui nimbait les tiens.

— Reculez, as-tu ordonné.

Tu t'es redressé sur les genoux et tu as posé les mains sur les côtes du coyote.

Alors l'univers a frémi et la gueule du coyote s'est ouverte, béante. Un spasme a parcouru sa fourrure et ses pattes se sont raidies. Un vent violent s'est élevé au-dessus du sol, éparpillant feuilles et lamelles d'écorce, et ce vent lui a arraché sa fourrure et l'a projetée en l'air par touffes comme des graines de pissenlit. La peau du coyote s'est affaissée et collée à ses os – le crâne, les côtes et les omoplates saillantes. Ses yeux se sont liquéfiés, ainsi que sa langue. Ses os se sont effrités avec un bruit de grêle minuscule sur des feuilles tendres. Dans l'une des orbites, une mince tige verte a poussé comme un doigt pointé, puis s'est épanouie en une minuscule violette de forme parfaite.

Tu as ri. C'était un son léger et joyeux. Tu as prononcé mon nom, Evelyn, et soudain tout mon corps s'est engourdi. Mon cœur s'était fondu dans la terre comme l'âme du coyote. J'étais bouleversée et des larmes me brouillaient la vue.

Tu t'es levé et tu m'as saisi la main.

— Avez-vous vu ?

— Je n'avais encore jamais rien vu de semblable.

Ta peau était brûlante. J'ai posé les mains sur ton visage.

— C'est la plus belle chose et celle que je préfère, as-tu déclaré. Ce n'est ni le lever du soleil ni de voler avec le vent, non, mais seulement ceci : la mort et la vie, et l'instant précis où elles ne font plus qu'un.

Tout était si calme sous ce berceau d'arbres, avec ton visage entre mes mains. Ta voix était grave et l'énergie de la mort résonnait encore auf f tour de nous, mais en sourdine. Tout doucement.

Et à cet instant-là, je t'ai compris. L'amour paraissait un mot bien faible pour exprimer ce que je ressentais et ce que je concevais. Ce jour-là, je t'ai compris, Arthur, et pour toujours.

CHAPITRE 33

Mab

La nuit, Lukas hurlait, tourmenté par des cauchemars.

Je grimpais dans le lit à côté de lui pour lui fredonner toutes les berceuses que j'avais apprises de ma mère et de Granny Lyn. Quand il était réveillé, je dessinais, associant les cicatrices de ses brûlures à des visages souriants et à des éléphants afin de le faire rire. Le matin, je renforçais mon sort de liaison et je lui faisais boire une gorgée de magie afin que son corps reste détendu. Je lui demandai un matin ce que son père avait fait et pour quel sort il avait utilisé la rune noire.

Lukas replia ses pieds sur le canapé, s'écarta de moi et se blottit dans l'angle.

— J 'veux pas le dire, répondit-il.

Je me rapprochai de lui, les pieds également repliés sous moi, et le considérai de mon air le plus gentil et le plus innocent.

— Ce n'était pas ta faute, Lukas, je te le jure. Tu n'aurais pas pu l'en empêcher, quel que soit ce sort, dis-je.

Il serrait si fort le coussin entre ses doigts qu'ils y laissaient de profondes empreintes. Derrière lui, un feu crépitait dans l'âtre, car Lukas avait du mal à se réchauffer bien que cette journée fût brûlante. Donna lui avait apporté du chocolat chaud et du thé, et lui avait proposé des médicaments et de la soupe en lui laissant entendre qu'il était malade uniquement parce qu'il avait travaillé trop dur, mais lui et moi savions bien ce qui l'affaiblissait et faisait baisser sa température.

Je posai un doigt sur son genou et y dessinai une rune de protection, même si elle ne pouvait agir faute de sang.

— Ça m'aiderait peut-être de connaître le pourquoi et tous les détails, expliquai-je, même si tu préfères ne pas en parler. Comme ça, quand je pourrai lever le sort, je ne serai pas obligée de te lier.

— Quand ça commence, on a froid, dit-il.

— Je sais.

— Tu as déjà... tu as déjà été... comme ça ? demanda-t-il.

Il saisit mon doigt et le serra à m'en faire mal.

Mes cils frémirent. Je n'aimais guère évoquer ma liaison en magie.

— Je me le suis fait à moi-même une fois, après la mort de ma mère, pour savoir comment c'était, répondis-je.

— Pourquoi ?

Je mordis ma lèvre inférieure, à la recherche d'une explication.

— Par...solidarité avec elle, pour ressentir ce qu'elle a ressenti en mourant, et pour garder éternellement ce souvenir.

— Mon père vend parfois des malédictions, dit-il doucement. Par exemple, pour faire pourrir les champs d'un fermier. Un jour, un homme a arrêté de respirer juste au moment où papa l'a voulu.

— Ce n'est pas ta faute, répétai-je. Viens avec moi.

Je l'emmenai à l'atelier et, pendant qu'il l'explorait, je débarrassai la table des piles de papier à dessin et des boîtes de pinceaux maculés de peinture. Je déposai sur le sol mes rubis bruts et le sac poubelle contenant les restes de ma poupée pour ne laisser sur la table que le bloc de couteaux de boucher et la canette contenant les lancettes.

— Monte là-dessus, dis-je à Lukas.

Il avait toute la place pour s'étendre. Je l'aidai à ôter sa chemise.

— Tu as assez chaud ? demandai-je.

— Mouais, répondit-il en fermant les yeux, la joue contre le bois usé.

Je fouillai dans l'une des caisses posées sur les étagères en bois grossier qui étaient à ma droite, en sortis une paire de lunettes dites « œil de chat » et les emportai.

— Je veux juste t'examiner, Lukas, d'accord ? Mais il vaut mieux te lier pour plus de sécurité.

Je pris une petite épingle sur le bloc de boucher et le piquai au poignet le plus vite que je pus. Il ne broncha même pas tandis que son sang giclait dans le creux de ma main.

— Terre, nous te nourrissons afin que le cercle de ta magie se referme, dis-je, et je laissai goutter le sang sur le sol en terre battue. J'aspergeai son épaule et son front avec les dernières gouttes.

Je chaussai ensuite les lunettes de vision du sang et ma vision se teinta immédiatement de rouge. Je vis mon sort de liaison comme un cercle de sérénité dont Lukas formait le centre, et la magie toute en courbes de la rune noire gravée sur son dos. Son rouge malsain ondulait doucement comme de l'herbe sous la brise et certains de ses tentacules se repliaient sur eux-mêmes pour s'enfoncer dans sa chair, tandis que d'autres s'élevaient et traversaient le plafond en minces filaments. Ils étaient sans doute reliés au père de Lukas. Les gouttes de sang brillaient d'un éclat plus vif et plus frais sur l'épaule et le front de ce dernier.

Il serait ardu de détruire la rune noire sans faire mal à Lukas, mais je ne pouvais pas l'abandonner à ses cauchemars, ni à l'épreuve que représentait ce sort de liaison. Il ne méritait pas ce froid, ni cette corde qui l'emprisonnait et l'isolait de la magie du monde. Je trouverais bien un moyen de l'aider à tenir bon pendant que je chercherais une solution définitive.

— Ça va, conclus-je en ôtant les lunettes.

Il roula sur le dos, puis s'assit en serrant ses flancs entre ses bras. Les brûlures de ses mains étaient guéries, mais de minuscules cicatrices roses semblables à des chenilles en zébraient les jointures et les paumes. Je pinçai l'une d'elles.

— J'ai une idée, dis-je.

CHAPITRE 34

Tu m'as révélé le reste de toi-même au cours de cet été.

Le matin, nous travaillions à la maison et aux champs chacun de son côté, mais l'après-midi tu me rejoignais, me prenais par la main et m'emmenais faire de longues promenades avec des détours de plusieurs kilomètres. Pendant ces promenades, tu parlais. Tu répondais à toutes les questions que je te posais, importantes ou triviales. Tu m'as raconté les mêmes histoires que Gabriel, mais plus en détail, avec des digressions et une philosophie toute en méandres. Parfois, Gabriel nous rejoignait et ajoutait sa propre version, généralement plus audacieuse et plus amusante que la tienne. Nous riions ensemble, et jamais de toute ma vie je n'ai été aussi heureuse.

Alors que tu tissais pour moi le cours de l'histoire, je sentais de nouveau le poids de tes années, mais au lieu de m'accabler comme auparavant, il était libérateur. Alors que tu me faisais ce don, j'étais consciente que tu aurais pu faire n'importe quoi d'autre : voyager, courir l'aventure, vivre n'importe où ailleurs et aimer qui bon te semblait.

Mais tu avais choisi de me tenir la main pendant tout ce temps.

CHAPITRE 35

Will

La journée fut très longue parce que j'avais mal dormi et subi les grognements de mes chiennes le matin quand je les avais nourries. J'étais incapable d'oublier les lèvres retroussées de Havoc. Je fus trop occupé à rattraper mon retard en cours, sans oublier les examens qui devaient avoir lieu la semaine suivante, pour traîner dans les couloirs ou même déjeuner à la cafétéria. C'est seulement après la dernière sonnerie que je retrouvai Matt au vestiaire. Il me lança une vanne sur mon interdiction de sortie. Quand je lui racontai que j'avais vu Mab Prowd, il me donna une claque sur l'épaule et me traita d'agent secret, ce qui était parfaitement absurde, comme à peu près tout ce qu'il disait. Il refusa de me laisser partir avant que je lui aie donné plus de détails. Je l'emmenai vers le terrain d'entraînement et lui servis une version condensée, revue et corrigée de ma rencontre avec Mab et de la raison pour laquelle nous nous voyions. Il déclara que nous devrions aller tous les quatre au cinéma, lui, moi, Mab et Shanti, dès que ma punition serait levée.

J'espérais de tout mon cœur que d'ici là je serais débarrassé de cette malédiction, pour avoir une chance de convaincre Mab que c'était une idée géniale.

Alors que nous arrivions en plein soleil, je remarquai qu'il observait mon visage. Je me souvins alors du rouge de mes iris et lâchai un « Merde, je suis en retard ! » avant de m'esquiver vers le parking. Si la couleur du sang était presque invisible sous un éclairage artificiel, le soleil semblait concentrer sa lumière sur elle comme un projecteur.

Mab me téléphona juste au moment où je passais la porte de la maison. Je lui dis bonjour avec un sourire et coinçai le téléphone entre mon oreille et mon épaule tout en attrapant une tasse dans la cuisine. Elle m'annonça que tout serait prêt le lendemain pour mon rituel de purification. Je l'informai alors que j'étais privé de sortie.

— Hum ! Eh bien, en attendant, bois l'infusion. Je trouverai bien un moyen. Je te tiens au courant.

— Est-ce que je dois… ?

La tonalité du téléphone me coupa.

Cette interruption soudaine ne fit rien pour améliorer mon mal de crâne.

Je sortis ma tasse d'eau fumante du micro-ondes : Ben m'allongea une bourrade dans l'épaule.

— Hé, qu'est-ce qui te prend de boire ce thé ? dit-il.

Je haussai les épaules et laissai tomber le petit sachet de Mab dans ma tasse.

— Rien, j'aime bien le goût.

— Avant, tu étais accro au café comme nous tous, observa-t-il en se dirigeant vers le réfrigérateur pour en sortir une canette de soda.

Il s'adossa au plan de travail et me jeta son regard d'officier supérieur qui passe ses troupes en revue. Immobile, les bras croisés, je tenais le menton légèrement baissé pour l'empêcher de me regarder droit dans les yeux.

Nous restâmes ainsi jusqu'à ce que je repêche le sachet pour le jeter dans l'évier.

— Allons boire dehors, décida Ben en désignant du menton les portes en verre coulissantes donnant sur l'arrière-cour. Il prit ma tasse, m'entraîna et referma la porte derrière lui en me poussant presque sur les marches en béton.

Il s'assit sur la plus haute, les jambes étendues devant lui, me rendit mon infusion et ouvrit sa canette de soda.

— Bon Dieu, tu sens ce parfum dans l'air ? C'est vraiment l'été ! J'ai hâte qu'il pleuve !

Je le rejoignis à contrecœur, en détournant les yeux du chenil, avec un grognement en guise de réponse. En effet, les montagnes d'Afghanistan devaient être bien arides comparées au Kansas en mai.

Pendant un instant, aucun de nous ne prononça un mot. L'orage qui couvait avait commencé à chasser le plus gros de la chaleur et de l'humidité, si bien qu'il ne faisait pas trop lourd. Pour l'instant, il n'y avait qu'un peu de vent et quelques nuages qui masquaient la lumière du soleil. Je m'imaginais fonçant à travers eux vers le soleil. Le vent sifflait très fort à mes oreilles.

— Allons chercher les chiennes, dit soudain Ben. On les emmènera se balader et on leur fera rapporter des bouts de bois.

Il fit tinter son soda en le posant sur la marche et se leva.

— Oh non, je... euh... bredouillai-je, à court de mensonges, puis je me levai à mon tour. Je ne me sens pas d'attaque, repris-je, mais toi, tu devrais les emmener se balader. Ça leur ferait prendre de l'exercice.

Ben posa fermement les mains sur les hanches.

— Qu'est-ce qui cloche avec toi ? Tu ne te sens pas d'attaque pour jouer avec elles ? Ça ne te tuerait pas, tu sais.

Nous étions de la même taille, mais j'étais perché sur une marche et lui en bas, dans la cour. Il paraissait agacé, mais surtout surpris. J'évitais son regard. Je ne pouvais pas prendre ce risque au soleil. Je lui jetai un rapide coup d'œil, puis détournai les yeux, certain que cela me donnait un air encore plus coupable.

— Je le savais, déclara-t-il soudain. Dis-moi dans quoi tu t'es embringué. La drogue ?

— Tu es fou !

— Quoi, alors ? demanda-t-il en grimpant sur la même marche que moi, si bien que nos regards furibonds se retrouvèrent exactement au même niveau. Tu as changé. Tu ne regardes plus personne en face. Tu as de la fièvre. Tu fous le camp sans prévenir, comme hier soir. Avant, tu avais de l'ambition ! Allez, accouche ! Tu n'es plus le même, Will, et je n'aime pas ça.

— Que sais-tu de ce que je suis ?

Je serrai mon torse entre mes bras et mes doigts se pressèrent contre mes côtes.

— Tu ne m'as vu que deux fois en deux ans, enchaînai-je. La première, c'était à un enterrement, et tu n'es resté que trois jours. Le reste du temps, tu n'étais pas là.

— Je le sais, figure-toi, riposta-t-il, l'index brandi.

— Pendant toute une année, il n'y a eu que moi, maman et papa.

Les coins de ses lèvres s'abaissèrent ; il secoua la tête.

— Je suis rentré, maintenant, et je ne repartirai plus.

Je ris pour ne pas ricaner. Il repartirait dès que ses supérieurs claqueraient des doigts.

— Tu ne peux pas tout réparer simplement parce que tu le veux, lançai-je.

— Dis-moi toujours ce qui est cassé, que je puisse au moins essayer.

— Non.

Je secouai la tête, puis me penchai pour ramasser ma tasse et rentrer.

— Tu n'y comprends rien, affirmai-je.

— Tu es mon seul frère : je ne peux pas te laisser tomber comme ça.

— Cette fois encore, tu veux dire ?

— Will, j'ai fait la guerre, pas une croisière en buvant des cocktails et en me foutant complètement de ma famille. J'ai fait mon devoir.

— Pas en ce qui nous concernait.

— Will...

Il secoua la tête d'un air désapprobateur.

— C'est à cause de cette fille ? Ta petite amie que tu caches à tout le monde ? C'est elle qui t'embringue dans je ne sais quoi ?

Je n'aurais jamais dû lui parler de Mab. Tout devenait une arme dans les mains de Ben. Je me détournai brusquement pour rentrer, mais il me saisit par le coude. Ses doigts se resserrèrent.

— Tu te souviens de la dernière fois qu'on s'est vus juste avant mon départ ? Tu te souviens d'El Dorado ?

Je n'en avais aucune envie, mais ce souvenir était gravé dans ma mémoire. Aaron, Ben et moi avec une glacière pleine de bières, de sodas et de sandwichs, en train de camper au vieux réservoir, dans le sud du Kansas. Nous venions d'arriver dans le Middle West après deux ans passés au Japon. J'étais en cinquième au collège, et c'était ma première année dans un lycée normal au lieu d'un DoDDS[1]. Aaron allait entrer en terminale et Ben venait de

1. Les DoDDs (Department of Defense Dependents Schools) sont des lycées américains à l'étranger, fréquentés majoritairement par des enfants de militaires.

recevoir sa feuille de route après avoir fait quelques mois auparavant ses premières grandes manœuvres comme lieutenant dans les Marines. Je ne le connaissais pas mieux que maintenant, mais, pour moi, c'était le grand frère supercool qui était parti pour apprendre à tirer et à sauter en parachute.

Cette nuit-là, Aaron et lui m'avaient même laissé boire une bière pendant que nous préparions un feu pour y faire cuire des hot-dogs et d'autres trucs. On avait beaucoup ri et déconné, et mes vêtements étaient mouillés parce qu'ils m'avaient jeté dans le lac. Ils fumaient encore quand je m'approchai du feu. Je me souviens d'avoir dit à Ben que je deviendrais comme lui, et Aaron aussi. On ne nous mettrait jamais dans la même section, mais on serait quand même des super-héros qui coopéreraient en secret dans le monde entier. Ben aurait des idées de dingue pour sauver le monde, et Aaron récupérerait comme McGyver des pièces de voitures usées pour fabriquer une arme unique que je livrerais en dernière minute, à l'heure H.

Cette nuit-là, les étoiles scintillaient, des coyotes hurlaient et le feu crépitait. J'avais barbouillé Aaron de marshmallow fondu pour me venger d'avoir été jeté dans le lac. Ben nous avait appris un jeu de loto fantastique avec des petites cartes de poche représentant les positions du kamasutra avec des personnages stylisés.

Je le regardais à présent. Ça devait faire un bail qu'il avait jeté ces cartes.

— Ça n'y change rien, dis-je. Maintenant, nous sommes différents.

Toi et moi.

C'est ce que j'aurais dû ajouter, puisque Aaron ne pourrait plus changer désormais. Je me libérai d'une secousse.

Le soleil émergea d'un nuage et Ben me dévisagea, les yeux plissés.

— Différents ne veut pas dire désunis, commenta-t-il.

N'était-ce pas à moi d'aller vers lui, de renouer avec lui une relation fraternelle ? C'était lui qui avait fait la guerre, qui était censé être marqué. Je haussai les épaules. Le centre de ma poitrine me démangeait comme si quelque chose de vivant grouillait sous ma peau.

— Parfois, si, répondis-je.

Il monta sur la marche supérieure, s'approcha de moi et posa la main sur mon épaule.

— Maman et papa ont besoin de nous, dit-il. Si tu ne veux pas me dire ce qui ne va pas, fais-le pour eux. Ils sont inquiets. Maman est inquiète.

— Je vais très bien, murmurai-je.

Les doigts de mon frère se crispèrent sur mon épaule.

— Je ne te crois pas, répondit-il.

— Tu m'as dit que je devais me fier à mon instinct, et c'est ce que j'essaie de faire. Et toi, es-tu capable de me faire confiance ?

Il inspira à travers ses dents.

— Will, tu te souviens de ce que nous nous sommes dit cette nuit-là, devant le feu ?

Je fis signe que oui, la tête baissée, le menton presque contre la poitrine.

— Ne l'oublie pas, fit doucement Ben avant de s'éloigner d'un pas rapide vers le garage.

Je me réfugiai à l'intérieur de la maison, mais l'observai de la fenêtre de ma chambre pendant qu'il gambadait avec Havoc et Walkyrie. Tout semblait me rejeter de mon corps et de la place que j'occupais. Autrefois, je savais où j'en étais, pour tout. Je savais ce que je voulais devenir, qui je voulais devenir. Je savais ce qu'était ma famille, ce qu'elle était prête à faire pour moi et ce que j'étais prêt à faire pour elle.

Je frottai sur mon poignet la cicatrice rose de la plaie que Mab m'avait faite, qu'elle avait fait saigner, puis guérie.

Au réservoir d'El Dorado, Ben, Aaron et moi nous étions entaillé la main pour mêler notre sang dans le feu, dans un jeu de gamins complètement idiot. Ben avait prononcé :

— Toujours fidèles.

La devise des Marines, *Semper Fidelis*. Et nous l'avions répétée plusieurs fois tandis que des gouttes du sang des Sanger s'écrasaient dans les flammes.

CHAPITRE 36

Il avait fait un peu plus frais vers le milieu d'août, le mois le plus chaud de l'année. J'avais eu dix-huit ans trois semaines plus tôt, mais, à l'époque, tu ignorais la date de mon anniversaire.

J'étais descendue avec un panier dans le pré voisin, où se trouvait ton chêne préféré, car je voulais cueillir des fleurs que je ferais sécher pour des infusions. Le pré était rempli de violettes, de verveine et de phlox. Je me suis assise au soleil, à un endroit où le vent faisait onduler l'herbe et osciller les fleurs. La beauté de cet après-midi me grisait. J'ai dénoué mes cheveux et, appuyée sur mes mains, j'ai contemplé les nuages qui défilaient dans le ciel.

Tu ne devais pas m'observer depuis plus de quelques minutes quand je t'ai remarqué, appuyé comme à ton habitude à un tronc d'arbre. Un carnet de croquis niché au creux du bras, tu tenais délicatement un mince crayon entre les doigts. Tes yeux allaient et venaient de moi à ton cahier aussi nonchalamment que les ailes des papillons monarques voletant autour du phlox.

Tu as doucement posé ton dessin et tu t'es dirigé vers moi à travers les hautes herbes. Elles bruissaient contre tes genoux et je frissonnais, bien que le soleil répandît sa chaleur dorée. Tu t'es agenouillé face à moi et tu as pris mon visage entre tes mains.

— Evelyn Sonnenschein, puis-je vous embrasser ? as-tu demandé.

J'ai tourné la tête, embrassé la paume de ta main, puis doucement saisi ton poignet et guidé tes doigts dans mes cheveux, ce qui t'a encore rapproché de moi.

— Oui, je vous en prie, ai-je répondu.

CHAPITRE 37

Mab

L'orage imminent alourdissait l'air. Je sentais les poils se dresser sur ma nuque tout en dessinant à la craie les volutes complexes d'une rune de prouesse au sommet de notre colline. Je plaçai aux quatre points cardinaux une bougie noire qui devait atténuer les effets de la coupure que j'allais faire. Enfin, je traçai au centre une rune noire en forme de chandelle identique à celle qui marquait le dos de Lukas.

Donna m'observait du perron, le menton levé, avec Lukas qu'elle tenait par la main. Elle avait accepté de m'aider après que je leur avais expliqué, à elle et à Lukas, ce que j'avais en tête, et parce que Lukas y avait consenti. Il allait souffrir, mais son père n'aurait désormais plus aucun pouvoir sur lui. La rune resterait, ainsi que le danger, mais ses souffrances les plus immédiates disparaîtraient.

J'étais vêtue d'une longue jupe blanche et d'une chemise choisie par Lukas dans mon placard. Elle était verte, sa couleur préférée, afin qu'il puisse se concentrer sur elle et sur moi pendant le long rituel durant lequel j'arracherais les liens unissant la rune noire à son père pour en nourrir la terre.

Tous deux me rejoignirent, et, debout devant ma rune qui mesurait près de trois mètres, nous entaillâmes nos poignets et répandîmes notre sang pour ancrer la magie dans la terre.

— Terre, nous te nourrissons, prononçai-je.

Et Donna reprit avec moi :

— ... afin que le cercle de notre magie puisse se refermer.

J'entraînai Lukas au centre de la rune en l'obligeant à enjamber les lignes afin de ne pas brouiller le tracé, le fis mettre à quatre pattes et remontai sa chemise.

— Es-tu prêt ? lui demandai-je.

Son dos frémit et je vis ses doigts s'enfoncer dans l'herbe des deux côtés de la rune noire.

— Oui, répondit-il, et je touchai doucement – fièrement – son échine.

Avec la pointe d'un couteau épais mais bien affûté, j'incisai de nouveau mon poignet et traçai rapidement un cercle de sang autour de la rune de son dos. Je m'accroupis, à la recherche d'une position confortable, puis, inspirant profondément, je laissai goutter mon sang sur la rune de prouesse tracée dans l'herbe. La terre trembla, le vent se leva et fit voler mes cheveux autour de mon visage.

— J'attraperai ce qui tombera, fit Donna.

Elle tendit la main par-dessus le cercle pour me remettre mes lunettes de vision du sang.

Je barbouillai de sang la lame du couteau en lui intimant à voix basse de glisser entre les mondes et de trancher la peau, l'air et la magie. Puis je serrai le manche dans mon poing et, sans crier gare, lacérai les côtes de Lukas de haut en bas pour couper mon sort de liaison de la veille et réveiller le pouvoir de Lukas.

Il hurla, mais tint bon.

Le ruban tressé glissa de sa taille et je vis à travers les verres des lunettes mon sort de liaison se rompre. Les filaments rougeâtres de la magie de son père s'agitèrent comme des tentacules, que je tranchai avec mon couteau. Chacun était maintenant coupé, mais restait collé à la lame où il se tordait en brûlant l'acier et ma main. Je serrai les dents. Ma respiration était sifflante et aussi coupante que la lame.

Lukas gémit. Ses doigts s'enfoncèrent dans la terre.

Je lâchai le couteau et frappai dans mes mains sanglantes pour activer les minuscules runes d'enfermement que j'avais tracées au marqueur sur chacun de mes doigts et sur mes paumes. Puis je tendis les bras pour recueillir dans mes mains en coupe les tentacules ondulants de la magie. Il fallait agir vite, avant qu'elle ne puisse renouer ses liens avec le père de Lukas.

— Va, Lukas, dis-je.

Il se laissa tomber, puis roula sur le dos. Je m'agenouillai, étirai les tentacules et plaquai leurs extrémités au sol pour les enfoncer dans la terre.

La rune de prouesse brilla d'un rouge si aveuglant que je reculai avec un sursaut en regrettant de ne pouvoir jeter loin de moi les lunettes de vision du sang.

Lukas poussa un grognement. Je murmurai son nom et adressai à la terre une bénédiction, un chant destiné à les unir l'un à l'autre. Il l'entonna avec moi sur un ton monocorde et heurté, et le vent souffla violemment sur nous.

L'éclat de la magie diminuait. Je frissonnai.

— Maintenant, c'est fait, dis-je. Lukas est lié à la terre du sang.

Au-dessus de nous, le tonnerre gronda. La pluie se mit à tomber et je levai la tête en repoussant les lunettes sur mon front. L'eau tiède ruisselait sur mon visage, dans mon cou, plaquant mes vêtements contre mon corps.

Donna nous rejoignit ; toutes deux, nous aidâmes Lukas à s'asseoir. Il me serra dans ses bras et se pencha vers Donna. Nous restâmes immobiles, épuisés, tandis que la pluie nous purifiait et que le ciel bénissait notre magie.

CHAPITRE 38

Nous nous embrassions en cachette à tout moment, mais quand Gabriel se joignait à nous pendant nos promenades ou pour boire un chocolat chaud au coin du feu après dîner nous lui dissimulions ce qui grandissait entre nous. Pour ma part, je me délectais de ce secret et je n'étais pas disposée à le lui révéler. Je pensais qu'il se montrerait sarcastique ou blessé, voire jaloux. Quant à toi, je n'ai jamais compris pourquoi tu tenais tant à garder le secret.

Je nous croyais heureux tous les trois, satisfaits les uns des autres, de notre foyer et de tout ce que l'avenir nous offrait.

Un jour, un ancien amant de Gabriel l'a invité à le rejoindre à Washington à la fin de l'hiver. Comme il adorait jouer de bons tours au FBI, il a décidé de prolonger son séjour là-bas. Toi et moi nous sommes ainsi retrouvés seuls et libres de nous aimer.

Gabriel nous a envoyé une lettre très affectueuse dissimulée entre les pages d'un roman intitulé 1984. *Tous les deux ou trois jours, nous recevions de lui une nouvelle missive remplie de récits d'aventures et de manifestations. Nous les lisions, mais j'ignorais délibérément les événements qu'il évoquait, comme s'ils n'avaient aucune incidence sur moi. En quoi les communistes, la Corée du Sud ou les tremblements de terre en Équateur me concernaient-ils ? Ni toi ni moi n'avons jamais beaucoup lu les journaux et les magazines. C'était toujours Gabriel qui en achetait quand nous faisions nos courses en ville. À nos yeux, notre terre était un sanctuaire retranché de la politique et de la civilisation.*

C'était le Paradis sur Terre.

CHAPITRE 39

Will

Le cauchemar terrifiant dont je m'éveillai avec un hurlement et la fièvre légère qui l'accompagnait affolèrent maman. Elle me laissa partir au lycée seulement après que je lui eus répété que j'avais des révisions à faire pour les examens de la semaine à venir et que je n'étais visiblement pas contagieux, puisque personne d'autre dans la famille n'était malade. Je me fis un allié de papa par une réplique bien placée sur l'importance d'affronter les épreuves en vaillant petit soldat pour avoir une chance de réussir. Toutefois, je dus en contrepartie m'engager à sortir deux heures plus tôt que d'habitude pour aller chez le médecin.

À l'heure du déjeuner, j'avais une telle nausée que je fus incapable d'avaler autre chose que l'infusion de Mab, que je m'étais préparée le matin même. Refroidie, elle avait un arrière-goût de terre. Matt vint s'asseoir sur mon banc en laissant tomber à terre l'énorme sac en papier contenant son déjeuner.

— Tu fais un régime tordu ou tu te dopes ? demanda-t-il en désignant mon gobelet.

— C'est une infusion. J'ai des brûlures d'estomac.

— Prends plutôt du gingembre, conseilla Shanti qui venait de nous rejoindre avec Lacey.

— Où veux-tu qu'il dégotte du gingembre à la cafétéria ? fit Matt, adoucissant la brutalité de sa remarque par un sourire et un baiser rapide sur sa joue.

— Moi, quand j'ai mal au cœur, je préfère mâcher de la menthe, déclara Lacey en pointant sa fourchette vers moi par-dessus la table.

— Oui, c'est ce que Dylan nous a raconté, ricana Austin en s'asseyant à côté de moi.

— Beurk ! fit Shanti en levant les yeux au ciel. Arrête tes conneries !

— D'ailleurs, Dylan n'a pas si bon goût que ça, poursuivit Lacey sur un ton léger, ce qui m'arracha même un gloussement.

L'espace d'un instant, mon attention se relâcha et j'oubliai de contrôler mon regard. Lacey fronça soudain les sourcils et se pencha si près de moi que le crucifix en or qu'elle portait au cou heurta la table.

— Qu'est-ce qui est arrivé à ton œil ? demanda-t-elle.

Je baissai la tête avec une grimace.

— Rien, c'est juste... euh...

Je haussai les épaules en scrutant à la ronde les visages intrigués de mes voisins.

— Je déconnais avec Ben, et il m'a poussé sans le faire exprès contre la clôture de notre jardin. C'est seulement... euh... un hématome provoqué par le choc.

Je remerciai en moi-même le diagnostic trouvé sur Internet. Ce dernier évoquait néanmoins l'hypothèse qu'un changement de couleur de l'œil pouvait être le symptôme d'une tumeur. Je n'étais pas pressé d'aller voir le médecin, ni d'apprendre ce qu'il raconterait à maman. J'en venais même à espérer que j'étais plutôt victime de la magie du sang, c'est dire si je me croyais dans le pétrin.

— Merde, fit Matt en m'offrant la moitié de son sandwich, aussi grand que sa main, tu ferais mieux de manger quelque chose de solide.

— Merci, ça ne me dit rien, répondis-je ; l'infusion avait déjà du mal à descendre.

Austin me poussa de l'épaule.

— Matt raconte que tu as manqué l'entraînement parce que tu as passé la nuit dehors avec une fille, dit-il.

— Ce n'est pas ce que...

Matt se pencha derrière mon dos pour envoyer une bourrade à Austin.

— C'était Mab, précisai-je.

Mab n'était pas une fille comme une autre.

Shanti haussa ses sourcils noirs à une hauteur surprenante.

— Mab Prowd, celle qui t'a kidnappé au marché paysan ?

J'acquiesçai. L'un de ses sourcils se figea tandis que l'autre redescendait.

— Cette fille dont la famille pratique une sorte de culte hippie au fin fond de la Prairie, et qui ne va pas au lycée parce qu'ils ne croient pas à l'instruction traditionnelle ?

J'acquiesçai de nouveau, sans être sûr que c'était vraiment pour cette raison.

Shanti pinça les lèvres, et j'eus nettement l'impression d'être jugé. Je me concentrai sur mon infusion. Comment Matt pouvait-il embrasser une fille capable de vous étiqueter en deux temps trois mouvements ?

Quand je relevai les yeux, je vis qu'elle fixait la queue à la caisse de la cafétéria : Holly était en train de payer avec sa carte magnétique.

— Eh bien, reprit Shanti à ma grande surprise, tu devrais nous la présenter officiellement un de ces jours.

Elle avait parlé plutôt gentiment, mais avec une certaine brusquerie.

— Oui, bien sûr, dis-je.

Lacey paraissait aussi surprise que moi.

Matt passa le bras autour de Shanti et l'attira à lui.

— C'est bien, je retrouve ma poulette, déclara-t-il.

— Ma poulette ? demanda-t-elle froidement.

— Ma femme, corrigea-t-il.

Elle sourit, puis l'embrassa à pleine bouche. Tout le monde regarda ailleurs, et Austin fit à mi-voix un commentaire peu flatteur. Lacey picora sa salade et je réussis à finir mon infusion.

À cet instant-là, assis à la cafétéria avec mes amis qui n'étaient rien d'autre que mes amis, je commençai à penser que la magie de Mab était de la folie furieuse. J'avais en réalité une maladie bizarre et je croyais à ce qu'elle me racontait uniquement parce que je venais de la rencontrer, parce qu'elle était captivante et que j'avais envie de l'embrasser. Et parce qu'elle m'avait affirmé qu'elle pouvait m'aider.

Soudain, j'eus vraiment hâte de voir le médecin. Je n'étais pourtant pas sûr de vouloir qu'il découvre ce qui clochait chez moi.

Mab

Lukas dormit cette nuit-là d'un sommeil sans rêves dont il se réveilla assez reposé pour prendre avec nous un petit déjeuner substantiel. Donna elle-même paraissait joyeuse de nous avoir aidés à combattre un sort aussi puissant. La magie pétillait en moi, toujours vive et prête à jaillir. La première chose que j'aurais voulu faire ce matin était de passer prendre Will et de l'amener ici, sans tenir compte de son interdiction de sortie, pour purifier son sang de cette malédiction.

Mais il était sûrement au lycée ; quant à moi, je n'avais que trop longtemps négligé mes devoirs. Pour montrer le bon exemple à Lukas, je m'assis à la table de la cuisine avec une liasse d'exercices d'algèbre sur lesquels je passai quelques heures. Ce n'était pas ma matière préférée, mais la résolution d'équations ressemblait singulièrement à l'association de motifs magiques, si bien que je ne dédaignais pas ce travail.

En début d'après-midi, je décidai que j'avais assez attendu et jetai dans un cabas tous les ingrédients dont j'avais besoin pour une purification. J'aurais préféré me servir de la terre du sang pour ce rituel, mais le sol était boueux et détrempé après les pluies de cette nuit. Je laissai mes ingrédients à l'écurie, puis allai prendre la voiture au garage afin de libérer Will de sa prison.

La lumière du soleil ruissela sur moi quand j'émergeai de l'ombre. Donna me salua depuis l'extrémité de la cour. Elle portait des gants épais et ôtait avec un râteau des feuilles mortes d'une jardinière. Lukas était accroupi près d'un empilement de bouts de bois. À ma vue, il se leva d'un bond.

— Salut, Mab !

— Salut, Lukas.

Ses yeux étaient cernés, mais il semblait se déplacer sans souffrir. Je souris, enchantée que mon travail sur la rune noire ait été efficace.

Il fourra les mains dans ses poches.

— Tu peux allumer le feu ? demanda-t-il.

Je regardai son échafaudage de brindilles, puis Donna, qui haussa les sourcils d'un air dégagé. Je poussai un léger soupir, car je savais qu'il avait peur de faire appel à sa magie et, plus encore, au feu.

— Lukas, tu peux aller chercher des allumettes dans la cuisine, à côté du tiroir où l'on range l'argenterie, dis-je.

Il serra les poings, mais acquiesça, puis traversa la pelouse en courant et grimpa quatre à quatre les marches du perron.

Donna se dirigea vers moi dans un grand bruissement de bottes à travers les hautes herbes. Quand elle fut toute proche, elle posa les mains sur mes joues.

— Tu seras gentille avec ce jeune homme aujourd'hui, Mab, dit-elle avec le plus grand sérieux.

— Mais je le suis toujours, répondis-je, puis je me rembrunis, car je venais de comprendre que c'était à Will et non à Lukas qu'elle faisait allusion.

Elle secoua très légèrement ma tête.

— Je parle sérieusement, reprit-elle. Il n'y connaît rien et sa naïveté saute aux yeux.

— Mais il est fort.

— Je n'en doute pas, seulement il n'est pas toi. Ce n'est pas quelqu'un qui vit et se meut dans la magie comme dans son élément naturel, ma petite reine. Il vient de loin… du reste du monde.

Je me dégageai.

— Je sais, Donna.

— La magie, c'est terrifiant.

— Will n'a pas peur.

La colère se lovait dans les paumes de mes mains, et je repliai les doigts sans serrer les poings afin que rien ne s'en répande.

— Peut-être le devrait-il… juste un peu, reprit Donna.

— Pourquoi ? Parce que toi, tu as toujours peur ?

Je serrai les poings, les desserrai, essuyai mes paumes sur ma robe et plongeai les yeux dans ceux de Donna. Ses cils frémirent, mais elle soutint mon regard.

— Oui, j'ai peur, répondit-elle.

Je me sentis soudain coupable au souvenir de sa magie la nuit dernière. Je touchai le poignet qui sortait de sa manche.

— Je sais que tu as raison, fis-je. Contrairement à moi. Contrairement à nous.

Donna sourit.

— Mais non, toi aussi, tu as raison. Tu fais seulement des choix différents, dit-elle.

Will

Le docteur Able était le médecin traitant de maman. Elle entra donc d'un pas décidé dans son cabinet, bavarda avec toutes ses assistantes et m'ordonna de ne pas me vautrer dans mon fauteuil dans la salle d'attente. Je feuilletai un numéro de *Highlights* en résistant à mon envie de me frotter la poitrine. Maman ne savait même pas que j'avais cette meurtrissure.

On m'invita à entrer – seul, Dieu merci.

Le docteur Able semblait avoir l'habitude des gars comme moi, qui venaient le voir à reculons. Il avait cinquante ans et quelques, portait des lunettes sans monture et un minuscule autocollant représentant une grenouille verte collé au petit bonheur sur l'épaule de sa blouse. Il souriait en permanence, et il ne m'incita pas à lui parler de quoi que ce soit d'autre que de mes symptômes. Je m'en tins à l'aspect physique des choses, le regard rivé sur son autocollant.

Ce fut une consultation de routine : taille, poids, prise de température et de tension. Il s'avéra que tout allait bien. Ma meurtrissure ne l'enchantait pas, mais il déclara que, puisqu'elle n'était pas douloureuse, que ce n'était pas une plaie ouverte et qu'elle n'était pas sensible au toucher, il suffirait de la surveiller. Il me prescrivit des antibiotiques, au cas où, me recommanda de bien m'hydrater, puis me fit une prise de sang. Si cela ne s'améliorait pas d'ici quelques jours, dit-il, nous ferions une radio et envisagerions d'autres hypothèses. Si jamais j'avais de nouveau de la fièvre, ou si la meurtrissure présentait des symptômes d'infection, je devais revenir le voir. C'était probablement une intoxication alimentaire, ou un virus particulièrement résistant. La meurtrissure était sans rapport avec la fièvre et les vomissements, puisque ces derniers n'étaient survenus que trois jours plus tard, et que, depuis, je me portais plutôt bien. Je répondis pour plaisanter que j'avais dû attraper ça au marché fermier.

Pour mes yeux, il me conseilla de m'adresser à un spécialiste. Peut-être était-ce un traumatisme, comme je l'avais affirmé à Matt, ou un problème d'ordre génétique. Comme ma vision n'en était pas affectée, ce n'était peut-être rien du tout, toutefois mes maux de tête suggéraient que cela pouvait être plus grave. Quand je lui demandai s'il y avait des raisons de s'inquiéter, il me répondit que non, cependant je ne parvins pas vraiment à le croire.

Il fit son compte rendu à maman, qui me regarda avec un froncement de sourcils comme si elle était déçue que je ne lui aie pas tout dit. Elle demanda au médecin sa minilampe-torche afin de pouvoir examiner le rouge de mes yeux.

— Oh, Will ! s'exclama-t-elle, un pouce pressé contre ma joue.

Sur le chemin du retour, elle leva une main du volant pour passer les doigts dans mes cheveux.

— Je suis inquiète pour toi, mon bébé, dit-elle.

— Mais non, je te jure que ça va, m'man, répondis-je.

Je la regardai. De profil, elle n'avait pas changé. Fière. Jolie. Douce. Comme s'il ne s'était rien passé l'an dernier. Comme si elle n'avait pas été ébranlée au point d'avoir besoin d'une thérapie. Ses cheveux étaient tirés en une simple queue-de-cheval et des barrettes fantaisie retenaient les mèches plus courtes qui lui auraient balayé le visage.

Elle m'adressa un sourire teinté de rouge à lèvres. Elle se maquillait seulement depuis peu. Pour dissimuler sa tristesse, pensai-je.

— J'ai une idée, dit-elle. Et si je te déposais à la maison ? J'irai ensuite acheter tes médicaments et ce poulet sauté que tu adores. Papa est sûrement rentré.

— Très bien, répondis-je en lui rendant son sourire, puis j'appuyai la tête contre la vitre. J'avais de nouveau un léger mal de crâne derrière les yeux, mais je ne voulais pas lui en parler. J'avais juste besoin de boire et de prendre un cachet contre la fièvre.

Dès notre arrivée, je téléphonai à Mab. Je sortirais en douce ce soir s'il le fallait, mais nous ferions ce ritual de purification sans plus attendre. Il le fallait, afin que tout s'arrange et que maman arrête de se faire du souci pour moi. Ou que j'en aie enfin le cœur net si c'était… autre chose.

J'étais monté dans ma chambre pour être tranquille, mais Mab ne répondit pas. Ça sonnait sans interruption. Visiblement, il n'y avait même pas de répondeur chez elle.

Je raccrochai, puis rappelai, pour le même résultat.

La migraine me brûlait derrière les yeux. Je serrai les paupières et posai les mains à plat contre le mur. J'inspirai longuement et fis quelques pompes, doucement et sans forcer. Au bout d'une vingtaine, j'appuyai mon front contre le mur bien frais. Qu'allais-je faire ? Essayer de tenir le coup. Et peut-être aller la rejoindre cette nuit quoi qu'il arrive, si je réussissais à m'échapper.

J'entendis par la fenêtre de ma chambre le claquement d'une portière de voiture, probablement celle de maman qui repartait. Je pivotai sur moi-même, sortis mon i-Pod de mon sac à dos, me fourrai les écouteurs dans les oreilles et le mis en marche.

Je m'assis à mon bureau devant un manuel de physique ouvert. Je pouvais toujours travailler, faute de mieux. Mais mon stylo tapotait le papier au rythme de la pulsation violente de la musique. Je commençai à dodeliner de la tête devant la page ornée d'un portrait de Max Planck.

Le volume de mon i-Pod était assez fort pour que je n'entende pas Ben frapper à la porte ni l'ouvrir. Il me toucha l'épaule, puis ôta de mon oreille l'un des écouteurs, qui s'arracha avec un bruit de bouchon. Je n'entendis que la fin de sa phrase :

— ... est ici.

Je me retournai et vis qu'il m'observait, aux aguets, mais j'avais du mal à me concentrer à cause de la fatigue accumulée.

— Qui ?

— Un petit bout de femme mince et énergique aux cheveux blonds bouclés, répondit-il.

— Mab ?

Je fis pivoter ma chaise.

— C'est ça. Elle a l'air gentille. Je me demande ce qu'elle peut bien te trouver.

Gentille n'était pas précisément le mot que j'aurais utilisé pour décrire Mab. Je repoussai Ben.

— Je descends tout de suite, dis-je.

De soulagement, je me frottai le visage, puis éteignis mon i-Pod.

— Elle va bien ? Tout va bien ?

Ben haussa les épaules en se repliant vers sa chambre.

— Autant que je sache, oui, fit-il.

Au moment où j'allais entrer dans la salle à manger, j'entendis la voix de Mab.

— Je lui avais demandé de n'en parler à personne, mais je suis vraiment désolée que ça ait créé des ennuis, disait-elle.

Je m'immobilisai, les mains contre le mur, penché le plus près possible de la porte sans trahir ma présence. Il fallait absolument que j'entende ce qu'elle leur racontait pour éviter de faire un impair, car il était impossible qu'elle leur dise la vérité.

— Nous le comprenons tout à fait, Mab, seulement il est très important pour nous de savoir où est notre fils, répondit la voix de mon père.

— Bien sûr, monsieur, dit-elle, mais si vous voulez bien le laisser venir nous aider ce soir, ce n'est vraiment pas loin d'ici.

Je pressai le front contre le mur froid pour calmer ma migraine. Cette malédiction l'inquiétait-elle au point de venir jusqu'ici pour convaincre papa de me laisser la suivre ?

— De quel genre de projet s'agit-il ? demanda maman, qui n'avait probablement pas encore compris de quoi il retournait.

— Des greffes. Comme nous avons de vieux pommiers sur nos terres, j'apprends à faire des greffes. Cela fait partie de notre cours de biologie à la maison. Nous devons réaliser un projet que nous présenterons à un jury pendant un camp de vacances en juillet. Nous travaillons avec plusieurs élèves du lycée de Will pour notre insertion sociale.

J'en restai bouche bée. Elle débitait ce discours avec une telle aisance que je me demandai si elle l'avait répété avant de venir. De l'insertion sociale ?

Les pas de Ben résonnèrent derrière moi à l'étage. Je me dépêchai d'entrer dans la salle à manger. Maman et papa étaient assis à leur place habituelle, papa devant son café frappé de l'après-midi, dont la condensation faisait couler des gouttes sur la nappe, et maman si près de lui que Mab avait dû l'interrompre alors qu'elle lui relatait la consultation chez le docteur Able avant d'aller acheter mes médicaments.

Mab siégeait à la place d'Aaron, bien droite, les mains détendues autour d'un verre d'eau. Ses cheveux tressés n'avaient pas l'allure d'une botte de foin et elle portait un cardigan par-dessus sa robe. Je la fixai, médusé, en repensant à l'histoire de Pecos Bill qui avait pris une tornade au lasso.

— Bonjour, Will, dit-elle avec ce qui était bel et bien un gentil sourire.

Elle ne paraissait pas du tout à sa place sur fond de salle à manger acajou. Au même instant, l'horloge marine résonna comme un gong. Je lui rendis son salut avec un temps de retard.

— Ah ! William. C'est bien que tu sois là, déclara mon père, et il hocha la tête avec conviction.

Maman sourit et répondit à mon regard par un discret signe de tête.

— J'étais en train de parler de notre projet en sciences naturelles à tes parents, reprit Mab. Les arbres ont grand besoin d'être greffés maintenant qu'il a plu, sinon il risque d'être trop tard.

J'acquiesçai avec une grimace ; je ne connaissais strictement rien aux arbres.

— C'est vraiment gentil de ta part de l'aider, Will, dit maman en se levant. Tu veux du café ?

— Euh, non, de l'eau, s'il te plaît.

Maman se rendit à la cuisine, y prit un verre et le remplit d'eau filtrée.

Papa tapota la table du doigt.

— Tu aurais dû nous en parler, fiston.

— Ouais, t'aurais dû, Ducon, renchérit jovialement Ben qui venait d'arriver derrière moi, en me poussant doucement de l'épaule. Il tira la chaise voisine de celle de Mab pour s'asseoir.

— Je ne comprends pas ce que vous trouvez à ce type, lui déclara-t-il.

Il ne parlait pas sérieusement, mais, l'espace d'un instant, je lus de l'incertitude dans les yeux de Mab, ce qui m'horrifia pour plusieurs raisons. Puis elle me regarda avec un sourire.

— Il me fait rire et il est vraiment gentil, répondit-elle.

Je me laissai tomber sur une chaise et je dus faire un effort pour ne pas dissimuler mon visage derrière mes mains.

Ben éclata de rire et me lança un regard incrédule.

— Tiens, Will, dit maman en posant le verre d'eau devant moi.

— Merci, réussis-je à articuler.

Papa poussa un soupir.

— Bois-le maintenant pour ne pas faire attendre Mab, fit-il.

Je relevai brusquement la tête.

— Parce que tu me laisses partir ?

— Le médecin a dit que tu peux sortir si tu te sens assez en forme, et nous n'allons pas faire payer ton étourderie à cette jeune demoiselle.

— Je suis absolument désolée, monsieur Sanger, dit Mab, les mains crispées sur son verre et les yeux baissés.

Où avait-elle appris à mentir aussi admirablement ?

— Je vous l'ai dit, reprit-elle. Ce jour-là, nous travaillions au verger, et nous n'avons vraiment pas vu passer le temps.

Papa grommela, mais hocha la tête.

Je vidai mon verre, puis montai m'habiller avant qu'ils n'aient le temps de changer d'avis.

Mab

Pendant que Will fonçait mettre ses chaussures, je donnai à ses parents le numéro de téléphone de la Maison rose et leur parlai un peu de Donna comme si elle était officiellement ma belle-mère. Elle avait démêlé et lissé mes cheveux, et les avait tressés pour leur donner au moins une apparence sortable. Sur ses conseils, j'avais mis un soutien-gorge et des sandales au lieu de galoches.

Mrs Sanger nota le numéro d'une écriture fragile, tout en déliés. Ses ongles étaient couverts d'un vernis rose pâle et je remarquai qu'elle portait à côté de son alliance une bague bordée de minuscules émeraudes, une pierre qui symbolise la puissance de l'amour et les énergies positives. Elle avait le même sourire franc que Will, mais quelque chose dans son maintien me rappela Granny Lyn pendant les derniers mois de sa vie, comme si elle ressentait une douleur intérieure si vive qu'elle devait rester sur ses gardes et ne se déplacer qu'en cas de nécessité absolue.

Le père de Will tenait plutôt du pilier de soutènement. Vigoureux et solide comme Will, il avait exactement la même coupe de cheveux, mais ses traits étaient plus affirmés. Il aurait été capable de contenir une tempête d'une seule main. Il me plaisait bien.

Ben, lui, me rappelait Silla. Comme elle, il faisait son chemin avec acharnement dans la vie parce que son cœur n'était qu'un grand vide. Lui m'avait cuisinée sur nos terres, ma famille, les résultats de l'enseignement à domicile. Je lui avais dit, en gros, la vérité, sur un ton dégagé.

Will réapparut, vêtu d'une autre chemise à larges rayures noires et blanches, avec l'inscription NORTHERN ROCK imprimée sur le devant, et S. TAYLOR 27 dans le dos. Je me levai et le pris par la main.

— Prêt ?

Il noua ses doigts aux miens et hocha la tête.

— Je téléphonerai si je reste plus tard, c'est promis, dit-il à ses parents.

— N'y manque pas, répondit Mr Sanger.

— Je suis ravie d'avoir fait votre connaissance, Mab, ajouta Mrs Sanger.

Je leur souris, ainsi qu'à Ben, qui m'adressa un sourire sur commande si semblable à celui de Will que le mien s'élargit à sa vue.

Will m'entraîna dehors et nous montâmes dans la berline, dont j'avais laissé toutes les vitres baissées. Will s'adossa au fauteuil du passager, un bras posé sur la portière. Son front était plissé comme s'il avait mal. J'enclenchai la marche arrière en me démanchant le cou pour regarder autour de moi.

— J'aime bien ta famille, dis-je.

Il me dévisagea jusqu'au pâté de maisons suivant, sans chercher à dissimuler sa stupéfaction. Le soleil était éblouissant ; je distinguais les taches de rousseur sous ses yeux et l'éclat rouge de ses iris.

— Qu'est-ce qu'il y a ? demandai-je sur un ton désinvolte.

— Oh, rien… Je suis content que tu les aimes bien. Moi aussi, la plupart du temps. Tu as la radio ? demanda-t-il en tendant la main vers le tableau de bord.

— Oui, mais elle ne marche plus depuis 1987.

Will éclata de rire, libérant le reste de la tension qu'il avait emportée en sortant, comme si cette dernière avait une vie indépendante.

— Bon sang ! Au fait, comment sais-tu où j'habite ? demanda-t-il.

Je lui montrai la carte routière et le miroir de poche argenté posés sur le siège arrière.

— J'ai utilisé la dernière goutte de ton sang pour un sort de repérage, expliquai-je.

— Oui, bien sûr. Ça explique tout.

Mes doigts se crispèrent sur le gros volant, puis je me rendis compte qu'il souriait d'un air ironique. De soulagement, mes bras se détendirent d'un coup ; j'essuyai l'une de mes mains sur ma cuisse.

Will tendit la main par-dessus le frein, enlaça doucement mes doigts, et, de son pouce, caressa le mien. Cette caresse fit courir sur tout mon corps de minuscules frissons presque semblables au fourmillement de la magie.

Nous roulâmes en silence dans la moiteur de l'après-midi ; les pneus de la voiture faisaient jaillir l'eau des flaques sur l'autoroute. Au bout d'un moment, je quittai la route du comté, puis franchis l'entrée de nos terres.

— Je ne l'ai toujours pas repérée, observa Will lorsque nous tournâmes dans l'allée de graviers qui montait vers le sommet de la colline. Je souris et lui parlai des sorts de protection qui dissimulaient le portail, quand tout à coup ses mains se crispèrent sur ses genoux.

Il poussa un grognement sourd.

Je freinai, puis me garai.

— Will ?

Ses yeux étaient hermétiquement clos et la sueur perlait à la racine de ses cheveux. Je dégringolai de la voiture, en fis le tour en courant, ouvris brutalement la portière et m'agenouillai à côté de lui, les mains à plat sur sa cuisse.

— Will ? répétai-je.

— Ça va, j'ai juste... un vertige puissance mille. Une seconde, s'il te plaît.

Il paraissait à bout de souffle. Il posa une main à plat sur sa poitrine.

— Mon cœur... on dirait qu'il est en feu.

J'ôtai sa main pour la placer contre ma joue. Sa peau était brûlante.

Les corbeaux surgirent, descendirent vers nous et se posèrent sur le toit de la voiture. Je saisis la main de Will, fermai les yeux et imaginai que ma force s'y répandait, remontait le long de son bras et allait nourrir son cœur. De ma main libre, je fouillai dans la boîte à gants pour y prendre le couteau de poche que je gardais dedans en cas d'urgence. Je dépliai l'une de ses lames avec mes dents et, de sa pointe, piquai le tatouage de mon poignet. Cela fait, je lâchai le couteau, barbouillai mes doigts de sang et les appliquai contre la joue de Will pour refermer le circuit d'énergie. La magie circulait entre nos visages et nos mains, dans un fourmillement parcouru de pulsations brûlantes.

Will expira à travers ses lèvres serrées et ses paupières frémirent.

— Ça va mieux, chuchota-t-il. C'était comme si... Je ne sais pas, Mab... comme si quelque chose appuyait sur ma meurtrissure. Ce qui n'arriverait pas si c'était une tumeur.

— Quelle chose ?

Il secoua la tête.

— Pouah ! Ce que je suis content d'être bientôt débarrassé de cette malédiction ! répondit-il.

Je pressai sa main contre ma joue.

— Oui, on va t'en débarrasser, renchéris-je, et dès aujourd'hui. Mais j'ai besoin de savoir : est-ce que tu t'es senti aussi mal toute la journée ou seulement depuis que nous sommes entrés sur mes terres ?

— Ça vient juste de commencer, j'en suis certain.

Il se redressa et regarda les arbres par-dessus mon épaule.

— Ça me démange et j'ai mal au crâne depuis ce matin, mais ce vertige et cette contraction ne sont là que depuis quelques minutes.

Je le lâchai à contrecœur pour me lever.

— Suis-moi, lui dis-je.

J'entrai dans les bois et repérai un arbre de Judée dont les branches étaient assez basses pour me permettre de me hisser dans l'un des peupliers voisins, plus élevés. Après avoir ôté mes sandales – ce qui me parut prendre une éternité –, j'entamai mon ascension, faisant tomber sur moi une pluie de gouttelettes. Quand je me propulsai d'un bond sur une branche du peuplier, j'entendis Will pousser un cri de stupeur. Je me retrouvais à seulement trois mètres au-dessus du sol, mais suspendue dans un enchevêtrement végétal d'où je voyais la forêt s'animer à un millier de niveaux différents et nouveaux pour moi. Des oiseaux et des papillons voletaient de tous côtés, des écureuils rentraient dans leurs nids à ma vue et un raton-laveur me dévisageait de son trou au milieu d'un tronc d'orme. Les arbres remuaient presque imperceptiblement, se balançaient non au rythme du vent, mais à celui de la rotation terrestre.

Je fermai les yeux, puis posai la joue contre le tronc du peuplier, qui irradiait une magie invisible. Tout ce qui m'entourait était parcouru de lignes d'énergie ; tout à coup, je sentis ces fils se détendre, je perçus la secousse de l'étrange, un changement dans la structure d'ensemble. Était-ce lié à ce que j'avais fait à Lukas quand j'avais ancré sa rune dans notre terre ? Ou à ce qui arrivait à Will ? La terre du sang reconnaissait-elle la malédiction des rosiers ?

— Mab ?

Je baissai les yeux vers Will, qui se tenait juste au-dessous de moi, le visage levé et les yeux agrandis de stupeur.

— Tu te sens mieux ? demandai-je.

— Fort comme un bœuf.

— Parfait, déclarai-je avec un sourire.

J'inspirai profondément.

— Et maintenant, attrape-moi.

Will

Son corps se laissa aller soudain, comme si elle s'évanouissait. Elle glissa lentement de sa branche et tomba vers moi. Avec un juron, je tendis les bras. Elle atterrit brutalement sur ma poitrine et mon épaule droite, ce qui me fit trébucher et tomber à genoux. Ses bras et ses jambes étaient inertes. Sa tête retomba mollement en arrière et la masse de ses cheveux blonds se répandit autour de moi. Je hurlai son nom, la secouai, puis la déposai sur le sol spongieux tapissé de feuilles.

— Mab !

Pas de réponse. Elle ne réagissait pas.

J'eus la vision d'une mince couche de sang sur mes mains. Et, soudain, de la bouche molle de Holly.

Les croassements des corbeaux m'arrachèrent à mon hébétude.

— Mab ! hurlai-je.

J'approchai l'oreille de sa bouche et cherchai frénétiquement son pouls sous sa mâchoire. Je le trouvai : elle respirait aussi calmement que si elle dormait.

— Mab, répétai-je, réveille-toi !

Elle ne tressaillit même pas. Je touchai sa joue, ses lèvres, son menton, passai la main le long de son bras. Pas une trace de sang. Elle était tiède. Juste endormie, me répétai-je.

Non. La possession.

Elle avait quitté son corps. Je me souvins de ce dédoublement dont j'avais été témoin quand j'avais enjambé son corps étendu sur le sol de l'écurie.

Une chouette effleura mon visage. Elle fila à travers les branches, ses plumes blanches brassant l'air sans bruit. Les corbeaux croassèrent à son adresse, et la moitié d'entre eux se lancèrent à sa poursuite. Les autres descendirent dans notre direction, puis volèrent en cercle autour de nous.

Mon cœur battait à tout rompre.

As-tu confiance en moi ? avait-elle demandé. J'avais répondu oui sans même savoir ce que cela signifiait. Et sans lui poser la même question. Mais ici et maintenant, j'avais sa réponse.

Je la redressai en position assise et m'accroupis derrière elle. Elle s'affaissa contre moi. Je la pris dans mes bras. Son épaule pressait ma meurtrissure, mais je n'en tins aucun compte. Ses cheveux me chatouillaient le cou. L'humidité du sol détrempait mon jean. Les corbeaux nous observaient, les ailes déployées. Quand ils les agitaient, je percevais des effluves d'eau croupie et de boue.

Attrape-moi, avait-elle dit, sans même envisager que je puisse ne pas le faire.

CHAPITRE 40

Un jour, tu m'as dit : « Je t'aime parce que tu fais partie de l'univers. »

CHAPITRE 41

Mab

Les arbres me chuchotaient quelque chose que je ne comprenais pas. Je volais à travers leurs plus hautes branches avec des ailes blanches aux battements silencieux, et j'affûtais mon ouïe de chouette, mais en vain. Je passai dans le corps d'un moineau, dont je guidai l'esprit minuscule au milieu des arbres, jusqu'au moment où je rencontrai deux geais bleus qui poussèrent des cris à ma vue. Je les possédai tous deux et déployai mes ailes. Reese nous avait rejoints et nous ne formions plus qu'une volée de noir et de bleu qui étendait son filet au-dessus de la terre. Je possédai également, au passage, des écureuils et une famille de renards. Envahie de petits esprits de plus en plus nombreux, j'avais oublié jusqu'à mon nom pour devenir la forêt tout entière. J'écoutais, j'observais, je flairais, et tout ce que je recueillais s'amassait en une gigantesque boule d'informations que je pouvais presque analyser.

Le vent secouait les arbres. Cependant, j'avais beau ramper le long des racines, filer à travers les branches, effleurer les frondaisons de mes ailes, je ne comprenais toujours rien. Même quand je m'approchais des rosiers et percevais leur énergie, le message restait brouillé.

J'étais l'épiderme de la forêt, mais je ne pouvais atteindre ses os.

Je repartis alors en direction de mon corps demeuré au pied de la colline, libérant en chemin quelques-unes de mes petites âmes prisonnières.

D'abord un raton-laveur, puis le moineau, et d'autres encore : les écureuils, la chouette, les geais bleus, les lapins filant de buisson en buisson, jusqu'au moment où je ne fus plus qu'un renard roux fonçant au milieu des taillis trempés de pluie. Je sentais l'odeur de Will, je savais par où il était passé, car il avait laissé une trace incandescente sur la terre. Soudain, je le vis. Il tenait mon corps dans ses bras. Je relâchai le renard et réintégrai mon enveloppe corporelle.

Comme c'était bon de rester étendue sur la terre tiède et humide, les yeux clos, et de sentir battre mon cœur ! Je ne remuais pas, mais respirais selon un schéma circulaire que ma mère m'avait appris pour rétablir le lien avec tous les tissus de mon corps et permettre à tout ce que j'avais vu, entendu et flairé par l'intermédiaire de tous ces esprits d'animaux de se fondre dans le mien. Il me fallut un long moment pour assimiler tous ces souvenirs. Tout allait trop vite et n'était qu'un déroutant et obscur chaos. Il ne fallait surtout pas forcer, sinon tout devenait une palette vide sur laquelle on n'imprimait que ses propres suppositions. « Tu n'es qu'un animal parmi d'autres, mon lapin, me disait ma mère quand j'étais petite. Il suffit de laisser à ton sang et à ton pouvoir le temps d'assimiler le savoir des bêtes. »

La chaleur qui se répandait en moi émanait du bras de Will. Ses doigts reposaient sur mes côtes et son pouce sur mon sternum. Je sentais également le poids de son autre main, dont les doigts étaient mêlés à mes boucles. Un léger sourire releva le coin de mes lèvres et je me blottis plus près de lui.

— Mab ? chuchota Will.

J'ouvris les yeux.

Les siens étaient tout proches, grands, sombres et ourlés de sang.

— Will, dis-je.

— Mab, répéta-t-il.

Son haleine effleura ma joue. Je touchai son visage juste au-dessous de l'œil.

— Le rouge a foncé, murmurai-je, et je n'ai pas découvert ce qui a réveillé ta malédiction.

Ses lèvres se serrèrent et tout son visage se crispa.

— Mais tu vas bien ? demanda-t-il.

— Oui, répondis-je.

Je m'écartai doucement de lui, puis me levai. Ma jupe maculée de boue collait à mes cuisses.

— Allons à l'écurie.

Même si la terre du sang semblait l'endroit tout désigné pour un rituel de purification, l'écurie ferait aussi bien l'affaire, d'abord parce qu'on y était plus au sec, mais surtout parce que les symboles protecteurs peints sur ses murs extérieurs traçaient autour d'elle un cercle magique. La malédiction ne pourrait s'échapper de ses solides cloisons de pin.

Pendant que Will examinait l'arbre généalogique, je sortis de sous une pile de vieux tapis le panier contenant les pierres de pureté et le posai sur le sol poussiéreux, à côté d'un petit foyer à barbecue en fer forgé. J'étendis un mince tissu rouge sur lequel Will pourrait s'allonger et un autre pour mes accessoires : un canif, un éventail en plumes de corbeau et six petites coupes remplies d'herbes que j'avais broyées un peu plus tôt dans l'après-midi. J'allai chercher dehors une large coupe en pierre dans laquelle j'avais recueilli l'eau de pluie de la nuit. Pendant que je l'apportais avec précaution près du foyer, je remarquai que Will suivait du doigt l'une des branches de l'arbre généalogique.

J'avais toujours aimé cette fresque. Sous le nom d'Arthur se déployaient les lignes les plus noires du tronc, et nous y figurions tous, avec nos noms et nos dates de naissance inscrits à l'encre de sang. Chaque branche partait d'Arthur et se prolongeait en une douzaine de cousins, car un fils lui était né en 1887. Sur la gauche, la lignée étrangère des Harleigh s'achevait avec Nick et, juste au-dessous de lui, Donna. À l'écart, une branche solitaire portant le nom de Josephine Darly pointait, mince et sinueuse, vers le mien. Nous ignorions l'origine de notre lignée, et maintenant que Josephine était morte nous l'ignorerions à jamais. Peut-être ma mère était-elle une orpheline issue d'une lignée autrefois connue de nous, puis oubliée, et peut-être en allait-il de même de Lukas, car nous n'avions aucune trace écrite de la présence de notre famille dans les Ozark. Les plus proches de nous étaient les sorcières de Yaleylah, de la lignée d'Arthur, la famille de Silla, sur la branche de laquelle Arthur avait inscrit la date de décès de Reese sous son nom, et dessiné la silhouette d'un corbeau en vol.

C'était cette branche que Will touchait, suivant les contours des ailes du corbeau.

— Will, dis-je doucement.

Il se retourna vers moi, les épaules basses, le sourire figé.

— Peux-tu allumer un feu ? demandai-je en désignant le foyer.

— Bien sûr.

Il me rejoignit. Je lui montrai les vieux journaux, le tas de petit-bois et les grandes allumettes.

Il s'accroupit et se mit à froisser du papier, tandis que je me concentrais sur les pierres de pureté. Sur chacune était tracée une rune de force, pour l'empêcher de se fendre sous l'effet de la chaleur, ainsi qu'une rune de pluie sacrée, pour qu'elle transmette uniquement la magie bienfaisante que nous voulions. Avec le canif, je piquai mon tatouage et laissai tomber une goutte de sang au centre de chaque rune. Après quoi je portai chacune des neuf pierres à ma bouche pour lui insuffler la vie avant de les entasser les unes sur les autres.

Les journaux s'enflammèrent et les flammes léchèrent la pile de petit-bois. La sueur luisait sur le front de Will ; il souleva un pan de sa chemise pour l'essuyer.

À la vue de son estomac, j'étouffai un cri.

Will se figea.

— Quoi ? demanda-t-il, inquiet.

Je regardai son ventre, puis tendis la main pour saisir sa chemise.

— Enlève-la, chuchotai-je.

Des lignes d'un rouge agressif rayonnaient de sa poitrine juste sous l'épiderme, comme du sang empoisonné.

— Dieu du ciel, fit-il.

Il ôta sa chemise et pressa les doigts contre sa poitrine.

— Ce n'était pas si terrible il y a deux heures.

— Ça a dû empirer quand tu es revenu sur la terre du sang, expliquai-je. C'est de là que vient la malédiction, c'est pour cela que le mal y est plus virulent.

Je promenai les doigts le long de l'une des lignes les plus marquées et Will frissonna.

— Respire profondément. Inspire en comptant jusqu'à cinq, puis expire en comptant de nouveau jusqu'à cinq.

Sa respiration restait saccadée, mais il parvint à la contrôler pendant que je suivais les lignes du doigt. Je me rapprochai de lui et posai doucement les mains au centre de la meurtrissure. Elle irradiait une chaleur fourmillante que je connaissais bien : celle de la magie. Je levai les yeux.

— Tout va s'arranger, Will.

— Ah oui ?

Sa voix était rauque et il baissait le menton. Mes yeux n'étaient qu'à quelques centimètres des siens. Même dans la pénombre de l'écurie, je voyais le cercle rouge de ses iris dont le sang s'écoulait vers l'intérieur, tendant ses minces ramifications vers le noir des pupilles.

— Je te le promets, répondis-je. Maintenant, enlève tes autres vêtements.

Il sursauta, stupéfait. J'espérais ne pas m'être trompée sur son compte.

Une seconde passa, puis il eut un petit rire. Je ne retirai pas les mains de sa poitrine et sa gaieté ne dura pas, mais quand il couvrit mes mains avec les siennes, il ne tremblait plus.

Will

En fait, Mab ne déconnait pas complètement. Elle fouilla dans un carton et en retira un pantalon en velours côtelé bleu foncé. Apparemment, des jeans ordinaires ne faisaient pas l'affaire pour un rituel de purification.

Je m'accroupis derrière une pile de caisses pour passer ce pantalon qui faisait plus hippie que nature, mais, après tout, c'était un moindre mal : je préférais la gêne à la terreur. Je frottai ma meurtrissure. Je sentais sa pression dans ma poitrine. Je me souvenais de l'avoir examinée dans le miroir ce matin, quand ce n'était encore qu'une simple marque, sans ces lignes rouges. Je me souvenais aussi de l'oppression aiguë que j'avais éprouvée au moment de notre arrivée sur la terre du sang : j'avais le vertige, tout mon corps me faisait mal et j'avais l'impression qu'on m'avait vidé sur la tête un seau de charbons brûlants. Si j'avais été dans cet état chez le docteur Able, il m'aurait collé un traitement d'antibiotiques sous perfusion et je n'aurais jamais pu m'en tirer comme je l'avais fait.

Il fallait à tout prix que ce rituel marche.

J'émergeai de mon abri, laissant le reste de mes vêtements en tas sur le sol. Mab s'était agenouillée pour déposer le reste de ses pierres dans le feu. Elle paraissait calme et sûre d'elle.

— Will, viens t'allonger ici, dit-elle en tapotant le tissu rouge étalé par terre.

J'obéis. Sans être d'un confort merveilleux, le sol de l'écurie était assez plat. Mab se pencha vers moi et plaça mes mains le long de mes flancs, les paumes tournées vers la terre. Elle avait ôté son cardigan et ses cheveux étaient dénoués. Ils se répandirent autour d'elle et tombèrent sur mes épaules et sur mon visage. Je fermai les yeux. Le feu crépitait. Le vent sifflait entre les poutres. On n'entendait pas d'autre bruit. Mes poumons se contractèrent. J'étais censé être calme, mais ce silence me rendait dingue.

— Mab ! soufflai-je dans ses cheveux, qui me chatouillèrent la bouche et me firent frissonner de tout mon corps.

— Oh, pardon, dit-elle, et elle les rassembla d'une main pour les rejeter par-dessus son épaule.

— Non, ce n'est pas ça.

— Qu'est-ce que c'est, alors ?

Son visage penché vers moi était dissimulé dans l'ombre.

— C'est juste ce silence : je me détends mieux quand il y a du bruit.

Mab se remit à genoux et croisa les mains sur ses genoux. Ses cheveux lui faisaient une épaisse cape jaune.

— Je vais chantonner un peu, ça ira ?

Je fermai hermétiquement les yeux.

Elle posa la main sur ma poitrine. Elle était fraîche en comparaison avec mon corps.

— Will ?

J'inspirai profondément, dilatai mes poumons au maximum, puis expirai lentement. Mab déplaça sa main, qui se retrouva juste au-dessus de mon cœur.

— Pourquoi ne pas me parler du silence, Will ?

Elle ne cessait de répéter mon nom comme si cela pouvait rendre les choses plus faciles.

— Peux-tu te détendre un peu dans ce silence ? L'abandon fait partie du processus de purification.

Je recouvris sa main de la mienne. Je n'avais encore jamais parlé de cela à persone. Et ce n'était pas le genre de question que Matt aurait posée. Mais avec la chaleur de ce feu, ce poids dans ma poitrine et la main de Mab sur moi, je sentis que je voulais lui en parler. J'aurais voulu lui expliquer : « C'est parce que le silence me rappelle le soir où nous avons appris la mort de mon frère. »

Ce soir-là, nous étions en train de dîner dans la salle à manger. Papa me cuisinait sur le nombre d'heures que j'avais passées à travailler. Maman intervenait de temps en temps pour détendre l'atmosphère.

Je m'éclaircis la gorge et fermai les yeux.

— Il… Aaron… était en route depuis cinq jours et il nous téléphonait tous les soirs juste avant le dîner, qui était à dix-neuf heures pile. Ce soir-là, il était en retard, et quand le téléphone a enfin sonné, je me souviens que j'avais envie de lui en faire baver. Mais maman m'a fait taire et m'a ordonné de me rasseoir en disant que ce n'était pas une solution. Elle est allée décrocher dans la cuisine et je me suis penché sur mon assiette pour écouter. Papa se taisait, parce que lui voulait aussi savoir comment allait Aaron. Tout était silencieux. Sauf l'horloge marine.

Maman a répondu : « Oui, vous êtes chez la famille Sanger », puis : « Oui, Mrs Sanger à l'appareil » et : « Oui, c'est mon fils. » Bon sang, Mab, c'est si net dans mon souvenir…

J'ouvris les yeux. Mab était penchée au-dessus de moi. Immobile, elle ne me quittait pas des yeux. Son visage était inexpressif, seulement à l'écoute.

— Et puis le téléphone est tombé, repris-je. Ça a fait un boucan terrible sur le sol de la cuisine. Papa et moi nous sommes levés et avons foncé en même temps, moi vers maman, lui vers le téléphone. Elle était affalée sur une chaise devant le bar et elle regardait par la fenêtre. Pendant que je lui tenais les mains, papa parlait dans le combiné. Il parlait à voix basse, je ne sais plus combien de temps ça a duré. Je n'entendais que la respiration de maman qui haletait, la bouche ouverte, et rien d'autre, comme s'il ne devait plus jamais exister d'autre bruit. Soudain, elle s'est levée, s'est dirigée vers la télé et l'a allumée. Elle l'a mise à plein volume. Puis elle est allée d'une pièce à l'autre pour allumer toutes les télévisions, les chaînes stéréo, ouvrir les fenêtres pour laisser entrer les bruits de l'extérieur. C'était presque suffisant pour couvrir le silence.

Les cils de Mab étaient collés de larmes. Elle passa un doigt sous ses yeux, puis reposa la main sur ma poitrine et y traça une simple rune. J'aurais peut-être dû être un peu choqué qu'une fille dessine sur ma peau avec ses larmes, mais je me sentis mieux.

— J'ai tant de peine pour ton frère, chuchota-t-elle.

— C'était un accident de voiture, fis-je avec un profond soupir. Un vrai coup de malchance, comme on dit. Il n'avait pas bu, ni rien. Il ne pleuvait pas, la météo n'était pas mauvaise. Il a perdu le contrôle du véhicule, nous ne savons toujours pas pourquoi. On a seulement retrouvé des traces de pneus : peut-être a-t-il voulu éviter un daim qui traversait la route, mais…

Ma gorge se serra. Je suffoquai au souvenir du rêve dans lequel des rosiers m'étouffaient.

Mab se pencha vers moi et m'embrassa sur le front. Ses lèvres étaient fraîches contre ma peau fiévreuse.

— Pose la tête sur mes genoux, Will Sanger, dit-elle. Je vais chasser ta malédiction en chantant.

Je la laissai attirer ma tête vers ses cuisses. Une merveilleuse sensation de délivrance m'envahit. L'une de ses mains reposait sur ma poitrine. Je baissai le menton pour observer ses gestes. Avec les pinces du barbecue, elle saisit l'une des pierres brûlantes et la posa sur le sol de l'écurie. Elle en aligna trois ainsi. Puis elle puisa un peu d'eau dans un bol et la versa sur les pierres. L'eau s'évapora avec un sifflement.

Elle prit une pincée d'une poudre brunâtre dans l'une des coupelles et en saupoudra également les pierres. La vapeur dégagea aussitôt une odeur plus âcre qui me piqua le nez.

— Ça fera seulement un peu mal, dit-elle en me montrant un petit poignard en argent.

Mais quand elle m'incisa la poitrine au centre de la meurtrissure, j'éprouvai une sensation de soulagement plus que de douleur, une brûlure fugitive, et le poids dans ma poitrine s'allégea un peu.

— Mainenant je vais jeter les autres herbes dans le feu, puis ajouter un peu de sang. Tu n'as plus qu'à essayer de te détendre.

Je me concentrai sur son visage, le triangle d'ombre au-dessous de son menton, la longue boucle qui lui tombait sur l'épaule. Puis, sur cette dernière vision, je fermai les yeux.

Un son léger s'éleva dans l'obscurité. Un fredonnement. Mab fredonnait. La vibration de ce fredonnement remonta le long de sa jambe et vint caresser mon cou. Je ne connaissais pas la mélodie, que Mab improvisait peut-être, mais elle revenait comme un refrain, inlassablement. J'entendais le bruissement de ses gestes, le sifflement de la vapeur et, de temps en temps, je sentais les légers mouvements de Mab sous ma tête. Ses doigts appliquèrent de nouveau quelque chose sur ma poitrine. Je me mis à transpirer et le fredonnement de Mab s'accéléra. Elle posa la main sur mon front et y dessina une spirale.

Mes os se transformèrent en eau brûlante et mes muscles se dénouèrent. Ma peau perdit sa consistance, puis s'évapora. Je ne percevais plus que sa main sur mon front et sa voix à mon oreille.

Mab

Je saignai sur les pierres.

Mon sang se mua en un brouillard flottant. Je l'étendis avec de l'eau et lui transmis de l'énergie avec mon chant. Je dessinai des runes de bien-être et de pureté sur la peau glissante de Will, communiquant tous mes espoirs à la musique et aux runes. Avec l'éventail de plumes de corbeau, je chassai la vapeur vers Will, vers son visage et sa poitrine. Je sortis du feu les autres pierres en me balançant au rythme de mon cœur et du sien. J'y versai de l'eau, puis respirai l'air moite et brûlant imprégné des parfums de la sauge, du pissenlit, de l'ail et du laiteron, de la lavande qui apaise et de la scutellaire qui détend. La sueur ruisselait sur mon visage et mes cheveux dansaient et s'emmêlaient follement.

J'avais le vertige, et seul le poids de la tête de Will sur ma cuisse m'ancrait encore à la terre. Je me concentrai sur ma respiration. J'inspirai, puis expirai profondément en phase avec la musique.

La magie jaillit de moi et se répandit sur Will, brûlante. Il tressaillit et je chantai plus fort à mesure que mon pouvoir consumait sa malédiction.

Une brise légère s'insinua dans l'écurie, dissipant les traînées de vapeur.

Je me penchai pour examiner la poitrine de Will. Les zébrures rouge vif avaient pâli et la rose jaunâtre disparu. Je poussai un soupir de soulagement, puis chatouillai les joues de Will avec l'extrémité de mes cheveux.

Quand il ouvrit les yeux, je pris son visage dans mes mains et l'inclinai dans un sens, puis dans l'autre en observant ses yeux. Des taches rouges persistaient sur ses iris bruns, mais cela ne m'inquiétait pas. Elles pâliraient tout comme la meurtrissure.

— Mab ? chuchota-t-il.

Lovée autour de lui, je lui souris.

— Je te déclare purifié, lui dis-je.

CHAPITRE 42

Gabriel est rentré tôt cet été-là. Tu es allé le chercher à la gare. Quand vous êtes descendus de la Pontiac devant la maison, tout sourire, je me suis jetée à son cou sans me soucier de ses cheveux rigides de brillantine, heureuse de respirer de nouveau le parfum ensoleillé de sa lotion après-rasage. Il m'a rendu mon étreinte :

— Plus d'enthousiasme que je ne m'y étais attendu ! a-t-il dit avec un gloussement étouffé.

Je l'ai pris par la main et mené à l'intérieur, où l'attendaient une tourte à la rhubarbe prélevée sur nos réserves pour l'hiver et un canard rôti préparé à son intention. Te souviens-tu de notre gaieté ? Nous avions tellement hâte de le revoir, de nous retrouver pendant de longues soirées devant le feu, où il nous ferait la lecture comme à son habitude et nous divertirait avec des récits de ses vagabondages. Tu souviens-tu que j'avais passé la semaine à nettoyer la maison, à apprêter mon jardin, et que tu avais repeint les cadres des fenêtres et tout le porche d'entrée ? Et que nous nous étions préparés au moment où tu lui annoncerais que tu m'avais demandé ma main ?

Nous avons éprouvé quelques instants de gêne parce que nous avions vécu seuls tous deux pendant près d'un an. Nous connaissions avec précision l'espace dont nous disposions, nous savions comment évoluer dans cet espace, quand nous pouvions nous frôler, dérober un baiser ou effleurer les doigts de l'autre. Et voilà que Gabriel était réapparu comme la pièce manquante d'un puzzle, si bien que tout était à réorganiser. Je me souvenais très bien de ce que j'avais ressenti à mon arrivée, quand j'étais encore une intruse. Je me suis donc forcée à rester en retrait afin qu'il puisse redevenir aussi proche de toi que de moi, et à me contenir alors que j'avais sans cesse envie de glisser les mains à l'intérieur de ta veste. Nous avons mangé le canard, ri, et Gabriel nous a régalés d'anecdotes sur la vie mondaine de Washington, les épouses arrogantes, les soirées raffinées. Je lui ai raconté qu'on s'arrachait mes savons et tu lui as parlé de ton projet de réunir Child Creek et Mighty Creek pour ensorceler le sol : il serait ainsi protégé en permanence pour que sa magie devienne éternelle. Nous avons presque terminé la tourte. Tandis que nous somnolions comme des chats au salon, tu as pris ma main et celle de Gabriel, puis, les doigts entrelacés aux miens, tu as annoncé :

— Gabriel, Evelyn a accepté de devenir ma femme.

Gabriel s'est figé comme un lapin aux abois, ses yeux se sont posés sur les miens. J'ai souri aussi joyeusement que possible, serré ta main et précisé :

— Mais Arthur a insisté pour attendre ton retour avant le mariage.

Gabriel s'est alors détendu, puis enfoncé dans la bergère avec un grand rire.

— Ma foi, a-t-il fait en levant un regard soulagé vers le plafond, moi qui croyais que vous auriez du mal à échanger plus de trois mots…

— Oh, mais nous avions mieux à faire que de parler ! ai-je répliqué avec effronterie, et tu en es resté ébahi pendant que Gabriel s'esclaffait. Il a ensuite foncé au garde-manger et en a rapporté une bouteille de cognac poussiéreuse. Cette nuit-là, nous nous sommes enivrés tous les trois, nous avons dansé, ri et chanté – toi aussi. Je me souviens d'avoir rêvé à notre avenir, à de nombreuses réjouissances, des enfants gazouillants, des Noël, des anniversaires et des veillées joyeuses.

Gabriel était présent dans tous ces rêves, à nos côtés, comme notre frère, notre ami, l'oncle de nos enfants. Comme nous aurions dû être heureux…

CHAPITRE 43

Will

Mab m'aida à m'asseoir et m'ordonna de me tenir tranquille pendant qu'elle ramassait ses affaires.

— Tu dois te reposer, laisser ton corps s'adapter, dit-elle.

Je la regardai éteindre le feu. J'éprouvais une sensation de vertige, mais qui n'avait rien de maladif. C'était plutôt ce qu'on ressent après avoir marqué un but. Je baissai les yeux vers ma poitrine. Elle était un peu pâle, mais les lignes rouges de l'infection avaient disparu. Je la touchai. La peau n'était pas plus chaude à cet endroit que sur le reste de mon corps. Je souris. Ça avait marché. Même ma migraine était partie. Je sentais la fumée et les parfums âcres des herbes. Un vent frais soufflait par la porte grande ouverte de l'écurie. Mon sourire s'élargit dans un rire.

Mab s'agenouilla devant moi avec un plateau de biscuits, de viande, de fromage en tranches, et un grand bol d'eau.

— Vas-y doucement, dit-elle.

Je commençai par boire à petites gorgées l'eau qu'elle me tendait. Mon estomac gronda et je m'attaquai à la nourriture. Mab toucha seulement ma main une fois ou deux pour me ralentir. Elle mangeait aussi, et à nous deux nous fîmes un sort à ce pique-nique improvisé. J'avais hâte de montrer à maman et de prouver à Ben que j'allais bien, mais la première chose que je ferais une fois rentré serait d'aller dire bonjour à mes chiennes avec un os au beurre de cacahuète.

Après avoir mangé et bu, je me sentis de nouveau moi-même et complètement revigoré. Je m'appuyai sur mes mains, puis inspirai profondément. Mab ramena ses genoux contre sa poitrine et m'observa. Quand son regard rencontra le mien, je lui adressai un large sourire, faute de savoir quoi faire d'autre. Elle sourit en retour.

— Je voudrais te montrer quelque chose, fit-elle.

Elle se leva et se dirigea vers les étagères surchargées qui s'alignaient contre un mur et en rapporta un panier rempli d'objets semblables à des jouets.

— Choisis-en un, dit-elle.

— Pourquoi ?

— Choisis-en un, c'est tout, répondit-elle avec un sourire mystérieux.

Je me penchai et fouillai avec précaution dans le panier. Il contenait des objets sculptés dans le bois et des ornements incrustés de paillettes, des figurines, des objets en métal et des fleurs en origami. Je choisis une figurine en plastique, un cheval au galop monté par un jockey penché sur son dos. Un petit anneau était fixé à la tête du cheval. Mab y passa une ficelle rouge.

— Super, commenta-t-elle.

Le cheval dans une main, elle me tendit l'autre.

Elle m'entraîna sur le versant ouest de la colline en me faisant traverser un pré. Nous étions tous deux nu-pieds et évitions soigneusement les tiges de ronces dissimulées sous les hautes herbes. Au passage, Mab me montrait des plantes aux noms tels qu'apocyn ou scarole. Les rayons du soleil à son zénith picotaient mes épaules nues. Une douce brise soufflait.

Je racontai à Mab cette blague débile où on prononce sans arrêt le mot « banane » jusqu'au moment où on interrompt quelqu'un d'un : « orange-tu-as-de-la-chance-que-je-n'aie-pas-dit : banane ». Mab riait si fort qu'on n'entendait plus le chant des oiseaux. C'était la magie qui me rendait aussi niais, sans doute, mais je m'en moquais. La main de Mab dans la mienne, je laissais ma tête voguer jusqu'aux nuages tel un ballon rempli d'air chaud.

À l'extrémité sud de la prairie, nous nous retrouvâmes face à un champ d'épaisses tiges à grandes feuilles qui nous arrivaient jusqu'à la taille. Quand je demandai à Mab si c'était du maïs, elle me regarda bizarrement.

— Ce sont des tournesols !

Elle plongea entre deux rangées. Je m'élançai dans son sillage et les feuilles cinglèrent mon ventre et mes flancs. C'était comme de passer en courant devant l'équipe adverse à la fin d'un match, quand on serre des mains ou qu'on tape dedans sans vraiment regarder les visages. Le soleil avait chauffé tout le champ. Je ralentis pour adopter mon rythme habituel de jogging, sans faire attention aux inégalités du sol. Devant nous, un vieux silo brillait d'une chaude couleur orangée dans la lumière. Mab se dirigea droit vers lui à travers une étendue de minuscules fleurs violettes qu'elle foula avec insouciance.

Arrivée devant le silo, elle empoigna une échelle délabrée.

— Tu as le vertige ? demanda-t-elle.

— Pas à ma connaissance.

Elle commença à monter et je la suivis immédiatement. Je commis l'erreur de lever les yeux, mais, Dieu merci, sa jupe était suffisamment ample et flottante autour de ses genoux pour dissimuler ses jambes. Je m'arrêtai, les mains crispées sur les montants de l'échelle, et attendis qu'elle ait atteint le sommet pour repartir. L'échelle tremblait sous mon poids, mais elle tenait bon. Plusieurs barreaux avaient été récemment consolidés et la rouille n'avait pas encore fait trop de dégâts.

Je me hissai par-dessus bord et fis un tonneau sur de l'herbe clairsemée, surpris de ne pas atterrir sur un toit. La plate-forme était ombragée par un arbre couvert de rubans et de bibelots ; on aurait cru un sapin de Noël délirant en plein été. Mab attendait ma réaction, un sourire aux lèvres, appuyée de la hanche au rebord du silo.

— Bienvenue dans ma tour, dit-elle en ouvrant les bras.

— C'est génial, comme endroit, déclarai-je, la tête renversée pour regarder à travers la frondaison de l'arbre.

Elle me demanda d'abaisser une branche pour y attacher l'ornement que j'avais choisi. Quand elle la relâcha, la détente fit tinter de minuscules clochettes argentées en une mélodie extravagante que le vent reprit. Mab m'entraîna de nouveau vers le bord de la tour.

Nous étions à au moins quatre étages de hauteur, avec une vue qui portait sur plusieurs kilomètres vers l'est. La colline s'élevait sur notre gauche et aucune maison n'était visible à travers le feuillage de l'arbre. Je ne distinguais la route du comté que par endroits, dans des trouées de végétation. Tout le reste n'était que prairies et moutonnements de forêts verdoyantes. Je regardai vers le sud. La vue y était à peu près semblable, avec plus de champs cultivés formant un damier vert et doré.

— Notre terre s'arrête à l'extrémité de la prairie que tu vois là-bas, au niveau de cette rangée de peupliers, expliqua Mab, la main gauche tendue, le front contre mon bras – j'aurais aimé le bouger afin que sa tête repose contre ma poitrine. Nous fauchons cette prairie tous les deux ans pour avoir du foin, poursuivit-elle, en alternance avec une autre plus à l'ouest. Tu ne peux pas la voir parce qu'elle se trouve derrière l'arbre, de l'autre côté de Mighty Creek, la rivière, qui est par là.

Je déplaçai mon bras et Mab se laissa aller contre moi, la tête levée, à l'affût de ma réaction.

— C'est incroyable, fis-je.

Sa main reposait contre mon flanc et ses cheveux me chatouillaient. J'aurais voulu ne plus jamais bouger.

Mab s'écarta doucement de moi et retourna auprès de l'arbre. Là où avait reposé sa main, mon corps était frais. Je restai immobile.

J'entendis sa voix dans l'ombre.

— Je n'avais encore jamais amené quelqu'un ici.

Elle avait parlé à mi-voix, et il y avait de l'étonnement dans son intonation.

Je tiquai.

— Je peux m'en aller si tu veux, ou nous pouvons faire autre chose, ou...

— Non, non.

Elle fit un pas chancelant dans ma direction.

— Ce n'est pas ce que je voulais dire...

Elle poussa un soupir.

— Je venais seulement de m'en rendre compte, mais je ne le regrette pas.

Je souris et elle me rendit mon sourire.

Cela me troubla et, pour faire diversion, je lui désignai la prairie.

— Tu crois que je pourrai amener mes chiennes là-bas un de ces jours ? Je crois qu'elles adoreraient cet endroit.

En pensant aux joyeux aboiements de Havoc et aux bonds de Wal, je sentis mon sourire s'élargir comme si mon visage allait se fendre en deux. J'avais terriblement envie de les revoir.

Mab me regarda gravement.

— Si elles promettent de ne plus se jeter sur aucun de mes sorts, répondit-elle.

— Hé là…

Je m'approchai d'elle et soutins son regard.

— Ce n'était pas leur faute. D'ailleurs…

Je m'arrêtai juste hors de sa portée, soudain attendri.

— D'ailleurs, tout bien réfléchi, je suis sacrément content que tout ça soit arrivé.

— Moi aussi, déclara-t-elle, et un sourire s'épanouit sur son visage.

Mab

La présence de quelqu'un d'autre que moi au sommet de ma tour aurait dû la faire rapetisser, mais elle me paraissait au contraire plus vaste et comme neuve. Je m'étais assise, le dos contre le tronc de l'arbre et les bras noués autour des genoux ; Will s'était allongé au soleil, les bras croisés derrière la tête. Les corbeaux nous rejoignirent pour se percher dans l'arbre, dont ils firent tinter les cloches et frémir le feuillage. Ces jeux d'ombre et de lumière semaient de taches mouvantes le visage et la poitrine de Will. Je distinguais encore sur lui la trace de la meurtrissure, semblable à une rose jaune, mais elle était presque effacée.

Le soulagement m'envahit. Maintenant que la malédiction que j'avais libérée des rosiers était purifiée, les derniers restes de magie disparaîtraient. J'avais le temps d'extirper la rune noire de Lukas en toute sécurité et de manière définitive. Tout s'arrangeait pour le mieux.

La joue appuyée sur mon genou, je regardais frémir les paupières de Will et ses yeux se mouvoir sous elles.

— Je ne suis pas sûr de pouvoir redescendre, dit-il doucement, ce qui me prit au dépourvu.

— Comment ça ? marmonnai-je.

— Parce que je me sens trop bien ici.

Il s'étira, la nuque renversée, doigts et orteils écartés, comme un gros chien qui se réveille, et tendit les bras en arrière vers moi.

J'enfonçai mes orteils dans l'herbe. Moi aussi, je me sentais toujours bien ici.

— Ça ne nous ferait pas de mal de dormir un peu après tout ce travail de purification, dis-je.

— Moi je me suis contenté de rester allongé. C'est toi qui as tout fait.

— C'est mon travail.

Je levai la main et caressai du doigt le dessous d'une feuille.

— Et je peux reconstituer mes réserves d'énergie en puisant dans la terre.

Les yeux de Will s'ouvrirent et il me regarda en étirant légèrement le cou.

— Ah bon ?

— Eh oui.

— Et que peux-tu faire d'autre ?

— Un peu de tout, répondis-je avec un sourire mystérieux.

— Marcher sur l'eau, par exemple ?

— Oh, répondis-je avec une moue, je n'ai jamais essayé, mais Arthur l'avait probablement fait.

Il se mit à rire, puis secoua la tête.

— C'était ton père ? demanda-t-il.

— Non, répondis-je en repliant mes genoux.

— Comment es-tu arrivée ici ?

— Comme la magie. Quelqu'un m'a amenée : ma mère, quand j'avais un peu moins de deux ans. Elle avait décidé qu'à cet âge je n'avais plus besoin d'elle en permanence.

Le sourire de Will disparut.

— C'est vraiment dur, fit-il.

— Oh, elle avait raison, en fait. J'avais Arthur et Granny Lyn, et souvent d'autres… cousins, enfin, je suppose que c'est ainsi que tu les appellerais. Quand j'étais plus jeune, il y a eu aussi chez nous un garçon de mon âge, Justin, et pendant cinq ans Faith et Eli, qui avaient deux enfants. Ma mère venait nous voir, puis repartait, et, pendant ses séjours chez nous, elle m'aimait à la folie.

Je haussai les épaules.

— Je ne me suis jamais sentie négligée ou abandonnée, si c'est ce à quoi tu penses. Ma famille est ici.

— Pas banal, comme famille, non ? Mais je suppose que de nos jours l'idée de normalité ne veut plus dire grand-chose pour beaucoup de familles.

J'acquiesçai.

— Et maintenant j'ai Donna, repris-je. J'avais onze ans quand elle est arrivée chez nous, un peu avant la disparition de ma mère. Son fils Nick me traite la plupart du temps comme si j'étais sa belle-sœur.

Je pensai alors à Silla. Je n'étais pas sûre de savoir ce qu'elle représentait pour moi, ni ce qu'elle voulait représenter. J'aurais aimé la considérer comme une sœur. Une sœur en magie.

Je levai les yeux vers les corbeaux perchés au-dessus de nous.

— Eux aussi font partie de ma famille, ajoutai-je.

— Ces corbeaux ?

— Oui, eux aussi, répondis-je en regardant Will, qui m'observait au lieu de regarder les oiseaux. Tu sais, quand ils sont arrivés, j'étais ici, au sommet de ce silo. J'étais en train d'attacher un talisman à l'une des branches de l'arbre.

Je me tournai pour le désigner du doigt.

— Celui-là, le petit ours en bois. J'étais sur la pointe des pieds et le ruban me glissait sans arrêt des doigts parce qu'il était neuf et tout raide. Soudain, un corbeau est venu se percher sur la branche et a posé sa patte sur le nœud pour le maintenir en place pendant que je faisais une boucle. Je lui ai dit : « Merci, monsieur » et il a incliné la tête en réponse. Ça m'a enchantée. Je me suis arraché quelques cheveux et je les ai tressés, poursuivis-je les yeux fermés tandis que ces souvenirs resurgissaient. Je lui ai offert la tresse et il l'a prise délicatement dans son bec comme si elle était plus précieuse que de l'or.

Will poussa un soupir.

— Tu parles d'eux comme s'ils étaient humains, dit-il.

Je cillai.

— Oh, mais ils le sont, répondis-je.

— Quoi ?

Il s'assit.

— Ces corbeaux sont en réalité un jeune homme qui s'appelait Reese. Il vivait dans le Missouri. Juste avant de mourir, il a projeté son esprit dans l'un de ces corbeaux pour échapper à la mort. Il a possédé ces oiseaux, et maintenant, il survit, il vole, il est libre et en sécurité ici, avec moi. Nous sommes amis.

Je souris au corbeau le plus proche, qui fit bouffer les plumes de son cou.

— C'est sidérant : être immortel et capable de voler en même temps… déclara Will avec une nuance de regret dans la voix. Il avait parlé sur un ton rêveur et inspiré. Il avait compris.

Je m'approchai de lui, et, quand il me regarda, je touchai sa poitrine. Je posai lentement la main sur elle, près de l'épaule, là où, le jour de notre rencontre, j'avais laissé l'empreinte sanglante de ma main. L'haleine de Will m'effleura la tempe et ébouriffa mes cheveux. Je me rapprochai encore, inclinai la tête sur le côté et posai les lèvres sur sa joue.

L'une de ses mains monta vers ma mâchoire et ses doigts me caressèrent juste au-dessous de l'oreille. Aucun de nous ne fit plus aucun geste pendant quelques troublants instants, puis Will se tourna vers moi et m'embrassa.

Ses lèvres étaient contre les miennes, prêtes à se fondre en elles si nous gardions la même immobilité.

J'écartai le menton pour inspirer son haleine, tout mon sang en ébullition, ce qui rapprocha encore mon visage du sien, si bien que lorsque je battis des paupières mes cils effleurèrent sa joue.

— Mab, chuchota-t-il.

Je souris, plongeai les yeux dans ses yeux de la couleur des glands et contemplai leur miroitement rouge, qui les rendait semblables à des éclats de verre. Il y avait entre nous un lien magique dont je percevais le bourdonnement.

CHAPITRE 44

Tu voulais que tes plus vieux amis me rencontrent, viennent à notre mariage, tu voulais me donner l'occasion de faire leur connaissance. Comme beaucoup étaient injoignables par téléphone et même par courrier, tu as dû partir à leur recherche. Il y avait en particulier ton ancien apprenti Philip Osborn, qui avait disparu dans les Rocheuses après la fin de la Seconde Guerre mondiale, les jumeaux allemands et Ernest Harleigh.

— Vas-y, mon vieux, lui a dit Gabriel. Je veillerai à ce qu'aucun dragon ne dévore ta princesse.

J'ai répondu que j'étais assez dragon de nature pour me défendre, Gabriel a tiré sur ma tresse comme s'il avait dix ans et tu as été rassuré.

Les premiers jours se sont passés tout à fait normalement, même si ton contact me manquait, surtout le matin au réveil. Gabriel se réhabituait à la vie de fermier, comblait le vide que tu avais laissé et, je dois le dire, savait bien mieux apprécier ma cuisine que toi. Le troisième jour, au coucher du soleil, il m'a apporté du thé tandis que je regardais du perron le ciel virer du bleu pâle au violet. Il m'a expliqué qu'il avait acheté ce thé à New York. On le préparait avec une minuscule fleur jaune qui ne poussait pas dans la prairie. Je l'ai bu. Son arrière-goût douceâtre était couvert par la menthe que Gabriel y avait ajoutée. C'était délicieux.

Mais ce thé contenait du poison.

CHAPITRE 45

Mab

Comme le soir approchait, je ramenai Will dans l'écurie pour qu'il se rhabille, après quoi nous contournâmes les bâtiment pour regagner la voiture. Malgré mon envie de le voir rester, je devais le ramener chez lui, en ville. À mi-chemin, il prit son téléphone et envoya un SMS à ses parents. Puis il posa la main sur mon poignet.

— Je n'ai pas envie de rentrer tout de suite, dit-il. Que dirais-tu d'un pavé ?

Je n'avais pas la moindre idée de ce qu'il voulait dire. Il me guida vers une rue commerçante dans le sens le plus horrible du terme, avec des fast-foods tous les deux mètres et des supermarchés géants, tourna dans un passage et s'arrêta devant un immeuble sur les stores duquel étaient peintes des vaches de dessin animé. Il y commanda un pavé glacé à la fraise, puis, après m'avoir jeté un regard, un autre à la menthe avec des pastilles en chocolat. Je voulus payer avec quelques feuilles prises dans la boîte à gants et transformées à la hâte en billets de banque, mais Will me les arracha des mains et tira son portefeuille de sa poche. Tandis que nous repartions vers le monde réel, il coinça les deux gobelets en polystyrène entre ses genoux et ouvrit le compartiment à gants. Il en retira toutes les feuilles qui restaient dedans et les jeta par la fenêtre. Elles s'envolèrent dans notre sillage et quelques corbeaux plongèrent pour les attraper.

Je suivis les indications de Will et débouchai sur le parking de son lycée. Il y avait peu de monde. La plupart des activités extrascolaires devaient se terminer vers cette heure-là. Des élèves arrivaient au compte-gouttes sur le parking pour reprendre leurs voitures. Nous sortîmes à l'autre bout, près du terrain de foot. Ma glace à la main, je montai sur les gradins en béton. Le stade ressemblait à un ancien colisée en pierre et en ciment bâti autour d'une pelouse. Les bandes blanches avaient été peintes tout récemment sur l'herbe, comme des runes, et une piste en brique rose vif en faisait le tour.

— On dirait un cercle magique géant, dis-je pour plaisanter.

— Non, c'est mon silo à moi, répondit Will avec un sourire.

Cela compensait largement le fait de me retrouver coincée en ville, sans le réconfort de la terre sous mes pieds.

Au-dessus de nous, les nuages avaient disparu avec le plus gros de l'humidité, laissant un ciel d'un bleu uni. Je m'assis à côté de Will. Le soleil déclinant projetait sur nous ses rayons par-dessus les arbres. Je repliai mes jambes sous moi. Les corbeaux se posèrent autour de nous et sautillèrent, à l'affût de miettes et de déchets.

— Pour moi, ce n'est pas de la vraie nourriture, dis-je en plongeant ma cuillère en plastique dans le bloc de crème glacée.

— C'est de la crème anglaise, répondit Will. Tu veux goûter à la fraise ? proposa-t-il en me tendant sa cuillère.

J'examinai le contenu de son gobelet, dur comme de la pierre.

— Seul un steak devrait être de ce rose-là, déclarai-je.

— Tu la regardes comme si tu voulais la transformer en grenouille, commenta Will, la bouche pleine.

Je goûtai ma glace. La menthe était étonnamment rafraîchissante. Quand je l'eus laissée fondre sur ma langue, il me resta une petite flaque de chocolat.

— Je savais que ça te plairait.

Il avait déjà englouti la moitié de la sienne. Je m'attaquai au reste en plongeant la cuillère dedans. Nous ne mangions pas souvent de glace à la maison et je n'avais encore jamais goûté à ce parfum. J'avalai bouchée sur bouchée, bien trop vite : un mal de crâne me vrilla instantanément le front, j'étouffai un cri et repoussai le gobelet. Tandis que Will réprimait son envie de rire, je m'allongeai la joue contre le gradin en béton brûlant dont la chaleur pénétra tout mon corps.

Will était assis juste au-dessous de moi, accoté à un gradin, l'épaule à quelques centimètres à peine de mon nez. Je rouvris les yeux et contemplai l'essaim de taches de rousseur qui descendait des racines de ses cheveux pour disparaître sous l'encolure de son T-shirt.

Je tendis la main et les effleurai. Will tressaillit brièvement. Je posai la main sur son épaule, là où elle se rattachait à la nuque. Sa peau était chaude de soleil et ses épaules se soulevaient et retombaient au rythme de sa respiration.

— C'est ici que vous jouez au foot ? demandai-je.

— Non, on s'entraîne ici de temps en temps, mais pour un match il faut un terrain plus grand. On joue là-bas, dit-il avec un geste vers le sud. Tu vois les cages à buts ?

J'acquiesçai sans regarder. Il leva la main et la posa sur la mienne. Je restais immobile, alanguie dans la chaleur du stade et la contemplation du mouvement de sa mâchoire quand il parlait, du jeu des muscles de son cou et des imperceptibles oscillations de ses lobes d'oreilles.

Plusieurs gradins au-dessous de nous, un moineau gris et brun atterrit, puis, par bonds nerveux, s'éloigna des corbeaux qui s'étaient déployés en un large demi-cercle. Il tenait un gros bout de pain dans son bec minuscule. Je fermai les yeux. Le grondement de la circulation citadine m'emplit les oreilles. Je respirais le parfum estival de la ville, mélange de gaz d'échappement, de boue et d'ordures pourrissantes à l'odeur douceâtre. Ma peau cuisait et la sueur perlait le long de mon échine, mais je n'avais pas envie de me lever et de partir. Il y avait quelque chose de choquant et d'agréable à rester allongée sous ce soleil aveuglant et torride. Tout le monde pouvait me voir, moi tout entière, avec la main de Will dans la mienne.

— Qu'est-ce que tu veux, Mab ? me demanda paisiblement Will.

Je me redressai pour le regarder. Son visage était plissé parce qu'il levait la tête vers le soleil. Une étincelle rouge persistant au bord de son iris m'adressait comme un signal.

— Ce que je veux ? répétai-je.

— Oui. Ce que tu veux faire de ta vie.

— Oh, eh bien… continuer d'être qui je suis, ce que je suis : le Diacre. Pratiquer la magie. Vivre et respirer par la terre et ses énergies. Aider les gens. Conjurer les malédictions. C'est ma vocation.

La bouche de Will esquissa un rictus amer.

— Ça doit être bien, fit-il.

Je secouai la tête.

— C'est difficile.

— Mais au moins, tu sais ce que tu veux.

— Pas toi ?

J'attirai sa main dans mon giron et la gardai dans les miennes.

— Tu m'as dit que tu voulais voyager, voir de belles choses et voler au-dessus de l'océan.

— Mais ça ne signifie pas grand-chose. Au fond, c'est juste… juste une manière de fuir.

Il se leva, se frotta les yeux et poursuivit, le dos tourné :

— Je suis seulement certain de ce que je ne veux pas devenir : un Marine comme mes frères et mon père. Je ne veux pas… je ne veux pas devenir ce qu'ils pensent que je dois devenir. Aaron a suivi cette voie et c'est ce qui l'a tué. Stupidement.

Sa voix s'étrangla.

— Pour moi, ç'a été comme un réveil, tu comprends ? Je me suis rendu compte qu'il y avait d'autres voies, ça m'a ouvert les yeux… Mais finalement, je n'ai rien vu.

Je me levai à mon tour et restai immobile au bord du gradin, le ventre au niveau de l'arrière de sa tête.

— Si, tu m'as vue, dis-je doucement.

Will se retourna, les yeux levés vers moi.

— C'est vrai, je te vois, mais d'une certaine manière ça ne fait qu'aggraver les choses. Toi, tu sais ce que tu veux. Tu es si sûre de tout… et ça me rend dingue, mais c'est aussi ce que je voudrais : être sûr.

— Non, je ne suis pas si sûre de tout. Je ne sais pas toujours ce que je dois faire ! déclarai-je avec un rire désemparé, au souvenir de l'aide toute provisoire que j'avais apportée à Lukas. J'ai encore beaucoup à apprendre, ajoutai-je.

— Mais au moins, tu sais qui tu es, chuchota-t-il.

Le désespoir qui perçait dans son intonation me fit mal. Je tendis la main vers lui et l'attirai à moi, son visage contre mon ventre. Ses bras se nouèrent autour de mes hanches.

— Je sais aussi qui tu es, Will, chuchotai-je.

J'avais vu, goûté et transformé son sang. Après avoir fait cela, il était impossible de ne pas connaître quelqu'un. J'inclinai mon corps au-dessus du sien comme si je pouvais le protéger du monde extérieur.

Will recula un peu pour lever la tête vers moi, mais ses mains tenaient toujours fermement mes hanches et leur étreinte me brûlait à travers ma robe.

— Qui suis-je, alors ? demanda-t-il.

— Je ne peux pas te le dire. Ça tuerait la magie de la découverte que tu en feras, répondis-je avec un sourire en coin pour lui faire comprendre que je le taquinais.

Il éclata d'un petit rire qui paraissait plus triste que joyeux.

— J'ai du mal à croire que je suis en train de parler de ça, dit-il. Ce n'est pas vraiment le genre de choses dont on parle tous les jours, tu sais ?

— Non, je ne le sais pas.

— C'est probablement pour cette raison que ça nous arrive.

Will me fit descendre et je me laissai aller contre lui, tout mon corps pressé contre le sien, en retenant mon souffle.

— Ohé, Will ! cria quelqu'un.

Will s'écarta de moi et se retourna, une main levée pour se protéger du soleil.

— Matt ! répondit-il.

J'enroulai le bas de son T-shirt autour de mes doigts dans le creux de son dos. Les corbeaux s'envolèrent et montèrent dans le ciel vers des points de vue plus élevés.

L'autre – Matt – escalada les gradins comme s'il volait. Son sac à dos rebondissait contre lui et il devait écarter tous les deux pas ses longs cheveux qui lui retombaient dans les yeux.

— Je pensais bien que c'était toi, dit-il quand il nous eut rejoints, même si tu es censé être privé de sortie.

Will fit une grimace, vite remplacée par un sourire.

— Mab m'a fait évader, expliqua-t-il.

— Fichtre !

Matt me dévisagea avec un mélange de méfiance et de respect, puis balaya à nouveau ses cheveux de son visage.

— Tu dois posséder des pouvoirs magiques pour avoir réussi à vaincre son père !

Je restai interloquée, mais Will éclata de rire. Il retira ma main de son T-shirt la gardant serrée dans la sienne.

— Elle en possède, pas de doute là-dessus, répondit-il. Puis, avec un sourire qui s'adressait à moi, il me présenta Matt.

— Mab, voici le capitaine de notre équipe de foot. Matt, je te présente... mais est-il besoin de le préciser ? Je te présente Mab Prowd.

Tout en regrettant de ne pas sentir sous mes sandales quelque chose de plus doux et de plus naturel que du béton, je dégageai ma main de celle de Will pour la tendre à Matt. Il la saisit et je le regardai droit dans les yeux en affichant le plus grand calme. Soudain il me vint à l'idée que Will aurait souri. J'esquissai donc un sourire, auquel Matt répondit aussitôt avec un léger hochement de tête.

— Ravi de te rencontrer enfin, dit-il.

— Enfin ? répétai-je avec un regard interrogateur qui s'adressait aux deux. Ça ne fait pas si longtemps que nous nous connaissons, Will et moi !

— Ouais, mais...

Matt se pencha tellement vers moi que nos épaules se touchaient presque, puis se tourna vers Will, si bien qu'il se retrouva isolé face à nous.

— Cet abruti s'est déjà attiré des ennuis deux fois depuis qu'il t'a rencontrée, alors ça ne fait peut-être pas longtemps que vous vous connaissez, mais c'est du sérieux.

— Je n'en étais pas si sûr au début, avoua Will.

Je me sentis soudain un peu perdue entre eux et me contentai d'acquiescer. Si seulement je pouvais partir me remonter le moral au milieu de la nature, au lieu de rester plantée dans ce stade de béton stérile !

— Attends, reprit Will. Pourquoi deux fois ?

Matt le regarda d'un air innocent, démenti par son sourire en coin.

— Shanti m'a dit que tu les avais lâchées au marché fermier, elle et les filles, répondit-il.

Will se renfrogna.

— Elles ne voulaient même pas de moi là-bas, riposta-t-il.

— Bah, de toute façon…

Matt eut un haussement d'épaules qui me rappelait celui de mon cousin Justin chaque fois qu'il parlait des femmes.

— Il faut que je me sauve, intervins-je.

Je n'avais pas envie de rester plus longtemps avec ce type et je regrettais vraiment qu'il nous ait dérangés, Will et moi.

— Moi aussi, soupira Will. Je n'ai pas complètement quartier libre.

— C'est vraiment bête, déclara Matt en s'écartant de nous. Vous devriez venir avec moi, on achètera à manger quelque part et puis on passera prendre Shanti, comme on avait dit, ajouta-t-il en regardant Will. Elle meurt d'envie de sortir avec Mab.

Je me sentis soudain très mal à l'aise, comme si j'avais l'estomac rempli d'eau chaude, à l'idée que des gens de mon âge vivant dans le monde civilisé pouvaient parler de moi ou seulement penser à moi. Je n'avais rien de commun avec eux ni avec leur univers.

Will se tut, me regarda et dut lire l'incertitude sur mon visage.

— Je ne peux pas ce soir. Mais on devrait essayer un de ces quatre, reprit-il en regardant Matt et moi tour à tour. Après les exams, peut-être.

Il prononça ces derniers mots sur un ton interrogateur qui s'adressait surtout à moi.

Je rassemblai mon courage et j'acquiesçai.

Will

Quand j'avais répondu que je n'étais pas libre, ce n'était pas un mensonge. J'avais bien prévenu maman par SMS, mais je n'étais pas fâché que Matt m'ait fourni un prétexte pour rentrer.

J'indiquai à Mab le chemin de la maison et elle se concentra sur la route.

— Merci... je veux dire, d'avoir été sympa avec Matt, dis-je au bout de quelques minutes d'un silence seulement troublé par le ronron du moteur.

Un sourire passa sur son visage.

— Normal, répondit-elle. C'est ton ami.

— Je ne voudrais pas te forcer à faire quelque chose dont tu n'aurais pas envie, c'est tout.

Mab se tut jusqu'à un feu rouge, puis elle me regarda d'un air timide, ce qui me sidéra.

— Ça ne m'ennuie pas du tout de sortir avec toi et tes amis, dit-elle.

L'étrange lueur orange du soleil couchant qui se reflétait sur la vitre de sa portière semblait entrer dans la voiture uniquement pour jouer sur ses lèvres.

Je les contemplai, tout juste capable de hocher la tête et d'articuler d'une voix rauque :

— Super !

Elle sourit, puis se concentra de nouveau sur la conduite. Je me détendis, la tête renversée contre le dossier craquelé de mon siège. Un air chaud filtrait par la vitre entrouverte.

— Je pensais à ce que tu as dit tout à l'heure, reprit-elle soudain. Sur le fait de ne pas savoir qui tu es. Et je me demandais qui tu voudrais être.

J'inspirai profondément.

— Je ne sais pas, dis-je. Je devrais sûrement. Tous les autres savent ce qu'ils veulent devenir : médecin, avocat, biologiste. Soldat, écrivain ou comptable. Tous les gens que je connais ont des projets.

— Bon, alors dis-moi ce que tu ne veux pas.

Accepter que tu me déposes chez moi et rester des jours et des jours sans te revoir, pensai-je.

Je m'éclaircis la gorge.

— Je ne veux pas entrer dans l'armée, répondis-je. Je ne veux pas faire quelque chose seulement parce que je suis censé le faire, parce qu'on l'attend de moi.

— D'accord, tu peux commencer par là, approuva-t-elle.

— Ce n'est pas grand-chose. C'est même le contraire d'une réponse.

Elle me jeta un coup d'œil rapide, puis regarda de nouveau la route.

— Parfois, quand je ne sais pas quoi décider, je me demande ce que ma mère aurait fait à ma place, et je fais le contraire, dit-elle.

J'esquissai une grimace.

— Elle était si terrible que ça ?

— Elle a tué Reese et ses parents.

Sa manière de le dire, presque nonchalante, rendait tout cela à la fois insignifiant et encore plus atroce.

— Quelle horreur, dis-je.

— Avant sa mort, je ne savais pas ce qu'elle avait fait de pire. Je la trouvais douée, magnifique, astucieuse. Je l'adorais, même si elle finissait toujours par s'en aller.

Elle poussa un soupir, puis battit des paupières.

— Je voulais lui ressembler. Enfin, c'était ce que je voulais avant. Avant de savoir qu'elle détruisait tout ce qu'elle touchait. Elle avait oublié les liens de la magie, elle avait oublié que la magie ne se limite pas à nous-mêmes, mais concerne le monde entier. Moi, je voudrais ne jamais l'oublier. Je ne veux pas agir de manière purement égoïste. Ma magie doit œuvrer pour le bien.

— Tu essaies de réparer ce qu'elle a détruit.

— Oui, je suppose, mais pas seulement.

— Tu y arriveras. Je sais que tu y arriveras.

— Et toi, Will, tu trouveras ta voie, fit-elle en souriant.

Je lui rendis son sourire. C'était sans aucun doute la conversation la plus folle et la plus embarrassante que j'aie jamais eue, mais Mab rendait tout un peu extravagant, même le vieux tacot qu'elle conduisait.

Quelques minutes plus tard, elle débouchait dans l'allée de ma maison. Elle freina brusquement, puis se tourna vers moi.

— Et voilà, tu es arrivé.

Au lieu de sortir, je la regardai. Jusqu'ici, je n'avais jamais admiré personne de mon âge. Mab n'était pas seulement superbe et étrange. Elle était également sûre d'elle. Et elle se connaissait. C'était exactement ainsi que je voulais devenir.

Je me penchai vers elle par-dessus le dossier de mon siège, qui craqua sous ma main. Mab me rencontra à mi-chemin. Nous nous embrassâmes. Ce fut exactement comme la fois précédente. Elle sentait le feu et les herbes, et ses cheveux grattaient la main que j'avais passée derrière sa nuque.

Ce baiser ne dura que quelques secondes, mais mon sang rugissait dans mes oreilles. Je souris en l'embrassant et Mab s'écarta imperceptiblement. Ses yeux d'un bleu virtuel étaient immenses et ils rayonnaient. Ses joues étaient cramoisies. Si nous n'avions pas été devant ma maison, je l'aurais saisie et embrassée de nouveau, aussi sauvagement que je mourais d'envie de le faire.

Elle replia les doigts contre ma poitrine.

— Je te téléphonerai, d'accord ? chuchotai-je.

Elle acquiesça en silence, serra les lèvres et hocha de nouveau la tête. Puis elle reposa ses mains sur le volant, qu'elle serra.

La tension de ses doigts fit blanchir ses jointures et je la devinai aussi avide que moi. Tout en souriant, je réussis à m'extraire de la voiture et à claquer la portière. Je restai immobile, nageant dans le bonheur, pendant que la berline faisait marche arrière.

Avant de disparaître, elle pressa la paume de sa main contre la vitre. Les corbeaux la suivirent à tire-d'aile.

CHAPITRE 46

Le poison que Gabriel m'avait fait prendre n'était ni rapide, ni mortel. Gabriel lui instillait sa magie sous la forme de gouttes de sang destinées à envahir le mien, à s'insinuer lentement dans mes veines pour me transformer.

Pendant deux jours, j'ai grelotté de fièvre, transpirant, gémissant, étroitement emmitouflée dans mes couvertures. La magie rendait mes os douloureux, je souffrais de maux de tête et mes doigts tremblaient. Je crus que j'avais la grippe, mais comme mon état s'améliorait grâce aux médications de Gabriel, qu'aurais-je pu soupçonner ? Il était aux petits soins pour moi et je l'en bénissais. Je me souviens de lui avoir pris la main le matin où j'ai enfin réussi à me lever et de l'avoir embrassé sur la joue en le remerciant. Il avait passé le bras autour de moi pour me soutenir. Il se montrait doux et prévenant. Oh, Arthur, comment aurais-je pu deviner ?

J'étais faible, mais néanmoins capable de vaquer à mes tâches. C'est seulement lorsque je me suis habillée pour aller en ville ce dimanche-là, en épinglant mon chapeau devant le miroir, que j'ai remarqué un trait rouge dans mes yeux.

CHAPITRE 47

Will

Une musique dans la tête, je poussai la porte de la maison. Il était huit heures du soir et je venais de me faire déposer devant chez moi par la fille la plus folle et la plus magnifique de l'univers. Les mains sur les hanches, je rejetai la tête en arrière.

— Bonjour tout le monde ! lançai-je à la cantonade. Je voudrais convoquer un conseil de famille !

Maman arriva la première. Elle surgit de la cuisine.

— Will, ça va ? demanda-t-elle avec un sourire intrigué.

La taille serrée dans un tablier à fleurs, elle avait un torchon à la main.

— Maman, tu as une minute ?

Elle fit signe que oui.

— Je finissais seulement de remplir le lave-vaisselle, répondit-elle.

Je m'approchai d'elle et l'embrassai sur la joue.

— Papa et Ben sont là ? J'ai vu les voitures.

— Ils regardent le coucher de soleil du patio.

— Parfait, je n'en aurai pas pour longtemps. Je les rejoins, tu viens ?

— Je démarre juste le lave-vaisselle.

Je sortis sur le patio par la porte coulissante. La cour était plongée dans la pénombre depuis que le soleil était descendu derrière le toit des voisins. Papa et Ben étaient allongés sur deux chaises longues délabrées, une bouteille de soda à la main.

— Bonsoir, mon petit, dit papa.

Il portait son T-shirt préféré, plutôt surprenant, à l'effigie du Hard Rock Café de Bahrein, qu'un pote lui avait envoyé en souvenir de la première guerre du Golfe.

— Alors, ces greffes ? demanda Ben.

— Hein ? dis-je, trop occupé à chercher mes chiennes des yeux pour réfléchir à sa question.

— Les arbres ? insista-t-il.Tu sais bien, la raison pour laquelle on t'a relaxé cet après-midi ?

Je pivotai sur moi-même.

— Ah ! Euh, oui, super !

Je lui adressai un large sourire de mon air le plus innocent, mais il n'était pas dupe.

— Maman va nous rejoindre, dis-je. Je voudrais tenir un conseil de famille.

Papa reposa son soda, les sourcils froncés.

— Qu'est-ce qui ne va pas ?

— Rien du tout, répondis-je avec un bref regard à Ben, je voudrais juste vous annoncer quelque chose en ce qui concerne mon avenir.

Sans leur laisser le temps de répondre, je sortis du patio et me dirigeai au trot vers le chenil. J'avais repéré la robe de Havoc à travers les planches. Je tirai le verrou et m'accroupis, les mains tendues.

Walkyrie resta en retrait, la queue basse. Havoc s'approcha de moi, le poil hérissé, mais sans montrer les dents ni gronder. Je restai immobile et me contraignis à respirer régulièrement. Havoc s'arrêta à moins d'un mètre de moi, tendit le cou et posa sa truffe noire sur le bout de l'un de mes doigts.

Je tremblais de l'effort que je m'imposais pour rester immobile.

— Will ! appela Ben.

Havoc recula d'un bond, mais ses oreilles étaient dressées.

— Salut, poulette ! murmurai-je.

Elle inclina la tête sur le côté et je me mis à rire, soulagé. Elle restait sur ses gardes, mais elle était redevenue elle-même.

— Je reviendrai vous voir avec du bacon ou quelque chose d'autre pour vous régaler, d'ac' ? repris-je.

Au mot de « bacon », Walkyrie leva la queue et s'immobilisa, attentive.

— C'est promis, Wal, fis-je en riant de nouveau. Ça marchait. La magie de Mab avait opéré.

Je sortis du chenil en laissant la porte ouverte afin que les chiennes puissent nous rejoindre si elles en avaient envie. Maman m'attendait avec Ben et papa sur le patio. Elle avait ôté son tablier et se tenait debout, les bras passés autour de leur taille.

Mon cœur me martelait les côtes. Je passai la main sous ma mâchoire, à l'endroit où mon pouls battait à tout rompre comme pour s'évader, et me préparai à annoncer à mes parents que j'envoyais valser tous leurs projets pour mon avenir.

Mab

Dès que je me retrouvai seule dans la voiture, je me débarrassai de mes sandales pour conduire pieds nus. La berline pétarada quand j'accélérai sur le pont de l'autoroute, et deux corbeaux glapirent à mon adresse par la vitre ouverte. Je passai la main au-dehors et sentis la chaleur du vent. Je la laissai s'engouffrer dans la voiture et balayer le fou rire qui jaillissait de mon cœur.

Il y avait longtemps que je ne m'étais pas sentie aussi euphorique. Pas depuis la dernière fois que j'avais dansé avec Arthur et Granny, peu avant la mort de cette dernière, le jour où nous avions allumé un bûcher près du jardin pour faire brûler nos vœux jusqu'aux étoiles. Donna était venue, ainsi qu'Eli et Faith avec leurs enfants. Même Nick et Silla étaient là, car c'était au moment de leurs vacances d'automne. Le monde entier sentait le cidre et la fumée, et je me souviens d'avoir ri si fort que le lendemain je pouvais à peine parler tant j'étais enrouée. J'avais appris à Hannah à lire son nom dans les dessins changeants des feuilles d'érable rouges et dorées, et, au coucher du soleil, Nick avait fait circuler sa flasque de whisky.

Il avait porté un toast à Reese pour le cinquième anniversaire de sa mort et la brûlure de l'alcool m'avait fait monter les larmes aux yeux. Les corbeaux tournoyaient au-dessus de nos têtes. Silla avait recraché sa gorgée de whisky dans le feu, dont les flammes avaient bondi. Elle avait tendu les mains, saisi les flammes et les avait tirées vers elle comme une corde, qu'elle avait lancée à son frère.

C'était éprouvant pour tout le monde, parce que le passé pesait lourd. C'était à cause de ma mère que nous nous connaissions tous, bien que son nom ne fût jamais prononcé en présence de Silla.

Les corbeaux s'étaient envolés en spirale avec la corde de feu. Chaque oiseau en avait saisi un brin, la divisant en douze fils avec lesquels ils avaient tissé un filet. Ils l'avaient laissé retomber pour que chacun de nous en attrape un bout, même la petite Hannah, qui savait déjà qu'elle devait couvrir ses mains de terre avant d'attraper le sien. Le filet de minces flammes nous reliait les uns aux autres. Sa magie brûlante traversait mes paumes, mon cœur et mes pieds pour rejoindre la terre.

Avec ma famille autour de moi, je me sentais capable de bondir vers le ciel pour voler avec les corbeaux.

Après avoir traversé notre terre jusqu'à ses portes secrètes, je décidai d'envoyer des invitations à tous nos parents, afin que le plus grand nombre possible vienne ici faire connaissance avec le nouveau Diacre. Ce serait une longue soirée d'été pendant laquelle nous pourrions nous prélasser au soleil, faire des grillades, jouer et rire.

J'inviterais également Will, et peut-être ses amis.

Je garai la berline dans l'allée et j'en descendis plongée dans mes réflexions. Je voulais demander conseil à Donna sur le moment opportun pour téléphoner à Will. Je ne voulais paraître ni trop ni trop peu enthousiaste, et je n'avais aucune idée du juste milieu.

J'entrai et m'arrêtai court : immobile dans l'entrée, Donna regardait fixement le téléphone. C'était un appareil mural lourd et désuet, au cadran que l'on faisait tourner, aux chiffres usés par des années d'usage et à l'écouteur terni. J'attendis, immobile.

Ses mains pendaient le long de ses hanches et les manches de sa chemise en lin lui arrivaient presque aux doigts. Ses cheveux étaient tressés dans son dos et elle portait ses jeans préférés, larges, aux genoux troués, et des bottes de jardinage. Elle tendit la main vers le téléphone, décrocha, mais se figea, l'écouteur en suspens. Le cordon oscillait, mais tout le reste était comme pétrifié.

Finalement, Donna reposa le combiné sur son support, pivota sur elle-même et se dirigea vers la cuisine.

Je lui emboîtai le pas après un dernier regard au téléphone, puis m'appuyai d'une main à l'arche séparant le couloir de la cuisine.

— Tout va bien ? demandai-je.

Donna fit volte-face, un couteau à beurre à la main.

— Oh, Mab, c'est toi ! Oui, tout va bien.

— Où est Lukas ?

De son couteau, elle désigna le plafond.

— Dans la baignoire. On a brûlé des feuilles dans le jardin et il était sale comme un peigne.

— Que puis-je préparer pour le dîner ? demandai-je, et j'allai me laver les mains à l'évier en me demandant comment je pourrais l'interroger sur la scène dont je venais d'être témoin.

— Je pensais que nous pourrions faire griller des kebabs avec des tomates, des poivrons verts et le reste de ragoût.

Par la fenêtre, je voyais les ombres de la cour allonger leurs doigts mauves.

— Je vais allumer l'encens antimoustiques, annonçai-je.

Alors que je m'essuyais les doigts au torchon passé dans la poignée du four, je sentis la présence de Donna derrière moi.

— La cérémonie de remise de diplôme de Silla a lieu dimanche prochain, dit-elle.

L'euphorie que j'avais ressentie sur le chemin du retour se raviva.

— Ah oui, c'est vrai ! Tu comptes y assister ?

— Je pourrais prendre le train demain matin pour les rejoindre. Je les aiderai à faire leurs bagages pour l'Oregon, répondit Donna d'un air dégagé, en me regardant droit dans les yeux.

Je jetai un coup d'œil au téléphone par-dessus son épaule.

— Oui, tu devrais y aller, dis-je. Silla a encore quelques affaires d'Arthur que j'aimerais récupérer avant son départ. Et puis, poursuivis-je en ouvrant le réfrigérateur pour y prendre le carton de tomates, je voudrais organiser cet été une soirée à laquelle j'inviterai tous les sorciers du sang pour leur présenter leur nouveau Diacre, conclus-je, et, le menton levé, je souris.

— Je pourrais ramener Nick et Silla ici avant leur départ.

— Tout juste ! Je suis sûre que Nick voudra voir comment Lukas s'en sort.

— Hum...

Donna fit un pas de côté, les yeux fixés sur le téléphone, la tête inclinée comme si l'idée lui en était venue à l'instant.

— Je voudrais qu'il sache que je comprends la raison de son départ.

Elle s'approcha du téléphone.

— Pourquoi ne m'accompagnerais-tu pas avec Lukas en Oregon ?

Je tapotai le carton de tomates.

— Je préférerais ne pas le faire sortir trop tôt d'ici après le travail que nous avons fait sur la rune noire. Il faut qu'il s'habitue à notre terre, qu'elle et lui trouvent ensemble leur équilibre.

Je levai la tête et regardai le plafond comme si je pouvais voir Lukas à travers le plâtre. La chanson de la tuyauterie m'apprit qu'il était en train de vider la baignoire.

— On s'en sortira très bien tous les deux, repris-je. Ce sera même mieux pour nous : nous pourrons réfléchir en toute tranquillité au moyen de le libérer définitivement de cette malédiction.

— Mais il est si jeune... objecta Donna, les sourcils froncés. Je ferais peut-être mieux de rester.

— Non, trop tard ! répliquai-je en dansant autour d'elle. Cette idée me plaît trop. Lukas et moi ne ferons la cuisine ni le ménage, et nous dormirons à la belle étoile en vrais païens.

Je reculai vers le téléphone.

— On va s'offrir un week-end prolongé de camping. Si tu ne veux pas appeler Nick, c'est moi qui le ferai.

Donna attrapa ma main en riant.

— Non, tu ne le feras pas. Je peux être courageuse, tu sais, Mab Prowd.

— Je sais !

Je me haussai sur la pointe des pieds, l'embrassai doucement, puis sortis en courant.

— Je vais allumer l'antimoustiques ! criai-je.

Will

Le soleil se couchait derrière la maison des voisins, mais le ciel restait bleu. Maman et papa parlaient à mi-voix à la table du patio devant les restes d'un plateau de brownies au caramel. Avec une allumette géante, Ben allumait lentement les torches en bambou antimoustiques disposées aux quatre coins du patio. Walkyrie le suivait, sa balle fluo préférée dans la gueule, attendant qu'il la lui lance de nouveau. J'étais assis par terre, adossé au mur de la maison, les jambes étendues devant moi. Havoc, allongée à un mètre de moi, se rapprochait toutes les trois minutes depuis que j'étais assis.

Tout s'était bien mieux passé que je ne m'y étais attendu. Ben avait serré les dents et gardé le silence pendant que j'annonçais à papa et maman que je ne me présenterais pas à l'Académie navale ni à l'université, parce que j'avais envie de prendre une année pour travailler et voyager. Maman me demanda où je voulais aller. Papa déclara très calmement qu'il était content de savoir ce que j'avais en tête, mais que vraiment, à son avis, une année sabbatique n'était pas la meilleure solution. Pour le voyage, je mentionnai de nouveau la Nouvelle-Zélande, sans être tout à fait sûr de vouloir aller là-bas. Maman porta la main à la bouche parce que c'était très loin d'ici, et je répondis à papa que je n'avais pas besoin de la meilleure solution, mais seulement d'une solution qui ferait l'affaire. Au moment où le débat allait tourner à l'aigre, je levai les mains.

— Je n'ai pas envie de discuter, papa, déclarai-je.

— C'est toi qui as voulu tenir ce conseil, Will, me rappela-t-il. Ce n'était pas une simple annonce. Et les conseils, c'est fait pour discuter.

Maman posa la main sur son poignet.

— Nous ferions mieux d'en reparler demain, Dan, fit-elle. C'est une affaire sérieuse et il va falloir du temps pour se faire à cette idée.

Papa lui lança un regard indéchiffrable, elle haussa les sourcils et il hocha la tête.

— Très bien, ce sera une conversation du dimanche après-midi, répondit-il, et il m'adressa ce sourire de dur à cuire qui signifiait qu'il préparait un argument imparable. Je sentis quelque chose se raidir en moi. J'étais décidé à ne pas lui céder. Il pourrait me présenter tous les arguments rationnels qu'il voudrait, rien n'y ferait. Comme le disait Mab, je commençais par ce que j'étais sûr de ne plus vouloir. J'aurais bientôt dix-huit ans, et à partir de ce jour ils ne pourraient plus me contraindre à quoi que ce soit. J'espérais seulement de tout mon cœur qu'ils n'essaieraient pas de le faire.

J'étais ensuite rentré avec maman pour l'aider à couper des tomates et de la laitue pour les hamburgers. Elle n'avait pas fait la moindre allusion à ce que j'avais dit sur le patio, m'avait seulement demandé de lui passer les cornichons et le pot de moutarde. Alors que je passais devant elle, elle avait touché mon épaule et caressé mon dos, de petits gestes maternels qui lui étaient familiers. Cela voulait dire qu'elle, au moins, n'était pas fâchée. En laissant en bruit de fond la radio qui diffusait un jeu, j'étais parvenu à me détendre et à faire ce qu'elle me demandait sans trop penser à l'avenir, au passé, ou même à Mab.

Mais maintenant, le dîner passé, après une conversation presque inoffensive sur mes examens de fin d'année et mon entraînement au foot pendant l'été, après avoir shooté un peu avec papa et Ben et mangé des brownies, j'avais tout le temps de penser à elle. Havoc se rapprochait toujours plus de moi et la brise humide me rendait somnolent. Je fermai les yeux, m'adossai au mur de la maison et imaginai que j'embrassais de nouveau Mab.

— Bon…

Ben se laissa tomber à côté de moi et étira les jambes. Walkyrie arriva, pantelante, et s'effondra à son tour.

— Raconte-moi ce qui est arrivé aujourd'hui, reprit-il.

— Quoi ?

Il croisa les bras sur sa poitrine et attendit, les sourcils haussés.

Havoc releva la tête et posa le bout de son menton sur mon genou. Je lui grattai les oreilles, ce qui me permit de me concentrer sur autre chose.

— Tu as changé, dit Ben. Ce soir, tu t'es défendu.

Son ton n'avait rien d'accusateur. Je le regardai.

— C'est cette fille, non ?

Je haussai les épaules, mal à l'aise.

— Tu es amoureux d'elle ?

— Bon sang…

Je passai les mains sur mon visage.

— Je ne… c'est…

Cette idée me rendait nerveux. Je me sentais bêtement réchauffé de l'intérieur. J'étais comme neuf, ouvert et dans l'expectative, en proie à une impatience joyeuse.

— Tu souris.

Je souriais, en effet. Je chassai ce sourire, mais il revint en douce.

— Écoute, Ben, je n'ai pas envie d'en parler. Ça risquerait de tout gâcher.

Il se renfrogna.

— C'est la plus belle connerie que je t'aie jamais entendu sortir.

— Non, je ne crois pas.

Ben rit et j'ouvris la bouche sans trop savoir quoi répondre.

— Je viens juste de la rencontrer, il y a quinze jours, le jour de ton retour.

— C'est du rapide.

— Non, ce n'est pas ce que tu crois. Elle est tellement sauvage et étrange… Et magnifique. Nous n'avons même pas…

J'expirai laborieusement.

— Je ne l'ai embrassée qu'aujourd'hui, avouai-je.

— Et elle a quand même réussi à te convaincre que tu peux rejeter toutes nos traditions ?

— Ben ! m'exclamai-je, furieux.

Mais je me repris.

— En fait, oui. J'ai vu des trucs incroyables tout récemment, grâce à Mab. Et ça me paraît juste. Et bien réel.

Ben parut moins renfrogné et plus incertain.

— Raconte-moi, dit-il.

— Tu ne le croirais pas.

— Je crois beaucoup de choses auxquelles je ne croyais pas autrefois.

Je secouai la tête.

— Comme les malédictions ? demandai-je. La magie ? Non, ça m'étonnerait.

— La magie ?

— Tu vois ?

— Tu divagues.

— Non, pas du tout.

Mon agitation fit dresser les oreilles de Havoc. Je me ressaisis.

— Mab parle de schémas, de liens dans l'univers que la plupart des gens ne voient pas. De choses qui arrivent pour une raison précise, parce qu'elles ont une cause. Nous ne comprenons peut-être rien à cette cause, mais elle existe bel et bien. Dans mon cas aussi. C'est ça, la magie de Mab.

Les bras de Ben se détendirent, il joignit les mains sur ses genoux et baissa les yeux vers elles.

— Je suis à peu près sûr qu'il ne s'agit pas de la définition généralement admise, fit-il.

— Et toi, quelle définition en donnerais-tu ?

— Je ne crois pas que les choses arrivent pour une raison particulière. Pas une raison surnaturelle, en tout cas. Sûrement pas.

— Pourquoi ?

Il tourna la tête vers moi juste assez pour me transpercer du regard.

— Parce que j'ai tué des gens, répondit-il.

J'essayai de soutenir son regard, mais je dus détourner les yeux. Je regardai maman et papa qui bavardaient à mi-voix à la table de pique-nique, et les oreilles de Havoc, qu'elle dressait, inquiète. Que pouvais-je opposer à un tel argument ? Il faisait paraître absurdes et dérisoires toutes les épreuves que j'avais traversées.

Ben tambourina sur ses jambes avec ses doigts.

— Ce n'est pas juste de me faire une réponse pareille, dis-je.

— Je ne crois pas qu'être juste et tuer aient grand-chose à voir l'un avec l'autre.

— Oui, bien sûr.

Nous restâmes un instant silencieux. On n'entendait que les reniflements intermittents de Wal quand Ben lui grattait le ventre. J'écoutais la rumeur de la circulation sur la grand-rue et le chant des criquets. Et la conversation de maman et de papa.

— Tu te souviens de ce que tu m'as dit sur cette fille ? demandai-je finalement. Cette correspondante de guerre ?

— Ouais. Lauren.

— Eh bien, la magie, c'est exactement ça.

Ben plissa les yeux.

— Tu m'as dit que tu savais, sans comprendre pourquoi, ce qui allait arriver – qu'il allait se passer quelque chose entre toi et elle.

— Oui, c'est ce que j'ai dit, marmonna-t-il.

— C'est aussi ce que je ressens avec Mab. Même si je n'y comprends rien, Mab et sa magie… je sais que c'est bien réel. Il faut que tu me croies sur parole. Que tu me fasses confiance.

Je me souvenais du moment où Mab s'était laissée tomber de l'arbre en sachant que je la rattraperais. C'était exactement ce que j'attendais de Ben.

Il m'observa longuement.

— D'accord, répondit-il.

— Tu es sûr ?

— Ouais.

Je l'examinai attentivement pour voir s'il bluffait.

— Tu me crois vraiment ? insistai-je.

Ben renversa la tête en arrière pour contempler le ciel indigo.

— Je crois que je vais essayer, répondit-il.

Mab

Lorsque j'eus allumé la moitié de l'encens, les corbeaux gloussèrent bruyamment à mon adresse et vinrent se poser sur le sol en un large cercle. Je me rendis compte qu'il était grand temps que j'aie une conversation avec Silla.

Je lâchai mon canif et remontai vers la maison en courant. Je trouvai Donna dans l'entrée, le cordon du téléphone enroulé autour de l'index. À ma vue, elle se redressa brusquement.

— Mab ? Ça va ? demanda-t-elle.

Je m'immobilisai, hésitante, avant de hocher lentement la tête.

— S'il te plaît, quand tu auras fini, j'aimerais parler à Silla, dis-je.

Elle me regarda avec inquiétude, les lèvres serrées, mais acquiesça. J'allai attendre dans la cuisine, où je mis la bouilloire sur le feu. Elle m'appela moins d'une minute plus tard.

Je m'avançai vers le téléphone en pensant à Will et à l'expression perdue de son regard quand il m'avait dit qu'il ne savait pas qui il était. Il avait raison d'affirmer que je savais exactement qui j'étais et qui je voulais devenir. Et le gardien du sang, comme Lukas m'appelait, n'aurait jamais reculé devant la difficulté de trouver un équilibre entre ses responsabilités vis-à-vis des corbeaux et son besoin de veiller sur toute sa famille au sens le plus large. Je pris le téléphone de la main de Donna, qui la dégagea du cordon et se retira.

— Allô, Silla ? dis-je dans l'écouteur.

Je n'entendis d'abord qu'un grésillement, et puis sa voix me répondit.

— Allô, Mab.

Je m'assis à terre, adossée au mur, les genoux repliés contre la poitrine.

— Je voudrais m'excuser auprès de toi, repris-je à mi-voix.

Je vis soudain l'expression froide de Silla dès qu'il était question de ma mère, le froncement de ses sourcils hautains qui figeait son visage.

— Je n'aurais jamais dû dire ce que je t'ai dit à propos de Reese, expliquai-je.

Elle resta silencieuse pendant un instant qui me parut interminable. En attendant sa réponse, je contemplais le salon à travers l'arche, suivant des yeux les longues lignes orange et roses sur le tapis ancien devant le foyer.

— Il a fait son choix, répondit enfin Silla.

— Il ne l'a pas fait contre toi.

— Je voulais… je veux toujours le retrouver tel qu'il était. Et ça ne changera jamais.

Sa voix s'altéra, et en l'entendant, je me redressai.

— Mais c'est à lui de choisir sa vie, même si ce n'est pas… s'il n'est plus le Reese que j'aimais.

— Tout le monde change.

Silla émit un rire bref et bas.

Je ne savais que dire pour chasser le chagrin de son cœur. À mes yeux, toute transformation valait infiniment mieux que la mort, mais peut-être que, pour Silla, cela revenait au même.

— Merci, Mab, fit-elle au bout d'un instant. Je sais que tu vaux mieux qu'elle. C'est Arthur qui t'a élevée, et non Josephine.

Elle ne pouvait prononcer le nom de ma mère sans un frémissement de colère dans la voix, même après tout ce temps, mais je pouvais difficilement l'en blâmer.

— J'espère que tu reviendras avec Donna après ta remise de diplôme, dis-je. Je vais donner une soirée, ma première en tant que Diacre, et ça... ça serait très important pour moi que tu sois là.

Je fermai les yeux, découragée par le tour guindé et formel de ma phrase.

— Nous viendrons, répondit aussitôt Silla, même si je dois traîner Nick par les... euh... les oreilles.

Je souris à l'idée de Nick et Donna ensemble plusieurs jours de suite.

— Donna va avoir besoin d'un paquet de thé pour survivre chez vous, dis-je.

— Envoies-nous-en avec elle. Il ne nous reste plus que du café et de la vodka qui datent de la rédaction de ma thèse, confessa Silla, et, à son intonation, je compris qu'elle me rendait mon sourire.

Ce moment de complicité nous réunit presque aussi efficacement que la magie du sang.

CHAPITRE 48

Je suis allée voir Gabriel, le cœur battant, pour lui demander s'il avait déjà vu une maladie comme la mienne. Il a hoché la tête avec un doux sourire.

— Je sais exactement ce qu'il faut faire, a-t-il dit en prenant mes mains. Va t'asseoir au salon, je vais préparer le nécessaire.

J'ai attendu pendant une heure, les yeux clos, en prière. Je n'avais aucun moyen d'entrer en contact avec toi. Je ne pouvais ni m'envoler par-dessus les États et les montagnes, ni m'insinuer dans tes rêves comme Gabriel. Je devais m'en remettre à lui dans l'espoir qu'il me purgerait de ce mal.

Nous sommes sortis dans le jardin.

— Tu seras plus à l'aise ici, m'a-t-il dit.

Il a creusé dans la terre, juste à côté des rosiers, un cercle assez grand pour que je puisse m'étendre à l'intérieur, et lui s'asseoir à mon côté. Il m'a ôté mes chaussures, mon chapeau, la chevalière que tu avais fabriquée pour moi afin que personne ne puisse plus jamais me posséder comme l'avait fait Josephine et les perles que je portais aux oreilles parce que c'était dimanche. Ma robe était toute simple, de la couleur des feuilles au printemps, avec des manches courtes et un rang de boutons sur tout le devant. Gabriel a versé un peu de son propre sang dans un bol en bois rempli d'encre au-dessus duquel il a chuchoté quelques mots avant de le déposer au-dessus d'une minuscule flamme. Il a posé la main sur mon front en me disant de fermer les yeux. C'était un rituel de purification, m'a-t-il assuré, un sort qui chasserait cette maladie de mon corps.

Je me suis détendue au contact de la terre. Au-dessus de moi, les nuages s'amassaient, de plus en plus bas, préparant un orage pour la soirée. Le vent soufflait violemment à travers les arbres comme pour protester contre la magie de Gabriel. Les boutons de mes roses dansaient. J'ai fermé les yeux. Le cercle de Gabriel était un havre chaleureux. Je me fiais à lui.

Il a pris un minuscule pinceau et commencé à tracer avec de l'encre mêlée de sang des lignes sur mes bras, de mes paumes à mes épaules. Il a roulé les manches de ma robe et déboutonné le haut de mon corsage afin de peindre d'autres lignes de la base de mon cou jusqu'à mon cœur. L'encre chaude me chatouillait et je me souviens d'avoir souri pendant qu'il reliait toutes ces lignes en chantant une douce chanson en français. Ce chant me berçait – plus qu'il ne l'aurait dû, je le sais maintenant. Gabriel s'emparait de ma lucidité, sa magie et son chant me plongeaient dans une somnolence qui m'empêchait de comprendre ce qu'il faisait de moi.

J'ai ouvert les yeux une seule fois, quand il a cessé de tracer ses lignes. Les nuages noirs donnaient au ciel une teinte crépusculaire. Quand j'ai levé la main pour chasser des cheveux qui balayaient ma bouche, j'ai vu les runes qu'il avait dessinées sur elle. Elles m'étaient familières. J'ai cillé, les paupières lourdes, et lentement pris conscience que ma robe était déboutonnée jusqu'à la taille. Je sentais le fourmillement de la magie se répandre sur mes seins, le long de mes côtes et sur mon ventre.

Les mêmes marques étaient tatouées sur la peau de Gabriel. Un jour, tu m'avais expliqué que ces tatouages l'ancraient dans son corps. Gabriel ajoutait de l'encre dans son bol ensorcelé.

— Que fais-tu ? ai-je chuchoté, avec l'impression de faire un effort surhumain pour articuler.

Il a baissé les yeux vers moi. Il était torse nu et ses tatouages brillaient comme des braises sur sa peau.

— J'effectue une métamorphose, a-t-il répondu.

Puis il a ajouté, avec un accent de regret :

— Je t'aime beaucoup, Evelyn, vraiment.

— Gabriel…

Je me suis efforcée de m'asseoir, mais mes os lourds comme du plomb m'arrimaient au sol.

— Gabriel…

— Je suis désolé, a-t-il dit, et il paraissait sincère. Tu vas seulement t'endormir sans souffrance, et ensuite ton corps m'appartiendra.

CHAPITRE 49

Mab

Le vendredi était un jour de repos.

Donna faisait ses bagages pendant que Lukas et moi lisions ensemble dans le jardin la première moitié d'*Une ride dans le temps*[1]. Entre deux chapitres, j'examinais les rosiers. Je commençais à devenir distraite : je me demandais jusqu'à quelle profondeur il faudrait que je creuse pour les arracher complètement. Mais Lukas était tellement captivé par Charles Wallace que je n'avais pas le cœur d'interrompre ma lecture.

L'après-midi, nous allâmes manger en ville, ce qui était rare, afin que Donna puisse acheter un cadeau pour la remise de diplôme de Silla. Nous choisîmes un petit collier fabriqué par un artiste local, en verre soufflé, dont le rouge intense serait assorti aux bottes de cow-boy préférées de Silla.

Et ce soir-là, pour la première fois depuis ce qui me paraissait plusieurs mois, j'allai me coucher joyeuse.

Je posai sur le rebord de la fenêtre un bracelet en argent offert par ma mère afin de le laisser tremper toute la nuit dans de l'eau bénite où j'avais fait infuser de l'anis et du trèfle blanc. Le clair de lune saturerait l'eau pendant trois heures et, le lendemain matin, le bracelet serait régénéré

1. *Une ride dans le temps*, roman fantastique de Madeleine L'Engle, paru en 1962.

et ouvert à la magie. Je n'aurais plus qu'à le passer pour faire remonter le sang de ma mère à sa surface, et pour le faire chanter.

Ce serait désormais une amulette de protection pour Lukas. Cette amulette le réconforterait et étendrait sur lui des boucliers magiques contre toute tentative de son père pour réaffirmer sa domination. Je comptais lui donner ce bracelet le lendemain, quand nous aurions déposé Donna à la gare routière. Nous finirions le livre, ferions un pique-nique et je lui demanderais de m'aider à purifier le bracelet avec du feu pour l'aider à traverser cette épreuve.

Pourtant, tandis que, la joue contre mon oreiller, j'écoutais les chants des grenouilles et le bruissement du vent dans les feuilles, c'est au rire de Will que je pensais. Will exprimait tant de choses par son rire. Certains usaient de toute une panoplie d'expressions, de manières de parler ou de gestes, mais Will, lui, avait plusieurs nuances de rire. Je m'endormis en imaginant que les diverses parties de son visage glissaient autour de l'un de ses rires, et que je pouvais saisir le bruit dans ma main et le transformer en cloches.

Malgré cela, mes rêves n'eurent rien de joyeux.

Je rêvai que les rosiers me saisissaient par les pieds pour m'entraîner sous terre, vers leurs racines. Étroitement enroulés autour de mes chevilles et de mes genoux, ils m'étiraient à m'en briser les os. Je hurlais et des feuilles pleuvaient dans ma gorge. Des tiges s'emmêlaient à mes cheveux, mes bras étaient écartelés, mes muscles se déchiraient, mes jointures se rompaient. La boue remontait le long de mes cuisses et durcissait autour de mon ventre. Elle submergeait mes côtes une à une et je me retrouvais prise dans une gangue, incapable de respirer, les poumons obstrués par des feuilles desséchées ; j'étouffais. La forêt m'écartelait. Mon dos s'arquait, mon cœur se fragmentait en une douzaine de gros morceaux. Tout mon corps – mes bras, mes mains, mes jambes, mes yeux – se libérait dans une explosion de sang et de boue. La forêt rassemblait ces restes et les dévorait.

Je mourais en rêve.

Will

Le vendredi fut pour moi un jour de lycée ordinaire. J'écoutai les conneries de Matt et des autres, eus un entretien avec un conseiller pour savoir si je pouvais reporter d'un an mon entrée à l'université ou si je devais toujours envisager de passer l'ACT[1] en automne, et rattraper avec quelques professeurs le retard que j'avais pris dans mes révisions. J'allai même à l'entraînement de foot parce que Ben avait critiqué mon tir latéral. Il fit son apparition au milieu de l'entraînement et les gars de notre équipe l'enrôlèrent. Il m'observa attentivement pendant le jeu et parut décider que j'étais bon, et même mieux que bon. J'eus envie de téléphoner à Mab pour lui proposer de sortir avec moi, mais je me dis qu'elle avait sûrement besoin de respirer un peu, pendant un jour au moins.

Je me couchai tard ce soir-là, parce que Ben et moi avions connecté l'ordinateur à la télé pour télécharger de vieux dessins animés.

Le samedi matin, trente-six heures après la purification, je fus réveillé par une douleur atroce.

C'était comme l'arc d'une décharge électrique dans ma poitrine. Les mâchoires serrées à m'en faire mal, je m'assis dans mon lit et battis des paupières pour que ma vision

1. American College Test, aux États-Unis l'examen d'admission à l'université.

s'adapte plus vite. L'éclairage de la rue me permettait tout juste de lire les chiffres lumineux de mon réveil : cinq heures du matin, BMNT[1], l'heure où l'on commence à distinguer les contours des objets.

Certains se précisèrent : ceux de l'ordinateur, de la chaise de bureau que j'avais laissée au milieu de la pièce et de mon sac de sport. Je m'extirpai lentement de mon lit. J'avais l'impression d'être centenaire ou d'avoir été aplati par un rouleau compresseur. Ma poitrine était en feu. La douleur m'élançait jusque dans la colonne vertébrale. Je serrai plus fort les dents et traversai le couloir en titubant comme un zombie. J'avais l'impression que ma peau s'étirait en tous sens, que mes muscles se tordaient et se nouaient. Les genoux tremblants, je saisis la poignée de la porte de la salle de bains, réussis à la refermer derrière moi et allumai.

Avec une grimace, je levai une main pour faire écran à la lumière aveuglante. La migraine me martelait le crâne. J'appuyai la tête contre les carreaux froids du mur. Au bout d'un instant, je rouvris les yeux, me redressai puis examinai mon reflet dans le miroir, les yeux plissés.

Un sursaut de stupeur me plaqua contre le mur.

Des lignes brun et rouge sombre rayonnaient de mon cœur et s'étendaient sur ma poitrine en motifs que je reconnaissais pour les avoir vus dans mes rêves. Ces motifs ressemblaient à des tatouages très détaillés surgis tout droit de mes veines, qui, partant de ma poitrine, prolongeaient leurs ondulations jusque sur mes bras et mon estomac. Je me penchai en avant, agrippé au lavabo. Mes yeux étaient rouge vif.

---

1. Terme militaire désignant l'instant où il fait suffisamment jour pour commencer des opérations au sol.

Un rouge fluorescent de marqueur.

Je me sentais faible. J'étais resté trop longtemps au soleil et je n'avais pas assez bu. Ou c'était un traumatisme crânien. Ou j'étais tombé d'un avion. Le sol tournait comme un manège sous mes pieds.

Je cherchai un rasoir dans l'un des tiroirs et le saisis avec des doigts tremblants. J'essayai de respirer profondément et calmement, en vain. Je pantelais. Je suffoquais. J'appliquai la lame sur l'un des tatouages de mon avant-bras, et j'appuyai.

Un sang rouge vif coula aussitôt, mais au lieu de goutter sur la porcelaine du lavabo, il prit une teinte plus sombre et se lova autour de mon poignet en formant des ruisselets de plus en plus minuscules. Un instant plus tard, il avait été absorbé par les tatouages.

Le rasoir tomba à terre avec un tintement.

Que pouvais-je faire ? Je pensai d'abord à Ben, mais il essaierait probablement de m'abattre. Papa et maman… que pouvais-je leur dire ? Que je n'étais pas un monstre, que j'avais seulement des tatouages maléfiques ? Et s'ils m'emmenaient à l'hôpital ? Les médecins ne feraient que m'opérer ou me faire subir une chimio délirante, le tout pour plusieurs milliers de dollars que nous ne possédions même pas. Je devrais faire une croix sur le foot, je ne pourrais pas passer mes examens et je serais probablement plombé à vie parce que cette maladie tordue figurerait dans mes dossiers.

D'ailleurs, les médecins et leurs consultations hors de prix ne pouvaient rien pour moi. Je devais revoir Mab sans tarder. Une douleur atroce me plia en deux et, les poings pressés contre le ventre, je m'accroupis, penché sur le carrelage. Ce serait un coup mortel pour maman. Que ferait-elle, que penserait-elle si je disparaissais sans prévenir ?

Je ne pouvais plus respirer.

— Will ?

C'était la voix de Ben, assourdie par le bois de la porte.

— Non, répondis-je, pressé contre le battant pour empêcher Ben de l'ouvrir et d'entrer.

— Will, tu es malade ?

Je parvins à me redresser en m'appuyant au mur et à décrocher un peignoir du porte-manteau à côté de la douche. Je m'en enveloppai juste au moment où Ben poussait la porte, mais je restai plié en deux. Je ne pouvais pas lever les yeux vers lui, sinon il y aurait vu le sang.

Ben m'empoigna par les épaules.

— Bon Dieu, Will, qu'est-ce qui ne va pas ?

— J'ai juste… vomi, répondis-je, la tête basse.

La douleur irradia de nouveau dans ma poitrine. Je frissonnai, les yeux clos.

Ben passa un bras autour de moi et m'aida à sortir dans le couloir. Comme la lumière était éteinte, je levai les yeux vers lui.

— Ben, ne réveille pas papa et maman, repris-je. J'ai seulement besoin…

— Tu as besoin d'aller à l'hôpital, siffla-t-il entre ses dents. Qu'est-ce que tu as ? demanda-t-il avec un froncement de sourcils qui tirait ses traits vers le bas. Tu as pris de la drogue ? C'est une réaction à ces antibiotiques ?

J'avais la nausée et mes jambes tremblaient, si bien que je devais m'appuyer sur lui.

— Assieds-toi, je vais réveiller maman, dit-il.

— Non.

Je saisis fermement son poignet et le fis agenouiller près de moi. Nous étions face à face dans l'étroit couloir obscur. L'unique éclairage provenait de sa chambre dont la porte était ouverte, comme une ligne jaune qui me dénonçait.

— Je sais ce dont j'ai besoin, et ce n'est pas de médecins, repris-je. Je dois voir Mab.

— C'est elle qui t'a fait ça ? demanda-t-il, et il inclina la tête pour examiner mes yeux. Je croyais que tu allais bien. Tu avais dit…

— Tu ne peux rien y faire. Elle seule le peut.

— Qu'est-ce qu'elle t'a fait ? insista Ben en élevant la voix.

— Tais-toi, suppliai-je, je t'en prie, ne les réveille pas. Laisse-moi partir. Ce n'est pas si grave.

— Tu es fou ?

Ses doigts s'enfoncèrent dans mon avant-bras. Je sentais battre mon cœur à l'endroit où il me touchait. Je sentais son martèlement dans mon crâne. Cette fois-ci, j'allais vraiment vomir.

— Ben, s'il te plaît…

— Qu'est-ce que tu as aux yeux ?

Je les fermai, puis j'inspirai profondément.

— Ben, c'est à cause de la magie. Tu dois me faire confiance. Tu as dit que tu essaierais.

Le silence retomba. Ses mains ne desserraient pas leur prise. Et moi, je me cramponnais à lui, en proie au vertige, luttant pour garder l'équilibre.

— Te faire confiance, répéta-t-il à voix basse.

— Oui. Laisse-moi partir.

— C'est hors de question, espèce de crétin. Lève-toi.

Il se releva avec effort et me remit debout.

— Ben, je ne veux pas…

Il me redressa d'une secousse.

— C'est moi qui conduis, me jeta-t-il au visage.

CHAPITRE 50

Tout en peignant les runes sur ma peau, Gabriel m'a expliqué qu'il avait possédé cinq corps en trois cents ans. Il s'était emparé d'eux au gré de sa fantaisie ou, parfois, de la tienne.

Je pleurais, terrifiée à l'idée que tu avais toujours su à quoi t'en tenir, que tu m'avais fait croire à ton amour alors que c'était seulement l'enveloppe que tu voulais : mon corps, mais habité par Gabriel.

Les larmes me brûlaient les tempes et le sol tremblait sous moi. Je ne savais plus qu'une chose : je devais m'enfuir. Je refusais de mourir ainsi, de devenir une marionnette entre les mains de Gabriel. Mais je savais que je n'aurais qu'une seule chance de m'enfuir. Gabriel était expérimenté et vigoureux. Je devais le prendre par surprise, sinon j'étais perdue.

Millimètre par millimètre, j'ai avancé la main vers le bol d'encre pendant qu'il traçait un motif autour de ma cheville. Son pinceau chatouillait la plante de mes pieds. Je respirais lentement en rassemblant le peu de forces qui me restaient. J'ai enfin refermé les doigts autour du bol.

— Gabriel, ai-je chuchoté.

Et, au moment où il se tournait vers moi, je lui ai jeté l'encre au visage. Il a hurlé.

Je me suis enfuie à quatre pattes vers mes rosiers et agrippée à leurs tiges, dont les épines ont transpercé ma peau. Mon sang se consumait dans mes veines. Gabriel m'a empoignée par la cheville pour me tirer vers lui, et un millier de minuscules épines ont lacéré ma chair nue. Je me suis dégagée, mais Gabriel était trop fort pour moi. Il a lancé un mot et les tatouages qu'il avait peints sur mon corps se sont mis à brûler, me serrant dans une étreinte de plus en plus étroite. J'ai hurlé de douleur. Je m'arc-boutais, les doigts fichés dans la terre, mais il me chevauchait en plaquant ma tête au sol et en frottant mon visage contre les épines.

C'est un vieux déplantoir qui m'a sauvé la vie. Je l'avais oublié là un mois auparavant, un jour où tu m'avais fait la surprise de rapporter deux billets pour un music-hall itinérant, ce qui nous avait obligés à partir sur-le-champ pour Kansas City.

J'ai empoigné le déplantoir, et, tandis que Gabriel me retournait sur le dos, je le lui ai enfoncé dans le cou.

Le flot de sang qui a jailli m'a suffoquée. Gabriel a reculé. Je me suis jetée sur lui, toutes mes craintes balayées par la terreur, et je l'ai frappé à la poitrine alors qu'il étreignait convulsivement sa gorge, les yeux béants, les lèvres éclaboussées de rouge.

J'ai empoigné mes rosiers, leur ai chuchoté quelques mots. Alors leurs tiges dégouttantes de mon sang se sont enroulées autour de Gabriel et l'ont transpercé de leurs innombrables épines.

CHAPITRE 51

Mab

Je rentrais avec Lukas dans la lueur de l'aube après avoir déposé Donna à la gare routière. Nous avions dû nous lever plusieurs heures avant le jour afin d'y être pour 5 h 27. Cela n'avait pas été trop difficile : j'avais fait un cauchemar à cinq heures du matin. Lukas était accouru dans ma chambre, et ç'avait été son tour de me tenir la main et de m'aider à me réveiller en douceur.

Maintenant, je nous aidais tous deux à lutter contre le sommeil en lui racontant dans quelles circonstances ma mère m'avait offert le bracelet en argent que j'avais chargé de pouvoir pour lui. C'était un bracelet de protection. Son amant l'avait ensorcelé pour elle avec une goutte de son propre sang et une du sien, à Paris, dans les années 1930. Lukas me raconta que son père avait une armure du même genre, mais en cuir cerclé de bois. Nous étions tellement absorbés par notre discussion sur les pouvoirs de protection comparés de ces deux matériaux que je ne remarquai le comportement insolite des corbeaux qu'une fois engagée sur l'allée de graviers menant à la colline. Toute la volée d'oiseaux venait de la traverser en poussant des cris rauques.

Je freinai brutalement et la berline faillit quitter la route.

— Mab, ça va ? demanda Lukas.

Penché en avant, il observait à travers le pare-brise les corbeaux qui décrivaient des cercles frénétiques.

J'agrippai le volant, les yeux fermés pour écouter le vent et le chuchotement des arbres. J'avais des fourmillements dans les paumes. J'ouvris la portière, descendis de voiture et m'éloignai. Les graviers crissaient sous mes pieds nus. Les corbeaux descendirent en voletant autour de moi, éventant de leurs ailes mes cheveux et mon visage.

Je m'agenouillai et enfouis les doigts dans la terre humide, mais ne sentis rien d'inhabituel. Tout était tranquille.

Lukas fit le tour de la voiture en courant et me saisit le bras.

— Qu'est-ce qui se passe ? demanda-t-il avec une grimace de frayeur.

— Et toi, ça va ? Est-ce que tu sens quelque chose d'inhabituel ?

Je scrutai ses yeux d'un vert printanier, à l'affût du moindre signe de douleur ou de magie. Il secoua la tête et ses boucles dansèrent.

— Je suis seulement fatigué, répondit-il. Je me sens lourd.

Les corbeaux nous frôlaient toujours de leurs ailes battantes, mais plus doucement. La moitié de la bande s'envola vers le sommet de la colline, puis fila droit vers la maison à travers les branches des arbres.

— Très bien, allons voir ce qui les tracasse, dis-je.

Nous nous dirigeâmes vers la forêt, suivis par les autres corbeaux. Sous les plantes de mes pieds, je sentais mieux la consistance de l'humus et le bourdonnement familier de la terre du sang : elle était chargée de pouvoir et prête à tout, mais sans être aux abois.

Au moment où nous émergions de la forêt et traversions la pelouse, je vis Ben, le frère de Will, en jean et T-shirt noir, penché au-dessus de la portière ouverte de la voiture de Will.

— Ben ? appelai-je.

Ses épaules se voûtèrent et il se retourna brusquement en s'écartant de la voiture.

— Viens vite ! hurla-t-il.

— C'est Mab ? entendis-je Will demander à l'intérieur.

Je lâchai la main de Lukas et courus vers eux. J'allais demander ce qui n'allait pas, quand Ben recula et Will sortit de la voiture, courbé en deux, et tomba à genoux. Ben accourut pour l'aider à se relever, mais Will le repoussa. Il leva la tête et je vis de loin ses yeux.

Ils étaient entièrement rouges. Rouge sang.

Le cœur dilaté de stupeur, je me précipitai et me laissai tomber à côté de lui.

— Oh mon Dieu, Will ! soufflai-je.

J'écartai le col de sa robe de chambre. Sa peau était sombre et couverte de marques sanglantes rouges et brunes.

— Nom de Dieu ! chuchota Ben.

Elles sillonnaient sa peau comme de longues cicatrices, telles des racines d'arbre ou des vrilles de vigne sauvage, s'enroulaient autour de son épaule et descendaient vers sa poitrine.

— Will.

Je murmurai son nom, submergée par une sensation qui m'était encore inconnue, de douleur mêlée à un sentiment de vide brutal.

— Will !

J'agrippai ses épaules si violemment que du sang séché s'effrita et se détacha de sa peau.

Je retirai mes mains et répétai son nom.

Ses lèvres remuèrent, mais il n'en sortit qu'un souffle rauque. À sa seconde tentative, j'entendis « Mab ». Ses yeux étaient émaillés de mille nuances de rouge.

— Qu'est-ce que tu lui as fait ? Qu'est-ce qu'il a ? aboya Ben avec un rictus en me repoussant sans douceur. Sa voix tremblait de fureur.

— Aide-moi à le faire entrer, je vais le secourir, répondis-je avec le calme du mensonge le plus éhonté.

Je n'avais pas la moindre idée de ce qui avait pu mettre Will dans cet état ni de la raison pour laquelle il se tordait de douleur, alors que je l'avais purifié de sa malédiction la veille et qu'il se portait bien depuis.

— Réponds ! ordonna Ben. Il a besoin d'un médecin. Je ne sais pas quel genre de drogues ou de saloperies vous faites pousser ici, ni ce que vous avez donné à mon frère, ni d'où viennent ces contusions sur son corps, mais tu vas me dire en vitesse ce qui s'est passé pour que j'appelle une ambulance et que je sache ce que je vais raconter à la police.

Quand je passai les doigts sur l'épaule de Will, du sang coula, luisant et écarlate, sur ma peau.

— Fais-moi confiance, articula Will, qui empoignait d'une main le T-shirt de Ben.

Le soleil se levait au-dessus des arbres et la journée s'annonçait torride. Lukas recula prudemment, mais il tendit la main vers moi comme pour se rallier à mon parti.

Ben foudroya Will du regard.

— Je te l'ai promis et c'est uniquement pour cette raison que je suis ici. Il m'a tout raconté en route, reprit-il à mon adresse. C'est vraiment une histoire de fous.

Il se tut et nous regarda tour à tour.

Je posai la main sur l'épaule de Will. Les corbeaux atterrirent autour de nous en formant un large cercle.

— Il est victime d'une malédiction, expliquai-je. C'est inutile d'appeler la police ou l'hôpital. Ils ne peuvent rien pour lui.

— Foutaises !

Le sang sur ma main fourmillait d'énergie. C'était le sang de Will, brûlant de magie. Je frappai dans mes mains.

Un feu en jaillit dans un bruit d'explosion. Ben fut projeté en arrière sur près d'un mètre, trébucha et tomba. Will tressaillit et Lukas poussa un cri de frayeur. Les corbeaux s'élancèrent vers le ciel d'un seul mouvement. Je m'agenouillai, un étincelant arc-en-ciel de feu en équilibre entre mes mains. C'était le tour que j'avais montré à Will, mais amplifié par la gravité et l'urgence de la situation.

— Tu vois ? dis-je à Ben en approchant de lui mon arc de feu. C'est mon pouvoir, c'est pour cette raison que Will est ici et que je peux l'aider. C'est la magie qui lui fait du mal, et c'est également la magie qui peut le guérir. Maintenant, je n'en dirai pas plus tant qu'il ne sera pas couché et au repos.

La sueur ruisselait le long de mon cou et la peau de mon visage était tendue par la chaleur du feu. Mes doigts étaient douloureux, ils allaient brûler d'un moment à l'autre et leur peau noircirait parce que les battements de mon cœur étaient trop irréguliers et que mon propre sang ne maîtrisait plus rien. La malédiction de Will se déchaînait entre mes mains et autour de nous.

J'éteignis le feu d'un claquement de mains, lançai à Ben un regard noir, puis me penchai pour aider Will à passer un bras par-dessus mes épaules. Mon nez et ma bouche étaient saturés de l'odeur des pierres mouillées, des feuilles trempées de pluie et du sang, et de l'insidieux parfum d'ozone du feu. Je me relevai, non sans mal, en soutenant Will. Son souffle était rauque dans sa gorge, et, sous mes mains qui lui tenaient la taille, sa peau brûlante comme les briques de mon silo à la fin d'une longue journée d'été.

Ben surgit et soutint Will de l'autre côté.

— Je le tiens, murmura-t-il.

Ensemble, nous montâmes tant bien que mal les marches du perron.

— Lukas, appelai-je, arrache trois rudbeckias près du puits et apporte-moi leurs racines le plus vite possible.

Le jeune garçon grommela une réponse et j'entendis le frôlement rapide de ses pieds dans les hautes herbes.

Une fois à l'intérieur, je priai Ben de porter Will au deuxième étage, dans la première chambre à droite. Il obéit. Je me précipitai dans la cuisine pour remplir d'eau un grand saladier. J'y ajoutai une pincée d'écorce de saule en regrettant de ne pas avoir le temps de déterrer des glands frais et de les broyer, mais je devais avant tout rafraîchir Will, faire baisser la fièvre qui le dévorait de l'intérieur, lovée autour de ses os et de son cœur. Je pris au garde-manger une enveloppe d'eupatoire en poudre, que je mélangeai avec l'eau, puis m'entaillai le poignet avec le canif et laissai tomber trois gouttes de sang dans le saladier en chuchotant un chant de purification rafraîchissante, de paix et de pluie douce. Après quoi je fourrai le canif dans mon soutien-gorge et pris le saladier en équilibre contre mon ventre.

Je devais le porter avec précaution jusqu'en haut de l'escalier, ce qui me donna le temps de recentrer mon énergie et de me calmer extérieurement ; à l'intérieur, j'étais en tumulte comme un orage d'été.

Ben était en train de dépouiller Will de son peignoir, les mâchoires rageusement contractées, avec des gestes vifs et précis. Il ne m'adressa pas un regard quand j'entrai. Je balayai de la main les papillons morts qui jonchaient la table de chevet, salissant la chambre de pollen et de débris d'ailes, posai le saladier et m'assis au bord du lit en écartant Ben. Celui-ci demeura penché au-dessus de moi, la respiration agitée, mais silencieux.

— Will ? murmurai-je.

Je repoussai les cheveux de son visage. La sueur luisait sur ses tempes. Ses paupières s'entrouvrirent.

— Mab...

— Je suis là. Je vais essayer de faire descendre ta température.

Je mouillai l'une des serviettes que j'avais apportées, puis l'essorai au-dessus de lui. Les gouttes d'eau fraîche s'écrasèrent sur sa peau. Will frissonna. J'aspergeai sa poitrine, son thorax autour de son cœur et remontai jusqu'à ses épaules, mais les marques sanglantes ondulaient autour de son corps et se détachaient sur sa peau comme de gigantesques zébrures sombres. Je n'avais encore jamais rien vu de semblable. Mes doigts suivirent leurs contours en les massant pour faire pénétrer l'eupatoire.

Derrière moi, Ben arpentait la chambre d'un pas lent et régulier. Ses pas imprimaient leur rythme aux battements de mon cœur et au mouvement de mes mains tandis que j'oignais Will de magie fraîche et apaisante.

Quand le saladier fut vide, je me piquai le poignet avec le canif et dessinai de mon mieux une rune d'équilibre sur la surface inégale de la poitrine de Will. Ben m'arrêta avec un cri étranglé.

— Va attendre dehors, Ben Sanger, ordonnai-je en espérant que l'invocation de son nom entier le ferait obéir.

Le sentiment d'impuissance qu'exprimaient ses yeux brun sombre ne me rappelait que trop Will. La gorge serrée, je devinais le conflit qui le déchirait. Je me souvenais comment Will m'avait écoutée et avait décidé de croire ce que je lui avais révélé sur mon homuncule. Mais cet homme aux lèvres serrées et aux pommettes marquées ne se rangerait pas aussi vite de mon côté. Il était à la fois semblable à Will et tout différent de lui. Je soutins son regard pour l'exhorter à sortir, à me laisser faire mon travail ; cela apporterait le repos à Will et me laisserait un peu de temps pour réfléchir, pour tenter de comprendre ce qui était arrivé.

Par-dessus mon épaule, Ben observait son frère, dont la respiration était lente, mais enfin régulière. Je devinai l'instant où il admit l'existence des sources du sang et de leurs motifs complexes, si différents de tout ce qui était un tant soit peu naturel. Son visage se détendit et prit une expression distante qui m'était inconnue, à la fois hantée et lointaine. Et vulnérable.

— Je te donne un quart d'heure, murmura-t-il, après quoi je l'emmène à l'hôpital quoi qu'il arrive.

J'acquiesçai, tout en sachant que je devais absolument trouver un moyen de repousser ce délai et de le convaincre de m'écouter. Pour l'instant, il suffisait qu'il me laisse seule avec Will.

Après un long regard empreint de désespoir, Ben se glissa hors de la chambre et referma la porte.

Je n'avais pas de temps à perdre. Je me penchai sur ma rune et, dans un chuchotement, demandai au corps de Will de se souvenir de ce qu'il était, de prendre conscience de sa force et de son pouvoir.

— Will, chuchotai-je.

Will. C'était un nom, et bien davantage.

Sa main trouva la mienne, et je la serrai. Je la soulevai pour la poser sur mon cœur.

Will

Tout était chaud et j'avais l'impression de fondre. Je fondais, mais la voix de Mab restait assurée.

Quand je revins à moi, j'étais allongé sur un matelas, une serviette mouillée sur le front. Mab était là. Elle me frictionnait la poitrine. Elle me faisait boire de l'eau qui avait un goût cuivré, comme si elle y avait laissé tremper des pièces de monnaie. J'ouvris les yeux, puis, sans savoir d'où je revenais, réintégrai lentement mon corps. De grands voiles aux couleurs de l'arc-en-ciel étaient fixés au plafond. On se serait cru sous le chapiteau d'un cirque. Des étagères encombrées s'alignaient sur les murs, me cernant de tous côtés.

Les cheveux de Mab chatouillaient mon flanc et mon bras gauche. Je tournai la tête et la vis agenouillée sur le sol, les bras croisés sur le lit et la tête posée sur eux. Elle parlait à voix basse, mais le son m'était familier. Je connaissais ce rythme. J'ouvris la bouche et décollai la langue de mon palais.

— Est-ce que… est-ce que tu pries ? demandai-je.

Elle releva aussitôt la tête.

— Will… Tu te sens mieux ?

— Bien sûr. Je vois normalement et je n'ai pas mal quand je remue.

Je fermai les yeux. Je me sentais vide, épuisé et endolori comme si j'avais vomi tripes et boyaux pendant un siècle et dormi recroquevillé près des toilettes sur le carrelage froid de la salle de bains. J'inspirai profondément. Ma gorge était obstruée comme si les branches ondulant à la surface de mon corps se frayaient un chemin à l'intérieur. Une bouffée d'air en jaillit et je toussai.

Mab se leva et s'assit sur le lit, une main posée sur ma poitrine – ou ce qu'il en restait. Les coins de sa bouche et tout son visage criaient son angoisse.

Je m'éclaircis douloureusement la gorge.

— Où est Ben ? demandai-je.

— Il fait les cent pas dans le couloir.

— Il va bien ?

— Oh, Will…

Un sourire ténu joua sur les lèvres de Mab.

— Ne t'inquiète pas pour lui.

Je me forçai à sourire à mon tour, ce qui tendit désagréablement la peau de mon visage. Le silence retomba. L'intérieur de mon corps était dur comme de la pierre. Ma peau était brûlante. La migraine me taraudait. Même la lumière qui entrait par la fenêtre me vrillait les yeux comme des rayons laser. J'étais dans le pétrin et je doutais que Mab puisse m'aider.

Ma frayeur devait se lire sur mon visage, car elle ferma les yeux et une larme coula des commissures de ses paupières.

— Hé, arrête, dis-je en lui saisissant les mains, je vais m'en sortir. Tu vas me remettre sur pied.

Elle dégagea ses mains, s'essuya les joues et pressa ses paumes contre mon cœur. À côté des miennes, elles étaient glacées.

— Will, j'ignore ce qui ne va pas, alors je ne peux rien faire. Si tu avais un rhume, je le chasserais de tes poumons. Si tes os étaient cassés, je les ressouderais. Si tu n'avais que des bleus, ou la grippe, ou n'importe quoi de compréhensible pour moi, je pourrais y remédier. Je pourrais rappeler à ton corps ce qu'il est censé être. Mais cela…

Ses mains froides pesèrent sur mon cœur.

— Cela, je n'y comprends rien. Je n'avais encore jamais rien vu de semblable. Je sais seulement que c'est dans ton sang, mais c'est trop profond, car la purification a échoué. Elle a seulement…

Les yeux de Mab s'agrandirent soudain et elle regarda vers la fenêtre.

— Oh non… !

Je me rassis péniblement et suivis son regard. La fenêtre était tout illuminée de soleil, et, sur son rebord, un bol d'eau scintillait. Un objet argenté reposait au fond.

— Quoi ? Qu'est-ce qu'il y a ? demandai-je.

Mab me repoussa doucement.

— Je crois que je sais pourquoi ton état s'est dégradé aussi vite, répondit-elle. Repose-toi, Will. Je vais chercher de l'aide. Je reviens tout de suite.

Ma fatigue me clouait au lit. Je tendis la main vers ses cheveux et saisis une boucle que je tirai doucement.

— C'est promis ?

— C'est promis, chuchota-t-elle, puis elle sortit.

Mab

Ignorant les appels de Ben, je courus si vite que mes épaules se heurtaient aux murs du couloir. Je volai littéralement dans l'escalier, traversai l'entrée comme une flèche, trébuchai devant la porte et dévalai les marches du perron. J'atterris dans l'herbe sur les mains et les genoux, pantelante.

Tout était de ma faute. J'avais purifié Will, mais la magie qui le consumait était si profondément ancrée en lui, si intimement mêlée à son sang, que ma purification n'avait fait que lui ouvrir la voie. J'avais préparé Will comme le bracelet de ma mère, que j'avais laissé reposer sous la lumière purificatrice de la lune pour en faire remonter le pouvoir à la surface.

Je m'étais jetée sur la première solution à ma portée au lieu d'explorer, d'approfondir et de recueillir tout le savoir et les murmures de la magie. J'avais foncé tête baissée comme s'il s'agissait de remporter une course ou de gagner un prix. Et maintenant, si je ne trouvais pas le moyen de le secourir, Will mourrait ! Il changeait, se métamorphosait sous mes yeux. Il se transformait en forêt.

Je me relevai en époussetant la terre de mes mains et de mes genoux. Donna m'avait avertie de faire attention avec Will, mais je ne l'avais pas écoutée. Je m'étais crue trop forte, trop puissante, trop partie intégrante de la magie pour commettre une telle erreur. Je ne méritais pas ce pouvoir.

Les corbeaux décrivirent un cercle au-dessus de ma tête, puis descendirent en spirale pour se poser autour de moi. Je regrettais qu'ils ne puissent pas me parler, m'aider à réfléchir et à comprendre.

Soudain, je remarquai qu'ils étaient neuf.

Ils n'étaient plus que neuf.

Will

Le silence était oppressant. Comme à l'aube. Ou dans un cimetière. Comme quand on répond au téléphone, avant que personne n'ait encore prononcé un mot.

Ce genre de silences : les pires qui soient.

C'est alors que j'entendis mon nom.

Will.

Mon nom prononcé par l'air. Par le vent soufflant par la fenêtre.

Will.

Mab

Je me précipitai vers les corbeaux en les hélant. Ben surgit derrière moi, me saisit par le coude et me fit pivoter.

— Qu'est-ce que tu fabriques ? Je veux des réponses sensées, et vite, ordonna-t-il.

J'écartai les mains en signe d'impuissance. La peur me cernait, m'écrasait. J'ouvris la bouche pour répondre, dire n'importe quoi, au lieu de quoi un hurlement me traversa, aigu et violent, jailli de la terre, serrant mes entrailles dans son étau.

Je crus reconnaître la voix de Lukas.

— Qu'est-ce qu'il y a ? demanda Ben en me secouant. Je plaquai les mains sur mes oreilles. Ben ne pouvait entendre ce cri, mais le vent de la prairie se levait brutalement et semait le désordre parmi les chênes.

Le cri de Lukas montait de la terre comme un rugissement.

Je m'arrachai à Ben et me précipitai vers le puits, à l'ouest de la maison, là où s'étendait le jardin. Quand j'eus dépassé l'angle du mur, j'eus un mouvement de recul.

Lukas était là, au milieu du fouillis des rosiers dont les tiges enserraient ses poignets et ses chevilles. Le sang gouttait de ses bras et de ses jambes, et les plantes tremblaient au rythme de ce sang, dont l'écarlate revêtait leurs feuilles de pouvoir.

— Lukas ! hurlai-je, et je m'élançai vers lui, Ben sur mes talons.

Le cri s'arrêta net et le corps de Lukas se relâcha.

Will m'appelait depuis le perron, d'une voix forte et claire.

Je me figeai sur place.

— Will ? appela Ben.

Il était là-bas, les épaules dégagées et la tête haute. Sa poitrine nue était lisse, sans la moindre trace de racines sanglantes, mais couverte de tatouages rouge sombre. Son pantalon de pyjama descendait sur ses hanches et son large sourire était comme une fissure dans l'univers.

— Mab ! répéta-t-il avec une hilarité contenue.

Désemparée, je m'approchai de lui. Il posa la main sur la rampe et sauta par-dessus avec agilité. Lorsque ses pieds nus touchèrent le sol il resta un instant accroupi, puis se releva et s'immobilisa. Il était grand et fort.

Le changement était complet : il ne présentait plus le moindre signe de maladie ou de faiblesse, et rayonnait d'énergie.

Je ne pouvais plus faire un geste. Ben jura derrière moi. Il se tenait si près que je sentais la pression de son énergie contre la mienne.

Will se dirigea vers nous à petites foulées. Ignorant complètement Ben, il se rua vers moi, me retint dans une étreinte extatique et me souleva de terre. Suffoquée et prise de vertige, je m'agrippai à ses épaules. Il me reposa, et je n'eus que le temps d'invoquer son nom, car il resserra son étreinte sur mes épaules, puis m'embrassa.

Ce fut un baiser fougueux et avide, ouvrant brutalement ma bouche. Je dus me cramponner aux muscles de son dos pour garder l'équilibre. Je le repoussai, trébuchai et tombai contre Ben.

— Qu'est-ce que c'est que ce cirque ? fit Ben en me rattrapant. Will, c'est quoi, ton problème ? Ça va ?

Ignorant toujours son frère, Will se lécha bizarrement les lèvres, puis inclina la tête d'un air pensif.

— Ce goût de menthe et de sang, il est dans ma bouche ou dans la tienne ? demanda-t-il.

Un étau glacé se resserra sur mes côtes et les comprima jusqu'à m'étouffer. Des ombres mouvantes dansaient sur le visage de Will tandis que les chênes s'agitaient dans le vent. Je plaquai soudain les mains sur ma poitrine, car je venais de remarquer que rien ne se reflétait dans ses yeux couleur de rubis.

— Qui es-tu ? chuchotai-je.

Il sourit ; la courbe de ses lèvres m'était inconnue : ce n'était pas Will. C'était pourtant sa voix, qui me fit frissonner quand il me répondit.

— Votre humble serviteur, mon petit Diacre, dit-il.

— Tu te cachais dans les rosiers, chuchotai-je.

Les mains de Ben se crispèrent sur mes épaules.

— Arrête ton cinéma, coupa-t-il, et il me contourna pour s'approcher de Will.

Celui-ci glapit quelque chose dans une langue étrangère et ferma le poing. Ben devint livide, se plia en deux et toussa.

Je me laissai tomber à côté de lui, posai les mains sur son visage et voulus lui dire de respirer, tout en me demandant fébrilement comment cette créature qui possédait Will pouvait pratiquer la magie sans faire usage de sang, qui elle était et ce qu'elle avait fait à Will, mais, déjà, elle écartait Ben de moi. Elle le jeta à terre sans le moindre effort ; des racines surgirent de l'herbe et s'enroulèrent autour des bras et des jambes de Ben.

Lukas hurla de nouveau ; l'écho de sa douleur jaillit de la terre et vibra en moi.

C'était de là que le pouvoir venait. J'avais offert le pouvoir de la rune noire à la terre, dans laquelle cette malédiction était tapie !

Je pivotai sur moi-même et me ruai vers les rosiers et vers Lukas. J'empoignai des tiges et tirai sur elles, mais elles me lacérèrent les mains. Lukas poussa un grognement. Je ne pourrais le libérer sans lui faire encore plus mal et sans réduire mes mains en lambeaux.

Je me penchai et dessinai une rune de libération sur la terre avec mon doigt sanglant.

— Pas de ça, fillette, déclara Will juste derrière moi.

Comme je passais outre, il tendit la main, m'empoigna par les cheveux et me renversa en arrière.

— Tu devrais mieux te tenir, commenta-t-il. C'est toi qui m'as libéré, après tout. Tout ce que tu as fait m'a aidé un peu plus à chaque pas.

Je me cramponnai à sa main pour l'entraîner et vis le rictus caricatural sur son visage. C'était tout l'opposé de Will.

— Non. Laisse-le, ordonnai-je.

Je lâchai sa main, frappai dans les miennes et j'allais ouvrir la bouche pour hurler le mot qui le renverrait dans sa prison quand il me frappa au visage.

Ma tête explosa et une sensation de chaleur se répandit sur mes yeux tandis que je m'affalais sur la hanche, suffoquant, hors d'état de voir et de faire le moindre geste. Le monde n'était plus que des couteaux tranchants qui me frappaient et tournoyaient à une vitesse infernale.

— Pas de ça, répéta la créature à l'intérieur de Will.

Je roulai sur moi-même, puis m'éloignai en rampant, mais mon estomac était secoué de spasmes. Mon corps ne m'obéissait plus. Je ne pouvais plus penser qu'à cette nausée qui m'envahissait.

Mes dernières perceptions furent sa main qui m'empoignait par les cheveux et le sentiment de mon impuissance tandis que le hurlement de Lukas déchirait l'air.

CHAPITRE 52

Gabriel est mort très vite.

Je me suis relevée, faible et engourdie. Le tonnerre se déchaînait au-dessus de la prairie. Je restais immobile, penchée au-dessus du cadavre de Gabriel.

Je me suis servie des roses pour l'enterrer. Elles l'ont enveloppé comme un linceul, puis entraîné sous terre. J'ai versé du sel autour d'eux, quelques gouttes de mon sang en guise de bénédiction, et j'ai lié Gabriel à ce lieu pour toujours.

Lorsque la pluie est venue, il ne restait plus la moindre trace de lui, ni de ce qu'il avait tenté de faire. J'ai attendu la fin de l'orage au milieu de la cour, laissant Dieu accomplir sur moi son travail de purification.

CHAPITRE 53

Mab

Quand j'ouvris les yeux, l'obscurité me cernait. J'avais une migraine lancinante et mes oreilles tintaient comme si j'étais entourée d'un millier de minuscules clochettes. Quand j'inspirai, une douleur me transperça le flanc et des larmes me brûlèrent les yeux. Je contemplai le ciel à travers ce voile liquide : il était orange et rose sur les bords à l'ouest, embrasant les silhouettes des chênes. Une planète lumineuse scintillait dans la pénombre de l'aube, tel un phare solitaire très haut dans le ciel. Je me concentrai sur elle pour reprendre le contrôle de ma respiration et puiser de nouvelles réserves d'énergie dans la colline au-dessous de moi.

Le vent agitait les arbres et frôlait mon visage de son souffle tiède. Je m'assis lentement. J'étais seule dans la cour de la maison.

Une lumière jaune se déversait des fenêtres du premier étage et un sirupeux air de jazz joué au piano planait dans l'air. Ce ne pouvait être que la créature qui possédait Will. En revanche, je ne percevais aucun signe de la présence de Ben, ni de Lukas, pas même de ses cris.

Les rosiers, eux, étaient toujours là. Malgré tout mon désir de rejoindre Will pour extirper de lui cette créature, je devais d'abord retrouver Lukas. Il était sous ma garde et il avait besoin de moi.

Je me relevai péniblement, puis marchai en inspirant par le nez et en expirant par la bouche à chaque pas. Les vestiges de mes expérimentations étaient disséminés dans la cour : un gant de jardinage bleu jeté à terre, un déplantoir couvert de terre durcie, un tas de tiges déracinées. Plus aucune trace du cercle de sel que j'avais tracé deux semaines plus tôt, ni des runes gravées dans le sol. La pluie avait tout lavé.

Je m'agenouillai devant les rosiers et ratissai la terre de mes doigts.

— Lukas, chuchotai-je.

Le sol fourmillait de magie et les minuscules coupures que les épines de roses avaient laissées sur mes paumes me brûlaient.

— Lukas, chuchotai-je de nouveau.

Les roses frémirent.

Un sanglot jaillit de ma gorge et je le laissai sortir, suffoquée par la douleur qui m'étreignait, un bras serré autour de mes côtes en un geste de protection. Je fermai les yeux en sentant palpiter le sang sur le côté gauche de mon visage, qui était brûlant et enflé.

Tout était de ma faute.

Pourquoi Arthur ne m'avait-il pas dit pourquoi je devais détruire les rosiers ? Il me connaissait assez pour savoir que j'agirais autrement, que j'essaierais de comprendre ! Comment aurait-il pu l'ignorer ?

Je me penchai en avant et mes avant-bras plongèrent au milieu des tiges. J'en saisis une, puis l'arrachai en m'arc-boutant. La douleur jaillit dans mes bras tandis que les minuscules épines lacéraient mes paumes et mes poignets.

J'accueillis cette douleur et la déversai dans les roses, car mon sang nous liait. De longues entailles s'épanouirent sur mes avant-bras, en tous points semblables aux cicatrices de Donna. Ruisselante de sang, je ramassai le déplantoir et l'enfonçai au pied d'un rosier. La lame trancha le bois dur avec un tintement. Je recommençai de plus belle, sans égards pour les fleurs tremblantes. Elles vibraient, dansaient, et plus je les saccageais, plus elles s'agitaient violemment. Leurs tiges me cinglaient les épaules, leurs épines me criblaient de piqûres dont chacune était un baiser acéré.

Je saignais par un millier de plaies minuscules et laissais mon sang se mêler à la terre. Au prix d'un violent effort de volonté, je décrétai que les roses devaient se faner et pourrir.

Quelques-unes noircirent. Je les arrachai. Leurs pétales s'effritèrent, puis tombèrent en cendres.

Au milieu des rosiers trônait un cocon de tiges étroitement entrelacées et de fleurs rondes et rouges.

J'y distinguais çà et là une boucle de cheveux cuivrés, un pan de peau brune, un doigt, un bout de cuisse. À l'aide de mon sang, j'écartai doucement les tiges et découvris son visage. Ses lèvres étaient gercées, mais un souffle s'en échappait et faisait frémir les feuilles au-dessus de ses joues.

Il était prisonnier des rosiers à environ trente centimètres de la surface du sol. Une demi-douzaine de tiges plongeaient dans la rune noire de son dos pour en pomper le pouvoir magique.

— Lukas ? chuchotai-je.

Pas la moindre réaction. Aucun mouvement de ses yeux sous ses paupières closes, aucun changement dans sa respiration ne m'indiquèrent qu'il m'avait entendue.

Des traces de pas sanglantes marquaient mon cheminement jusqu'à l'intérieur de la maison. Ma douleur, ma colère et tout mon courage s'écoulaient de moi comme le sang de mes myriades de coupures. Je restais engourdie comme si quelque chose s'était cristallisé en moi. Le quartz, froid et dur, est l'un des minéraux les plus abondants sur terre, et le meilleur qui soit pour le grossissement et la clarté de la vision. Et ma vision était limpide : je devais extirper cette créature du corps de Will et libérer Lukas. J'en étais capable, puisque j'étais le Diacre.

Il était à la cuisine, où il faisait frire un sandwich au fromage grillé. Il avait coupé une tomate et du beurre avec l'un des couteaux de boucher ; ses mains maniaient la spatule avec dextérité. Avec un léger sourire, il fredonnait en rythme l'air que jouait un vieux disque de Granny Lyn.

Je soupirai assez fort pour qu'il puisse m'entendre par-dessus le grésillement du beurre dans la poêle et les accords du jazz.

Le corps de Will se retourna lentement, les dents découvertes par un sourire apprêté.

— Tu sais que c'était son air préféré… commença-t-il.

Mais il se tut, les yeux arrondis de stupeur.

— Mon Dieu, qu'as-tu fait ?

Le sang gouttait de mes doigts sur le carrelage de la cuisine. Je ne répondis pas et me contentai de le dévisager. Il portait une vieille chemise d'Arthur, déboutonnée parce que ses épaules étaient bien plus larges que les siennes, et un pantalon semblable à celui que je lui avais fait revêtir pour la purification. Je reconnaissais en lui les mains, le visage et les cheveux de Will, mais rien de ce dernier dans l'attitude ni les gestes. Je n'avais encore jamais remarqué combien Will manquait d'assurance avant de regarder cette créature s'approcher de moi, calme et sûre d'elle, avec un froncement de sourcils inquiet qui vieillissait son visage.

Il s'arrêta face à moi. Je posai mes mains sanglantes sur sa poitrine.

— Je te bannis de ce corps ! dis-je en faisant appel à toute ma rage et à tout mon pouvoir.

Ma magie jaillit, brûlante comme un geyser, et l'assaillit dans un élan de tout mon être.

Je la vis s'embraser dans ses tatouages, dont le rouge vira à l'orange et flamboya comme du fer en fusion.

Mais il ferma les yeux avec un soupir comme si mon pouvoir n'était pas plus qu'un baiser, puis posa les mains sur mes épaules.

— Tu ne te débarrasseras pas si facilement de moi, Mab, fit-il.

J'essayai de nouveau, plus violemment, sans résultat. Mes mains glissèrent sur sa poitrine nue, mes côtes me coupèrent la respiration et je me retrouvai incapable d'articuler un son. La troisième fois, je ne pus que chuchoter « … bannis ». Il hocha lentement la tête, prit mes mains dans les siennes et me mena à une chaise sur laquelle il m'assit. Mes cuisses gluantes de sang glissaient sur le bois. Il s'agenouilla devant moi et dessina des runes de guérison sur mes genoux, les paumes de mes mains et mon front. Il marmonnait en remuant les lèvres comme s'il avait un goût désagréable dans la bouche. Je le comprenais ; ma bouche et mon nez étaient également saturés de l'odeur du sang.

Un frémissement de magie me parcourut du crâne aux orteils. Il me demanda de chuchoter avec lui les formules de guérison. Je m'exécutai en ouvrant à peine les lèvres, et l'éclair de magie qui referma mes blessures fut si intense et si brûlant que je m'évanouis.

Cet évanouissement fut probablement bref, car, lorsque je me réveillai, j'étais encore assise sur la chaise.

— Petite folle, petite imbécile, disait-il au même moment.

Je me redressai et le dévisageai. Quand j'ouvris la bouche, mes côtes n'étaient plus qu'endolories et mon visage ne me faisait plus mal.

— Je te détruirai, affirmai-je.

— Non, tu me pardonneras, répondit-il en s'efforçant de donner une apparence de sérieux au visage de Will.

Le ridicule de cette idée me fit éclater de rire. Je me souvins alors du rire d'Arthur le jour où de la pluie s'était déversée du toit par une brèche. De celui de Donna devant un film à la télévision. De celui de maman, qui riait sans autre raison que d'être en vie. Et de celui de Will, pris de vertige sur le toit de mon silo.

Maintenant, tous ces rires me restaient en travers de la gorge. Je couvris mon visage de mes mains poisseuses de sang.

— Aussi folle que sa mère, marmonna-t-il, et il regagna son fourneau. Tandis que je fulminais derrière l'écran de mes mains, il retourna son sandwich au fromage, qui avait brûlé. L'odeur âcre ramena un sourire sur mes lèvres. J'observai son dos et les mouvements brusques et coléreux de ses mains tandis qu'il se préparait un autre sandwich. Le disque se tut entre deux chansons, puis je reconnus les accents de celle que Granny chantait souvent : *Our Love is Here to Stay*.

— Dis-moi qui tu es, fis-je en lissant sur mes cuisses ma robe déchirée et sanglante.

Il pivota lentement sur lui-même, puis inclina la tête.

— Je m'appelle Gabriel Desmarais et je vis sur cette terre depuis plus longtemps que tu ne peux l'imaginer, mon petit Diacre, répondit-il. Si tu veux bien aller te nettoyer et conclure une trêve avec moi, je te raconterai toute mon histoire.

CHAPITRE 54

Mab

J'étais au salon, pelotonnée dans la bergère à oreilles préférée d'Arthur, et Gabriel nonchalamment étendu dans le corps de Will sur le tapis devant le feu. Le thé refroidissait dans la tasse que je tenais entre mes mains. Pendant qu'il parlait, je cherchais en lui des indices de la présence de Will, des signes m'indiquant qu'il était conscient de la mienne et qu'il me voyait toujours de ses propres yeux.

Mais il ne restait rien de tout cela, sauf ma conviction qu'il avait survécu.

J'écoutais seulement d'une oreille Gabriel évoquer les décennies de sa propre existence, depuis sa naissance à Paris, près de quatre cents ans auparavant, jusqu'à sa rencontre d'un jeune homme nommé Arthur dans ce qui n'était pas encore l'État de New York. Il me raconta ses périples dans l'Ouest pendant la guerre de Sécession et au temps des premiers chemins de fer en compagnie d'Arthur. Il me parla de leur installation dans le Missouri, des enfants qu'ils avaient eus, et dans la voix de Will, je sentais la sincérité de son amour.

Il me raconta sa première et sa dernière rencontre avec ma mère, en me complimentant avec affectation sur ma ressemblance physique avec elle. Je ne lui accordai toute mon attention que lorsqu'il me donna sa version des événements à l'issue desquels il s'était retrouvé prisonnier des rosiers.

Granny le haïssait, affirma-t-il, parce que c'était à lui qu'allait tout l'amour d'Arthur. Elle l'avait attaqué, puis vaincu sans difficulté, car il n'avait jamais soupçonné sa fureur, jamais cru un seul instant qu'elle pût être assez jalouse pour lui jeter un sort.

C'était pourtant ce qu'elle avait fait. Elle l'avait enfoui sous les rosiers, et si bien utilisé à son profit leurs tiges et leur magie qu'il ne pouvait même plus murmurer pour avertir Arthur.

Et puis elle était morte, et son pouvoir avait commencé à faiblir. Gabriel, qui avait entre-temps vécu dans une torpeur continuelle, à demi conscient seulement de l'endroit où il se trouvait et de son identité, se réveilla lentement. Il ne pouvait entrer en contact avec Arthur, qui était tout à son chagrin. Mais moi, j'étais là.

— Toi, Mab, dit Gabriel avec un sourire aussi enjôleur qu'un ronronnement, tu étais là, tu m'écoutais, tu me cajolais à travers les racines des rosiers avec ton sourire, ton pouvoir et tes mains douces. Tu as arraché ma magie des roses pour qu'elle envahisse ce corps, pour préparer son propriétaire à mon arrivée.

Il posa la main sur le cœur de Will.

— Tu ne l'auras pas, déclarai-je, et je reposai mon thé froid sur la table ronde devant le sofa. Ce corps ne t'est pas destiné, Gabriel. Je suis désolée pour toi de ce qu'Evie t'a fait, même si j'ignore si tout ce que tu m'as dit sur elle est vrai, je suis désolée que tu aies été victime de cette malédiction et que tu l'aies payé de ta vie, mais, poursuivis-je en me levant, tu n'auras pas Will. Tu dois le libérer. Et libérer Lukas.

Gabriel écarta les mains.

— Ce corps m'appartient désormais, répondit-il. Il est hors de question que je le rende. Je l'ai transformé en un vaisseau de magie, et cela, dans l'essence même de son sang. Ceci...

Il se leva, passa les mains sur sa poitrine, puis ouvrit les bras.

— Ceci est Gabriel et non plus Will. Ce gamin n'avait pas assez de volonté pour retenir son corps si peu que ce fût.

Gabriel s'approcha de moi avec une expression compatissante sur le visage de Will.

— Moi aussi, je suis désolé pour la perte qui est la tienne, mais c'est toi qui n'auras pas Will, dit-il.

Il se trompait : j'étais prête à me battre jusqu'à la mort pour libérer Will. J'en trouverais bien le moyen. Je baissai les yeux et fis trembler mes cils, feignant de refouler mes larmes et non ma fureur, comme c'était le cas. En cet instant, ce n'était pas du pouvoir d'Arthur dont j'avais besoin, ni de la patience de Granny Lyn ou du sens pratique de Donna, mais de ma mère.

Et de ses mensonges.

Je poussai un soupir tremblant, ce qui ne me demanda guère d'effort, et serrai mes côtes entre mes bras pour paraître plus vulnérable que je ne l'étais. Ma mère avait fait tout ce qui était en son pouvoir pour obtenir ce qu'elle voulait, et moi aussi j'en étais capable.

— Tu es fatiguée, observa Gabriel.

Ce n'était que trop vrai ; je hochai la tête en fermant les yeux. Je ne pouvais rien tenter ce soir, pas alors que je me sentais aussi diminuée, pas avant d'avoir mieux compris ce que Gabriel avait fait. Ces tatouages l'ancraient solidement dans le corps de Will, et tant qu'il pourrait puiser des forces dans Lukas et dans la rune noire, je ne serais pas en mesure de le vaincre.

— Gabriel, chuchotai-je, et je sentis qu'il était tout proche, penché sur moi.

— Oui ?

— Libère Lukas. Ce n'est qu'un enfant qui a été maltraité toute sa vie.

Gabriel inspira. Je l'observai et vis la commissure de ses lèvres s'abaisser dans une expression de regret.

— Je ne peux pas. Pas dans l'immédiat, ajouta-t-il alors que j'allais protester. Plus tard, oui, et je te promets qu'il survivra, mais pour l'instant j'ai besoin de lui.

Il esquissa un sourire avec les lèvres de Will.

— Je ne suis pas stupide, Mab. Je connais le pouvoir de ta mère. Et je connais celui du Diacre. Si Lukas cessait d'être mon animal familier, tu aurais une chance de me vaincre.

Je serrai les poings et le frappai à la poitrine, juste au-dessus du cœur de Will, où les entrelacs des tatouages étaient les plus complexes. Il me saisit par les poignets et je ne résistai pas. Je levai les yeux vers lui, vers ces yeux rouges et brillants qui étaient autrefois ceux de Will et que je trouvais si beaux.

— Ne m'oblige pas à te lier, mon petit Diacre, fit-il. Je ne veux pas que ce lieu devienne ta prison comme il l'a été pour moi. Ce lieu est un foyer – le nôtre.

— Un foyer, répétai-je.

Je me dégageai, reculai et, au moment où Gabriel laissait retomber ses bras le long de ses hanches, je le frappai de toutes mes forces. Son contact me brûla la main et je vis sa tête partir en arrière. Il leva lentement la main, puis la posa sur la flamme rouge de sa joue.

Nous restâmes face à face, à un mètre l'un de l'autre. Je savais qu'il ne partirait pas, à cause de Lukas et parce qu'il se considérait comme chez lui. Et je savais que je ne partirais pas non plus, parce que j'étais le Diacre. Et parce que tout ce que j'aimais était ici.

Jusqu'à ce que je puisse l'arracher au corps de Will et disperser son âme aux quatre vents, nous resterions tous deux prisonniers de ce lieu.

CHAPITRE 55

Mab

Je fus réveillée par un martèlement intermittent qui faisait vibrer le cadre de mon lit. En observant les voiles drapés au plafond, je parvenais tout juste à distinguer un léger frémissement. Toute la maison semblait trembler.

Je repoussai mes couvertures et me levai avec précaution, attentive au bruissement du sang dans mes oreilles. Mes doigts et mes orteils étaient froids, mais je ne ressentais plus ni vertige, ni épuisement. Une aube bleue s'insinuait par ma fenêtre entrouverte avec une brise moite à l'odeur de boue et de roses.

Tout en passant les mains sur mes yeux et dans mes cheveux, je me dirigeai vers la porte. À travers la plante de mes pieds nus, je sentais mieux le martèlement, une série de coups rageurs qui se diffusaient quelque part au-dessous de moi.

Quand j'ouvris la porte de ma chambre, Will sortit en même temps de celle d'Arthur, au bout du couloir. Mon cœur bondit à la vue de ses cheveux emmêlés, aplatis sur un côté, et de la marque de l'oreiller sur sa joue, mais cette euphorie se dissipa immédiatement devant le froncement de sourcils de Gabriel.

— J'aurais dû le transformer en tabouret, marmonna-t-il quand il m'aperçut.

— Ben ? demandai-je.

Je l'avais complètement oublié. Je pivotai pour me diriger vers l'escalier, mais sentis la brûlure de la main de Gabriel autour de mon poignet.

— Je m'en occupe, fit-il.

Il me tira vers lui et mon épaule heurta sa poitrine. Je fermai les yeux quand ma peau toucha la sienne et que les tatouages brillèrent d'une lueur rouge. Puis, la tête levée vers lui, j'observai les taches écarlates qui avaient envahi le brun des yeux de Will. Elles avaient un éclat agressif. Disparaîtraient-elles jamais ? Les signes extérieurs du traumatisme s'effaceraient-ils à mesure que Gabriel prendrait plus solidement et plus complètement possession de ce corps ?

J'étais bien résolue à ne jamais le découvrir.

— Non, Gabriel, laisse-moi le voir. Il me connaît, et toi, que pourrais-tu lui dire ?

Il eut un demi-sourire.

— Oh, je ne pensais pas lui dire quoi que ce soit, répondit-il.

— Nous avons besoin de lui… tu as besoin de lui.

Je me creusais la cervelle à la recherche d'un argument persuasif.

— Tu n'auras qu'à le convaincre que tu es son frère, et il t'aidera à recommencer une nouvelle vie.

Les doigts de Gabriel se resserrèrent sur mon poignet. Il se pencha vers moi.

— Ce n'est pas ce que tu as en tête, siffla-t-il à mon oreille. Il va falloir trouver un meilleur argument pour me convaincre, Mab.

J'expirai brusquement par le nez.

— Très bien, déclarai-je. Mais laisse-moi le voir quand même. Je…

Ma main libre posée sur la poitrine de Will, je m'interrompis, frappée par une illumination. Au-dessous de nous, le martèlement reprit, suivi d'un craquement assourdissant, comme si on brisait un meuble. Je fis semblant de ne pas l'entendre et caressai la poitrine de Will le plus doucement possible, suivant du doigt les contours de l'un des tatouages qui s'incurvaient sur sa cage thoracique.

— Ce que tu as fait du corps de Will m'intéresse, même si je n'ai pas l'intention de te le laisser, repris-je. Tu sais sûrement que je travaille avec les corbeaux, qui sont mes animaux de compagnie.

Je levai les yeux vers lui. Son visage s'adoucit pendant une fraction de seconde, tandis qu'il me regardait dans les yeux.

— Oui, répondit-il.

— Savais-tu que jadis ces corbeaux ont été un jeune homme ? Un jeune homme auquel ma mère a jeté un sort afin qu'il reste emprisonné dans l'esprit de ces oiseaux ?

— Oh, vraiment… ?

— Oui. Alors… je me suis toujours sentie… coupable, fis-je, les yeux baissés pour feindre la contrition. Responsable, même. J'aurais dû empêcher ma mère de faire ça. Laisse-moi Ben. Je veux voir si je pourrai lui faire ce que tu as fait à Will.

Gabriel me lâcha, puis m'observa, les yeux plissés et la tête inclinée avec une expression de curiosité. Les coins de sa bouche se relevèrent lentement et il éclata de rire. Ce rire était un gloussement bas. Il paraissait très amusé et je dus faire un effort pour laisser pendre mes mains le long de mes hanches plutôt que de les serrer contre moi dans un geste de défense. Il était sombre et sardonique, tout le contraire de Will.

— Tu es douée, Mab, dit-il, mais j'ai connu ta mère et tu es quand même moins douée qu'elle. Et Josephine n'a jamais réussi à m'embobiner comme elle le faisait avec tant d'autres. Allez, essaie encore. Jamais deux sans trois, comme on dit.

La fureur m'embrasa le ventre. Je posai les poings sur mes hanches.

— Laisse-moi Ben, Gabriel, c'est tout ce que je te demande. Parce que je veux l'avoir. Parce que je te le demande.

Je fis un pas en avant, levai le bras et posai la main sur celle de ses joues que j'avais giflée, celle qui portait encore la marque de l'oreiller.

— Comme preuve de confiance, ajoutai-je doucement.

Il me regarda et nous restâmes silencieux pendant une longue série des martèlements qui vibraient sous nos pieds. Gabriel leva une main et en recouvrit tendrement la mienne.

— Il suffisait de me le demander, Mab, fit-il.

Je dégageai ma main et me détournai. Nous savions tous deux qu'il mentait, lui aussi.

Il reprit la parole avant que j'aie eu le temps de regagner ma chambre pour m'habiller et me brosser les dents.

— Ne fais rien de stupide : je le saurais immédiatement, dit-il. Par l'intermédiaire de Lukas, je perçois tout de la terre du sang, Mab, alors... si tu essayais de me vaincre par la magie, si tu tentais quoi que ce soit, je le saurais.

Je m'immobilisai, appuyée d'une main à l'encadrement de la porte et le dos tourné. J'aurais voulu qu'il me laisse aller rejoindre Ben avant qu'il ne se fasse mal.

— Je ne peux pas vivre sans magie. Je ne fais qu'un avec elle, répondis-je.

— Je sais, fit-il.

Il était juste derrière moi, et je sursautai. Il posa les mains sur mes épaules nues, les pouces sur les minces bretelles de ma chemise de nuit.

— Exactement comme Arthur, reprit-il.

Ces paroles me firent frissonner. J'avais toujours voulu être exactement comme Arthur, mais pas dans le sens où l'entendait quelqu'un comme Gabriel.

— Lâche-moi, ordonnai-je.

Il obéit, mais resta assez proche de moi pour que je sente la chaleur de son corps, semblable au fourmillement de la magie.

— Je resterai dans les parages, ma chère, dit-il. Toute la journée. Je vais refaire connaissance avec cette terre en la parcourant à pied. N'appelle pas à l'aide et ne parle à personne. Dans quelques jours, nous annoncerons la nouvelle à notre famille. D'ici là, je tuerai quiconque posera le pied sur cette terre. Et si tu essaies de t'enfuir, je n'aurai plus aucune raison de maintenir Lukas en vie.

Au lieu de m'effrayer, ses propos ne firent que m'offenser.

— Garde tes menaces pour ceux qui ont peur de toi, ripostai-je.

J'entrai dans ma chambre et refermai brutalement la porte. Un rayon de soleil réchauffait le tapis de lirette. Je pénétrai dans sa lumière, les bras grands ouverts. Mon visage s'en imprégna et je priai pour que le soleil m'aide à garder courage.

Ben Sanger était posté en haut de l'escalier de la cave ; dès que j'ouvris la porte, il se rua sur moi. Je touchai son bras nu en le serrant assez fort pour que la rune sanglante que j'avais tracée sur ma paume agisse sur lui.

L'effet fut immédiat sur nous deux.

Le vertige me fit tomber à genoux, ou, plus exactement, fit tomber mon corps et celui de Ben.

Nous restâmes immobiles pendant que j'insufflais ma volonté à nos deux esprits. Et puis nous nous retrouvâmes à quatre pattes et mon corps se rapprocha assez du sien pour que mon épaule effleure la sienne. Le contact physique permettait à ma volonté de circuler entre nous et de lui imposer mon pouvoir plus facilement et plus vite. La nausée contractait nos gorges et je me sentais deux fois plus faible que la normale, mais ma mère m'avait entraînée à cela, à fermer les yeux et à envahir deux corps, deux têtes, quatre mains, quatre pieds et deux cœurs.

Tandis que le rythme de nos sangs s'harmonisait, je me concentrai pour respirer et ouvrir les yeux de Ben. Je n'avais besoin de savoir sur lui que ce qu'il fallait pour le remettre debout. Tout en inspirant et en expirant, je montai les marches du perron dans deux corps et me dirigeai vers le téléphone. Il était facile de puiser dans sa mémoire pour composer le numéro de téléphone de chez lui et de dire à la femme qui répondit – et dans laquelle il reconnut sa mère – que Will et lui, sur un coup de tête, étaient partis camper. Sans laisser de temps pour la discussion, je promis avec la voix de Ben que nous rentrerions sous peu et conclus par les formules filiales consacrées.

Ensuite, mon corps et celui de Ben descendirent la colline en direction de l'atelier.

Là-bas, je le libérai, puis m'effondrai en même temps que lui, tremblante d'épuisement, auprès de son corps inconscient.

Après je ne sais plus combien de minutes, je me relevai et me dirigeai vers le pré de trèfle rouge. Là, je m'effondrai de nouveau et roulai sur le dos, les yeux levés vers le ciel, pour guetter l'arrivée des corbeaux.

CHAPITRE 56

Mab

Faute de mieux, je me servis de sang pour faire surgir du sol de l'écurie des racines qui formèrent les barreaux d'une cage où j'emprisonnai Ben Sanger.

Il se réveilla de sa possession fulminant de rage. Il essaya d'abord de briser les barreaux à mains nues, à grand renfort de grognements, de hurlements et de jurons, mais ceux-ci étaient bien vivants et leur bois solide. Jamais ce lieu dédié à la beauté, à la magie, à la paix et à la famille n'avait connu un tel vacarme. C'était pourtant là que j'avais amené un prisonnier.

Quand il admit qu'il ne pourrait se libérer par la force, Ben examina tout avec soin, et plus particulièrement la base des racines. Soudain, il bondit, empoigna deux barreaux pour se hisser et s'éleva vers le sommet de la cage. Les tiges ployèrent sous son poids, mais sans rompre ; quand bien même elles auraient cédé, j'en aurais fait pousser d'autres.

C'était une bataille perdue d'avance, et, à mon avis, Ben n'avait pas l'habitude de perdre.

Je l'observais depuis l'angle le plus éloigné de l'écurie, presque entièrement dissimulée derrière un tracteur vert si antique que je ne l'avais jamais vu en marche. J'attendis pour sortir de l'ombre que mon prisonnier soit resté quelque temps immobile au centre de sa cage.

À ma vue, il se leva d'un bond, empoigna deux barreaux et exigea que je lui dise ce qui se passait et où était Will. Je lui répondis que j'allais tout lui expliquer s'il voulait bien s'asseoir pour m'écouter.

Nous nous dévisageâmes pendant un instant, puis Ben s'accroupit. Il refusait donc mes conditions, mais, à sa manière de relever le menton, je compris que c'était tout ce que je pouvais attendre de lui comme compromis. Je reculai pour aller m'assoir par terre, adossée à l'un des pieds de la table et, les genoux ramenés contre ma poitrine, je parlai. Agrippé aux barreaux de bois brut, Ben m'observait avec une telle attention que je me sentais mal à l'aise dès que j'esquissais le plus petit mouvement. Son regard passait au crible chacun de mes gestes, de mes soupirs, le moindre frémissement de mes mains.

Il ne m'interrompit pas, et je lui révélai tout. Il devait tout comprendre. Je lui parlai de la magie du sang et du Diacre, de notre famille aux vastes ramifications, d'Eli et de Faith, de Gabriel, des corbeaux, de ma mère et de Silla. De Donna, de Nick et de Lukas. Des circonstances de ma rencontre avec Will et de tout ce qui, à ma connaissance, lui était arrivé.

Je parlai si longtemps que ma voix enrouée se réduisit à un murmure. Je ne sentais plus mes fesses et mes bras étaient courbaturés à force de serrer mes genoux. Un rayon du soleil déclinant qui tombait par un trou à l'angle sud-ouest du toit illuminait les poutres et nous baignait dans un ballet de grains de poussière dorés.

Rien ne troublait plus le silence. Je crus que Ben ne m'adresserait jamais le moindre signe et ne lâcherait jamais les barreaux qu'il serrait convulsivement. J'étendis les jambes et poussai un profond soupir en me frottant les yeux.

Si seulement les corbeaux pouvaient venir, pensai-je. Si seulement je les avais auprès de moi, si seulement je pouvais entendre le bruissement familier de leurs plumes et les croassements réconfortants de leurs jeux...

Une autre minute s'écoula, puis je me relevai en prenant appui sur l'angle de la table. Une fois debout, j'observai Ben. Ses traits étaient tirés et les jointures de ses mains crispées blanchissaient. En voyant ses yeux étincelants de rage, j'eus l'impression de traverser un précipice en équilibre sur une corde effilochée. Quand elle se romprait, me tendrait-il la main pour me tirer de l'abîme ou me regarderait-il seulement couler à pic ?

Je n'avais pas la moindre idée de ce que je pouvais ajouter ; je lui avais tout dit. Toutes les vérités, du mieux que j'avais pu. Ma confession. Il fallait qu'il me croie comme Will m'avait crue.

Mais, contrairement à lui, il n'était manifestement ni bienveillant, ni ouvert à mon égard.

Je fermai les yeux pour ne plus voir son air accusateur, pris une lancette dans le pot rangé sous la table et me dirigeai vers les étagères encombrées de tout un bric-à-brac de potions et de boîtes.

Je les fouillai à la recherche des crayons de couleurs que je savais se trouver quelque part. Je les découvris enfin au fin fond d'un fouillis de galets, de coquillages et de vieux jouets en plastique, coincés derrière un cochon-tirelire en céramique. Après quoi, munie de quelques feuilles de papier à dessin qui traînaient sur la table, je m'agenouillai à une portée de bras de la cage de Ben.

Sans lever les yeux vers lui, je dessinai un papillon coloré sur une feuille vierge. J'entendis une pause dans sa respiration, puis un bruissement : il s'accroupissait pour mieux regarder ce que je faisais.

Quand mon papillon bleu, rose et jaune eut des antennes et un long abdomen fourchu, je saisis ma lancette et me piquai le poignet. Une longue goutte de sang glissa de la piqûre et se répandit sur le dessin. Je me penchai comme pour le saluer très bas et chuchotai la formule du sort préféré de ma mère :

— Nais à la vie, soufflai-je en faisant passer le frémissement de la magie de mon cœur dans mon sang, puis dans le dessin.

Le papier trembla. Le papillon s'en détacha et s'envola, les ailes battantes, en virevoltant. Il s'élança vers Ben et je m'accroupis sur mes talons pour observer sa réaction.

Ses doigts lâchèrent les barreaux et il tendit le bras vers le papillon, qui effleura le dos de sa main. Ben la retourna pour recueillir délicatement la petite créature magique.

Puis il secoua la tête, retira sa main et serra le poing.

— Will adorerait ce sort, dis-je. Il avait confiance en moi.

Ben soutint mon regard.

— Il tenait à toi. Moi non, répondit-il.

— Ce n'est pas pour cette raison, fis-je en digérant cette répartie blessante et la surprise que j'en éprouvais. Il me croyait parce que la magie était la seule réponse qui avait un sens.

Ben eut un rire amer.

— Qu'est-ce que le sens vient faire ici ? Je suis allé dans des lieux et j'ai vu des choses qui n'avaient absolument aucun sens, mais qui n'en étaient pas moins réels. Le sens, la logique et la vérité n'ont pas grand-chose à voir les uns avec les autres, affirma-t-il de sa voix grave, aussi calme et assurée que la mienne. Ce n'est pas parce que je crois voir ce papillon ou ce… ce feu, qu'ils sont plus vraisemblables pour autant. Ce n'est pas parce que je ne comprends pas ce qui arrive et que toi tu prétends le comprendre que… que tout fonctionne de cette manière.

Mes mains reposaient sur mes genoux, inertes. Jusqu'ici, je n'avais jamais dû convaincre de la vérité de la magie quelqu'un qui ne croyait pas à ce qu'il voyait.

— Ainsi tu refuses de me croire, constatai-je.

— Et comment.

— Pourquoi ?

— Tu rigoles ?

Ben saisit les barreaux de la cage et les secoua.

— À t'en croire, il existerait des gens doués de tels pouvoirs, qui, au lieu de s'en servir, se contenteraient de cultiver leur jardin au Kansas ?

J'ouvris la bouche sans savoir quoi répondre.

— Et, pire que ça, poursuivit Ben, selon toi mon frère n'aurait pas pris de drogue, mais quelqu'un se serait emparé de son corps ? Comment pourrais-je vouloir croire à une chose pareille ?

— Parce que je peux y remédier !

Je me précipitai vers lui et empoignai les barreaux juste au-dessous de ses mains.

— Si c'est de la magie, je peux le sauver !

Il posa les mains sur les miennes et les pressa contre le bois.

— Tu me fais mal, lui dis-je.

— Je sais.

Il approcha son visage à quelques centimètres du mien.

— Fais-moi sortir de là.

Je me rejetai en arrière en pesant de tout mon poids pour me libérer, mais il me tenait solidement. Mes doigts étaient meurtris et mes paumes me brûlaient.

— Arrête. Lâche-moi.

— Je te lâche si tu me fais sortir.

Son visage n'exprimait pas la moindre émotion, seulement une assurance sans faille.

— Ben, s'il te plaît… Will me croyait.

J'étouffai un cri ; son étreinte s'était encore resserrée.

— Tu as dit que tu lui faisais confiance, repris-je.

— C'est lui qui t'a envoyé son poing dans la figure.

— Je t'ai déjà dit que ce n'est pas lui qui a fait ça.

Je m'arc-boutai désespérément, les pieds à plat contre les barreaux, mais Ben était bien plus fort que moi : j'étais prisonnière.

— Je t'en prie…

Je fermai les yeux et essayai de me détendre. Les os de mes mains craquaient.

Brusquement, les corbeaux plongèrent sur nous dans un tonnerre de croassements. Leurs ailes battantes giflaient les barreaux et mon visage. L'un d'eux nous griffa les mains.

Ben me lâcha.

Je basculai en arrière, puis m'éloignai en rampant, mes doigts douloureux recroquevillés contre mon ventre.

Les corbeaux se posèrent autour de moi et de la cage. Ils étaient toujours neuf. Le soulagement déferla dans ma poitrine comme une eau fraîche et douce.

— Salut, leur chuchotai-je.

L'un d'eux me caressa la joue de l'aile. J'en frissonnai de tendresse et sentis des larmes me brûler les yeux. J'avais encore quelqu'un à mes côtés.

Je m'inclinai vers le sol en terre battue, respirai son odeur poussiéreuse et m'y lovai pour y puiser un peu de force, juste assez pour que Gabriel ne remarque rien.

— Mab…

Ben parlait si bas que je mis un instant à comprendre qu'il avait prononcé mon nom. Je m'assis. L'un des corbeaux sauta sur mes genoux, ses griffes m'égratignèrent la jambe à travers le mince tissu de ma robe. Je regardai Ben, qui contemplait les corbeaux. Les neuf oiseaux inclinèrent la tête exactement au même instant et exactement au même angle.

— Écoute.

Il ferma les yeux et je vis un frisson parcourir son corps.

— Écoute.

Il pressa ses paumes contre la terre à quelques centimètres du plus proche barreau de sa cage et ses yeux se rouvrirent.

— Si tu veux que je te fasse confiance, il faut me donner quelque chose. Il faut me faire sortir de là. Tant que je serai ton prisonnier, je resterai ton ennemi.

Je le regardai, scrutai son visage en regrettant de ne pas pouvoir lire en lui, mais il était trop solide et inébranlable. Comment savoir s'il était sincère, s'il ne me mentait pas comme je mentais à Gabriel ?

L'un des corbeaux se faufila entre deux barreaux, entra dans la cage à côté de Ben et alla se percher sur son épaule. Ben se rejeta en arrière avec une grimace quand les griffes s'enfoncèrent jusqu'au sang dans son T-shirt, puis il tourna la tête et dévisagea l'oiseau, qui soutint son regard.

Je songeai que la confiance devait être une offrande réciproque. Ben avait raison d'affirmer que c'était à moi de faire le premier pas.

Je tendis la main, ramassai la lancette que j'avais laissée sur le sol, entaillai ma paume et la pressai contre le barreau. Les yeux fermés, je respirais en rythme avec l'afflux de magie dont le fourmillement se transmettait à la cage.

Deux barreaux s'écartèrent en s'incurvant pour laisser à Ben la place de se glisser entre eux.

Le corbeau perché sur son épaule s'envola et fila devant moi, ébouriffant mes cheveux de ses ailes. Celui qui était perché sur mes genoux s'envola à son tour, et bientôt les neuf oiseaux décrivirent une spirale au-dessus de nos têtes.

Ben sortit de la cage et s'étira de tout son long. Je levai les yeux pour l'observer, car j'étais encore assise, et attendis. La porte à double battant de l'écurie était ouverte ; il pouvait rejoindre sa voiture, je ne le poursuivrais pas. Il regarda la porte béante, la lumière du soleil, le trèfle rouge et le vert de la forêt. Ses yeux se plissèrent comme devant un spectacle qui lui déplaisait et il porta la main à sa nuque.

Il poussa un profond soupir et ses épaules se détendirent, puis il s'accroupit brusquement devant moi.

— Très bien, fit-il. Explique-moi ton plan.

Maintenant qu'il avait décidé de me croire, Ben passait au crible toutes mes idées avec des mais et des si. Si seulement il avait été là pour démolir mes plans avant que je ne perde Lukas et ne rende Will vulnérable à la magie de Gabriel ! pensai-je avec désespoir.

Le soleil avait décliné, au point qu'on ne distinguait plus qu'à peine les corbeaux dans la pénombre des poutres. J'étais excédée.

— Mais il faut bien tenter quelque chose ! m'écriai-je.

Ben tapota la table du doigt et secoua la tête.

— La patience est parfois la meilleure tactique, répliqua-t-il. Il faut toujours faire en sorte de surpasser l'adversaire en intelligence et d'en savoir le plus possible sur ce qui t'attend au tournant.

— Plus longtemps Will restera entre les mains de Gabriel, plus il sera difficile de l'en tirer.

Les yeux de Ben se plissèrent de nouveau comme s'il regardait le soleil. Je savais maintenant qu'il prenait cette expression quand il considérait des éventualités qui lui déplaisaient.

— Il vaut mieux rencontrer un surcroît de difficultés que de tout foutre en l'air, répondit-il.

C'était juste, et, à cette idée, je me sentis de nouveau coupable d'avoir échoué. J'acquiesçai, puis inspirai profondément.

— Je ne te laisserai pas tomber, Mab, reprit Ben presque avec douceur. Et je crois que tu es assez obstinée pour réussir.

— Je ferais mieux de rentrer avant que Gabriel ne vienne me chercher.

Ben poussa un soupir, les dents serrées.

— Et moi, de réintégrer ma cage, dit-il.

— Je suis désolée.

Il hocha la tête.

— Je vais… juste sortir une minute, fit-il.

Je l'observai en espérant qu'il aimait assez dormir à la belle étoile pour ne pas être furieux le lendemain, quand il aurait passé la nuit en cage.

Lorsqu'il fut sorti, je pris le sac en plastique contenant les restes de mon homuncule, que j'avais laissé près du mur, et en vidai le contenu par terre. Je passai un moment à disposer ces vestiges sur le sol, ainsi que de vieux dessins de runes de régénération et les notes qui m'avaient servi à fabriquer ma poupée, pour servir d'alibi au cas où Gabriel viendrait ici en mon absence.

Les corbeaux sautillaient autour de moi, remuant ces restes du bec et des griffes.

— Restez ici avec Ben, leur ordonnai-je. Tenez-lui compagnie. Je sais que votre présence insolite le réconfortera, qu'ainsi il ne se sentira pas trop seul.

Deux corbeaux levèrent la tête vers moi d'un air interrogateur.

— Ne vous en faites pas pour moi, ça ira, dis-je avec un sourire.

— Tu leur parles ? demanda Ben, qui arrivait derrière moi.

— Bien sûr, répondis-je en me retournant vers lui. Toi aussi, tu peux leur parler.

— Hum…

Les sourcils froncés, il rentra à contrecœur dans sa cage. Après en avoir refermé les barreaux derrière lui, je lui promis de lui apporter de la nourriture et de l'eau dès l'aube. Il empoigna les barreaux comme il l'avait fait cet après-midi, mais moins fort, et y posa le front.

— Fais bien attention, dit-il.

Au ton de sa voix, on aurait cru qu'il ne pensait qu'à ses propres préoccupations, néanmoins je lui souris avant de m'en aller.

La forêt que je traversais en remontant la colline n'était plus qu'un fouillis d'ombres nocturnes. Pour la saluer, j'effleurais les troncs d'arbres du bout des doigts et tenais fugitivement des feuilles au creux de ma paume. Nous nous parlions par murmures, les arbres, le vent et moi. J'imaginai un instant que tout était comme il se devait, que nous étions tous liés les uns aux autres parce que j'étais le Diacre et que cette terre était mienne. Je connaissais ses racines et savais comment elle était faite. Pourtant, alors que j'aurais dû joyeusement offrir mon énergie à la terre pour y puiser de nouvelles forces, je ne ressentais que de l'affliction. J'aurais voulu plonger la main dans ses entrailles pour en extirper l'esprit de Lukas, l'envelopper dans mon étreinte et lui promettre qu'il retrouverait sa liberté, mais si je le faisais, Gabriel le saurait. Il le sentirait dès que je m'approcherais du jardin, et je ne voulais pas qu'il place un bouclier devant Lukas pour l'isoler du reste du monde.

Je m'arrêtai et saisis une mince branche de bouleau. Comment Gabriel maintenait-il Lukas en vie ? Il allait devoir en répondre, sinon j'empoisonnerais sa nourriture et dissimulerais des pièges dans toute la maison pour le neutraliser et libérer Lukas de son cachot. Dans cette éventualité, il me faudrait soit abandonner Will à Gabriel pour m'enfuir avec Lukas, soit... soit... Je n'en savais rien.

La branche de bouleau que je serrais se rompit ; la vibration ébranla tout mon bras. Je me mordis la lèvre, puis repartis. À chacun de mes pas, mon cœur me soufflait que Will me demanderait de sauver Lukas, que je devais être prête à abandonner Will si cela me permettait de libérer quelqu'un d'autre, et qu'il n'accepterait jamais que je choisisse de le sauver à ce prix.

Mais je refusais de choisir.

Il devait bien exister un moyen de libérer Lukas et Will en même temps, et de vaincre Gabriel sur son terrain miné. Il m'avait tout pris d'un coup, je lui reprendrais tout de la même manière. C'était ma terre qui était en jeu. Et ma responsabilité.

Je surgis de la forêt avec une énergie nouvelle, pour découvrir Gabriel – toujours dans le corps de Will – devant la tombe d'Arthur.

Seules quelques étoiles blafardes et les lampes du salon éclairaient la cour d'une faible lueur. En m'approchant de Gabriel, je vis luire des larmes sur ses joues. Il m'aperçut et un coin de sa bouche se releva.

— Alors, Mab, tu t'amuses bien ? demanda-t-il d'une voix creuse.

Je restai immobile à côté de lui, les yeux baissés sur les racines du saule de Granny Lyn.

— Ici, jamais, répondis-je. Les deux personnes que j'aime le plus au monde reposent dans cette terre.

— Deux ? répéta Gabriel, sans dissimuler ses larmes, ni les essuyer, ni me regarder.

— Arthur, bien sûr, et Granny Lyn.

— Unis jusque dans la mort, commenta-t-il amèrement.

Je frissonnai au vent froid qui s'insinuait entre nous.

— Tu peux toujours les y rejoindre, observai-je.

Gabriel sourit.

— Il n'approuverait pas ce que tu as fait, repris-je. Tu le décevrais. Puisque tu l'aimes tant, tu devrais penser à cela.

— Qu'est-ce qui te fait croire une chose pareille ? Arthur m'a connu dans une demi-douzaine de corps différents, qu'il a tous aimés.

Cette idée était comme un serpent lové autour de mon cœur.

— Je ne te crois pas, dis-je.

— Crois ce que tu veux, répondit-il avec un haussement d'épaules désinvolte qui seyait mal aux épaules de Will. Je l'aimais, et, en me le prenant, Evie m'a tout pris.

— J'aime Will et tu me l'as pris, répliquai-je, les yeux rivés sur un nœud au milieu du tronc de saule.

Je sentis mes genoux fléchir et tout mon corps frémir en pensant à ce que je venais de dire, en songeant que le corps de Will était tout proche du mien, son bras juste à côté de mon bras nu. Il aurait été si facile de me pencher pour le toucher ! Mais Will n'était plus là.

Gabriel poussa un soupir affligé.

— Pleure-le, Mab, car il a disparu. Il ne reste plus un souffle de lui dans mon esprit. Il n'a même pas tenu un jour. Garde ton amour pour un homme qui en sera plus digne.

— Non, répondis-je.

Je m'écartai de lui, serrant mon torse entre mes bras. J'aurais voulu voir mes mains couvertes de sang, j'aurais voulu ouvrir la poitrine de Will et tenir son cœur entre mes paumes pour le retrouver.

— Comme tu voudras, déclara Gabriel.

Il s'agenouilla et posa les mains sur l'herbe.

— As-tu des souvenirs de lui, Mab ? Je veux dire : d'Arthur ? Ou ne fait-il désormais plus qu'un avec l'univers ?

Je m'arrachai à ma souffrance et fermai les yeux.

— Dis-moi comment tu maintiens Lukas en vie et je te le dirai, répondis-je.

— On marchande, maintenant ? ironisa Gabriel en levant vers moi les yeux rouges de Will.

Je ne répondis pas. Gabriel s'approcha tout près de moi.

— Je le garde en vie et en bonne santé, comme je le ferais pour moi-même, murmura-t-il. Avec l'énergie du soleil et de la pluie filtrée par les roses. Son corps survivra ainsi pendant de longs mois. Je sais y faire.

— Tu en parais bien sûr.

— Je t'en donne ma parole. J'ai besoin de lui dans cet état, sinon, quel animal de compagnie ferait-il ?

Les yeux fermés, j'acquiesçai.

— Je te donnerai ce que j'ai, dis-je.

Il y avait six mois que Granny n'était plus. Un matin, juste après l'aube, Arthur était sorti de la Maison rose pour venir me retrouver. J'étais en train de prendre un petit déjeuner d'amandes et d'abricots secs avec les corbeaux sous le saule. Il ne portait qu'un pantalon en velours côtelé, ses cheveux tombaient sur son visage et les minces tatouages de sang qui encerclaient ses poignets, exactement semblables aux miens, avaient l'éclat de la magie toute fraîche. Il s'agenouilla à côté de moi, je lui offris la poignée d'amandes que j'avais à la main et nous la partageâmes en silence.

Nous écoutâmes dans le calme du petit matin le chuchotement du vent à travers la forêt et les premiers chants des rossignols indiens et des mésanges. Quand j'eus lancé les dernières amandes aux corbeaux, Arthur glissa sa main sous la mienne.

— Je m'en vais, Mab, dit-il doucement et simplement.

Je savais qu'il entendait plus par là qu'une balade au bord de la mer. Cette décision avait lentement pris forme, dans tous ses gestes et toutes ses expressions, au cours des semaines qui avaient précédé.

— Pourquoi ? demandai-je sans le regarder, mais en serrant sa main.

De son autre main libre, il écarta doucement de mon visage mes boucles emmêlées.

— J'ai fait toutes les erreurs que je pouvais faire et j'en ai assumé toutes les conséquences, répondit-il. J'ai aimé et perdu, et ressenti la longue souffrance de la trahison. Et enfin je t'ai eue, toi qui feras d'autres erreurs et deviendras magnifique.

— Je ne veux pas que tu t'en ailles.

Un abîme s'ouvrait sous mes pieds. Nous étions tous deux assis au bord, Arthur et moi.

— Je ferai toujours partie de cette terre, et de toi, dit-il.

— Elle n'aurait pas voulu que tu cesses de vivre.

— Ah, Evelyn... si : elle aurait voulu que je n'écoute que mon cœur.

J'arrachai ma main de la sienne.

— Je ne peux pas croire que ton cœur te dise de m'abandonner.

— Tous ceux que j'ai aimés pendant trois cents ans sont morts, fit-il d'une voix éteinte. Toute ma famille a disparu. Ses membres ont disparu, sont morts ou se sont entretués.

— Mais moi, je suis là ! Et tu m'aimes.

— Oui, je t'aime.

— Je ne suis pas prête.

Je me cramponnai à lui, serrant ses mains dans les miennes. Les corbeaux battirent furieusement des ailes, car ils percevaient mon émotion.

— Si, tu l'es.

— Arthur !

Les larmes me brouillèrent la vue, et il se réduisit à un vague point lumineux dans la pénombre du petit matin. Je me forçai à ravaler mes pleurs.

— Je suis fatigué, ma petite reine.

Un soupir convulsif m'échappa et je fermai les yeux.

— Il est temps que je les rejoigne, reprit Arthur en me montrant la terre. Maintenant, le sang t'appartient, Mab, et toute la beauté du monde. Prends-le.

Il m'embrassa doucement sur les lèvres et sur le front, puis me releva.

— Et, je t'en prie, ajouta-t-il, pour l'amour de ta grand-mère, détruis ces roses.

Je regrettais maintenant de ne pas l'avoir interrogé davantage : pourquoi ne les avait-il pas détruites lui-même ? Quel rapport avaient ces roses avec Granny Lyn ? Comment pouvait-il ignorer ce qui s'était passé avec Gabriel ? Mais je perdais Arthur et plus rien d'autre ne comptait...

Pour lui, j'avais alors versé mon sang au creux de mes paumes. Étendu à côté du saule, il avait mis fin à sa longue existence. J'avais imprimé sur sa poitrine les marques sanglantes de mes mains et, pendant que mon sang peu à peu brunissait sur sa peau, chuchoté son nom. La mort avait envahi son corps par ces deux empreintes. Sa chair s'était desséchée sur ses os, ses os étaient tombés en poussière. Ils avaient disparu sous terre et à leur place avaient poussé de minuscules violettes, face au soleil.

Cette dernière étincelle de son pouvoir avait déchaîné le vent qui avait mugi et secoué les chênes au sommet de la colline, et je l'avais sentie brûler en moi. Je m'étais courbée vers la terre et l'avais embrassée. Allongée sur le sol, j'avais senti trembler la colline et toute la terre, comme si l'univers entier pleurait la mort d'Arthur.

Neuf jours plus tard, les violettes avaient commencé à se faner. Je les avais cueillies et emportées à la maison dans le creux de ma jupe.

J'en avais fait sécher un quart au four, à feu doux, pour préserver autant que possible leur couleur et leur parfum. Je les réduirais en poudre et m'en servirais pour préparer des sorts.

J'en avais fait bouillir un autre quart avec du gingembre et un brin de vanille, afin d'incorporer des gouttes de cette mixture à des tonifiants, des savons et des onguents.

J'en avais déposé un troisième quart dans un panier que j'avais cette nuit-là emporté sur le toit d'où Arthur et moi regardions les étoiles. Le panier au creux de mon bras, j'avais puisé des poignées de violettes et les avais offertes au vent, et elles avaient décrit dans l'air des figures compliquées, minuscules taches mauves sur l'infini du ciel.

Le dernier quart des violettes, je l'avais pressé entre des pages de livres : les œuvres complètes de Walt Whitman,

Le Paradis Perdu, *Beloved* et *Le sorcier de Terremer*, les ouvrages préférés d'Arthur. Il me les lisait à voix haute quand j'étais petite, assis sur le bord de mon lit, en jouant les différents personnages, avec des pauses pour m'expliquer en quoi la magie de Ged ressemblait à la nôtre et en quoi elle en différait. Je pensais la plupart du temps à autre chose pendant ces lectures, et je m'endormais toujours très vite car j'avais hâte de m'évader dans mes propres rêves, pourtant je ne lui demandais jamais de partir. Je m'assoupissais toujours plus vite au rythme de sa voix, indépendamment des paroles.

C'est donc dans le salon que j'emmenai Gabriel. Je pris *Le Paradis perdu*, qui me paraissait le mieux choisi, et le lui tendis.

Il le prit avec les mains de Will et caressa son titre en relief avec révérence. Avec un léger soupir, il ouvrit le volume dont les pages se séparèrent avec un craquement presque imperceptible. Trois pâles violettes aplaties se détachaient sur le texte d'un poème. Gabriel porta la feuille à son visage et la huma.

— Il ne reste plus rien de lui là-dedans, dit-il en refermant le livre. Toute la magie a disparu.

Toute la magie a disparu…

Je dévisageai Gabriel qui serrait *Le Paradis perdu* contre sa poitrine comme si c'était la chose la plus précieuse au monde.

Je savais maintenant comment le détruire.

CHAPITRE 57

Mab

Le lendemain matin, j'apportai à l'écurie de l'eau, du poulet froid, du pain et quelques vêtements pour Ben. J'avais médité mon plan toute la nuit, je l'avais examiné sous tous les angles, tourné et retourné jusqu'à ce que les premiers rayons de soleil se glissent par ma fenêtre. Mais plus je me sentais sûre de moi, sûre d'être sur la bonne voie, plus une minuscule partie de moi-même espérait que Ben y décèlerait une faille.

Je poussai de la hanche la porte de l'écurie.

— Ben ? appelai-je tandis que mes yeux s'habituaient à la pénombre.

— Ils mijotent quelque chose, répondit-il d'une voix calme, mais tendue.

Il se leva. Il se tenait à l'avant de la cage, dont ses mains encerclaient mollement deux barreaux. Je posai l'assiette de nourriture et les vêtements sur une caisse et suivis son regard.

Cinq corbeaux perchés sur la table m'observaient, la tête inclinée exactement au même angle. Les quatre autres sautillaient nerveusement sur le sol à côté des restes de mon homuncule.

— Que faites-vous ? demandai-je en m'accroupissant à côté d'eux.

Les neuf oiseaux me répondirent par un croassement fébrile.

L'un des corbeaux de la table en racla le bois avec ses serres. Je levai les yeux vers lui. Il tapota doucement du bec l'extrémité d'une lancette.

— Du sang ? Tu veux du sang ?

— Ils ont passé toute la nuit près de ces saletés de restes, commenta Ben alors que je me relevais.

Le corbeau saisit délicatement l'instrument dans son bec et vint se percher sur mon épaule, aussi légèrement qu'il le put. Ses griffes s'enfoncèrent dans ma peau, réveillant une douleur familière, et le sang coula le long de mon bras. Je tendis la main ; le corbeau laissa tomber sur ma paume son précieux fardeau. C'était une lancette de médecin en acier, simple et tranchante.

Alors que je l'examinais, les neuf corbeaux se rassemblèrent autour de l'amas de boue qui avait été ma poupée. Celui qui s'était perché sur mon épaule s'avança, puis se tourna vers moi, les ailes déployées, exactement dans la pose du corbeau que j'avais cloué sur la poitrine de ma poupée avec le tuyau de plume.

— Tu veux que je te poignarde ? chuchotai-je, et je crus un instant que mon cœur avait cessé de battre et la Terre de tourner.

Les oiseaux restèrent immobiles. Ils n'étaient plus que neuf et leur bande ne s'était pas reconstituée au cours des deux semaines passées. Comment pouvais-je en tuer un de plus alors que leur nombre diminuait à ce rythme ?

Derrière moi, Ben secoua les barreaux de la cage.

— Réfléchis bien, dit-il.

Mais je pressentais que c'était chose faite : les corbeaux s'en étaient chargés pendant toute cette nuit. J'avais donné à Ben une preuve de confiance en lui ouvrant la cage, et je devais agir de même avec les corbeaux. Je m'agenouillai donc, la lancette entre les doigts, et attendis que le sang s'écoule de mon bras jusque sur le métal de l'instrument.

— Comme tu voudras, dis-je au corbeau.

Ses ailes tremblaient et j'entendais le sang rugir dans mes oreilles. J'ignorais ce que les corbeaux projetaient et pourquoi ils exigeaient ce sacrifice, mais je me fiais à eux, et c'est sans hésiter que je lui donnai le coup fatal.

Les neuf oiseaux crièrent en chœur.

Je retirai la lancette et reculai tandis que les huit corbeaux se rapprochaient du cadavre. Ils effleurèrent de leurs ailes la poitrine sanguinolente de leur compagnon et y trempèrent leur bec pour ne plus former qu'une masse grouillante de plumes noires d'où fusaient des piaillements angoissés, des glapissements et des râles. Tous crièrent de nouveau. Un frisson me parcourut l'échine et les poils de mes bras se hérissèrent.

Il ne restait plus qu'un grand corps grouillant d'ailes, de becs et de griffes.

Les mains plaquées sur la bouche, j'entendis le grondement étouffé de Ben. Les corbeaux se métamorphosaient ! Je trempai les doigts dans mon sang et en jetai quelques gouttes sur eux en guise de bénédiction.

— Prenez mon pouvoir, mes amis, pour vous muer en votre rêve, dis-je, que vos os se transforment et que vos plumes deviennent chair.

La masse de plumes frémissait comme de l'eau bouillante. Derrière moi, Ben dévidait à voix basse un chapelet de jurons, les plus corsés que j'aie jamais entendus.

Maintenant, c'était un corps d'homme qui gisait devant nous, aussi sombre que le fond de la terre, avec des plumes en guise de cheveux et des ongles noirs comme des griffes de corbeau. Sans être tout à fait humain, il avait des bras, des jambes, des lèvres, des oreilles rondes, une pomme d'Adam, une poitrine, des épaules, des hanches et tout ce qu'il fallait au milieu.

Je tombai à genoux près de sa tête, les mains levées au-dessus des plumes délicates poussant sur ses tempes.

— Reese ? appelai-je.

Ses yeux s'ouvrirent, des yeux du bleu vif des turquoises que j'avais choisies pour mon homuncule, et une main saisit la mienne.

Will

L'image-souvenir passait en boucle à l'arrière-plan de mon esprit comme un vieux signal radio éraillé ou un SOS :

L'air sous mes ailes avait la moiteur de l'été. Ses cheveux brillaient comme un fragment de soleil tombé sur la terre. L'espace d'un instant, la part de moi-même qui était corbeau oublia tout pour se concentrer sur eux. Leur éclat. Leur flamboiement. Je me déployai en éventail pour la cerner de tous mes corps. J'atterris dans l'arbre au sommet de sa tour. Elle tourna son visage vers moi et parla. J'ouvris toutes mes bouches pour répondre.

Quand elle m'offrit une mèche de ses cheveux, je lui appartins.

J'étais sien sien, sien.

Tout mon corps était douloureux, la douleur qu'on ressent quand on gît sur le bas-côté de la route après avoir été renversé par une voiture. J'aurais pourtant dû en avoir l'habitude.

Mon dernier souvenir net était celui du calme dans la chambre de Mab. C'était alors que j'avais enfin vu mon corps, recroquevillé sur le sol en attendant d'être jeté avec les ordures.

Je lui appartenais.

Les images se succédaient à la vitesse de l'éclair : le sol loin au-dessous de moi, un cimetière, Mab qui levait les yeux vers les branches d'un arbre et moi qui l'embrassais – sauf que ce n'était pas moi –, une ferme blanche avec un arbre sur le devant, un camion Teal, puis encore le cimetière. Elles défilaient à un rythme qui me donnait le vertige. Une fille avec de l'eyeliner bleu, un vieil homme coiffé d'une casquette de baseball, mon corps – mon corps ! – couvert des tatouages rouge sang que j'avais vus dans mes rêves. Les cheveux blonds de Mab. Elle me tirait vers le bas.

— Reese, dit Mab.

J'ouvris les yeux.

Elle était penchée au-dessus de moi, le visage illuminé de joie, et ses cheveux tombaient en désordre autour d'elle, comme toujours. Elle toucha mon front d'une main hésitante, comme si elle avait peur de le casser.

— Mab, réussis-je à articuler alors que ma langue collait à mon palais.

Son sourire s'adoucit encore.

— Tu as besoin de recharger tes batteries, dit-elle. Cette métamorphose a dû te pomper toute ton énergie.

J'essayai de m'asseoir pendant qu'elle se levait. La vue des poutres au-dessus de moi m'apprit que nous étions dans son écurie. Ma vision devint floue et je vis la salle sous une dizaine d'angles à la fois. Le sol tournait comme un manège au-dessous de moi. Je fermai les yeux.

— C'est mon animal de compagnie : ça facilitera tout, expliqua Mab à quelqu'un.

Avant d'avoir eu le temps de comprendre à qui elle s'adressait, je réussis à m'asseoir. Je vis alors mes jambes, et j'en eus le souffle coupé. Elles étaient noires. Pas d'un brun naturel, humain, qui n'avait du noir que l'apparence, mais du noir de quelqu'un qui aurait été rôti vivant, le noir luisant du charbon. Et mes mains aussi. Je les tendis et elles se mirent à trembler. Tout allait de travers. Ce n'était pas mon corps. Les endroits de ma peau exposés à la lumière avaient des reflets irisés, violets, bleus et dorés comme on en voit sur une nappe de pétrole.

Hébété, je touchai ma cuisse. Mes avant-bras étaient couverts de minuscules plumes soyeuses au lieu de poils. J'étais fasciné par ce spectacle. Puis cette fascination se mua en nausée et en répulsion. Je repérai également quelques plumes sur ma poitrine et sur mon ventre.

J'étais nu.

Sauf que ce n'était pas moi, mais quelque chose de malsain.

Mab s'agenouilla devant moi avec une assiette de nourriture. Je ramenai mes genoux contre ma poitrine pour dissimuler ma nudité et la regardai, les yeux agrandis. Pourquoi n'était-elle pas horrifiée comme moi ? Pourquoi n'était-elle pas effrayée, ou seulement inquiète ? Au lieu de cela, son sourire exprimait la joie. Un million de questions se bousculaient dans mon esprit sans que je parvienne à les formuler.

Mab me tendit l'assiette. L'odeur de la viande m'assaillit. J'étais affamé. Mon estomac gronda comme je ne l'avais jamais entendu gronder auparavant.

— C'est pour toi, Reese, dit-elle. Mange.

Je lui appartenais.

— Oh mon Dieu ! m'exclamai-je, suffoqué. Mab…

— Il parle, dit quelqu'un à ma gauche.

Je connaissais ce ton. Je repoussai l'assiette et me levai d'un bond. Je chancelai, mais réussis à garder mon équilibre, et me dirigeai vers mon frère en titubant.

— Ben ? Qu'est-ce que tu fabriques ici ? demandai-je.

Les barreaux en bois grossiers d'une cage nous séparaient. Ben se rejeta en arrière avant que je ne touche ses mains.

— Ben ? insistai-je.

Ses lèvres se retroussèrent et je vis qu'il contenait avec peine sa fureur.

— Pouah, dégage ! lança-t-il.

J'agrippai les barreaux et dévisageai mon frère. Des souvenirs me submergèrent : Ben qui me retenait dans l'entrée, Ben au volant de la voiture, Ben immobilisé à terre par des racines. Je secouai la tête comme si je pouvais les expulser.

— Reese ?

La voix de Mab était douce. Ses doigts me serraient le bras. Je me tournai vers elle.

— Pourquoi as-tu mis mon frère en cage ? demandai-je.

Sa main retomba et elle me regarda. Une traînée de terre maculait sa joue sous l'un de ses grands yeux bleus.

— Will, c'est toi ? fit-elle.

— Will, répéta Ben.

— Oui, évidemment, c'est moi, répondis-je.

La stupeur figea le visage de Mab, puis elle se jeta à mon cou.

Je reculai en titubant et en agitant les bras pour garder l'équilibre. Elle s'accrocha à moi, enfouit son visage dans mon cou et m'étreignit comme si elle avait dix bras. Ses cheveux me grattaient la joue et le menton, et ses pieds qui ne touchaient plus le sol heurtaient mes tibias. Je l'enlaçai lentement et avec précaution, car j'étais plus fort que j'aurais normalement dû l'être. Mab ne pesait pas plus lourd qu'un sac en papier dans mes bras.

Elle se renversa en arrière et saisit mon visage entre ses mains.

— Will, répéta-t-elle.

Je resserrai mon étreinte.

— Que m'est-il arrivé, Mab ? chuchotai-je. Qu'est-il arrivé à mon corps ?

Ben secoua les barreaux de la cage.

— Sors-moi d'ici ! cria-t-il.

Mab et moi tournâmes la tête vers lui, mais je ne la lâchai pas.

— Ben… fis-je, désemparé.

Mab se tortilla pour redescendre. Je la lâchai, m'approchai de la cage et l'entendis se précipiter derrière moi. J'empoignai un barreau de ma grande main noire et tirai dessus. Il fléchit, mais pas plus que ne l'aurait fait une grosse branche. Ben me dévisageait, les yeux plissés. J'ignorais si j'avais gardé les mêmes traits avec une peau noire et des plumes, ou si j'étais méconnaissable. Ben secoua la tête et leva une main comme s'il voulait me balayer.

Mab surgit à mon côté. Elle se piqua le doigt avec un minuscule objet en métal, déposa du sang sur la cage et ferma brièvement les yeux. Le barreau frémit, puis s'incurva. Ben sortit de la cage en s'effaçant pour ne pas me frôler. Il s'immobilisa à côté de Mab, face à moi.

— Qu'est-ce que c'est ? demanda-t-il à Mab.

Elle tendit la main et toucha mon estomac.

— C'est Will, répondit-elle.

Je me souvins alors que j'étais nu et m'écartai d'elle avec un sursaut.

— Tu ne pourrais pas me passer un de ces pantalons que tu as ici ? demandai-je d'une voix absurdement aiguë.

— Foutaises ! Ce n'est pas Will, riposta Ben au même moment.

— Si, répondit-elle simultanément à moi et à lui.

Elle pivota sur un pied, puis se précipita vers une caisse, nous laissant en chiens de faïence.

— Ben, repris-je.

— Tu es...

Il secoua la tête.

— Non, c'est impossible.

La moitié de son front était maculée de sueur séchée et de boue, et ses yeux cernés. Il avait la même expression que le week-end des funérailles d'Aaron.

— Je ne suis pas mort, dis-je.

— Mais tu n'es pas Will.

J'essuyai machinalement mes paumes sur mes cuisses comme si elles transpiraient. C'était plus qu'étrange de sentir des plumes à la place de mes poils, mais je ne pouvais pas me permettre de céder à la panique devant cette métamorphose. Malgré tout, je restais moi-même. Je pressai le dos de mes mains contre mes yeux et réfléchis à un moyen de convaincre Ben.

— Je suis Will, répondis-je. Je suis ton frère.

Je le regardai droit dans les yeux.

— Tu te souviens qu'en septième on nous avait demandé d'écrire un devoir sur quelqu'un que nous admirions, et que j'avais écrit le mien sur toi ? Je l'avais intitulé « Un héros américain ». Maman te l'a envoyé par e-mail, non ?

J'attendis. Un tel silence régnait dans l'écurie que j'entendis le vrombissement lointain d'un avion. Mab restait immobile derrière Ben, des vêtements dans les mains. J'avais hâte d'enfiler un pantalon, mais je ne bougeai pas non plus.

Ben se passa les mains sur le visage et sur sa coupe de cheveux réglementaire.

— Je l'ai toujours, répondit-il.

— Vraiment ?

Il avait l'air de quelqu'un qui vient de manger du zeste de citron, mais son expression n'était plus hostile.

— Il tient parfaitement dans ma botte, ajouta-t-il.

— Ben…

Je me rapprochai de lui autant que je le pus et il eut un mouvement de recul.

— Je suis désolé.

— De quoi ? De t'être transformé en ça, bon Dieu ? De m'avoir laissé croire que tu te droguais ? Ou de m'avoir traité comme le roi des crétins alors que tu étais dans une merde noire ?

Je haussai les épaules, mal à l'aise, car je ne trouvais rien à répondre.

— Tu devrais voir le rictus que tu fais. C'est avec cette bouche-là que tu embrasses ta mère ? dis-je pour faire diversion.

Son visage s'assombrit encore.

— Et toi, riposta-t-il, tu vas l'embrasser avec celle que tu as maintenant ?

Je baissai les yeux vers mes nouvelles mains, si différentes des miennes que j'en restai bouche bée. Mab me lança le pantalon, qui atterrit sur ma poitrine, et je l'attrapai. Je me retournai pour le passer – sans raison valable. J'eus du mal à nouer la cordelette autour de ma nouvelle taille, qui était plus large. J'ai enfin un corps semblable à celui de mon frère, pensai-je avec irritation.

— Comment est-ce arrivé ? demanda Ben.

Quand je me retournai, je compris qu'il s'adressait à Mab. Il la regardait avec ce qui ressemblait à de la confiance. Elle me désigna une assiettée de poulet.

— Will, tu vas d'abord manger ça, dit-elle. Ensuite, je vous expliquerai ce qui est arrivé, je crois, et comment nous allons nous en tirer.

Je dévorai le poulet, assis sur le sol, tandis que Mab me donnait une version abrégée de ce qui s'était passé depuis samedi matin.

— Ton nouveau corps est l'œuvre de mes corbeaux, expliqua-t-elle tout en m'observant avec une expression où le calcul se mêlait à la déférence. Ce sont mes animaux de compagnie et je me sers d'eux comme Gabriel se sert de Lukas, bien que dans ce cas, ce soit avec leur consentement : nous ne sommes pas liés par des runes, mais uniquement par notre volonté.

Elle inspira profondément, puis suivit du doigt la ligne de plumes qui couvrait mon avant-bras.

— Ils savaient ce dont j'avais besoin, et ils savaient que j'avais plus que jamais besoin d'eux. Pour contrebalancer le pouvoir de Gabriel, il me fallait un animal de compagnie, non pas un être démultiplié comme ils l'étaient, mais une créature unique et aussi puissante qu'un être humain.

Ses yeux se fermèrent, puis elle posa les mains sur son cœur.

— Ils se sont donc métamorphosés.

— Mais je croyais que Gabriel avait vaincu Will quand il l'avait chassé de son propre corps, objecta Ben, qui m'examinait, les sourcils froncés.

Mab rouvrit les yeux et me regarda de nouveau.

— Les corbeaux se sont emparés de toi quand Gabriel a possédé ton corps, n'est-ce pas ? demanda-t-elle. Ils étaient là juste à cet instant, et ils se sont emparés de toi, ils t'ont happé et absorbé comme ils l'avaient déjà fait pour Reese. T'en souviens-tu ?

Je tentai non sans malaise de rassembler mes souvenirs. Une sensation de vol. Les cheveux de Mab. Des images éparses.

— Oui, je crois que oui, acquiesçai-je.

Je n'avais pas seulement des souvenirs de la veille, ou de ma vie, mais aussi quelques-uns d'une autre vie… celle de Reese.

— Que lui est-il arrivé ? demandai-je, les doigts pressés contre mon front. À Reese, je veux dire ? Est-ce qu'il est ici ?

Mab resta pétrifiée, la bouche entrouverte. Le contour de ses lèvres avait pâli.

— Je ne sais pas, murmura-t-elle. Est-ce que tu sens quelque chose de particulier ?

— Quoi, par exemple ? Quel genre de sensation ?

— Un bourdonnement à l'arrière-plan de ton esprit, une sorte de ritournelle, quelque chose de cet ordre. Quelque chose de persistant et de troublant.

— Tout est troublant dans cette histoire, répliquai-je.

Je baissai les yeux vers mon corps sombre. Rien dans mon esprit ne me rappelait plus Reese. Il ne restait plus que moi-même.

— Non, je ne crois pas, repris-je en réponse à la question de Mab.

Elle hocha la tête, mais je vis que ses mains serraient ses cuisses. Je tendis la mienne, saisis l'un de ses poings, dépliai ses doigts un à un et les mêlai aux miens.

— Bon, grommela Ben à Mab, et maintenant, on fait quoi ? On fait quoi pour récupérer Will et pour sauver ce gosse ? Et pour enterrer définitivement l'autre crétin ?

J'étais impressionné par sa capacité à faire face aux événements.

— Tu es bien accommodant, lui dis-je.

Il m'adressa un demi-sourire qui avait tout d'une menace.

— Il s'agit seulement d'une suspension de mon incrédulité avec mon consentement provisoire, déclara-t-il. Mais surtout, ne le prends pas personnellement.

Mab serra ma main, puis se leva.

— Venez à la table, dit-elle. Je vais vous dessiner mon plan pour que Ben puisse le tailler en pièces.

Elle adressa un sourire ironique à Ben, qui lui montra les dents.

J'avais dû louper quelques épisodes de leur feuilleton personnel.

Alors que nous nous levions, j'entendis ma voix appeler Mab du dehors. Elle se figea pendant une fraction de seconde, puis me poussa en avant.

— Cache-toi, siffla-t-elle, et surtout, ne te montre pas.

Je pivotai sur moi-même. Ben réintégrait sa cage. Au moment où je me glissais sous une vieille barque retournée, la porte de l'écurie s'ouvrit.

Mab

Je refermai la cage sur Ben, qui lança un regard furieux vers la porte de l'écurie. Je n'étais plus qu'un maelstrom d'émotions brûlantes et glacées à la fois, et la panique faisait battre mon cœur plus fort qu'une aile de corbeau. Pourvu que Will soit bien dissimulé dans l'ombre !

Gabriel entra.

— Ah, Mab, déclara-t-il avec son sourire nonchalant, te voilà, et voilà ton nouvel animal de compagnie.

Les mains croisées dans le dos, il s'avança dans la salle. J'avais remarqué que la veille, pendant que je parlais à Ben, il avait crevé les pneus de toutes nos voitures et coupé le fil du téléphone. Il feignait de me laisser une certaine liberté et de me faire confiance, mais c'était de la comédie. Maintenant que Reese n'avait plus une multitude d'yeux pour le repérer, nous devions nous montrer plus prudents.

— Que veux-tu, Gabriel ? demandai-je.

— Te rendre visite, n'est-ce pas une raison suffisante ?

Il m'adressa un sourire sarcastique qui n'avait rien de Will.

— Je suis occupée.

Il poussa un soupir théâtral.

— J'ai cru sentir les vibrations de la magie dans les entrailles de la colline il y a un instant, fit-il.

— Comme je viens de te le dire, je travaille.

Je le contournai, me dirigeai vers la table et repoussai les feuilles sur lesquelles, la veille, j'avais tracé des plans pour Ben.

— J'ai besoin de me concentrer.

— Très bien. Sais-tu où Arthur conservait ses dessins ? demanda-t-il en jouant avec l'un des vieux crayons rangés dans une boîte de café sur la table. J'ai fouillé sa chambre sans résultat. Même chose dans le bureau.

Mon dos me démangea quand il s'approcha de moi. Je l'imaginais en train de mettre à sac les affaires d'Arthur. Je déplaçai quelques feuilles sur lesquelles j'avais dessiné des runes circulaires, puis les empilai.

— Il les gardait par là, dans un dossier à soufflets, répondis-je en désignant d'un signe de tête les étagères surchargées. Si tu les veux, prends-les, mais va-t'en.

Gabriel s'approcha des rayonnages et y passa la main. Je devais faire un effort pour ne pas voûter les épaules en sa présence. Je me concentrai sur le souvenir de ma mère. J'étais certaine que grâce à son aisance et à son extravagance, elle se serait rapidement adaptée à Gabriel, elle aurait flirté avec lui et l'aurait taquiné jusqu'à ce qu'il vienne lui manger dans la main. J'inspirai profondément et m'imaginai en robe rouge décolletée à fines bretelles, coiffée avec art et les lèvres peintes.

Mais les petits cris de Gabriel quand il découvrait quelque chose d'intéressant et ses soupirs de consternation me distrayaient. Quand il me lançait des regards obliques, je piquais un fard et baissais les yeux. Je n'étais pas ma mère. Je ne pouvais pas flirter avec n'importe qui, et encore moins avec Gabriel qui me regardait avec les yeux de Will tandis que Ben nous observait de sa cage, l'air renfrogné.

— Ah !

Gabriel se retourna brusquement, les mains chargées de feuilles parcheminées qu'il venait de retirer d'un dossier à soufflets. Le portrait du dessus représentait Granny Lyn en jeune mariée dans une prairie fleurie de verveine et de phlox. Elle avait posé uniquement vêtue d'un châle drapé sur ses épaules nues. Chaque trait de pinceau était comme une longue caresse, et, quand j'étais petite, je suivais du doigt ses traits qui m'étaient si familiers, la forme de ses sourcils et le mystérieux sourire qu'elle réservait à Arthur. Sur ce portrait, son chignon était défait et ses cheveux tombaient en douces ondulations autour de ses joues tandis qu'elle regardait devant elle, le menton baissé.

Il y avait également un dessin de ma mère, le visage rieur et les cheveux coupés à la page, que j'avais jadis emporté dans ma chambre et caché dans un tiroir. Arthur avait aussi dessiné Donna dans le jardin. Son chapeau tiré sur son visage dissimulait son identité, sauf à ceux qui connaissaient la forme de ses épaules. Il avait dessiné Faith en bleu de travail, Eli en train de pétrir du beurre pour en faire de la pâte feuilletée, Justin avec son nouvel anneau dans le sourcil, Silla en train de nourrir les corbeaux, vivante incarnation de la souffrance, et moi.

Comme je pouvais tenir en place seulement quand je dessinais des runes, tous mes portraits me représentaient les sourcils froncés et les lèvres serrées dans un effort de concentration. Quand il les regardait, Arthur secouait la tête et déclarait qu'ils ne me ressemblaient pas, mais qu'il avait beau dessiner depuis cent cinquante ans, il n'avait toujours pas réussi à saisir ma véritable expression.

Arthur avait collectionné ces portraits comme je nouais des talismans aux branches de mon arbre de Judée : pour garder le souvenir d'un parent.

J'inspirai profondément pour m'apaiser tandis que Gabriel reposait la liasse de feuilles sur un coin de la table.

— Prends-les et va-t'en, répétai-je.

Il haussa une épaule et s'approcha nonchalamment de moi.

— Regarde, dit-il.

Il passa les mains sur le dessin suivant, le saisit par les bords et le souleva. Il représentait un jeune homme vêtu d'un long manteau, un fusil passé à l'épaule. Ses cheveux nattés dans son dos étaient ornés de perles et de talismans. Un sourire relevait les coins de sa bouche et sa posture déhanchée lui donnait l'air parfaitement détendu.

Je pris le dessin pour l'examiner de plus près. Il m'était familier, bien sûr, mais jusqu'ici je n'y avais pas prêté particulièrement attention. L'encre avait bavé sur les contours de la botte gauche. Je remarquai que l'homme tenait à la main un petit bouquet de fleurs qui étaient peut-être des violettes. Dans l'ensemble, c'était un dessin plutôt maladroit, qui remontait probablement à une époque où Arthur manquait encore de savoir-faire. Au dos du portrait, dans l'angle inférieur de la feuille, figurait un mot : Gabriel. Il n'y avait pas de date, seulement une minuscule rune de conservation et une tache de sang brun.

— Peu d'autres dessins de lui étaient censés durer. Il voulait donc garder éternellement un souvenir de moi, déclara tranquillement Gabriel derrière moi.

Je sentis son haleine contre ma nuque et frissonnai.

— Tant mieux pour toi, murmurai-je. Garde ce dessin. Emporte-le et laisse-moi travailler.

— Tu n'as aucune raison de me haïr, Mab.

Il posa les mains sur mes épaules et se pencha vers moi.

— Le moment venu, nous nous pardonnerons mutuellement. Et pense au foyer que nous pourrions créer ici.

Je me forçai à respirer normalement, troublée par son odeur épicée dans laquelle je reconnaissais celles de la terre, de mon savon à la lavande et de sa sueur.

— Peut-être, mentis-je. Peut-être as-tu raison.

Je me retournai entre ses bras, touchai sa poitrine, puis le repoussai fermement.

— Mais pas maintenant.

Un bruissement lui fit lever les yeux.

— Qu'est-ce que c'était ? demanda-t-il.

— Les corbeaux en train de picorer au fond, lança Ben.

Gabriel me lâcha et se dirigea vers la cage. Ben recula le plus loin possible de lui et ses épaules heurtèrent les barreaux à l'autre extrémité.

— Laisse-le tranquille, Gabriel, ordonnai-je. Je ne veux pas qu'il s'énerve. Ça troublerait mon travail.

Gabriel passa le doigt le long du barreau le plus proche de lui, puis sourit.

— Moi, je crois plutôt que ça accélérerait l'effet de la magie, fit-il.

— Laisse-moi tranquille ici ! criai-je.

Je me précipitai vers lui, le saisis par le poignet et le tirai en arrière.

— J'ai besoin d'un refuge, Gabriel, sinon rien ne me retiendra plus de t'affronter.

— Tu ne peux pas te mesurer à moi.

Il s'approcha, prit mes mains et les serra entre les siennes.

— Je l'emporterai toujours : par l'intermédiaire du petit Lukas, je détiens tout le pouvoir concentré dans cette terre.

Je me dressai sur la pointe des pieds pour lui répondre, ma bouche à un cheveu de la sienne.

— Même si tu me détruis, je te blesserai irrémédiablement.

— Tout le portrait de sa mère, commenta-t-il, et il me mordilla les lèvres.

Je reculai brusquement en même temps qu'il me repoussait, si bien que je trébuchai, tombai en arrière et atterris brutalement sur la hanche.

Gabriel m'enjamba et me toisa avec un ricanement.

— J'ai toujours détesté cette garce, dit-il.

Il sortit de l'écurie en me laissant choquée par le dégoût peint sur le visage de Will.

Will

Dès qu'il fut parti, je me levai et me précipitai vers elle.

— Mab, dis-je en la soulevant, ça va ?

Ma peau fut parcourue d'un frisson, je fermai les yeux et serrai les dents. Dès que ce type était entré ici, dans mon corps, j'avais eu du mal à respirer. Et maintenant, j'avais l'impression que ma poitrine tombait en morceaux.

— Will ?

C'était Ben. Sa main toucha mon épaule comme si son contact le brûlait.

— Qu'est-ce qui ne va pas ?

Les sourcils froncés, Mab regarda ma poitrine, puis passa les mains dessus. Je frissonnai et serrai mon torse entre mes bras.

— Je tombe en morceaux, répondis-je entre mes dents serrées.

Mab me fit agenouiller et posa les mains sur mon visage.

— Will, respire régulièrement. Calme-toi. Tu es trop nerveux.

Le battement de mon cœur résonnait à mes oreilles comme le vrombissement d'un hélicoptère. J'aurais aimé voler… non, je voulais être ici. Être. Ici.

— Qu'est-ce qu'il a ? demanda Ben, et j'entendis grincer les barreaux de la cage.

Alors Mab m'embrassa. Elle s'accrocha à mes épaules et pressa ses lèvres contre les miennes. Elle s'ouvrit à moi.

Tout se réduisit à cela.

À ses lèvres.

Immobiles. Présentes, tout simplement.

— Will, chuchota-t-elle, tiens bon.

Je pris son visage entre mes mains et lui rendis son baiser, sans tenir compte de mon frère, ni de rien, sauf d'elle. Ma poitrine resta intacte. Mes atroces frissons cessèrent. Mab se rapprocha de moi et serra ma tête dans ses bras, ma joue reposant contre son cou. Le battement de son cœur remplissait mes oreilles et elle passait les doigts dans les plumes de mes cheveux.

— Que s'est-il passé ? demanda-t-elle.

— C'était… c'était mon corps.

J'enroulai l'extrémité de ses cheveux blonds autour de mes doigts. Je lui appartenais, répéta cette voix en moi.

— Je veux le reprendre.

— Tout va bien, dit-elle sur un ton apaisant.

— Non.

Je m'écartai d'elle et me relevai.

— Non, tout ne va pas bien. C'est mon corps et je veux le reprendre.

Je me penchai en avant et empoignai mes genoux.

— Il faut que je le reprenne. Il m'appartient.

Dès que je fermais les yeux, je le voyais tourner autour de Mab, la saisir par les épaules, la jeter à terre, rire et se renfrogner avec mon visage. Je frottai de mes mains noir corbeau mes yeux noir corbeau comme si je pouvais effacer cette vision.

Mab se leva à son tour, les mains fermement posées sur les hanches.

— Tout va très bien, Will, reprit-elle, parce que je sais comment m'y prendre.

CHAPITRE 58

Mab

Une heure m'avait suffi pour exposer mon idée à Ben et à Will. D'abord réticent, Ben avait finalement admis que ce plan était dangereux, mais réalisable.

Il reposait sur la conjuration qu'Arthur et moi-même avions utilisée l'année passée pour détruire la rune en forme de chandelle du noyer. Si je l'utilisais contre Gabriel, elle brûlerait toute la magie qu'il avait insufflée au corps de Will, y compris lui-même.

Je devais d'abord transférer la magie initiale à Gabriel afin de l'ouvrir à la conjuration. Pour cela, j'empoisonnerais son sang comme il avait empoisonné celui de Will. Neuf heures plus tard, je lancerais la conjuration en plantant dans son corps un poignard sur lequel j'aurais dessiné une rune.

Toutefois, la magie reposant sur le principe d'équilibre, deux difficultés se présentaient. La première consistait à libérer Lukas de l'emprise de Gabriel ; la seconde à maîtriser la conjuration, qui détruirait tout sur son passage si jamais elle nous échappait.

Je résoudrais la première grâce à une rune noire en forme de chandelle de ma fabrication. Pour la seconde, j'avais également une solution, qui toutefois ne plairait à personne.

Le seul bruit perceptible était celui de la vieille ballade diffusée par la radio de Granny. J'appelai Gabriel et me hissai sur le plan de travail de la cuisine, une bouteille de vin ensorcelé dans mon giron. De ce poste, je voyais la salle à manger dans laquelle Gabriel lisait des livres d'Arthur.

— J'arrive ! me répondit-il.

Je plaquai mes talons contre les placards du plan de travail et serrai le goulot de la bouteille dans mes mains. J'avais ouvert toutes les fenêtres pour faire entrer le tiède vent nocturne et j'étais oppressée par le silence que ne troublaient plus les appels rauques de mes corbeaux.

Cette cuisine me rappelait tant de choses... Je me remémorais Donna lavant dans l'évier ses mains pleines de terre, Granny Lyn m'invitant à m'asseoir pour démêler mes cheveux, maman exécutant un pas de deux dans l'entrée, les bras levés enlaçant un partenaire invisible, Faith et Eli penchés sur des annonces du journal proposant des chatons, parce qu'Hannah les avait suppliés de lui en offrir un...

Arthur se tenait face à moi dans l'encadrement de la porte. Il soutenait mon regard sans faire le moindre geste. J'aurais tant voulu sourire et lui promettre que je veillerais bien sur notre terre...

« Maintenant, le sang t'appartient, Mab, et toute la beauté du monde », avait-il dit.

Je fermai les yeux. Quand je les rouvris, ils étaient voilés de larmes et Arthur avait disparu.

Toute la beauté du monde...

Pour empêcher la conjuration de détruire la terre du sang, je devrais l'ancrer en moi-même comme en Gabriel. En créant un second point d'origine pour la magie, je la forcerais à circuler uniquement entre lui et moi. Nous serions donc seuls, avec tout ce qui se trouverait entre nous, à subir la malédiction.

Cette terre était mon foyer. Je ne laisserais pas cette conjuration la ravager. Plus rien n'échapperait à mon contrôle pour mettre autrui en danger. Ce plan-là serait sans faille : pas d'homuncule déchaîné, ni de tremblement de terre, ni la moindre erreur, même si cela impliquait pour moi de tout lui sacrifier.

Ma respiration était rapide et saccadée.

Viens dîner avec moi, Gabriel, priai-je en silence, *avant que je ne perde le courage de faire ce qui doit être fait*.

Si ma mère avait été là, elle m'aurait dit : « Jette ce vin et refais ta vie avec Gabriel. Prends ce qu'il t'offre, ma chérie, et ne regarde plus jamais en arrière. »

Mes mains se resserrèrent sur la bouteille en verre sombre.

— Mon Dieu, soutiens-moi de toute la force du Ciel afin que je ne recule jamais. Afin que je trouve la grâce qui comblera tous mes manques.

— Serais-tu par hasard en train de prier ? demanda Gabriel, nonchalamment appuyé à l'encadrement de la porte.

Will m'avait déjà posé cette question, l'air aussi surpris que Gabriel.

— Pourquoi pas ? répondis-je, et je posai la bouteille un peu trop brutalement sur le plan de travail.

Il s'approcha de moi avec un large sourire.

— Eh bien, parce que nous n'avons nul besoin de Dieu ici, déclara-t-il. Parce que je te croyais au dessus de cela. Mais tu es encore très jeune et Arthur t'a probablement mis de drôles d'idées dans la tête.

Je haussai une épaule.

— La prière n'est pas très différente de la magie, dis-je. Elle consiste à choisir des mots pour faire appel à Dieu.

— Oui, mais en faisant appel à la magie, c'est en réalité à moi que tu t'es adressée, observa Gabriel.

Il avait posé les mains sur mes genoux pour les écarter, se glisser entre eux et me parler, les lèvres toutes proches des miennes.

Son pouvoir m'enveloppait comme un être vivant doté de tentacules. Je levai ma main libre et la posai sur son cou. Son sang battait sous mes doigts. Je reconnus la pulsation de la magie. Dieu, qu'elle allait me manquer...

Gabriel s'écarta avec un sourire.

— Me pardonneras-tu ma brusquerie de ce matin ? demanda-t-il.

— Si tu me pardonnes la mienne, répondis-je avec un léger sourire.

Il saisit la bouteille et ma main tandis que je sautais à terre, et nous allâmes nous asseoir à la table que j'avais dressée. Il leva son verre.

— À l'amitié, dit-il.

— Au passé et à l'avenir, répondis-je en levant également le mien. Tu devrais faire attention, Gabriel : ce vin est ensorcelé.

Il s'immobilisa, le bord du verre devant la lèvre inférieure.

— Ensorcelé... répéta-t-il.

— Pour célébrer le partage, l'affection et le pardon, expliquai-je en souriant.

Devant son air sceptique, je vidai mon verre pour le convaincre. L'énergie afflua en moi, se répandit jusqu'au bout de mes doigts et se lova doucement autour de mon cœur.

Will

La Lune n'était qu'un minuscule éclat argenté au-dessus des cimes. Dans une obscurité quasi complète, nous traçions laborieusement un dessin avec du sel et de la cire, d'après un modèle de Mab. Accroupi, je m'efforçais de former le cercle convenablement et de modeler la cire chaude sans mettre le feu aux plumes qui recouvraient mon corps.

Tandis que Mab détournait l'attention de Gabriel et empoisonnait son sang, notre mission consistait à dessiner une rune magique à neuf spirales autour du dernier buisson de roses. Nous ne devions pas la compléter, mais, hormis le dernier segment, tout devait être prêt pour Mab le lendemain matin. C'était par ce moyen qu'elle libérerait Lukas des racines et trancherait tous ses liens avec Gabriel. Avec le pouvoir né du sacrifice de mon nouveau corps, tout ce qui restait désormais de son animal de compagnie. Il faudrait agir au moment propice, sans quoi je mourrais et tout serait perdu.

Quand nous eûmes terminé, nous observâmes la maison, côte à côte.

— Tu devrais te tirer. Je vais grimper dans cet arbre là-bas, dit Ben, et il désigna un grand arbre.

L'une de ses branches était assez basse pour lui permettre de s'y hisser.

— Ouais, répondis-je sans faire un geste.

— Faudrait pas qu'il pleuve, reprit Ben, qui, les yeux plissés, scrutait les nuages lointains. Ça foutrait tout en l'air.

Il se tourna brusquement vers moi et me serra dans ses bras.

— Fais bien attention à toi, crétin, me dit-il.

Mes mains se resserrèrent sur ses épaules.

— J'aimerais mieux le faire à ta place, ajouta-t-il dans un murmure.

— Mais tu ne peux pas, répondis-je sur le même ton.

— Je sais. Ne fais pas l'idiot. Ne sois pas… conduis-toi comme un Sanger.

Comme un Sanger. Je secouai la tête.

— Depuis la mort d'Aaron, j'aimerais bien savoir ce que ça signifie, déclarai-je.

Ben recula juste assez pour saisir ma tête entre ses mains. Il devait lever la sienne vers moi, car j'étais désormais plus grand que lui.

— Tu survivras à cette épreuve. Nous lui survivrons.

Je me dégageai, puis me penchai pour ramasser le sac que nous avions apporté de l'écurie. La forme d'un couteau se devinait sous le plastique. Je sortis ce couteau du sac, m'entaillai la main, les dents serrées, puis le passai à Ben.

Il m'imita solennellement et me tendit la main. Je la saisis et nos sangs se mêlèrent.

Mab

Gabriel but tout le vin dont je remplissais régulièrement son verre tandis que je sirotais le mien au même rythme. Les joues de Will rosirent et il tituba. Il rit aux éclats, ravi, dit-il, du peu de résistance de son corps tout neuf.

Je montai au maximum le volume de la petite radio et Gabriel poussa des exclamations de joie, me saisit et me fit tourbillonner dans la cuisine. Nous dansâmes jusqu'au salon, renversant des piles de livres et éparpillant les dessins d'Arthur aux quatre coins de la pièce. La bouteille roula sous le canapé et le vin imprégna la maison de sa senteur âcre. Gabriel chantait une vieille chanson française avec son sourire qui n'avait rien de Will, et je fermais les yeux, la tête renversée, tandis que nous virevoltions. J'avais le vertige et la magie envahissait mon esprit, sur lequel Gabriel exerçait son pouvoir. J'accueillis cette magie en moi. Je laissai mon sang brûler au même rythme que celui de Gabriel et, pendant que nous dansions, la potion s'insinua dans nos os. Nos magies se tendaient les bras. Soudain, j'éprouvai dans toute sa force la sensation de communion que j'avais ressentie en survolant ma terre et en effleurant le pouvoir de ses arbres. Mes os en résonnaient et ma peau brûlait d'énergie.

Oh ! comme la magie me manquerait...

Je heurtai le mur, contre lequel Gabriel me maintint en me soulevant du sol. Il m'embrassa dans le cou et se pressa de tout son corps contre moi.

— Gabriel ! m'exclamai-je en me dégageant.

Il éclata de rire, me retint par la main alors que je m'enfuyais dans l'entrée, me tira vers lui et m'entraîna dans une nouvelle danse.

La magie de ces quelques gorgées de vin avait suffi à m'enivrer. Je dansais avec Gabriel en sachant que c'était la dernière nuit de son existence et de ma magie. Pendant ce bref répit, je me gonflerais de pouvoir, de notre pouvoir. Ensuite, jusqu'à la fin de ma vie, le souvenir de ces instants resterait marqué au fer rouge dans ma mémoire.

Will

Je dévalai la colline vers le silo de Mab, me ruai au milieu des arbres et courus de toutes mes forces.

Si quelque chose allait de travers demain matin, je mourrais. Si j'étais incapable de retenir mon corps d'origine quand la magie envahirait le nouveau, je disparaîtrais.

Plus de Will Sanger.

Mes pieds nus connaissaient le chemin et j'esquivais les branches comme si j'avais battu ces bois toute ma vie dans ce corps. Le vent sifflait dans mes oreilles. Je me souvenais aussi du bruissement du vol, du rugissement de l'air et du battement des ailes, plus fort que celui d'un cœur. Cette nuit encore, le monde s'éveillait pour moi. Insectes, oiseaux nocturnes, grenouilles et feuilles mouvantes, tout était bruyant, terriblement bruyant.

Je ne voulais pas retrouver le calme, le bourdonnement monotone qu'avait été la vie de Will Sanger.

Je ne veux pas.

Je ne veux pas.

Mais que voulais-je ?

Je trébuchai et tombai à quatre pattes sur un tapis froid et glissant de feuilles mortes. Je plongeai mes étranges doigts noirs dans leur épaisseur. Le poids d'une année entière sans Aaron m'accabla et, avec lui, les souvenirs de Reese : ses parents morts, sa fureur dévastatrice. Son combat pour survivre et sa défaite. Et la mort, la mort, la mort…

Et puis l'envol.

Je me laissai rouler sur le dos. Au dessus de moi, le ciel qui apparaissait entre les branches noires des arbres n'était qu'une nouvelle obscurité semée de minuscules étoiles.

Dans mes rêveries, je m'envolais toujours pour fuir. Pour fuir la mort d'Aaron, l'Académie Navale, le silence de maman, les exigences et le code moral de papa. Et ma stupéfaction à l'idée que Ben voulait me faire confiance. Même quand j'avais un but, ce n'était qu'une lointaine terre promise. Rien de réel. Pas d'avenir, ni de destin.

Comme si c'était moi qui étais mort. Comme si j'avais été retranché de la vie qu'on me destinait.

Mais je n'étais pas mort. Pas encore. Et c'était stupide de faire du surplace uniquement parce qu'Aaron ne pouvait plus aller de l'avant.

J'allais reprendre mon corps. Et vivre ma vie – pas celle d'un autre, la mienne.

CHAPITRE 59

Mab

Le plafond de la chambre d'Arthur était percé d'une lucarne grossièrement découpée. À travers la vitre, immobilisée par le bras de Gabriel, je suivais la course des étoiles dans le ciel. Il avait sombré dans l'inconscience en chantant et en me serrant contre lui. J'aurais dû dormir aussi, mais je n'avais pas le cœur de fermer les yeux la dernière nuit où la magie coulait dans mes veines. Je sentais sur ma joue la respiration lente et régulière de Gabriel et mon cœur battait au même rythme.

Lorsque l'aube fut proche, je me dégageai.

— Où vas-tu ? chuchota-t-il.

— Je pars pour mes sept jours de liaison et pour voir le lever du soleil.

J'effleurai son front et suivis du doigt le contour de sa pommette juste au-dessous de son œil rouge sang. Je pensais aux plumes noires qui couvraient la joue du nouveau corps de Will.

— Si tu perçois de la magie, ce sera la mienne. Ne t'inquiète pas : je rentrerai dès que possible, ajoutai-je.

Un doux sourire releva les coins de sa bouche tandis qu'il se rendormait.

En l'observant, je sentis les traits de mon visage se durcir. Le moment était venu.

Je passai dans ma salle de bains pour prendre une douche rapide et revêtis une robe lavande pâle, décolletée dans le dos. Je tressai mes cheveux avec des rubans violets et noirs pour la force, le pouvoir et la liaison. Un ruban rouge était enroulé autour de mon poignet gauche. Maman disait qu'il fallait prendre l'apparence du rôle qu'on devait jouer, c'était le seul point sur lequel Granny Lyn et elle étaient d'accord. J'enduisis mes mains d'huile d'achillée et de rue que je fis pénétrer par un massage, puis sortis de sous mon lit la boîte scellée à la cire qui contenait tout ce dont j'avais besoin.

Tout au long du chemin sinueux menant au champ de tournesols, je tendis la main pour caresser les feuilles des arbres. Il faisait encore sombre, mais elles me connaissaient aussi bien que je les connaissais. J'avais fait ce geste mille fois. Mais, aujourd'hui, c'était la dernière.

Je m'arrêtai à l'ombre d'un bosquet d'ormes, à côté d'une épaisse touffe d'onagre. Je serrais dans une main un poignard affûté et tenais l'autre levée, la paume vers le ciel et les doigts légèrement repliés. Je m'apaisai peu à peu en écoutant le battement de mon cœur répandre la magie dans mes veines. J'examinai les lignes de mes mains, les coussinets roses et rugueux de mes doigts et les veines bleuâtres serpentant sous la peau fine entre mon pouce et mon index.

Le vent souffla dans les étroites feuilles d'orme, dont quelques-unes se détachèrent en voletant. Les chants d'oiseaux annonçant l'aube et les lointains tintements des talismans accrochés au sommet du silo ressemblaient à des gloussements de rire.

Je cueillis doucement une fleur d'onagre, dont les quatre pétales jaune vif avaient la couleur de mes cheveux. J'aurais plus que tout aimé piquer le bout de mon doigt avec la pointe du couteau pour faire voler cette fleur comme un papillon, pour créer quelque chose de beau avant que ma magie ne s'éteigne.

Mais je ne pouvais prendre le risque de modifier l'équilibre fragile de la magie qui se diffusait dans la lame. Je ne pouvais qu'écouter son bruissement dans mon corps en priant pour ne pas l'oublier quand il aurait cessé.

Will

J'attendais Mab au pied du silo.

Ce furent ses cheveux que je vis en premier, dansant à la lisière de la forêt. Tandis qu'elle avançait au milieu des tournesols, je les contemplais en pensant à Reese.

Elle surgit du champ comme une reine, dans sa robe lavande qui se gonflait autour d'elle dans le vent. Des rubans sombres flottaient au-dessus de ses épaules et glissaient le long de ses bras et de sa poitrine comme des filets de sang. Elle tenait un couteau dans une main et une fleur dans l'autre. C'était totalement déroutant, comme la première fois que je l'avais vue, perchée dans un arbre, affublée de lunettes de protection, chaussée de bottes militaires et les lèvres barbouillées de sang.

C'était tout aussi étrange, tout aussi fou, et en même temps parfaitement normal.

— Mab, lui dis-je en sortant de l'ombre.

— Will, répondit-elle, le visage levé vers moi.

Je grimpai le premier sur l'échelle branlante du silo, et elle me suivit. Arrivés au sommet, nous enjambâmes le bord pour nous laisser tomber sur l'herbe sombre et clairsemée. Sous l'arbre, l'ombre était épaisse. Mab alla prendre sa boîte à magie posée au milieu des racines pour préparer un sort. Elle m'expliqua qu'il le fallait afin que je devienne son animal de compagnie : c'était seulement ainsi que le courant de la magie pourrait circuler entre nous.

Elle forma un cercle à l'aide de rubans noirs, ajouta deux minces chandelles, traça sur une feuille de papier un dessin à l'allure agressive qui rayonnait d'un point central comme une toile d'araignée et me la tendit.

— Tu crois que tu es capable de le copier ?

Je sentis un picotement nerveux au creux de mon estomac, mais fis signe que oui.

— Bien.

Elle prit le poignard qu'elle avait apporté, me le passa, puis, le dos tourné, s'agenouilla sur le sol.

— Alors trace-le sur mon dos.

Je lâchai le couteau.

— Quoi ?

Elle ploya le cou pour me regarder par-dessus son épaule nue, puis répéta ce qu'elle venait de dire. Je m'accroupis derrière elle.

— Mab, c'est hors de question. Comment pourrais-je faire une chose pareille ?

— Fais-le avec précaution, mais vite.

— Je ne peux pas te taillader.

— Alors notre plan ne pourra pas marcher.

— Mab !

Elle se retourna complètement pour me faire face.

— Je t'ai déjà parlé de la magie, Will, dit-elle sèchement. On n'a rien pour rien. Le sacrifice, l'équilibre sont essentiels à l'exécution de notre plan.

Je ne l'avais encore jamais vue aussi proche de la colère, les lèvres serrées et les sourcils froncés. Je repris le poignard et regardai le dessin.

— Qu'est-ce que c'est ? demandai-je.

— Une rune noire en forme de chandelle qui liera complètement nos pouvoirs. Tu tireras ainsi ton pouvoir de moi, et c'est ce qui te permettra de lancer le sort quand tu poignarderas Gabriel. Et moi, je tirerai mon pouvoir de toi, car tu seras lié à moi en tant qu'animal de compagnie.

Elle leva les yeux vers les talismans qui dansaient au-dessus de nous dans la brise ; ils n'étaient encore que des ombres dans le noir.

J'inspirai – plus profondément que d'habitude à cause de mon nouveau corps. Cela me rappela ce que Mab m'avait dit sur la possession : il fallait s'y habituer. Mais je ne voulais pas m'habituer à ce corps-là.

— D'accord, répondis-je d'une voix mal assurée.

— Merci.

Elle se retourna et prit à son tour une profonde inspiration qui souleva ses épaules et les fit retomber. Je me plaçai derrière elle. La partie inférieure de son dos était pâle, même dans l'obscurité. Le soleil ne devait l'éclairer que rarement. Je saisis le poignard, puis tendis vers elle mon autre main, si noire qu'elle semblait perforer sa blancheur.

Je devais feindre que ce n'était pas réel. Ce n'était pas sa peau. Ce dos dénudé était en papier. Mab écarta ses bretelles ; ce n'était pas nécessaire : sa robe me laissait toute la place dont j'avais besoin.

Mais je me sentais comme paralysé.

Je serrai les dents, regardai une dernière fois le dessin et posai sur son dos la pointe du couteau.

La facilité avec laquelle la lame tranchante entaillait sa peau me donna la nausée. Mab ne broncha pas, mais je me figeai.

— Ne t'arrête pas, Will, chuchota-t-elle.

J'aurais aimé fermer les yeux, mais c'était impossible. J'aurais aimé aller plus vite sans gâcher le travail. Ma langue était sèche, mais ma main étonnamment ferme. J'étais probablement en état de choc.

Il y avait juste assez de lumière pour distinguer les lignes sanglantes qui marquaient la progression de mon travail. Je commençais à m'essouffler. Mab tendit la main en arrière et toucha mon genou. Ses doigts agrippèrent mon pantalon.

Je serrais tellement les dents que je commençais à avoir mal au crâne, mais je poursuivis. Je traçais des lignes et des angles. Des pattes d'araignée aux traits incertains.

J'avais enfin fini ; je m'écartai.

— Ça y est.

Mab fit jouer ses épaules, puis émit un léger sifflement.

— C'est bien, chuchota-t-elle.

Le vent agita l'arbre au-dessus de nous et fit danser les talismans. Je repérai le petit cheval avec son jockey que j'avais choisi. Le cheval bondissait comme s'il galopait.

— À ton tour, dit Mab en se retournant. Montre-moi ton dos.

Une sensation de chaleur se répandit dans mon corps, un curieux mélange de soulagement et de peur. Je me penchai en avant, les mains à plat sur le sol rugueux. Mab s'agenouilla à côté de moi.

— Je ferai vite. Tiens bon, m'avertit-elle.

Un instant plus tard, le couteau incisait ma peau. Mon dos s'embrasa.

Je fermai les yeux et enfonçai mes doigts dans la terre. La douleur se concentrait dans le tracé de la lame, je la suivais comme le faisceau d'un projecteur : une sensation froide et brûlante qui descendait en ligne droite, puis remontait pour former un V. Elle était plus intense sur les omoplates. Le sang chaud qui giclait le long de mes côtes me chatouillait presque. Après avoir atteint un paroxysme, la douleur se mua en une sensation proche du plaisir. Un gloussement m'échappa. L'action des endorphines, sans doute.

— Tiens-toi tranquille, ordonna Mab. J'ai presque terminé.

La chaleur de son haleine avivait la douleur. Je tressaillis, puis m'immobilisai. Des frissons montaient le long de mon échine, chacun porteur d'une nouvelle vague de souffrance qui allait se lover comme un feu minuscule à la base de mon crâne.

Soudain, je fus pris d'une nausée atroce.

Mab s'arrêta et posa le poignard à terre. Je me levai et sentis une coulée de sang chaud glisser dans mon dos, puis imprégner la ceinture de mon pantalon.

Mab me prit les mains et nous restâmes face à face.

— Maintenant, nous allons entrer dans le cercle dos à dos, dit-elle. Je vais prononcer des mots que tu répéteras, et puis nous les dirons ensemble. Pendant tout ce temps, tu dois te concentrer sur cette chandelle et laisser le courant de la magie circuler entre nous. Ce sera comme si un feu se transmettait de mon dos au tien et à ton cœur. Tu devras ensuite le tirer de toi pour allumer la chandelle.

— Tu veux dire que je devrai allumer une chandelle par un simple effort de volonté, fis-je.

— Avec l'aide de ma magie, ajouta-t-elle avec un léger sourire.

— Je suppose que c'est ce que font toutes les sorcières à la page.

Elle ne parut pas comprendre ma boutade. Elle se contenta d'acquiescer et me fit entrer dans le cercle.

Nous étions maintenant dos à dos. Mab recula pour s'adosser à moi. J'avais beau la dépasser de quinze bons centimètres dans ce fichu corps de géant, dès que son dos ensanglanté toucha le mien, la magie nous plaqua violemment l'un contre l'autre.

Je hoquetai de stupeur. Mab serra mes mains dans les siennes.

— Surtout, ne lâche pas prise et ne tombe pas, dit-elle.

Nos dos étaient brûlants. Le moindre interstice entre les ombres et les feuilles d'arbres était saturé de l'odeur du sang. Je la sentais également sur ma langue, et je suffoquai au souvenir du monstre de boue.

Mab

Vu de l'extérieur, le rituel de la chandelle noire paraissait plutôt insignifiant. Nous étions simplement deux personnes dos à dos qui chuchotaient en attendant que des chandelles s'allument – une fille effrayée et un drôle d'oiseau aux pommettes et à l'échine hérissées de plumes.

Mais entre nous deux, c'était une explosion de douleur brûlante et de magie, un déchaînement, un arc-en-ciel de feu.

Je prononçais les mots qui devaient me lier à Will et lui en faisais l'offrande. Il les répétait, puis nous les reprenions ensemble.

Que ton pouvoir soit mien, que ton sang soit mien. Que l'empreinte de ma force reste éternellement gravée dans ta chair afin que le pouvoir se reflète éternellement dans le pouvoir comme une flamme dans un miroir noir.

L'incantation nous encerclait comme un mince souffle d'air circulant en continu pour nous lier l'un à l'autre. Mon dos frissonnait et se contractait, et les tentacules de mon sang jaillirent de ma chair lacérée pour s'élancer vers

Will. Son sang se précipita vers moi. Nos sangs s'enlacèrent tels des vers écarlates.

Une violente sensation de nausée enserrait mes cuisses et amollissait mes genoux. Je serrai très fort les mains de Will en me concentrant sur le pouvoir qui s'amassait entre nos paumes.

Je sentis l'apparition des runes. Will tressaillit en même temps que moi. Mon cœur battait violemment et nous respirions tous deux au même rythme. Les yeux rivés sur la mèche de la chandelle, j'expirai en soufflant un mince filet d'air.

La mèche s'enflamma.

La chandelle de Will s'alluma à son tour, et, sous leurs flammes, les feuilles en cœur de l'arbre de Judée se muèrent en ondes et en strates ténébreuses.

Will

Nous contemplions ensemble le lever du soleil. Mab était adossée à mon épaule et moi au tronc de l'arbre.

Mon dos n'était pas douloureux. La rune de Mab avait brûlé la peau du sien en y laissant une cicatrice plus sombre. Je supposais que la mienne avait la même allure, mais je ressentais seulement des courbatures.

La tresse de Mab pendait entre nous et me grattait à chacun de ses mouvements. Quand le soleil se leva, il transforma ses cheveux en or. Assis sous cet arbre, dans le vent qui faisait trembler les clochettes argentées et les carillons, je ne pouvais penser qu'aux corbeaux. Au jour où ils l'avaient vue ici pour la première fois. À l'image-souvenir éclatante de ses cheveux. À leur appartenance à Mab.

Je tournai la tête, posai les lèvres sur ses cheveux et humai leur odeur de sang et de plantes. Mon dos s'embrasa un bref instant.

— Ma grand-mère me disait que toute la magie du monde est concentrée dans le soleil levant, dit Mab.

À la vue du déploiement de couleurs qui s'épanouissait entre les feuilles à l'horizon, je pouvais le croire sans peine. Surtout depuis que je sentais l'écho du pouvoir de Mab vibrer dans mon cœur. Il était logé dans ma poitrine comme le poison du monstre de boue – le poison de Gabriel. Mais il ne me pesait ni ne m'effrayait. Il fourmillait dans mon sang comme dans un membre engourdi qui se réveille.

Si seulement je pouvais le garder en moi quand j'aurais réintégré mon corps…

— Je crois que je n'ai pas besoin de plus de magie que je n'en ai maintenant, dis-je en levant ma main enlacée à la sienne.

Mab la porta à sa bouche, embrassa mes jointures noires et luisantes, puis effleura de sa joue les plumes minuscules qui couvraient le dos de ma main.

Une crainte secrète s'échappa de son cœur pour s'insinuer dans le mien. Elle m'était incompréhensible.

— Qu'est-ce qui ne va pas ? demandai-je.

— J'ai peur, Will, chuchota-t-elle.

— Quoi ?

Je me tournai vers elle et l'attirai à moi.

— Ça marchera, Mab. Tu es forte et tu sais ce que tu fais. C'est un plan génial.

— Je sais, répondit-elle.

Ses cils battirent très vite et elle ramena ses jambes contre sa poitrine.

— Je sais que ça marchera. Et c'est justement ce qui m'effraie.

Je posai les mains sur les siennes.

— Pourquoi ? demandai-je en frottant doucement ses jointures avec mes pouces.

Elle inclina le front jusqu'à ce qu'il repose sur nos mains, inspira en frissonnant, puis me regarda droit dans les yeux.

— Ce rituel éliminera toute la magie qui nous lie, Gabriel et moi.

— Je sais. C'est bien… le but du jeu, non ? Pour le consumer et chasser toute sa magie de mon corps ?

— Oui.

Les premiers rayons de soleil se reflétèrent dans ses yeux où brillaient des larmes.

Je réfléchis à ce qu'elle venait de me dire, et n'en compris le sens qu'au moment où elle reprenait la parole.

— Je vais perdre ma magie, Will, dit-elle d'une voix tremblante.

— C'est impossible ! m'écriai-je en lui serrant les mains. Mab !

— Il n'y a pas d'autre solution. Je dois sceller le sort de conjuration. Je ne peux pas le laisser s'échapper pour tout brûler sur son passage. C'est à moi de le lier. C'est mon métier de conjurer les malédictions.

Elle haussa les épaules, puis regarda droit devant elle par-dessus mon épaule. Une mince ligne apparut entre ses sourcils et les coins de sa bouche s'abaissèrent dans une expression résolue.

Je tentai de me la représenter comme quelqu'un de normal, avec des manuels scolaires et… membre de l'équipe locale de cheerleaders. Plus de sang, de poignards ni de feu jailli de l'air. Je secouai la tête.

— Il doit y avoir une autre solution, insistai-je.

— Non, chuchota-t-elle. Je n'ai rien trouvé, rien pour garantir que Lukas s'en tirera sain et sauf, et toi aussi.

— Moi, je suis prêt à courir le risque !

— Pas moi.

Dit par elle, cela paraissait si simple…

— Et Lukas est sous ma responsabilité. J'ignore combien de temps il peut survivre. Je ne peux pas me permettre de réfléchir plus longtemps. Nous n'aurons qu'une seule chance, et c'est maintenant ou jamais.

Je me tus ; il était impossible d'objecter quoi que ce soit.

Elle toucha mon visage.

— C'est ainsi, dit-elle. Je vais jeter ce sort, qui sera le dernier, et ensuite… je ne sais pas ce qui arrivera. Je ne sais pas ce que je deviendrai.

C'étaient mes propres paroles. Je me rappelais toutes les fois où elle m'avait dit qu'elle faisait corps avec la magie. De celle où, assise sur le gradin en béton du stade, elle m'avait confié : c'est ma vocation.

Je me levai et la remis debout. Je pris son visage entre mes mains et la regardai droit dans les yeux.

— Moi, je sais ce que tu deviendras, dis-je.

Elle se haussa sur la pointe des pieds et m'embrassa. Je lui rendis son baiser, les mains sur ses hanches. Nous brûlions d'ardeur. Concentré dans mon dos, jaillissant de mon cœur, ce feu embrasait Mab. Pantelante, elle posa son front contre le mien.

— Tu as le goût du vent, murmura-t-elle. Je ne te l'avais jamais dit ?

Je prononçai son nom, puis l'embrassai de nouveau.

Elle ferma les yeux, les mains sur ma poitrine, sur mon cœur, à l'endroit où le tuyau de plume m'avait meurtri et instillé la magie qui m'avait entraîné dans toute cette histoire.

— Will Sanger, reprit-elle, haletante mais résolue, les yeux fermés pour contempler une image intérieure, tant que tu m'embrasseras je me rappellerai que la magie existe quelque part dans le monde, en dehors de mon sang.

— Je te promets de te le rappeler toujours, répondis-je.

Mes mains se resserrèrent sur ses hanches et je l'attirai à moi. Pendant ce bref instant, plus rien d'autre ne compta.

CHAPITRE 60

Mab

Nous nous retrouvâmes tous trois alors que le soleil levant baignait le cercle de chênes et la Maison rose d'une douce lumière dorée. Ben se laissa tomber de l'un des arbres les plus éloignés de la maison et s'approcha souplement du buisson de rosiers.

— Il n'a pas bougé, observa-t-il.

J'examinai la rune qu'ils avaient tracée et hochai la tête. C'était du bon travail. Je saisis le couteau qui attendait, planté en terre, et me piquai le poignet.

— Ben, tu dois te mettre torse nu, dis-je.

Il hésita un instant, regarda Will avec un froncement de sourcils, puis ôta sa chemise.

Je peignis une rune sur son cœur avec mon sang.

— Pour aider ton corps à résister à la possession, expliquai-je.

— C'est vraiment malsain, commenta-t-il.

Will sourit.

— Tu t'y feras, fit-il.

Ben toucha mon poignet et y étala la dernière goutte de sang.

— Tu as les mêmes tatouages que lui ? demanda-t-il.

— Oui. Ce sont des tatouages de sang, des runes gravées dans ma peau pour assurer la permanence de la magie… oh !

Une pensée me coupa le souffle. Le sort de conjuration les effacerait. Ces tatouages étaient un don d'Arthur, nous les avions minutieusement dessinés ensemble et nous avions passé de longues matinées ensoleillées à les graver.

J'avais toujours cru que je garderais éternellement ce souvenir de lui dans ma chair.

Des larmes me brouillèrent la vue, mais je serrai les dents, pressai ma langue contre mon palais et inspirai par le nez. Will posa la main sur ma joue, le pouce sur mes lèvres. Je hochai la tête contre sa paume et poussai un profond soupir pour me ressaisir. Ben posa la main sur mon épaule, mais je lisais sur son visage qu'il ne comprenait pas ma réaction. Il ne perdit néanmoins pas de temps à poser des questions.

— Will, quand tu planteras le poignard, je le sentirai et je commencerai immédiatement à me servir de ton pouvoir pour délier Lukas, dis-je.

— Je sais, répondit-il.

— À ce moment-là, tu devras te concentrer sur ton corps.

Je pris sa main couverte de plumes et le regardai. Le soleil faisait luire sa peau comme du pétrole et teintait ses plumes de reflets bleus, violets et dorés. C'était magnifique, surtout avec ses yeux turquoise qui me contemplaient.

— Ce corps-là se désagrégera, repris-je. Tu devras retenir ton corps d'origine, et le vouloir plus que tout.

Il balaya des boucles de mon visage ; dommage que mes cheveux ne puissent jamais rester en place.

— Je sais, Mab, dit-il. Je sais ce que je dois faire.

— Nous le savons, ajouta Ben, et il fit un pas en avant pour former un triangle dont nous étions les pointes.

— Tu te souviens du numéro de téléphone et de l'adresse de Faith ? demandai-je en le regardant, incapable de me calmer comme d'en finir avec ce dernier rituel de magie.

— Oui, répondit abruptement Ben, et je ne pus qu'acquiescer.

Si notre entreprise tournait mal, si Will ou moi-même étions blessés ou si Lukas avait besoin de soins, il irait prévenir Faith, car je ne serais alors plus d'aucun secours.

Ben me serra le bras, puis recula, tandis que Will jetait un coup d'œil vers la maison par-dessus sa large épaule. Il me regarda de nouveau et je le contemplai, émerveillée par ses couleurs et par les restes des corbeaux. Je n'avais rien à ajouter. Will me tira doucement les cheveux avant de s'éloigner avec Ben.

Je les regardai se diriger vers la maison, puis me détournai et allai m'agenouiller devant le cercle inachevé.

Will

Ben et moi fîmes halte sur le perron. Il posa un poing sur mon épaule et je hochai la tête. Notre plan était simple. Il devait détourner l'attention de Gabriel afin que je puisse l'approcher par-derrière et lui plonger mon poignard dans le corps, en priant pour ne toucher aucun organe vital, puisque c'était mon propre corps que je frapperais.

Mais je préférais ne pas y penser.

Ben saisit la poignée de la porte et entra.

Je commençai à compter : un-Mississipi-deux-Mississipi… jusqu'à vingt, le front contre le battant, à l'affût de sa voix, du moindre appel au secours.

Puis j'entrai à mon tour.

Toutes les fenêtres étaient ouvertes et la température de la maison proche de celle du dehors. Il faisait un peu humide, avec une légère brise. Aucune lampe n'était allumée et tout paraissait grisâtre dans la lumière du matin. J'entendis ma voix sur la droite et m'avançai lentement dans sa direction.

Mon corps me tournait le dos, les mains sur les hanches, et parlait à Ben.

— ... te laisser sortir trop souvent, disait-il.

Ben se tenait près d'une fenêtre ouverte. Il s'était arrangé pour interposer un sofa entre lui et mon corps. Un rideau voltigeant frôlait son coude.

Ce n'était pas plus difficile que ça.

Je fis un pas en avant et entrai dans le salon.

Gabriel se tenait dans une posture nonchalamment déhanchée. Même vue de dos, cette attitude ne ressemblait en rien à l'image que j'avais de moi-même. Il ne portait qu'un pantalon dans lequel il avait dormi. Ses tatouages de sang avaient pâli et n'étaient plus que l'ombre d'eux-mêmes. Ils paraissaient anciens, comme s'ils faisaient partie intégrante de lui. Et de moi.

— J'ai prévenu la police, déclara Ben en se rapprochant de la fenêtre.

— J'en doute : j'ai coupé le fil du téléphone avant-hier. Tiens-toi tranquille, sinon je te transforme en plante ornementale, répliqua Gabriel sans s'émouvoir.

J'étais pétrifié sur place. C'était mon corps qui se tenait devant moi. Je frissonnai et serrai le manche du poignard que je devais plonger dans ce corps. Mon esprit était en ébullition. Je me récitai des formules magiques pour me forcer à avancer.

— Si tu veux le faire, répondit Ben à Gabriel – mais c'était moi qu'il regardait –, vas-y, bon Dieu.

Mab

L'impact du sort de Will brûla le centre de la rune noire sur mon dos. J'entaillai mes paumes et les plaçai aux deux extrémités du cercle de sel inachevé pour compléter le circuit.

— Défais ce qui a été fait, dis-je. Ton pouvoir est rompu, ton sang délié, sa marque sur ta chair détruite. Le miroir est fêlé et ce reflet dans le miroir, brisé. Sa marque sur ta chair, détruite.

Cette formule était l'inverse de celle de la liaison par la chandelle noire.

Sous mes pieds, la terre trembla.

Will

Gabriel sursauta et hurla. Il vacilla, mais se retint au dossier d'un fauteuil. Il se tordit pour arracher le poignard de son corps, mais ses genoux fléchirent. Il atterrit brutalement sur le sol ; le sang jaillit et ruissela dans son dos. À genoux devant moi, il me regarda. Son visage, ou plutôt mon visage, exprimait l'horreur.

— L'homme-oiseau, murmura-t-il.

Je m'approchai de lui, tendis la main pour plonger les doigts dans son sang et jeter le sort, mais il saisit mon poignet.

— Non, dit-il. Je te donnerai bien plus de pouvoir qu'elle.

Ben le frappa à la tête avec son coude, il s'affaissa sur le côté et je me ruai sur lui. Je tombai à genoux et, tandis que Gabriel grognait, je dessinai un cercle avec le sang qui maculait la lame du poignard.

— Par ce sang, purifie cette malédiction, dis-je.

— Mab ! cria Gabriel.

Ses tatouages flamboyèrent comme des braises. Il plongea en avant et me frappa des deux mains. Nous tombâmes en arrière et mon corps s'abattit sur moi. Les gouttes chaudes de son sang pleuvaient sur ma poitrine.

La magie jaillit dans la rune de mon dos.

Un cri étranglé m'échappa et Gabriel serra les dents – mes dents !

— Elle peut prendre Lukas, mais ce corps m'appartient, dit-il.

— Non, c'est le mien, réussis-je à articuler.

J'avais l'impression de me regarder dans un miroir sans reconnaître une seule de mes expressions.

— William !

Il éclata d'un rire dur et méprisant. Je le repoussai, mes mains glissant dans mon propre sang. Tous ses muscles frémissaient et tremblaient, et sa peau était brûlante. Son visage était empourpré et ses lèvres presque violettes.

Il roula loin de moi. Ma poitrine se brisait, ma peau se détachait de mon corps et mes plumes tremblaient. Je ne pouvais plus respirer. J'allais mourir.

Ben surgit au-dessus de nous et, d'un coup de pied, rejeta à terre Gabriel qui essayait de se relever. Il toussa. Je le chevauchai et le plaquai au sol.

Le sol ondula au-dessous de nous.

Gabriel se tordait, suffoqué par ses propres cris. Je le maintenais par les épaules en pesant sur lui de tout mon poids.

— Arrête ! hurla-t-il. Arrête ! Je n'ai pas mérité ça !

— C'est mon corps.

— Ce sort te détruira aussi !

— Je sais.

J'enfonçais les doigts dans ses épaules. Je sentais mon sang visqueux sous mes mains. La magie brûlante ravageait mon corps de corbeau et tournoyait dans mon cœur comme une boule de feu, une supernova. Je fermai les yeux et me concentrai sur moi-même. Gabriel hurlait, et moi aussi.

Ben criait mon nom.

Je refusais de lâcher prise même si son tatouage de sang se muait en acide et que mon corps se disloquait.

C'était mon corps. Le mien. Mon corps. Ma vie.

La mienne.

Mab

Mon animal de compagnie explosa en un éclair de magie qui m'aveugla. Rassemblant toute ma volonté, je canalisai ce pouvoir pour rompre la malédiction.

Le feu jaillit de ma rune noire, me brûla la gorge et ébranla mes os avec une telle violence et à un tel rythme que je crus qu'ils se brisaient. J'enfonçai les doigts dans le cercle et me concentrai sans relâche tout en me consumant de l'intérieur.

L'enfer se déchaînait dans un vacarme inouï, un rugissement qui noyait mes cris.

Soudain, il s'évanouit, englouti par la terre : le cercle de sel avait tenu bon.

Les rosiers étaient tombés en cendres, et sur ces cendres était étendu Lukas. Tout autour de lui avait brûlé, sauf son corps.

Je rampai vers lui et le secouai. Sa peau me brûla, mais je le secouai plus fort.

— Lukas !

Il ouvrit les yeux et s'assit.

— Mab, fit-il d'une voix faible et éraillée.

Je lui adressai un sourire qui étira douloureusement mes lèvres desséchées.

— Viens, sors de ce cercle, ordonnai-je.

— Mais, Mab…

Ses yeux étaient profondément enfoncés dans leurs orbites et ses joues creuses, mais il était vivant.

— Non, sors tout de suite, dis-je. Je n'ai… pas fini.

La terre tremblait toujours.

— Sors du cercle, Lukas !

Il se leva, trébucha, mais réussit à enjamber le cercle. La brûlure du sort de conjuration me démangea les pieds quand je me levai à mon tour. Je devais agir, sans quoi cette magie ravagerait tout, détruirait tout, y compris Lukas et la terre du sang. Tout.

Je saisis le poignard, tendis la main et posai la pointe de la lame sur le tatouage de mon poignet. Je l'incisai si profondément que la douleur se mua en un cri, puis je me dirigeai vers la plus proche des neuf spirales.

— Par mon sang, dis-je, purifie cette malédiction !

Will

Je n'étais plus que feu.

Et mon nom : Will…

Le vent soufflait violemment dans mes plumes. Je n'avais aucun contrôle sur lui. Je ne pouvais pas voler. Je tombais. J'étais…

Will.

Mab

La première goutte de sang tomba. Je sentis l'onde de la magie se répandre en éveillant le pouvoir de ma rune.

Lorsque la deuxième goutte tomba sur la deuxième spirale, je frémis de plaisir des pieds à la tête. Ah, cette magie !

La troisième goutte me lacéra le cœur.

Je plongeai de nouveau la pointe de la lame dans mon poignet. Les quatrième et cinquième gouttes de sang ramollirent mes genoux. La sixième me serra la gorge et la septième me fit monter les larmes aux yeux.

La huitième fit craquer mes os.

La neuvième frappa la rune et l'impact de la magie me jeta à terre.

J'atterris sur la hanche et sur mon poignet blessé, hurlant sous la douleur qui me fouaillait le bras.

— Purifie-le de cette malédiction, commandai-je. Par mon sang, purifie son sang de cette malédiction. Purifie-le de cette malédiction. Purifie-le de cette malédiction.

Le vent mugit, agita le cercle de chênes et balaya le toit de la maison. Lukas hurla quelque chose, mais resta immobile.

Les neuf spirales flamboyèrent et je m'avançai au milieu d'elles.

Un soudain et inquiétant silence envahit la colline. Des points lumineux dansèrent devant mes yeux tandis que le vent retombait, et puis tout se figea.

Will

J'ouvris les yeux. J'avais un mal de crâne lancinant et mon cœur martelait mes côtes. Ben était penché au-dessus de moi.

— Will, ça va ?

Je m'assis lentement et posai les mains sur ma poitrine... Ma poitrine ! Même mes os étaient douloureux.

Des plumes noires flottaient autour de moi, dansant dans le vent impétueux qui soufflait par la fenêtre.

— Ben !

Il saisit mes mains.

— Will, ça va ? répéta-t-il.

— Semper putain de fidèle, répondis-je.

Il m'aida à me remettre debout.

Ensemble, nous sortîmes en trébuchant dans une tempête de feuilles et de cendres.

Je levai un bras pour abriter mon visage et avançai. Je vis Mab debout au milieu de ce qui avait été la roseraie, et Lukas accroupi près d'une jardinière de fleurs agitées par le vent. Il était complètement nu, mais ses yeux étaient grand ouverts et son regard vif.

Mab hurla.

Elle était au centre d'un cercle flamboyant dont les neuf points d'argent étincelants projetaient dans le ciel leur lumière, qui retombait au centre du cercle et traversait Mab.

Je me précipitai vers elle.

Mab

Partie de mes doigts et de mes orteils, la sensation se répandit comme la foudre dans mes paumes et mes plantes de pieds, où elle tournoya, brûlant et absorbant ma magie. Je serrai les dents, renversai la tête et ouvris les bras pour accueillir une dernière fois son déferlement.

Une lance de feu me frappa à la taille et je me pliai en deux. Je hurlai, les mains sur l'estomac, et mes genoux heurtèrent le sol.

Oh, le feu ! Il me rongeait le foie, l'intestin et les poumons, muant ma respiration en une multitude d'aiguilles acérées.

Soudain, quelqu'un m'étreignit en répétant mon nom.

Tandis que la magie était arrachée de mes os et brûlée dans mon sang, il restait penché au-dessus de mon corps recroquevillé et tremblant comme s'il pouvait me protéger des lambeaux du ciel qui s'effondrait.

CHAPITRE 61

Arthur, je regrette tellement ce qui est arrivé.

Je l'ai tué, j'ai tué l'homme que tu connaissais et aimais depuis plusieurs siècles. Ensuite je suis rentrée à la maison et j'ai attendu ton retour pendant deux semaines. J'ai envisagé de m'enfuir, mais finalement je suis restée. Il fallait que je sache si tu étais au courant… si tu espérais le retrouver dans mon corps.

Par un après-midi moite et lourd où les feuilles des chênes pendaient, inertes, et où même les moineaux avaient trop chaud pour chanter, tu as surgi au sommet de la colline dans la vieille Pontiac. Je t'attendais sur le perron dans ma robe préférée, couleur pêche, au col brodé de minuscules oranges, t'en souviens-tu ?

Tu as sauté de la voiture, suivi de deux jeunes gens, Jessica et Dietrich, en nage dans cette chaleur dont ils n'avaient pas l'habitude. Tu t'es élancé vers moi, le sourire aux lèvres, et alors que je restais silencieuse, sans un geste pour t'accueillir, tu m'as embrassée et tu as saisi mes mains. Tu t'es serré contre moi dans un élan de tout ton corps et tu m'as murmuré mon nom à l'oreille.

— Evelyn…

Alors j'ai tout compris. J'ai deviné qu'il ne t'avait rien dit. J'ai été certaine que tu espérais me retrouver bien portante, que tu voulais que je reste ici pour que nous nous mariions et passions ensemble le reste de notre vie. J'ai été sûre que tu m'aimais.

J'ai également compris que jamais je ne pourrais te révéler ce que Gabriel avait fait.

CHAPITRE 62

Mab

Le jour était venu où devait se tenir ma soirée.

À cheval sur une branche du grand sycomore qui s'élevait au nord de la Maison rose, je nouais des rubans violets et des plumes de corbeau au milieu de ses feuilles. Assise au-dessous de moi, Silla parait chaque plume de clochettes argentées et de perles minuscules du même bleu que les yeux de Reese. Elle venait d'en achever une. Elle leva les yeux, la main en visière pour les protéger du soleil. Les bagues qu'elle portait à tous les doigts étincelaient.

— Prête ? demanda-t-elle.

— Comme toujours.

Avec un baiser léger, elle m'envoya sa plume, qui monta vers moi avec sa traîne de rubans et de clochette tintinnabulantes. Je la saisis doucement et m'étirai pour l'attacher au-dessus de moi.

Plus de trois cents talismans confectionnés avec les plumes que nous avions recueillies après la purification encerclaient la maison et la cour. Partout où mes yeux se posaient, les ailes de Reese frémissaient dans le vent.

Des rires fusèrent de la cour, où, sous la surveillance de Faith, Lukas et Nick disposaient des chaises autour des longues tables de pique-nique devant la maison. Avec l'aide d'Eli, Donna cuisait de la viande sur le grill. Hannah et Caleb faisaient des dessins à la craie sur la porte du garage. Ils avaient tracé un immense arbre rose et rouge chargé de figures stylisées et de silhouettes qui avaient l'allure de chiens.

Presque tous nos parents, y compris les plus éloignés, étaient venus au cours des deux semaines précédentes. Certains étaient restés quelques jours pour nous aider à lier de nouveau les sorts dont je ne pouvais venir à bout ou à renforcer la magie des arbres. D'autres n'étaient restés que quelques heures afin de rendre hommage à la mémoire d'Arthur et, parfois, de se recueillir devant le saule de Granny Lyn.

Toutefois, la plupart étaient venus pour moi.

Pour le nouveau Diacre.

Ils ignoraient que ma magie n'était plus ce qu'elle avait été. J'ignorais moi-même si je redeviendrais un jour ce que j'étais autrefois. Silla avait retourné mon bras pour examiner la peau lisse et vierge du dessous, à l'ancien emplacement des tatouages, et laissé entendre que ma magie ne s'était pas entièrement volatilisée. Peut-être se reconstituerait-elle comme notre sang, qui se renouvelait en permanence.

Au lendemain du jour où j'avais consumé ma magie et libéré Lukas, Nick et Silla étaient arrivés avec Donna dans un camion chargé de valises et de cartons. Nick avait aidé Donna à aplanir les cendres des rosiers, et puis il s'était rendu en ville pour en rapporter toute une cargaison de pierres volcaniques et de schistes avec lesquels nous avions créé un jardin minéral multicolore. Silla et moi-même avions ramassé toutes les plumes de corbeau et j'avais passé le plus clair des cinq jours suivants à les tenir pendant qu'elle leur jetait des sorts de conservation. Elle m'avait emmenée en ville pour une séance de manucure et une visite chez le coiffeur et, pour la première fois depuis que nous nous connaissions, elle m'avait raconté des anecdotes sur Reese à l'époque où il était encore son frère.

Cette nuit-là, je m'étais levée et j'avais descendu les marches du perron pour regarder les étoiles. Un vent moite d'été soulevait mes cheveux pendant que je savourais le calme de cette nuit. Des grenouilles coassaient et des millions de cigales chantaient leurs chansons lancinantes, mais les arbres ne chuchotaient plus à mon oreille.

J'avais brûlé leurs voix et détruit l'homme qui était leur cœur.

Le lendemain, j'avais contemplé le reste de ma famille assis sur le perron : Lukas gravait son nom sur la balustrade avec la pointe d'un petit couteau, Silla écrivait lentement dans un carnet relié en cuir, Nick disposait des cartes sur les planches et tentait de convaincre Donna de faire une partie avec lui, en pariant un vol pour l'Oregon.

J'avais songé à cette famille qui arrivait au compte-gouttes, à Arthur et toutes ses violettes. À Gabriel et à la passion avec laquelle il avait aimé et haï. À Granny quand elle joignait mes mains pour la prière. J'avais également pensé à ma douzaine de corbeaux disparus et à Will. J'avais une envie folle qu'il soit là, avec moi, sur ma terre, maintenant que nous n'avions plus rien à craindre et que nous pouvions rire en toute liberté.

Malgré la perte de ma magie, et même si je n'étais peut-être pas un Diacre aussi puissant que je l'avais cru, j'avais décidé de donner cette soirée.

Maintenant, nous étions réunis et nous attendions une foule de gens dont la plupart n'avaient jamais foulé cette terre. La maison avait été récurée de fond en comble et les accessoires de magie les plus voyants remisés afin qu'elle ne soit plus qu'une ferme dont ma famille était propriétaire depuis plusieurs générations.

Cette soirée était officiellement en l'honneur de Nick et de Silla, qui devaient partir pour l'Oregon dans trois jours, mais je savais, tout le monde savait qu'en réalité nous voulions ressusciter notre forêt et recouvrir nos cicatrices de nouveaux motifs porteurs d'amitié et de bienveillance.

Je descendis de l'arbre après avoir accroché le dernier talisman. Silla et moi les contemplâmes. Le vent soulevait et faisait tourbillonner les plumes en minuscules spirales.

— « Adieu, grand cœur, murmura Silla. Jamais cette terre dans laquelle reposent trois morts n'a eu de gentilhomme aussi vaillant que toi. »

— C'est une prière ? demandai-je en lui prenant la main.

Elle me toisa.

— Non, c'est du Shakespeare, ignare que tu es, répondit-elle.

J'éclatai de rire, puis j'allai prendre un bain.

Je me prélassai longtemps dans l'eau chaude dans laquelle j'avais fait infuser des violettes, puis relevai mes cheveux et passai une robe rouge sang que nous avions retrouvée dans les affaires de maman. Elle tombait de mes épaules en plusieurs épaisseurs diaphanes, et tout le monde trouva qu'elle me faisait paraître plus âgée, même sans les chaussures que je refusais de porter.

Sans rien d'autre sur le corps, ni bijou, ni barrettes, ni maquillage, ni soutien-gorge, je me rendis à la cuisine pour y prendre une timbale en argent. Je la remplis d'eau froide dans laquelle j'avais fait infuser de l'anis et du miel, puis l'emportai dehors.

On avait suspendu des lanternes et disposé des torches pour le coucher du soleil. Je sentis une odeur de bois brûlé et de plantes, et vis sur les tables des vases massifs remplis de rudbeckias roses et blancs.

Donna vint à ma rencontre et je lui tendis la timbale. Elle prit une gorgée, puis m'embrassa sur la joue. Je fis le tour des invités pour leur offrir de l'eau et des bénédictions. Le petit Caleb en fit couler sur son menton et Lukas trempa un doigt dans la timbale pour m'asperger. Nick déclara que quelques gouttes de sa flasque de whisky donneraient meilleur goût à cette eau, et à la magie. Faith et Eli burent ensemble.

Quand toute ma famille y eut goûté, je me postai au bord de l'allée pour en offrir à tous les invités – le boucher, nos voisins au marché fermier, le vieux couple qui nous vendait du vin doux. Tous ceux qui nous aidaient à survivre aidaient également la magie, même sans le savoir. Tous avaient été invités et je leur tendis ma timbale. La plupart dissimulèrent leur surprise sous des rires, mais personne ne refusa de boire. Eux aussi avaient apporté des offrandes, : de la musique, une foule de provisions pour le barbecue, des pâtes colorées et des salades de fruits au Jell-O.

On admira notre terre et on se récria devant le rose de la maison. Des enfants dansaient dans le jardin de pierres et jouaient au milieu des buissons d'azalées. Nous étions tous engagés dans des conversations : sur Arthur et sur Lyn, sur de vieux souvenirs et des événements du monde extérieur, à une cadence idéale pour dissimuler le silence des arbres.

J'étais depuis longtemps retournée sur le perron avec ma timbale quand Will, Ben et leurs parents arrivèrent. Je ne remarquai même pas leur arrivée, mais Silla me rejoignit et me chuchota quelques mots à l'oreille. J'attrapai Donna et l'entraînai à travers la foule de nos anciens et nouveaux amis à la rencontre des Sanger. Je me retins à grand-peine de sauter au cou de Will, qui m'adressa un grand sourire. Ses parents me connaissaient déjà, bien entendu, mais je les présentai à Donna, puis les emmenai pour leur montrer où étaient le buffet et les rafraîchissements, leur faire visiter la maison et leur indiquer les toilettes. Pendant ce temps, j'échangeais des regards avec Will à la dérobée. Quand je surprenais ses yeux sur moi, j'en perdais le souffle. L'estomac noué, je redoutais soudain un éloignement entre nous.

Mais il était poli et aussi aimable qu'un garçon de son âge pouvait se montrer avec tant d'inconnus, me semblait-il. Il portait un jean et un T-shirt vert moulant ses épaules, dont la vue me troubla. Silla vint à notre rencontre. Il parut un instant perplexe, puis elle lui sourit tristement.

— Je t'ai vue dans ses souvenirs, lui dit-il.

Elle vint à sa rescousse en lui posant des questions sur ses chiennes, dont elle avait tellement entendu parler, puis d'autres personnes nous entourèrent.

Lukas surgit et entraîna Will, ce qui me navra, mais il y avait trop de monde pour que je les suive. Je me contraignis à sourire et à converser en me répétant que cette soirée avait quelque chose de magique et une importance toute particulière. Je mangeai, bus et dansai en portant Caleb sur ma hanche.

Les moustiques firent leur apparition, salués par des claques et des rires nerveux, puis on alluma les torches et je vis Nick poser subrepticement des pièges antimoustiques dans la cour avec l'aide d'Hannah. L'air fourmillait de magie tandis qu'ils s'enclenchaient, et bientôt les moustiques se désintéressèrent du sang de nos invités.

Le soleil se couchait. Je partis désespérément à la recherche de Will. Je le retrouvai devant la maison, adossé à la balustrade du perron, en grande conversation avec Eli, Ben et un certain Winchester qui tenait le stand voisin du nôtre au marché fermier. Ils débattaient avec le sourire des mérites comparés d'équipes de foot. Je me penchai derrière Will par-dessus la balustrade.

— Toc, toc, chuchotai-je à son oreille.

— Qui est là ? demanda-t-il en tournant la tête.

Eli et Winchester nous adressèrent un sourire complice.

— Banane, répondis-je.

Les yeux de Will se plissèrent de rire et il secoua la tête.

— Non, s'il te plaît, pas ces idioties, implora-t-il.

Je lui tendis la main.

— Excusez-moi, les amis, dis-je, mais je dois parler seule à seul avec Will Sanger.

Will

Les deux semaines précédentes avaient passé très lentement. Maman et papa nous avaient pardonné notre excursion improvisée, probablement parce que Ben nous avait couverts en mentant comme un arracheur de dents. J'avais réussi tous mes examens – de justesse. Et tous les soirs je faisais entrer Havoc et Walkyrie en douce dans ma chambre, pour les en chasser le matin avant le réveil de maman.

Papa et moi avions eu une longue discussion sur l'opportunité pour moi de prendre des vacances avant d'achever mes études, mais j'avais encore une année pour le convaincre avant de décrocher mon diplôme. Cette bataille ne me paraissait plus perdue d'avance, surtout depuis que Ben était de mon côté. Il avait affirmé que le moment venu je saurais faire le bon choix et que papa devait me faire confiance.

Pour compenser les angoisses que j'avais fait subir à maman, j'avais déniché sur Internet de somptueuses recettes sur lesquelles nous avions passé des heures en cuisine. La vision de maman et papa détendus après un excellent repas, me regardant apporter un gâteau aux courgettes, main dans la main et le sourire aux lèvres, en valait la peine.

Nous avions reçu l'invitation par la poste seulement quelques jours à l'avance. Une petite enveloppe bleue contenant une carte postale qui représentait un champ de tournesols, intitulée : « L'or du Kansas ». Au verso de la carte figuraient ces quelques lignes :

Venez nous retrouver pour un barbecue le 21 à dix-sept heures, afin de fêter le départ de Silla et de Nick. Toute la famille est bienvenue !

La famille Prowd.

Je montrai la carte à maman, qui serra les lèvres et me dévisagea d'un air pensif.

— Je vais en parler avec ton père, déclara-t-elle.

Mab me fit traverser la forêt et longer le vaste champ de tournesols pour m'emmener jusqu'au silo.

Avec ses briques rouge sombre et orange qui flamboyaient dans la lumière du couchant, il ressemblait à une colonne de feu. Mab s'arrêta et me fit face. Dans sa robe rouge, elle semblait surgie de ce feu, toute crépitante d'énergie.

J'étais sans voix devant elle. Je pouvais à peine respirer.

— Tu montes là-haut avec moi ? chuchota-t-elle.

J'acquiesçai et elle retroussa sa robe rouge sur ses cuisses pour grimper. Si je doutais encore un peu d'avoir réintégré mon corps, ces doutes disparurent lorsque je la regardai évoluer gracieusement et sans crainte dans les hauteurs.

Quand elle fut au sommet, elle se pencha et me fit signe de la rejoindre.

— Tu viens, Will ?

Ses cheveux s'enflammèrent dans la lumière et elle ne fut plus qu'un soleil étincelant tandis que le vrai soleil descendait à l'ouest en nous éblouissant de ses couleurs.

J'empoignai les montants de l'échelle et montai, la tête renversée en arrière, incapable d'en détacher mes yeux. Quand j'arrivai en haut, elle saisit mes mains et m'attira à elle. Il fallut que je me cramponne pour que les collines cessent de tourner autour de nous. Elle sourit et voulut parler ; je l'arrêtai d'un baiser. Elle avait le goût des biscuits fourrés à la cerise que quelqu'un avait apportés à la soirée, sucre et cannelle avec une note de fruit rouge.

Mab se mit à rire et passa les bras autour de mon cou. Je fermai les yeux et la serrai si fort que j'entendis un craquement dans son échine. Elle poussa un petit cri. Je voulus la déposer, mais elle secoua la tête et s'accrocha plus fort.

— Pas encore, chuchota-t-elle.

Je la tenais fermement, les yeux clos, respirant à travers ses boucles rugueuses qui couvraient mon visage. Ses cheveux étaient imprégnés de l'odeur chaude du barbecue. Je sentais la chaleur de son corps à travers sa robe mince et j'eus soudain envie de la retrousser et de soulever ses cheveux pour embrasser l'ancien emplacement de la rune noire que j'avais gravée sur sa peau.

— J'ai quelque chose à te montrer, dit-elle en s'écartant doucement de moi.

Mab

J'avais retrouvé cette liasse de feuilles dans la chambre d'Arthur en rangeant les affaires dans lesquelles Gabriel avait fouillé. Elle était tombée derrière la table de chevet. C'était une petite liasse nouée d'un ruban jaune, sur laquelle j'avais reconnu l'écriture de Granny. Je déchiffrai la première phrase :

Ceci est une lettre d'amour, ainsi qu'une confession.

Assise au milieu de la chambre d'Arthur, j'avais lu ce récit d'une traite, puis je l'avais serré contre mon cœur et j'avais couru au silo pour le cacher. Pour le cacher à tous, sauf à Will.

Je sortis la liasse du trou que j'avais creusé entre deux racines de l'arbre de Judée, défis le ruban et tendis les feuilles à Will. Il s'agenouilla, adossé au bord du silo, et commença à lire. À mesure qu'il lisait, ses yeux s'agrandissaient ; j'y cherchai en vain de petites taches rouges.

Silencieux et immobile tandis que le soleil se couchait, il approchait les feuilles de son visage pour mieux y voir. J'aurais aimé faire jaillir un feu au creux de mes mains pour l'éclairer.

Le vent soufflait autour de nous, composant une petite musique avec les cloches et les carillons de mon arbre.

Je fermai les yeux et me remémorai la dernière page de la lettre, que j'avais tant lue et relue ici même les jours précédents qu'elle s'était gravée dans mon esprit :

Tu t'es toujours demandé pourquoi je ne te laissais pas t'approcher des rosiers, pourquoi j'en tenais les enfants à l'écart et pourquoi personne n'avait le droit de m'aider à les soigner jusqu'à l'arrivée de Donna, dont les profondes cicatrices éloignaient la magie.

C'est parce que je rêve de lui, Arthur. Il revient dans mes rêves et j'ignore s'il est toujours vivant quelque part sous les roses, ou si je l'imagine seulement sous le poids de la culpabilité. Dès que tu t'absentais pour quelque temps, je creusais sous les fleurs pour y chercher ses os, mais la terre avait tout avalé.

Tu t'es toujours demandé pourquoi j'avais cessé de faire usage de la magie. Je n'avais pas cessé d'en faire usage, mais je la canalisais pour maintenir Gabriel dans ses liens. Pour le garder prisonnier de ces épines. Je n'avais plus de magie de reste, et cela ne me manquait pas. Je t'avais, toi. J'avais notre merveilleuse famille.

Maintenant, je me meurs et je ne peux pas rejoindre Dieu en portant ce secret toute seule. J'espère que tu pourras me pardonner. J'espère que tu pourras regarder les années que nous avons passées ensemble et admettre que j'ai fait ce qui devait être fait, que je ne pouvais faire autrement que de me défendre et de survivre.

J'espère qu'un jour, quand tu seras las de ta longue existence, tu me rejoindras, et qu'il t'attendra, lui aussi. Alors nous aurons tous trois une nouvelle chance de nous retrouver pour rire et danser ensemble.

Je t'aime.

Will

Les derniers mots d'Evelyn Sonnenschein résonnaient encore en moi quand je reposai les feuilles et levai les yeux vers Mab. Elle était agenouillée devant moi, les mains jointes, et ses grands yeux bleus avaient une expression inquiète. Et triste.

Je me levai avant d'avoir le temps de me raviser et la contournai pour m'accroupir derrière elle. Après avoir repoussé de côté la masse de ses cheveux, je glissai un doigt sous l'une des bretelles de sa robe et la baissai. Mab respirait plus vite. Je fis glisser le dos de sa robe sur ses reins.

J'enlaçai son torse, me penchai vers elle et posai les lèvres sur sa peau à l'endroit où j'avais tracé la rune. Je fermai les yeux, à l'écoute, en respirant contre elle aussi doucement que je le pouvais. Elle enveloppa son ventre de ses bras afin de pouvoir effleurer mes doigts, et poussa un soupir.

Je trouvai son cœur.

Il était juste au-dessous de ma bouche.

Je tournai la tête et appliquai l'oreille là où mes lèvres reposaient un instant plus tôt. Je restai immobile à écouter son sang affluer dans ses poumons avec un bruissement semblable à celui du vent dans les feuilles. Puis je la repris dans mes bras et la serrai contre moi, pressant l'emplacement de la rune noire contre ma poitrine.

— Je crois que le moment des adieux est venu, dit-elle.

La stupeur me glaça.

— Quoi ? demandai-je en resserrant mon étreinte.

Elle se retourna et m'adressa un sourire serein.

— Je ne parlais pas de toi et moi, dit-elle.

Je la lâchai. Elle s'approcha de l'arbre et prit un panier rempli de rubans, de perles et de menues plumes noires. Son expression s'adoucit, devint presque timide, et elle me tendit le panier.

— Ce sont des talismans pour mon arbre de Judée, reprit-elle. Tu veux m'aider à les attacher aux branches ?

La gorge serrée, je fis signe que oui. Elle prit une plume. Celle-ci était ornée de rubans bleus et de minuscules clochettes argentées qui dansaient en captant les derniers rayons de soleil.

Elle me montra comment je devais l'attacher, et, ensemble, nous remplîmes son arbre d'ailes.

REMERCIEMENTS

Je tiens à remercier les personnes suivantes, sans lesquelles *Blood Lovers* n'aurait jamais existé :

Ma compagne Nathalie Parker, pour chaque jour passé avec elle et pour son indulgence envers mes excentricités.

Mes premiers lecteurs, Maggie Stiefvater et Brenna Yovanoff, qui me font donner le meilleur de moi-même et se montrent sans pitié, et Myra McEntire et Robin Murphy, qui m'ont aidée à créer quelque chose qui tenait la route.

Laura Rennert, parce qu'elle travaille le dimanche.

Suzy Capozzi, pour avoir affirmé qu'il fallait plus de baisers et pour m'avoir fait réécrire toutes ces scènes.

Tous les secrétaires de rédaction et préparateurs de copie, les directeurs de collection et du marketing et les as de la vente de chez Random House, en particulier Jocelyn Lange et son équipe au service des droits étrangers, pour avoir vendu mon livre dans huit pays avant même que j'aie commencé à l'écrire, et sans me mettre sous pression ! Et Nicole de Las Heras, pour le sang sur les lèvres de Mab et une couverture dont je suis incapable de détacher les yeux.

Robin Mc Kinley, qui écrit sur les roses, les bêtes et les métamorphoses. À dix ans, j'avais déjà en tête des fragments de ce livre.

Ma famille : mon père, parce qu'il me rappelle toujours que les Marines ne sont pas des soldats et que les soldats ne sont pas des Marines, et parce qu'il est mon héros. Maman, pour les T-shirts, et parce qu'elle ressemble physiquement à Evie, mais aime avec la passion de Josephine. Mes frères Sean et Travis, parce que, grâce à eux, je peux écrire sur la rivalité entre frères sans vraiment la comprendre. Et Adam, parce qu'il est la preuve vivante que la guerre peut vous briser, mais qu'on peut en guérir.

Enfin, à tous les militaires des États-Unis, tous ceux que je connais et que j'aime, et tous ceux que je ne connais pas et ne connaîtrai jamais. Merci pour votre courage.

L'AUTEUR

Dès l'âge de sept ans, Tessa Gratton voulait être paléontologue ou sorcière. Elle était malheureusement trop impatiente pour partir à la recherche de dinosaures, mais elle espère toujours que quelqu'un pourra lui enseigner la magie. Après avoir voyagé dans le monde entier avec sa famille (son père est militaire), elle a obtenu sa licence et la majeure partie de sa maîtrise en étude des genres[1]. Elle est par la suite allée vivre avec sa compagne, ses chats et son chien mutant au Kansas, où elle passe ses journées à observer le ciel et à raconter des histoires de magie.

Blood Lovers est son deuxième roman. On peut consulter son site Internet sur tessagratton.com.

---

1. Dans les universités des États-Unis, matière élaborant une approche critique des rôles de l'homme et de la femme tels qu'ils sont définis par la société.

Composé par Nord Compo Multimédia
7, rue de Fives, 59650 Villeneuve-d'Ascq

Achevé d'imprimer en mai 2012
Par Normandie Roto S.A.S. à Lonrai (Orne)
N° d'imprimeur : 122026
Dépôt légal : octobre 2012

Imprimé en France